青龙瞎话儿

流传在青龙民间口口相传的故事

苏俊田◎主编

中国文联出版社
http://www.clapnet.cn

图书在版编目（CIP）数据

青龙瞎话儿 / 苏俊田主编. -- 北京：中国文联出版社，2017.6

ISBN 978-7-5190-2813-8

Ⅰ.①青… Ⅱ.①苏… Ⅲ.①民间故事—作品集—青龙满族自治县 Ⅳ.①I277.3

中国版本图书馆 CIP 数据核字（2017）第 125626 号

青龙瞎话儿

作　　者：苏俊田

出 版 人：朱　庆
终 审 人：奚耀华　　复 审 人：蒋爱民
责任编辑：胡　笋　贺　希　　责任校对：傅泉泽
封面设计：中联华文　　责任印制：陈　晨

出版发行：中国文联出版社
地　　址：北京市朝阳区农展馆南里 10 号，100125
电　　话：010-85923039（咨询）85923000（编务）85923020（邮购）
传　　真：010-85923000（总编室），010-85923020（发行部）
网　　址：http://www.clapnet.cn　　http://www.claplus.cn
E - mail：clap@clapnet.cn　　hex@clapnet.cn

印　　刷：北京天正元印务有限公司
装　　订：北京天正元印务有限公司
法律顾问：北京天驰君泰律师事务所徐波律师
本书如有破损、缺页、装订错误，请与本社联系调换

开　　本：710×1000　　1/16
字　　数：392 千字　　印　张：22.5
版　　次：2017 年 6 月第 1 版　　印　次：2017 年 6 月第 1 次印刷
书　　号：ISBN 978-7-5190-2813-8
定　　价：68.00 元

《青龙瞎话儿》编辑人员

主　　编： 苏俊田

执行主编： 张保学

副 主 编： 赵　秘

《青龙瞎话儿》

——非物质文化遗产保护工作的新见证

所谓"瞎话儿"即民间故事。民间故事在民间俗称"瞎话儿",术语则称其为"民间故事"。民间故事诞生于民间,流传于民间,是广大乡村屋前树下,地头河边人们喜听愿闻的精神食粮,也是生活在最基层的广大乡民们可以信手拈来的文化营养。由此,青龙民间故事一书以"青龙瞎话儿"冠名,恰恰是俗到好处,也正符合当今最流行的"真正的接地气儿"这句话。

一看《青龙瞎话儿》一书的封面,立刻就使我们想起了在农村生活时的儿童时代,正是在那不停摇曳的油灯下,在老人们讲述的一个又一个"瞎话儿"中,让我们度过了那些充满了许多神奇幻想的漫漫长夜,那些五颜六色、曲折诱人的丰富题材和内容,像精神的乳汁一样启迪着我们的心灵。可以说,那才是对我们幼小童年思维的真正启蒙。

"瞎话儿"也就是术语所说的民间故事,它属于民间文化中口头传说的重要组成部分,是属于民间文化类别中的重要的口头遗产。进入21世纪,我国文化界最重要、最紧迫的事件之一就是对民间文化遗产进行抢救和保护。从中国民间文艺家协会发起的"中国民间文化遗产抢救工程"到文化部提出的"中国民间文化遗产抢救工程"以及现在正在大力进行的"非物质文化遗产保护"的全面推行,使民族民间文化的抢救和保护等工作得到了广大文化工作者高度的关注与期待。在整个民族民间文化的抢救与保护过程中,无数的文化工作者投入了极大的热情与精力,力所能及地为非物质文化遗产的保护做出了贡献。

青龙满族自治县地大物博,人口众多,有着悠久的历史文明,从而也就自然而然地拥有内容丰富厚重、形式种类繁多的非物质文化遗产。这些文化遗产无不蕴含着广大的青龙乡民们特有的思维理念、精神价值、丰富的想象力和固有的文化意识。它折射出了广大青龙乡民们独有的巨大的生命力与创造力。因此,保护和利用好非物质文化遗产,对于继承和发扬优秀的民族文化传统,促进民族之间的团结和进步,增强民族的自信心和凝聚力,促进社会主义精神文明建设无不具有重要和深远的意义。

在青龙的广大文化工作者身上,普遍具有一种文化自觉的精神,他们时时刻刻都在关心、保护青龙境内的民族民间文化。正是由于青龙的文化工作者们的文化自觉和努力奋斗的精神。青龙满族自治县的各种非物质文化遗产的保护,对民族民俗文化的研究,有关文化之乡的创建,几乎都走在全市及全河北省的前例。青龙是贫困县,但文化工作却丰富多彩,成绩斐然,除了它自身的文化底蕴外,重要的则是有赖于青龙的文化工作者的勤奋和努力。多年来,青龙的文化部门受到过无数次表彰和嘉奖,特别是青龙文联,由于对民族民间文化工作的重视和付出以及其所做出的成绩,连续多年被河北省文联、省民间文艺家协会评为全省的先进集体和市先进集体。

《青龙瞎话儿》一书的出版发行,是青龙文联的工作人员对青龙境内的民间文化进行深度挖掘的又一例证。它生动地证明了民族民间文化是一座取之不尽、挖之不绝的宝藏,只要用心地、认真地去调查、去窥探,我们就会发现新的矿源。只要努力地去挖掘、去提炼,我们就会找出文化的真金。

金永强

2016 年 8 月 11 日

目　录
CONTENTS

神话篇

风物篇

生活篇

人物篇

动植物篇

灵异篇

智慧幽默篇

01

神话篇

青龙河与聚宝盆*

河北省的燕山深处，长城脚下流淌着一条清澈河流，九曲回肠，顺着山势走向南流。这条河发源于内蒙古的多伦附近，流经秦皇岛市的青龙满族自治县和卢龙县境内，注入滦河。河水清澈甘甜，哺育着两岸勤劳勇敢的各族人民。这条河的发源，有一个鲜为人知的神话传说。

很早以前，这条河是一条干涸的河，只有雨季，才不断流。河的源头有一个村庄，村里有一户财主和一户穷人。穷人家娘俩，母亲孀居，儿子叫庆隆，十四五岁。庆隆的爸爸在世的时候欠下了财主的阎王债。本利盘剥，还不起债，母亲只好叫庆隆给老财主打工抵债。

老财主家养了一匹马，每天让庆隆给马割草。庆隆人小，机灵勤快，一边给财主家割草喂马，一边侍弄自家两亩瘠薄的土地，母子俩相依为命。

这年大旱，三伏天也没落一滴雨，大地旱得直冒烟，庄稼旱得一擦火镰都能点着，草木干枯了，哪里还有青草呢？老财主蛇蝎心肠，庆隆割不来草，挨打挨骂不算，还要扣工钱。

有一天，庆隆愁眉苦脸，背着草筐，拿着镰刀，漫山转悠，突然，他发现一座山崖下有一片草长得湛青绿叶的。他急忙来到跟前，放下草筐，挥镰把这一片草割下来，正好装满一草筐，高高兴兴地把草背回老财主家。第二天，他又来到这里，惊奇地发现昨天割过的地方，又长出一茬又绿又嫩的新草，他心里想：真是老天不灭大傻瓜。他急忙把这片草割下来，又正好装满一草筐。从此，他一连几天，都在这里割草，可是，时间一长，引起了老财主的怀疑。老财主心里纳闷：天这么旱，草都枯死了，他是从哪里割来的又鲜又嫩的青草呢？老东西要一探究竟。这一天，

---

* 本文由张国中搜集整理。

老财主悄悄地在庆隆后边盯梢,看他是从哪里割来的草。老财主发现原来庆隆是从一座山崖下面割来的,等庆隆背起草筐走后,老东西发现这里又长出一茬嫩绿的青草。老财主心里犯嘀咕:天这么旱,漫山遍野没有一片绿的地方,这里的草却绿油油的。怪不得他每天能割到青草。老东西眉头一皱,鬼点子冒出来了。自言自语地说:"我把这片草连根挖下来,看你还上哪儿去割!"想到这里,老东西回家取来镢头,挖这片草根。突然,他发现草根下面有一个小石盆,粗粗糙糙的,他抡起镢头就砸,小石盆被砸得直冒火星,一骨碌滚下山崖去了,老财主皮笑肉不笑地回家了。

第二天,老财主催促庆隆给马割草,说:"今天割不来草,扣你半年工钱。"

庆隆背起草筐,直奔这座山崖下,到地方一看,傻眼啦,草根都被挖出来晒干了。庆隆哭丧抹泪,背着空筐一步一挨地往山下走,他走到山下,发现一个小石盆,穷人没有钱购置家具,心想:把小石盆拿回家去做狗槽子吧。他把小石盆拾起,放到草筐里,背回家。庆隆把事情的经过告诉了母亲。

庆隆家里养了一只狗,饿得骨瘦如柴,庆隆把小石盆放在前门口,把刷锅洗碗泔水掸到石盆里,狗每天都吃得饱饱的。里边放的食物不多,还剩下食水。不用再添食,石盆里总是满满的。联想起庆隆在山上有割不完的青草,母亲突然明白:小石盆一定是一件宝贝。娘俩把小石盆刷洗干净,搬到屋里,放上一些米试一试,嗬!真灵,果然是件宝贝。从石盆里不管舀出多少米,石盆里的米还是满的。娘俩高兴极了,把米拿到集市上卖了,把卖米换回的碎银子放到小石盆里。结果,石盆里的银子越花越多。这是"聚宝盆"啊!娘俩有了钱,还清了老财主的阎王债,小日子过得红火起来。

墙有耳,壁有风。庆隆家有聚宝盆的消息不胫而走,传到老财主耳朵里,老财主上门来讨聚宝盆,娘俩说什么也不给。老财主眉头一皱,有了馊主意。心想:我得不到聚宝盆,你们也别想得。他把这件事告诉了驻扎在附近的一股匪兵的首领,匪首巴不得马上得到聚宝盆,立刻带领匪兵和老财主到庆隆家夺聚宝盆。众匪兵如狼似虎,把庆隆家包围得水泄不通。这时,母子抱头痛哭,母亲对庆隆说:"儿啊,宁为玉碎,不为瓦全!咱娘俩豁出命来也不能让聚宝盆落到他们手中,你把聚宝盆摔碎了吧!"庆隆举起聚宝盆连连往墙上摔,可是,怎么也摔不碎。这时,匪兵在外面吼叫:"不把聚宝盆交出来,我们就放火烧你们房子……"在这千钧一发之际,庆隆把心一横,抱着聚宝盆跳入院内的水井中。

说来也巧,庆隆家院内这眼水井,深不见底,这眼井里住着一条小青龙。这条小青龙是遭了天谴,被囚禁在这眼水井里的,活该小青龙有了出头之日。这时,匪兵蜂拥而入,来夺聚宝盆。说时迟,那时快,井水突然上涌如注,浪涛从井口喷出,小青龙趁着上涨的水势,一跃而出,波浪滔天,洪水滚滚,把老财主、匪首和一群匪兵全淹死在水里了。

河水奔腾咆哮,一泻千里,沿着燕山山麓,蜿蜒向南,冲破长城垛口(此处长城隘口原名“逃龙口”,后改作“桃林口”,即今桃林口水库所在地),逃出塞外,流向燕赵大地,汇入滦河。人们把这条清澈见底的母亲河取名为青龙河(也叫玄水、漆水)。

神秘的蛤子汀*

过去青龙河上有一个很深的汀，叫蛤子汀，旁边的村子就叫蛤子汀村，大明朝天启年间，村里有一帮挑挑子做小买卖的货郎，他们经常挑着挑子到口里的骊城、山海关一带跑买卖，他们从家乡口外挑一些地方土特产到口里叫卖，再从口里趸一些时新的日用品到家乡兜售，有时还出山海关到奉天去做买卖。

蛤子汀村里有一位小伙子姓翟，小名叫石头，老实巴交，父亲去世早，他从六岁起就跟寡妇娘一起过日子，娘俩没啥来钱道儿，日子过得紧巴紧扯的，石头二十大几了还没说上媳妇，一日老娘对石头说："儿啊，咱庄上和铁炉沟几个搭帮跑小买卖的，听说挺挣钱的，你也跟他们搭帮跑跑，万一能跑出个样儿来，也好娶个媳妇，生个一男半女的，到老好有个依靠，娘都放下六十奔七十了，说不定哪天一口气上不来，你可咋办呢？"

石头说："娘，我不去，我在家种地陪娘，不是说有娘在，儿不远走嘛！"

老娘笑笑说："做小买卖，三天两头就能回趟家，哪是远游啊。就咱家那点薄地，赶上好年景能将就够咱娘俩糊口，若遇上灾年就得吃糠咽菜，这个样子哪家的闺女肯进咱门呀！去吧，趁着现在娘还能动，还能给你看着家，等娘爬不起来那天，啥都晚了，出去挣点钱，好把日子过起来，等娶上媳妇，生个孙子，娘死也无憾了！"

石头有些犯怵地说："娘，可我啥也不会呀！"

老娘说："看人家咋做你就咋做，要不让铁炉沟你老舅家的表兄带带你，你表兄赵义就是那帮人里边的。"

石头说："娘，我听您的，只要我表兄肯带我，我就去。"

---

* 本文由如烟搜集整理。

老娘高兴地说:“好！我这就找你表兄去。”

后晌老娘就从铁炉沟回来了,她兴冲冲地说:“儿啊,你表兄同意带你,娘给他留下一些银子,让他帮你置办货郎挑子和这次出门的货物,你表兄说后天就起程。”

石头感激地说:“娘,后天我就跟他们去,我不在家,娘要处处当心。”

隔一天后,石头挑起货郎挑子就和村里的货郎们上路了。因是秋末冬初季节,这次他们办的货物是皮张,东北较冷,他们这次就往奉天方向奔。他们过了义院口,沿海阳、榆关,到山海关的老龙头时,已是第二天的中午了,都觉得肚子饿了,几个人把挑子一撂准备吃饭去。

赵义说:“石头表弟,咱们吃饭去吧。”

石头说:“表兄,你们去吧,我娘给我带黏饽饽来啦,我就不去了。”

赵义说:“城里边有古城包子铺很有名,可好吃呢,你去吧,表兄给你掏钱。”

说着石头就从挑子里拿出一个包儿说:“我就吃这个了,你们去吧。”

看石头真不想去,赵义说:“中,你不去,就看着货挑子,我们几个去。”

石头笑着说:“中啊,那你们可早点回来呀。”

几个人都到饭铺吃饭去了,只剩下石头一个人,他从包儿里拿出老娘给他带的,烤得亮黄亮黄的小黏饽饽,狼吞虎咽地吃了起来。静下来后,他听到哪里传来“轰隆,轰隆”声,细听又有“哗啦哗啦”声,他听声音好像是从南面传来,年轻人好稀奇,他就向南寻去,石头长这么大没看过海,他望见南面蓝乎乎的都是水,他走过去,只见波涛滚滚,触天接地。他心里说:“哦呀！这大河咋这么大,无边无岸的,还哗哗响,怪吓人的!”

他瞧着海浪涌动,一波一波地泛着白沫沫,很是好看,他忽然看见海边的沙地上有一个小锅似的绿古沾沾的东西,他捡起来看看。嘟哝着说:“啥玩意呢？拿回家盖酱缸还挺好的。”他忽然想起,他还看着大家的货郎挑子呢,他拿起这东西往回走,还好,那时人烟稀少,货郎挑子没人动过。

等到同伙吃饭回来,看到石头捡个大王八盖子,表兄赵义就说:“石头,从哪儿捡个这么大的王八盖子?”

石头回答说:“从那边的大河边上捡的。”

人们都笑了,说:“你们家的河有那么大呀？那是大海。”

石头憨憨地一笑说:“哦！是大海呀,怪不得无边无岸的。”

他们又起程了,石头把王八盖子挂在挑子上。赵义说:“石头,那破王八盖子你还带它干啥？有啥用,挺沉的,还不快扔了。”

石头说:“不沉,扔了怪可惜了的,拿回家去盖酱缸挺好的。”

几个人挑着担子出了山海关,往奉天去,沿途叫卖,晓行夜宿。石头的王八盖子晴天挂在挑子上,赶上雨天扣在头上当帽子戴。自从有了这个王八盖子,雨天,石头身上一滴水都没有,遇上刮风,别人的货郎挑子被刮得东倒西歪,他的挑子纹丝不动。因为他总在后边走,谁也没有发现,他自己也没有想到这是王八盖子的作用。

话说这一天到了奉天,真是繁华之乡,叫买叫卖不绝于耳,各路商贾买办有的是,推车的、担担的、骑马的、坐轿的熙熙攘攘,唱戏的、卖艺的歌舞升平,各种点心、小吃比比皆是。石头的眼睛都不够用了,东瞧瞧西看看,甚觉热闹,他从一家珠宝店门前经过,珠宝店掌柜的一看到他挑子上的王八盖子,急忙迎出来,说:“老乡,把你这个东西给我看看中不?”

石头说:“中,你就看呗。”

掌柜的将王八盖子拿在手中,翻过来掉过去看了好一阵子,抬起头来说:“老乡,把你这东西卖给我吧,要多少银子给你多少银子。”

石头是个实诚人,说:“我这也是白捡来的,没啥大用处,想带回家去盖酱缸,你要是用得着,就送给你吧,还要啥钱哪。”

珠宝店掌柜的说:“那太感谢你了,听你的口音,是口外义院口以北一带的人吧?”

石头说:“是的,我是青龙河边上蛤子汀的,到这里做点小买卖。”

“那正好,我家也离你家不远,你回去给我捎封信呗。”

石头有些为难地说:“行是行,可我等不了,我的伙伴都走远了,我得赶紧追他们去,我头一次来奉天,我怕走散了,找不到家,我得走了。”说完挑起挑子飞也似的跑了。

珠宝店掌柜的在后边喊道:“别忘了给我捎信,我会找你的。”

到了晚上,货郎帮的几个人把挑子里的货物卖完了,找个小客栈住了下来,几个人简单地吃过晚饭,就睡觉了,一天的劳累,躺下便“呼呼”睡着了。石头感觉有人和他说话,他睁眼一看,原来是珠宝店掌柜的来了,掌柜的说:“明天你们就要起程回家了吧,信我带来了,你给我捎回家去。”说着从怀里掏出一个封好的信封。

石头说:“我不知道你家在哪儿啊?”

掌柜的说:“我家也在蛤子汀。”

石头好好看看掌柜的,说:“你是蛤子汀的?那以前我咋没见过你呢?”

“我不是长年在这儿开买卖吗,很少回家的,你哪能见过我呢。”

石头说:“你姓啥呀?你家是庄东还是庄西呀?得告诉我清楚。”

掌柜的说:“这个都不用,你到蛤子汀边上喊‘有信来呀’,连喊三声,就会有人来接你。”说完掌柜的就不见了。

石头一下子就醒了,原来是一个梦,可他向枕边一摸,还真有一封信,跟梦里的一模一样,他悄悄地把信掖起来了,没对任何人说。

石头等人从奉天做买卖回来,到了家里,好好睡了一夜的觉,早晨起来后,石头想起了那封信。石头对母亲说:“娘,我出去走走。”

石头走出家门,直奔村外的蛤子汀走去,说起这蛤子汀,并不是很大,比一家院子大不了多少,可是深不可测,水面泛蓝。石头来到汀边,连喊三声:“有信来呀。”不一会儿工夫,就从水里钻出位穿得很漂亮的中年男人,走水如履平地来到石头面前,说:“你是从奉天回来的吧?我家主人有请。”

石头说:“那么老深的水,我进去还不淹死呀,我可不能下去,把信交给你我这就回去了。”

中年男人说:“我家主人要见你,有事儿跟你说,没事儿,你闭上眼睛,我就能带你下去。”

石头只好闭上眼睛,只听耳边“哗哗”响,一阵响声过后,男人说:“你睁开眼吧,到了。”

石头把眼睛睁开一看,眼前是很漂亮的房子。中年人领他往屋里走,只见迎出来的是奉天珠宝店的那位掌柜的,掌柜的笑呵呵地说:“你可来了,我恭候你多时了,快进屋吧。”据说过去在城市里开珠宝店的都是江、河、湖、海里的水族,他们想通过开珠宝店,把属于他们的东西都收回去。

石头很纳闷儿:“你怎么在这里呀?”

珠宝店掌柜的说:“这里也是我的家呀,你把你捡到的东西送给了我,仗义疏财,又分文不要,我们也得够意思才是,没有别的可报答的,请你到我们家吃顿饭,这顿饭会对你有好处的。”

这边说着话,石头斜眼一看,看见厨房里正在做饭,一位老太太端着一个大海碗,从鼻孔里往出拉鼻涕,到碗里就成面条了。不大一会儿,一碗热气腾腾的面条就端上来了,闻着好香好香,馋得石头直流口水,可又一想是从老太太鼻孔里拉出来的,又想吐。他一口没吃。

珠宝店掌柜的问:“你咋不吃呢?这是专门给你做的。”

石头回答说:“我一点都不饿,不想吃。”

“那太可惜了,这不是普通的面,你不吃会后悔的。这样吧,我给你带一坛小米去吧。”

石头忙阻拦说：“带那玩意干啥，我们庄稼人不缺小米。”

掌柜的摆了一下手说：“我的小米好，不是一般的小米，和你们家的不一样。”

“我家的小米也好，我种地不偷懒，人家耪三遍，我都耪四遍，耥两遍，全庄的谷子，哪家也没我家长得好，碾出的米粒大、色黄，可好呢。”

掌柜的说：“你就别说啥了，走了务必拿上一坛。”

“我这就走了，出来工夫大了我娘不放心。”石头说着抬起屁股就要走。

掌柜的说：“到我这儿来一趟，别空手回呀，把小米带上。”

石头心眼不灵活，他说啥也不肯带。掌柜的示意接石头来的男子给带上。

石头又被那中年男子领出来，说：“你还闭上眼，我送你回去。”

石头闭上眼，耳边又“哗哗”一阵响后，睁开眼，已到了蛤子汀的岸上了。送他的男人从怀里拿出坛子说：“这是送给你的，你拿着吧。”说着就往石头的怀里塞。石头往后一闪身说：“我说不要就是不要。”他这一躲不要紧，只听“吧嗒”一声，坛子掉在了河里，坛子碎了，小米也撒到了河里。因这青龙河的河沙里有金子。

男子惋惜地说：“你这个人咋这样没好命啊！你知道不，你捡的那只大王八盖子是万年老龟脱下来的，里边有夜明珠、闭水珠、避风珠，价值连城啊，你把它送给了我们的小龙王，我们小龙王为了感谢你，把你引到了这里，给你做长寿面，你一口都没吃，你知道不，那是龙涎，吃了长生不老。小龙王看你没吃，又送你一坛米，你却把它弄到河里去了，你知道不，坛子是聚宝盆，小米是金粒子呀！唉，你没有那份命啊！”

石头迟疑地问：“什么！他是小龙王？”

“是啊，他是东海龙王的六太子，他平时在奉天开店，闲时就愿来青龙河小龙宫。”男子说完就不见了。

“啊！我进龙宫啰！看到小龙王了！”他和龙王打过交道，自然就有些仙气了，就不想娶妻生子了，他在家种地侍候娘，他家的地无雨自洇，雨多不涝。老娘“黄金入柜”后，他就出家了，到板石峪山洞里出家修炼，据说他寿命很长，头发就脱了三坨子，最后坐化成仙了。

桃花女破周公*

武王伐纣，天下归周。传至成王，周公、召公辅政，天下太平，国祚兴昌。周公，姓姬名旦，文王之四子，继承文王推演八卦衣钵，而象意卜理青出于蓝更是精通。天道穷通，人世博晓，有“周公解梦”流传后世。是古时第一大贤，玄学易理的祖师。

一日，周公游历到燕地一个村子，自己扮成算命的，卖弄神术。见一锄地老农走于归家路上，老农的后面还跟着提瓦罐的少女，看来是父女成行。周公主动搭讪，欲为老头卜上一卦，看老头还有没有发达时候。父女知晓，欣然受教。没想周公按生辰八字推演一会儿后，大惊失色，说：“准备后事吧，你父明午必死覆车之下。”老头当时昏瘫。姑娘忙问：“你敢这么肯定？”周公拈髯而笑说：“我是姬旦，天文地理、风云人事无不在我算中。穷通有命，福祸由天，万年定数，岂可改更？”姑娘大哭，跪倒在地，哀求先生指一避灾之法。周公扶起女子，劝说，“天命难违。我只知天，不能改天呀。”说完，亦流下同情之泪，未留卦钱，黯然而去。

这时，老头也醒了，看着痛不欲生的女儿说：“桃花，死生有命，这个周公算术百试百灵，咱回家安排吧。”二人恹恹而归。

桃花犹不死心，次日早晨对老父说：“咱今天不出门，不上路，就不信马车从窗子飞来？”他们真的坐在炕上，哪儿也不去。谁知中午，幽燕地震。正巧房子火山墙上挂的纺车掉了下来，那根穿线的铁锭子不偏不倚正刺入老头头上，真个死于覆车之下。

桃花埋了父亲，暗想，若事事都行天命之轨，人生都守造物之规，生来就是上天操纵的木偶泥鸡，那人生还有什么乐趣。一定找出个改天命的办法来。于是，

---

* 本文由常建国搜集整理。

她下定决心，离家访道，去寻找破天之法了。

她先想到夸父，因夸父曾有追日之举。她到了虞渊，找到夸父的墓地，日夜陵前哀哭，终于和夸父相见，说明来意。夸父摇头辞谢，说："我之追日，无非欲以人速赶日速，还在日行之轨里，哪是破天啊。你不如去寻鲁阳，他可是有驻日之望的。"

谁知桃花费尽千辛万苦之劳找到鲁阳，鲁阳苦笑说："我虽有此心却无此力呀。当时并未停下日头，反被人耻笑。你找共工吧，他可撞折不周山，使地维断、天盘倾。"

桃花到了西域帕米尔高原，渡冰谷、攀雪峰找到共工，说明来意。共工叹气说："我虽撞倒不周山，但仍未损天地大格局。此亦爱莫能助。"桃花放声大哭，悲痛求死。共工看此情节，转了几个圈子，突然一拍脑袋说："别急，你找女娲去。她既然能补天，就能破天。岂不闻，破即能立，立者能破吗？"

桃花叩拜共工，转向中原，寻找女娲。终于在神农架见到了人首蛇身的开天始祖女娲娘娘，泣诉来因。女娲见其心切意坚，十分感动，说："桃花，你找对了。周公自以知天，其实是死板僵化，墨守成规。只知天道守衡，不晓天道无常。衡极则变通，变多则趋平。是故老耳云：大象无形，大音无声。千更百变，玄妙方生。巨石滚山，一小力可使其改迹；长堤隔水，一蚁穴可令其溃崩。此乃四两拨千斤之道也。只要选好节点，可用些微之巧，行改弦易辙之效。吾今教你祈禳之法，变逆之道，以全汝愿。"

桃花学艺数载，辞师下山，专找周公，显其神通了。

周公此时正是声名鼎盛，普天之下，未有卜辞而不验的。那日，他为一老媪占卦，说老媪询问的外出的儿子当夜子时死于外乡。妇人悲痛欲绝，桃花对老妇说："莫怕，你今夜可把儿子常穿的鞋挂在大门纂上，用笤帚疙瘩敲打，边打边喊他的小名，管保平安回家。"老妇依计为之，果然其子次日返回。众人询之，其子答曰："夜逢暴雨，避于破窑，忽闻老母耳边呼唤甚急，速出，破窑轰然而塌。"

后又经数次较量，周公所卜之未来，皆被桃花所更改，人们口耳相传，言散千里。周公闻之，单访桃花，二人在燕山相遇。其时恰值四月末了，他们就在都山顶上盘道。

周公曰："汝数次违天，不怕天谴？"桃花答道："天喜变通，岂可谴之！"

周公问："天道永恒，天心肃穆，其威凛凛，方始为天。若人可更变，岂不怒之？"

桃花答："地能换旧，天亦求新，万年不变，枯如死木，如此，则天亦老矣，岂天之愿乎?”

周公仍是不服,但又辩不过桃花,就改话题道:“咱就别高谈阔论吧。就说眼前就要进入五月,你看周围有何灾变吗?”

桃花反问:“以公之术推之,将如何?”周公叹道:“北地属阴,性喜偏冷。但五为初阳,重五阳上加阳,阳骤来之,必将有瘟疫降临,众生将历一大劫。”

桃花笑道:“道友所算不虚,正常推之,果真是如此。但事在人为,天道可变。我有奇术,可免此劫难。”

周公请教。桃花说:“可于五月初一,家插桃条,以吸附瘟气。五月初三,户挂纸葫芦,便收拢毒疹。端午孩童胸佩五彩线缝制、五色布做的蝎子、长虫、蜥蜴、蟾蜍、蜈蚣五种毒虫布偶,取其以毒攻毒,相抵而无毒之意,晚上把此毒之物扔入河里随水流走。早采艾蒿,清除零散之瘟毒;午洗河澡,增其免疫功能。如此,则百毒不侵,安然无恙矣。”

果然,人们照此为之,无病无灾。

于是,周公叹服桃花之能,再走江湖,从不说斩钉截铁之语了。至今,算命先生不敢说人寿命,用“寿有积有损”推脱。而桃花之术,传至孔明,故诸葛一生逆天而为。谋划三国,阻挡归一;冬借东风,助烧赤壁;拜星禳寿,对抗阴阳。而端午习俗,在燕东冀北,亦流传至今。

赶山鞭的传说*

青龙县地处燕山东麓，古长城北侧，3510 平方公里。境内有海拔 1846.3 米的都山、风景秀丽的祖山、走势奇特的影壁横峰……素有八山一水一分田之说。真是左山连着右山、大山托着小山、矮山依着高山，可谓是山中有山，山外套山，绵延不绝。这恰好和长城南侧的抚宁、卢龙、迁安等县形成了鲜明的对比。

青龙为什么有这么多的山呢？这可有一个神话传说呢！

战国末期，秦日益强大，吞并六国，一统天下。传说，并不是由于秦始皇英明神武，而是他借助了一件神器——赶山鞭。秦始皇有一个神仙赐给他的鞭子。只要口中念动咒语，轻轻挥动鞭子，就可以把大大小小的山，像羊一样赶来赶去。所以这条鞭子被称作赶山鞭。

秦国和他的对手交战时，并不派更多的士兵打仗，只是令小股部队做诱饵，将敌人诱到两山之间，秦始皇便口念咒语，挥动鞭子，两座山就会挤到一起，将敌军挤死在山中。很快他就打败了所有的敌人，建立了大秦王朝。

秦始皇称帝后，总觉得自己的疆域不够大。不能满足他的欲望，很是苦恼。一天，群臣上朝，其中有位大臣看出他的心思，向其献策："大王可以利用神鞭，将周围的山都赶到大海里，这不仅扩大了您的地盘，也便于统治。"秦始皇一听大喜。于是他就念动咒语，挥动神鞭，把好多大大小小的山赶到了大海里。秦始皇这一下可高兴了，看到自己的土地一天比一天多，赶得更起劲了。这下可害苦了大海里的龙王。只见自己的地盘一天比一天少，还有不少的子民都被大山压死。有的龙王的龙宫都被压在了山下，连个栖身之所都没有。所有的龙王都愁眉不展，束手无策。

---

* 本文由唐雪彬搜集整理。

一天，渤海龙王从外回到龙宫，一副忧心忡忡的样子。渤海龙王有一个聪明伶俐、善解人意的女儿——小龙女。小龙女见到父亲满脸愁容，便关心地问发生了什么事情。老龙王叹了口气，说出了事情的原委。他说："只怕有一天，我们的家也会被他给占了。"小龙女听后，沉吟一会儿说："只要把他的赶山鞭偷来，把山赶回去不就行了吗？"龙王说："哪有那么容易的事情。"小龙女说："这件事情就交给我吧。"

自此以后，小龙女每天都到海边去，以便等到秦始皇给自己创造偷神鞭的机会。苍天不负有心人。这一天，小龙女看见从远处来了一群人。只见在人群中有一个由十几匹马拉的大车，上面坐着一个人。只见这人，浓眉大眼、宽额阔鼻，非常威严。只听得有人在说："今天大王不知又要赶哪座山呢？"小龙女看得明白，猜测这人一定就是秦始皇。

小龙女于是乎就趴在海边大声地哭泣。秦始皇听到哭泣声，大声喝问："什么人在此处喧哗？"手下赶紧禀报，是海边的一位年轻女子。秦始皇听说是年轻的女子，十分高兴，赶紧让人把小龙女带到车前。秦始皇一看到小龙女，眼睛都直了。长得也太漂亮了。只见小龙女柳叶弯眉、皓齿丹唇、丰胸翘臀，真是人间的极品。秦始皇身边的大臣见此情景，赶紧问小龙女："为何在这里啼哭？"小龙女说："我是住在海边渔村的，靠打鱼为生，与父亲相依为命。可是前不久父亲却在出海打鱼时命丧大海。现在只剩下孤身一人，无依无靠，今天到海边祭奠父亲，故在此啼哭。"秦始皇听到此处，不由大喜。他面露戚容，装模作样地说："确实可怜，这可如何是好啊！"大臣们心知肚明，于是对小龙女说："如今宫中正缺少侍女，可愿入宫服侍大王？"小龙女闻听心中暗喜，沉吟之际。秦始皇道："就这样吧，随本王进宫。"手下不由分说，就将小龙女扶上马车，匆匆返回宫中。

秦始皇回到宫中之后，每天都和小龙女缠绵在一起。小龙女更是使出浑身解数，把秦始皇迷得晕晕乎乎。这样一晃就是几个月。尽管如此，小龙女还是没有得到偷赶山鞭的机会。因为秦始皇每天都将赶山鞭别在腰间，到了晚上就会压在枕头底下。不得任何人碰一下。同时小龙女也知道，光有赶山鞭是没用的，还要有咒语才行。为此小龙女绞尽脑汁，不知如何是好。

一日，小龙女灵光一闪，计上心头。

秦始皇从外面回到宫中，只见小龙女坐在床上独自落泪。秦始皇心疼地问为什么？小龙女娇嗔地说："大王根本就没把我放在心上。"秦始皇问："何出此言？"小龙女说："别人都知道大王有件宝物，可是大王却从来也没对我说起。更没让我见识宝物的厉害。"说罢，又伤心地哭了起来。这让秦始皇手足无措，赶紧讨好地说:“明天就让你见识见识。”闻听此言,小龙女破涕为笑,钻到秦始皇的怀里,撒娇地说:“大王对我可真好!”这一下,秦始皇骨头都酥了。

次日,秦始皇带着众位大臣和小龙女来到海边。秦始皇向小龙女展示了赶山鞭的威力,不一会儿就有几座大山被赶到大海里。小龙女兴高采烈地说:“我也要试一试。”秦始皇很为难的样子,说:“你就不要赶了吧!”小龙女立刻就显得满脸的不高兴。秦始皇没有办法,只好将鞭子交到小龙女的手里,并把咒语也告诉了她。

小龙女得到神鞭和咒语后,纵身一跃进入茫茫大海。此时秦始皇才知道中计了,但为时已晚。

小龙女在海中念咒挥鞭,将一座座山从大海中赶了出来,这些山大都被赶到现青龙县境内。

八义庙*

燕山深处有一座马都山，山中有一座庙宇，原来叫“九义庙”，后来被改为“八义庙”。“九义庙”为什么改为“八义庙”呢？这里还有一个非常神奇的传说呢。

建安县城北有个黄土坡村，村里有一个叫刘祥的小伙子，新婚不到半年。新媳妇赵素云的娘家在八十多里外的紫荆峪，当初刘祥的父亲做小买卖，经常到紫荆一带收购山货，一来二去的就和赵素云的父亲交了朋友，后来两个朋友便做了儿女亲家。赵素云生得一副俊模样，而且很懂事理，小两口你恩我爱，对公婆又非常孝顺，一家人和和睦睦。农历六月，赵素云去住娘家，在娘家住了半个多月后，刘祥赶着毛驴到岳丈家来接赵素云。第二天吃过早饭小两口便上路了。赵素云骑在驴背上，刘祥跟在后面，小两口一边走着一边说说笑笑，不知不觉地夕阳西下天色已近黄昏，可是离家还有二十多里路。小两口儿正着急赶路，刘祥却偏偏遇上了一位朋友，两个好友几年未见面了，今日偶然相遇彼此都格外高兴，两个人便没完没了地唠了起来，那位朋友还要刘祥到他家里坐坐。骑着毛驴走在前面的赵素云心想，丈夫跟朋友也不会唠得时间太长，所以也没把毛驴勒住，自己骑着毛驴继续往前走。反正毛驴对道路也熟，错不了路。谁想，走出七八里路刘祥还没追上来。这时，前面出现了岔路口，正巧从西边道上横穿过来一个骑马的小伙子，马跑如飞竟将赵素云骑的毛驴冲到右边的道上。新媳妇赵素云因道路不熟，以为驴子识路，便任其走下去，没想到竟糊里糊涂地走到一处大山里。天已经完全黑下来，后边却仍不见刘祥的影子。大山里荒无人烟，赵素云一看觉得不对劲儿，这回可发愁了。天黑辨不清方向，前走后退都怕一错再错，赵素云只好下了毛驴一个人坐在路边上。想找个借宿的人家这里又没有村庄，一个年轻女人独自露宿在大

---

* 本文由杨友搜集整理。

山里实在是不可想象的事。赵素云越想越害怕,心里不由得暗暗地埋怨丈夫,只顾和熟人唠嗑误了大事。可是,现在埋怨有什么用?没有别的办法,只有守着毛驴坐待天明了。

当时正是农历六月中旬,月亮照进山谷中,两边的山崖怪石嶙峋,如一只只猛兽狰狞可怖,山谷里茂密的丛林阴森森的,十分骇人。赵素云左瞧右看,想寻找一个安全之所,但又觉得哪里都不安全。就在赵素云心慌意乱的时候,突然从密林中走出一个黑影。黑影缓缓地向赵素云这里移动,她心里猛地一颤:是人还是鬼?是妖还是怪?黑影渐渐逼近,眨眼间已来到她的面前。这回她看清了,是一个人,一个粗壮的汉子,敞胸露怀,浑身上下带着一种慑人的野气。赵素云很想夜里有个人做伴,可是,来了这样一个威猛的男子汉她更害怕了!谁知道他是好人还是恶人,想逃又逃不掉,想藏也来不及了,那壮汉三步两步来到她的身旁,赵素云浑身抖作一团,那颗狂跳的心简直快从嗓子眼儿里蹦出来了。

壮汉望着赵素云一脸淫笑地说:"好一个俊俏的美人,今个儿老子可要痛痛快快地享受享受了!"

赵素云吓得魂飞魄散,战战兢兢地往后躲。那壮汉瞪起一双牛眼道:"你给我老老实实地躺下,别让老子费事!"壮汉说罢伸出双手抱起赵素云放在石板上,然后便伸手将赵素云的衣服解开。

"畜生休得无礼!"随着震撼山谷的喊声一个武高武大的汉子飞奔而来,怒目横眉地对粗壮汉子吼道,"你这个畜生败坏我的规矩,哪里容得!"大汉说罢便举起手中的大刀朝着粗壮汉子的头顶砍了下去,只听"咔嚓"一声,那粗壮的汉子立刻倒在地上,登时毙命!

赵素云被眼前的情景吓得"啊"地大叫一声便昏了过去。

不知过了多久,赵素云醒过来了,睁开双眼定睛一看,山谷中已是阳光明媚,身边没有一个人影也没有任何痕迹,赵素云感到很奇怪,莫非昨夜是在做梦?可是,自己被那粗壮汉子剥光的身子依然一丝不挂,赵素云惊诧不已,急忙将衣服穿好,站起身长长地嘘了一口气。现在她什么也不去想了——赶快离开这个是非之地。

赵素云骑着毛驴走出不远,发现前面有一处院落,赵素云想,既有院落必然有人居住。她决定前去打听出山的路径,以免再走错路。当她走进院子一看,根本不像是住户人家,看样子仿佛是一座庙宇,门口上悬挂着一块匾额,上书"九义庙"三个大字。大厅里有九尊塑像,正中的塑像高大威武,浓眉虬髯,面目奇伟,余者神态各异,有的英气勃勃,有的面带杀气,也有的滑稽怪笑,个个形象逼真。可是,其中有一个身子粗壮、面目凶奇的塑像头顶已被刀劈开——赵素云一看立刻惊得倒退了几步——她觉得那塑像很像昨天夜里要对她施暴的那个人！而正中的那尊相貌威武的塑像与昨夜刀劈恶徒的大汉一模一样！看看眼前这两尊塑像，再回想昨夜的可怕场景，赵素云吓得浑身颤抖脸色蜡黄，急忙转身离开了“九义庙”。

这件奇事很快在当地传开了，人们都说“九义庙”的塑像显灵了。原来这“九义庙”里面供奉的塑像并不是什么天神，而是一帮绿林好汉。据说雍正年间永平人卢广与其同伙啸聚山林，结义九人，弟兄三十余众。卢广带着众弟兄来到马都山，卢广见这里山高路险，丛林遍野，人迹罕至，便选定此地建“聚虎堂”以为山寨。卢某秉性刚直疾恶如仇，经常劫杀官府，惩治不仁豪绅和为非作歹之徒。但从不危害百姓，并对手下弟兄管教甚严，凡违背山规者必然严惩，故此深受百姓敬重，被尊为“义侠”。官府曾多次带兵进山缉拿，均因附近百姓悄悄地进山报信，使官府无功而返。多少年后，人们为了纪念这九位行侠仗义的草莽英雄，将“聚虎堂”改建为“九义庙”，为九位好汉塑了像。那天夜里，赵素云与丈夫走散误入马都山中，“九义”之一的那个粗壮的塑像见山里来了一位标致的年轻女人，匪性不改的塑像竟起了淫心。可是，那位寨主卢广不允许他坏了“九义庙”的名声，便对他进行了严厉的惩处。后来，当地人给“九义庙”换了一块匾额，将“九义庙”改为“八义庙”，那个被砍了头的塑像也被清除了。

神奇的白马石*

家乡青龙河岸有一座绵延起伏、奇峰突起的山峦，名字叫影壁横峰，山峰陡峭处有一块形神逼真的白马石，老人们讲白马石还有段神奇的故事呢。

家乡所在的村子叫蒿村，张王李赵四姓十几户人家早年随八旗进关时从关里搬到这里落户。十几户人家就靠在这树木成林、蒿草丛生的地方开荒种地维持生活。有一家突发奇想，把豆腐渣和炒焦蒸熟后的黄豆面放进大缸里，用棉被蒙好缸盖，经过十几天发酵后加盐兑温开水做成大酱，蘸着野菜喝粥，又解苦又下饭，这就是做大酱的由来。这个方法很快就传开了，一股股大酱的浓香在村庄里弥漫开来。

在一个月黑风高的深夜，劳累了一天的人们早早入睡，个个进入了梦乡。正当人们酣睡入梦、村庄万籁俱静之时，突然一阵嘀嗒、嘀嗒的马蹄声由远及近。烈马的咆哮嘶鸣划破寂静的夜空，把人们从睡梦中惊醒，不知道发生了什么事情，胆子大点的中年男人赶紧披衣外出观望。乍见一匹又高又大的白马从村庄中间来回奔跑，到天快亮时沿着村东向北扬长而去，一会儿就不见了踪影。早晨起来后，发现好几家放在院子里的酱缸东倒西歪，缸里的大酱也少了不少，这究竟是怎么回事啊，方圆百里都没有人家，哪来的白马呢？

正当人们对这个怪物不可思议的时候，村里又发生了一件大事，一家 7 岁的小男孩突然得了急病，浑身烧得直说胡话，这得的是什么病啊，上哪去找医生看病啊，一家人急得直跺脚。邻居大人们都来关心看望，一位老人说，听说在景杖子大北沟里住着一位神医，赶紧去找他看吧，晚了怕孩子的命保不住。天哪，大北沟山高路远，离家有上百里，又是深更半夜，走到那里什么事都耽误了，怎么办啊。这

---

* 本文由张国光搜集整理。

时，只听一声嘶叫，一匹白马直奔这家而来，到了院里就伏身在地，直冲屋里嘶鸣，真是天无绝人之路啊，一家三口跨上马背，只见扬蹄奋起，白马瞬间消失在夜幕之中。经确诊，孩子得的是伤寒，用现在的话说就是急性肺炎。由于医治及时孩子得救了，家人和邻居感动得向着白马连连磕头。

1949 年夏天，这里连续降了 40 天雨，青龙河水暴涨，村庄内水涨到三尺多深，家家户户院子屋里都进了水，有的房子都被水泡瘫了。庄里不能待了，随时都有被洪水卷走的危险，只有向山坡上撤离。向北山撤，青龙河洪水滔天，向南山撤，南河沟水猛浪急，也不好过呀！真是叫天天不应，叫地地不灵。在人们焦急万分之时，一位大婶突然手指庄头说："看啊，那不是救咱孩子的神马吗，咱们的救星来了。"大家立刻欢呼雀跃，收拾行囊带上干粮，让老年人和孩子骑着马，壮年人手拉手拽着马尾巴渡过湍急的河水，向南山坡奔去。只见那匹白马在村中往来穿梭，一次又一次将人们送上安全地带。当全村人安全撤离后，只见白马浑身是汗，累得气喘吁吁。男女老少站在山头冲着白马远去的方向磕头作揖，深深地感激这匹救苦救难的神马。

这匹神马究竟是从哪里来的呢？神龙见首不见尾，每次来得都是那么及时，附近村庄也从没有听说过呀，对于这个谜，人们百思不得其解，只有当作神话口口相传，而且越传越神。直到有一天，村里三个中年男子蹚过青龙河到北山割柴，当他们爬到半山腰准备坐下来休息时，却发现了一个天大的秘密，山腰平台处站着一尊石像，嘴里还粘着大酱呢，人们惊呆了，这不就是进村偷酱吃又多次救人的白马吗，原来是一块巨石啊！打那以后，村里人在山上建造了白马神庙，每逢节日烧香叩拜，求拜神马赐福，保佑全村人健康快乐，年年风调雨顺，过上好日子。在白马神庙的灶台上，除了供奉鲜花瓜果外，都没有忘记带着一坛浓香四溢的大酱作为供品呢。

裴木匠降雨*

很久以前，青龙县东的老岭根儿下有这么一个姓裴的木匠，这裴木匠手艺好着呢，心灵手巧，做出来的木匠活儿，谁都竖起大拇哥，锯、斧、锛、刨样样精通，打出来的家具件件都结实美观。就是有一样，这裴木匠有点儿小心眼儿，做事儿只是看到眼前儿的一点地方。但是，瑕不掩瑜，谁没有点儿小毛病呢！裴木匠两口子那可是过日子的好手，不怕吃苦，勤劳持家，种了几亩地，再加上他是个手艺人，媳妇也不懒，屋里屋外紧忙活，还会做大酱，小日子过得很是殷实。可是，这一年春天，却碰上了百年不遇的大旱，好久没下雨，地都要冒烟儿了，庄稼都旱坏了，给一根火柴就能点着啦！庄稼人、父老乡亲们的心里都火烧火燎的。

裴木匠也没有活儿干了，因为谁家也没有心思盖房子建屋，做好的木器家具也卖不出去。媳妇唠叨说："你就别总在家里等着啦！出门走远点儿，兴许能揽到好的木匠活儿呢！"

裴木匠听了媳妇的话，带上了锛凿斧锯和墨斗子就上路了。他走啊，走啊，走了好几天，也不知进过了多少个村庄，始终也没能找到个木匠活儿。这一天，走着，走着，就到了大海边儿。正是大晌午头，毒花花的太阳照在脑瓜顶上，晒得他直发蒙。忽然，裴木匠看见了一个奇怪的事儿：从海水中忽忽悠悠升起来一个人，还站在海面上向他直招手，向他走过来。裴木匠正在惊讶呢！那人已经到了他的跟前儿，说道："我是东海龙王三太子，早就听说你的木匠手艺好，今天来请你到龙宫里去做家具，工钱随你要，多少都可以。"

裴木匠摇了摇头说："我是个肉眼凡胎的凡人啊，也下不了海呀？"龙王三太子说："这不用你操心，你跟在我身后，自然就可以到龙宫了。"裴木匠琢磨了一会儿，

---

* 本文由郎跃深搜集整理。

还是答应了。

三太子口念咒语，用手一指，水就分开了，出现了一条水路，很快就把裴木匠领到了龙宫。到了龙宫，吩咐虾兵蟹将拿来了各种各样的材料。木匠就开始认真地做起了木匠活儿。做了一件又一件，小一个月就要过去了。日久天长的，他就和龙宫里的人都混熟了。

这天，木匠正在忙活着，三太子告诉他，接到了玉皇大帝的御旨，要到老岭一带去降雨。木匠听了很高兴，心想：那正是我的老家，老家现在已经泉干井枯了，要是能下场雨有多好啊！木匠又想：我在人间待过，在海里也混了快一个月了，要是能再到天上看看那该有多好啊！就对龙王三太子说："你到天上去行雨能不能把我也带上啊？我也想看看是个啥样子！"三太子说："可以，只要穿上一件龙袍就行，穿上后就变成一条龙。实际上降雨也并不难，风婆婆刮风，雷公响雷，电母打闪之后，你只需用鼻子哧哧就可以了，就像擤鼻涕一样，哧的次数越多，哧的劲儿越大，雨就下得越大。不过，你千万记住喽，只要到了天上之后，就不能再说话了，否则，可能会丢掉性命。"说完，三太子就拿来一件龙袍给木匠穿上了，木匠就随着众位大仙升到了空中。

木匠穿上了龙袍，看看自己已经变成了一条龙，红鳞金角长长的尾巴，云彩在脚底下飘飘忽忽，觉得自己真威风啊，美得不得了。

当然啦，去降雨的也并不光是裴木匠一个人，降雨也不是瞎降一气，是要各管一方的。说来也巧，木匠分到的地方正是自己的村子——祖山的北坡一带。随着三太子的口令，木匠也跟着一起腾云驾雾了，不大一会儿，就到了自己家的上空。木匠是会吊线儿的，吊线儿的出身，眼睛好使着呢！站在空中的云头上，仔细观瞧，他清楚地看到自己家前院儿台阶上的酱缸没盖盖儿。心里着急呀！想：哎呀！酱缸怎么敞着盖儿呢？媳妇去哪儿啦？费事巴呱的，好不容易做了一缸大酱，要是下上了雨水，大酱就臭了，那不就白瞎了吗？把个裴木匠急得抓耳挠腮的，一着急就忘了三太子嘱咐自己的话了，就在半空中大声喊道："快把酱缸盖上！"话音未落，木匠就立马觉得自己的身子有千斤重，在半空中再也待不住了，不管他怎么扑腾，还是往下直掉。一眨巴眼的工夫，就"吧唧"一声摔到了地上，觉得眼前一黑，就昏了过去，人事不知了。当他醒来时，已经风停、雷住、云散，晴天老日头的了。你说巧不巧，裴木匠正好摔在了自己家的大门口。

你说说，平白无故地从天上掉下来一条活生生的龙，谁不想见见啊？乡亲们越聚越多，七嘴八舌地唠叨起来。裴木匠被摔得脑袋瓜子都抬不起来了，死固丁丁地趴在地上，整整趴三天三宿。因为穿上了龙袍，变成了龙，所以街毗邻右的，就连他媳妇也没认出他来。

话分两头，再说东海龙宫，老龙王发现少了龙袍，查来查去就问到了三太子那里，才知道木匠没有回来。少了龙袍还了得吗？三太子驾起了祥云，来到了木匠家的上空，降下云头，用手提起了木匠，停也没停就返回了龙宫。龙王也怕玉皇大帝怪罪，就赶紧让裴木匠脱下了龙袍，随手给了他一些工钱，就叫三太子把他又送回到了海边儿。

木匠走了三天三宿，终于到了自己的家门口了。这一路上，他发现别的地方都下雨了，唯独自己家五里地以内的地方却连个雨星都没落下来。

他回到屋里，媳妇就说："这一个月你死到哪儿去啦？也不给家里捎个信儿。三天前咱庄里出了一件怪事儿，从天上掉下来一条龙，就落在咱家大门口，方圆几十里的人都过来看热闹呢！不过，四转圈儿都下雨了，就是咱庄转圈五里地以内滴雨未落，仍是旱得要命，人们都说'咱庄有人心术不正，转圈下雨中间空。'"

裴木匠说："那龙是我呀！"媳妇不信。木匠说："你把酱缸敞着，我喊你盖上酱缸盖儿的时候才掉下来的。"媳妇说："那天我去我妈家了，早上临走的时候还是晴天老日头的晌晴天儿，寻思着叫日头晒晒大酱，谁承想，刚刚到我妈家就变天了，又打雷，又打闪的，离家十几里远的道，就是跑回来也来不及了。"木匠又把全部经过都跟媳妇说了，她什么都听明白了，直埋怨男人，"活该！大伙儿都盼雨盼了老长时间了，就像盼星星盼月亮一样，都是因为你自己的小心眼儿，怕白搭了你自个儿的一缸酱！害苦了咱庄里人了！"

木匠也叹了口气，唉了一声，啥也没说出来，真的是有苦说不出啊！木匠这个后悔哟，肠子都悔青了。

铁女仙姑*

传说在很久以前，太上老君在天堂的兜率宫炼制仙丹，这日，正赶上老君被玉皇唤去有事相商，嘱咐金角银角两个炼丹童子要把火烧旺一些，为了把火烧旺，两童子在炼丹炉前用扇子扇风助火，一时不慎，炉火把扇子燎着了，童子一抖落，被燎着的扇子飘飘然从天门飘落到一座山口上。太上老君扇子的火，那可不是一般的火，那是天地人三昧真火，是神火，非常了得，顷刻间就把周围的山峰给点着了。那时起这座山口就叫"倾扇口"了，后来叫白了，叫成了青山口，这是"青山口"的由来。

据说，盘古开辟天地之时，正处于蛮荒时代，混沌时期，人世间的诸多规律还没有理顺，人间有的山峰不断地往高长，有的洼地不断下陷，玉皇知道后，惊诧道："这还了得，山峰不断地长，还不把天顶出几个大窟窿啊！地总是下陷，侵占了地府，那地府的阎罗王能干吗？这还了得！绝不允许人间的地盘上伸下侵。"于是，他紧急将太白金星、太上老君、赤脚大仙、托塔天王等上仙召到灵霄宝殿议事，要大家出主意，想办法，必须制止人间山峰的疯长，地无休止地下陷。

众仙都无计可施，低头无语。太上老君见众仙都低头沉默不语，他才说："玉皇天尊，臣有一计，可免大帝之忧。"

玉皇说："有计就快快奏来，大事在即还矜持什么。"

老君手持笏板上前一步说："前些时，我正在炼丹，我的童子不慎将扇子燃着，不想扇子带着神火飘向人间，把一座山燃着了，把山炼出了铁水，山就不再长了。"

玉皇听了高兴地说："那就用你的炼丹炉的神火到人间炼山去吧。"

老君领命，这是后话。

---

* 本文由如烟搜集整理。

再说“倾扇口”的火，越烧越旺，山体熔化了，火炭一样的“红水”顺着山沟往下淌，灼浪滚滚，眼看这条沟下的众多百姓就要家破人亡了。百姓只懂得“水来土掩”的道理，立刻聚众在下面堆了两道高高的土坝，可是没多久，土坝先后被“红水”淹没了，百姓见土坝挡不住就垒石坝，石坝还没垒完也被淹没了。后人把堆土坝的两处称作大、小“土没沟”；垒石坝的地方称“没石沟”，后叫白了就叫成了磨石沟。这就是大小“土没沟”和“磨石沟”的由来。

正在百姓束手无策之时，从天上翩然下来一位美丽而善良的女神姑娘。只听女神姑娘说：“大家不要怕，我来搭救你们。”

百姓见到从天上下来一位救命恩人，都跪下叩谢救命恩人。

女神说：“不用谢，都起来吧。快些搭起一个铁炉。我先去赶来河水把这红水给凝住。”说着，女神就来到青龙河边，口中念念有词，只见东西聚起两股大水，排山倒海般地向“红水”涌来，“红水”遇着水像淬火一样降温了，东西“赶河子”由此得名。百姓得救了，女神又用百姓搭好的铁炉打造了十二把铁锁，扔进上游的“红水”里，“红水”立刻变黑了，人们把这个地方叫铁炉沟。这时，只听空中天鼓“咚咚”地响了起来。

女神说：“不好，我私自下凡，玉皇要惩罚于我，我就要走了。记住那“红水”就是铁，是宝藏，它不仅能锻造兵品，还能打造犁、铧、锨、镐、锄、镰等农具，将来用途会更多，会给人们带来福气的。我这十二把铁锁锁住了宝藏，轻易不会打开的，当遇到十二把匕首时，宝藏就会打开了，匕首是打开宝藏之锁的钥匙。”说完女神就不见了。

女神没有留下姓名，后人就叫她“铁女神姑”。

丑乞丐和杜鹃女*

从前,起河下游黑沟口,住着一农户,户主姓王名忠厚。王忠厚早年丧偶,膝下无子,只有两个女儿。大女儿名叫喜鹊,性格刁钻,占尖取巧,好吃懒做。二女儿名叫杜鹃,仁义厚道,善良贤淑,聪慧勤快,知情达理。姐妹俩都长得如花似玉,忠厚看在眼里喜在心上。可惜的是,忠厚家境贫寒,没钱给两个漂亮女儿买好穿的,好戴的。只有每天种地回家时,给她们采些五颜六色的鲜花。杜鹃和喜鹊戴上爹爹采来的鲜花,更是美若天仙。

起河沿边鲜花很多,特别是离黑沟口不远的龙潭岸边鲜花更多。忠厚每天路过这里,都要停下来采上一大把,给女儿带回去。有一天,忠厚又来龙潭边采花。突然发现潭中盛开着一丛朝霞一样的荷花。他心想,我要是能把这样好看的花,采给女儿们,她们该有多高兴呀。可是,这潭水太深,不会游泳,怎么才能采到花呢?说来也巧,突然刮起一阵轻风,就见那丛鲜花慢慢地向他漂来。忠厚采花心切,还没等那花漂到岸边,他就急忙伸手去采。没想到脚下一滑,“扑通”一声,身子全部掉进潭中。就在这时,只见潭里翻起一股浪花。一个丑小伙随着浪花,纵身钻进潭里,游到忠厚的身边。用一只手轻轻一托,将他托上岸去。紧接着又把那丛鲜花从潭中捞起,递到忠厚的手中。

这一惊险情况,差点把王忠厚的魂给吓飞了。当他慢慢清醒过来,急忙跪下,连给小伙磕了三个响头说:“感谢你的救命之恩。”

丑小伙见忠厚给他磕头,赶紧上前将他搀起来说:“老爹不必客气,救人性命是我们家族的规矩。救人一命,胜造七级浮屠,这是我应该做的。”

忠厚听了丑小伙这番话,感动得直流眼泪。正想再说些感激的话,丑小伙又

---

* 本文由陈晓华搜集整理。

开口了:“老爹,你为什么天天来这潭边采花呀?”忠厚看了看丑小伙,惭愧地说:“我采花是给女儿的。因为我家很穷,没钱给她们买金银首饰佩戴,只能采些鲜花,来打扮女儿。”

丑小伙听了忠厚的话,特别受感动:“你可真是位好爹爹,用鲜花打扮女儿,那女儿一定会开心,会更漂亮!”“你说得很对,女儿们戴上鲜花,可开心了。”“请问老爹,你有几个女儿?”“我有两个女儿,大女儿叫喜鹊,二女儿叫杜鹃。一个十六,一个十八。”“都出嫁了吗?”“还没有,大女儿太挑剔,有几家上门提亲都没成。二女儿还小,不着急。”

丑小伙听了,两个女儿都没有出嫁,心中暗自高兴说:“老爹,我想求你一件事,你肯答应我吗?”忠厚说:“你救了我的命,我正愁着怎么报答呢。有什么事你尽管说,只要我能办得到的,别说一件事,十件八件都行。”丑小伙有点羞涩地说:“我想请求你嫁一个女儿给我。”

听了这话,忠厚有点为难了。因为这小伙长得太丑了,丑得有点吓人。我那鲜花一样的女儿,怎能嫁给这样丑的人呢?答应他,女儿肯定不会同意。不答应,又愧对人家的救命之恩。忠厚这时真的犯愁了。他搓着双手,挠着头皮,没有好办法。

丑小伙看出忠厚的心思,又追问一句:“老爹,你是不是不同意我的请求?”忠厚支支吾吾地说:“不是我不同意,那婚姻大事,得回家问问我那两个女儿谁愿意。”丑小伙听了点点头说:“那好吧,老爹,我就等着你的回音了。”“那我上哪去找你呀?”“我就住在潭边的破庙里。”说完,一股浪花溅起,丑小伙不见了。忠厚傻愣愣地站在潭边,忽然间丑小伙不见了,真有点丈二和尚摸不着头脑。他心情沉重地扛起锄头,拿上鲜花,满面愁云地走回家中。

忠厚进院刚放下锄头,大女儿喜鹊就叽叽喳喳地从屋里飞跑出来。她和往常一样,把最好看的花全部挑出来自己戴上,剩下的留给妹妹。妹妹杜鹃和姐姐截然不同。她从不把花的好坏放在眼里,而想的是如何把老爹侍奉好,让老爹开心高兴。今天老爹一进院,细心的杜鹃就看出他有些愁眉不展的样子。她没有去拿花,而是从屋里端来一碗开水,送到爹爹跟前问道:“爹,你累了吧?”忠厚摇摇头。“你饿了?”忠厚又摇摇头。“那你是不是病了?”“没有,没有,都没有!”杜鹃急了。“爹,你不累,不饿,又没病,可为啥那样愁眉苦脸?难道遇见什么为难的事了吗?要有为难事,快说出来,我们也好替你出出主意,分担分担呀。”

忠厚在杜鹃的逼问下,长叹一声说:“孩子,我今天锄地回来,又到龙潭边采花。不慎一脚踩空,掉进潭水中。碰巧潭边有一小伙,跳进潭里,将我救出。为报答他的救命之恩,我说他有什么要求,我都能答应。”“他提什么要求了?”“他说要娶我一个女儿。”喜鹊这时忙插嘴问道:“这人长得咋样,是不是一个英俊的白马王子?”“什么白马王子,他是个丑小伙,丑得吓人,满脸麻坑,一头癞疮。”“那他的家境如何?”“房屋一间,地无一垄,住在龙潭旁的破庙。”

喜鹊听罢,把嘴一撇,说:“原来还是个穷乞丐呀,我可不嫁给他!”听喜鹊说不嫁,忠厚更是愁得在屋里直转磨磨。

杜鹃看见爹爹愁成那样,不由心痛地说:“爹,你一生老实厚道,仁义守信,从不失言。既然答应别人的事,那就一定得办。”忠厚连连点头说:“你说的是这个理,我也这么想,可是?”“爹,你别发愁,姐姐不嫁,我嫁!”听了杜鹃的话,喜鹊惊诧地叫起来:“啥!你嫁?他可是又丑又穷的臭乞丐。你别开玩笑了。”“我没开玩笑,为了感谢他救咱爹爹的恩情,为了咱们的信义,别说是乞丐,就是妖怪,我也要嫁。”

忠厚听了杜鹃的话也急啦:“孩子,这可是你一辈子的终身大事,不是小孩子过家家,你要慎重考虑。”“爹,不用考虑了,你马上去告诉那个丑乞丐。尽快选个良辰吉日,把我娶过去。”

三天后,正是良辰吉日。丑乞丐没驾马车,没备花轿,更没带一针一线的聘礼。一个人亲自来接新娘。喜鹊一见这丑乞丐,穷酸成这样,嘴都快撇到后脑勺子了。她一句话没说,甩袖躲进屋里。忠厚含着痛苦的眼泪,送别可怜的女儿杜鹃。还没走出大门,却被喜鹊一把拉回屋里说:“爹,别送了,像他这样的穷鬼,咱还是离远一点好,免得沾上穷气。”忠厚泪流满面地说“喜鹊,你咋能这样说话,好歹她也是你的妹妹呀!”“妹妹咋啦?谁又没逼她,这是她自讨苦吃,自作自受,生来穷命。”

杜鹃被丑乞丐背在背上,哭得跟泪人一样。虽说这门亲事是自己愿意的,但毕竟离开了爹爹和姐姐,骨肉分离痛彻心扉。她哭着哭着,趴在丑乞丐的背上就睡着了。当她醒来的时候,却躺在一座金碧辉煌的宫殿里,面前站着一位英俊威武、貌美潇洒的白马王子。见此情景,她有些惊讶:“我这不是在做梦吧?”

白马王子温柔地拥抱着她说:“不是做梦,是真的。”“那这是什么地方?”“这就是咱们的家。”“咱们的家?”“对,我是东海龙王的三太子,来到这龙潭修炼。那天碰巧遇见老爹采花,故意变成一个丑乞丐,救了他老人家。后来他说家中有两个女儿尚未出嫁。当时只想试探一下他的诚意,没想到弄假成真。让我更万万没想到的是,能够娶上你这样孝顺善良、诚实守信、不以貌取人、不嫌贫爱富的好姑娘。这可能就是天意,更是咱俩的缘分吧。”龙太子的一番话,说得杜鹃姑娘心里热乎乎的。她睁大双眼，直愣愣地看着这位英俊的小伙，脸上立刻升起阵阵红云。她羞答答地紧紧抱住这位白马王子，脸颊贴着他的胸脯，流出了幸福的泪水。

杜鹃姑娘的出嫁，让忠厚老爹彻夜难眠，茶饭不思。想到女儿和丑乞丐一起生活，心里不由阵阵发痛。他实在忍不下去了，就在杜鹃出嫁第三天的早上，见喜鹊还在熟睡，悄悄地离家，直奔龙潭破庙。来到庙前，见庙里空无一人。忠厚急了，放开粗嗓高喊："杜鹃！我的女儿，你在哪里?"喊声未落，龙潭翻起一股浪花。只见杜鹃姑娘如同仙女一般，从潭中漂向岸边。父女相见，爷俩抱头痛哭一场。没等爹爹细问，杜鹃就将与龙太子成婚的前前后后详说一遍，随后将爹爹带进深潭龙宫。龙太子拜见了岳父，忠厚见罢甚是欢喜。他为女儿能遇见这样的好丈夫，过上神仙一样的幸福生活而万分高兴。他拉着女儿、女婿的手说："你们的姻缘是老天的恩赐，更是你们孝顺、善良的结果，是你们修来的福分。"

喜鹊听说妹妹嫁的不是穷乞丐，而是一个穿金戴银的龙太子。别提该有多么后悔，气得自己直打自己的嘴巴。她怎么也没想到，自己事事精明、处处占尖，最后还是看走了眼，落了个嫁不出去的悲惨下场。

穷神的观点*

财神爷与穷神老儿在一起聊天。

穷神老儿对财神爷说:“阁下备受世人尊崇,在下羡慕不已。但近闻世人对阁下多有非议,阁下知否?”

财神爷一脸谦道:“请兄台直言。”

穷神老儿道:“世人说阁下司主人间贫富,但行事颇欠公允,只愿锦上添花,不愿雪中送炭。你让富者愈富,而对贫者却不肯奉献爱心,缺乏应有的感情,任其贫穷。岂非嫌贫爱富耳?”

财神爷道:“此言差矣! 人生富贵与贫穷乃命中注定,该受穷的你想让他富也富不了,就是把金锭银锭置其眼皮之下他也不去捡。”

穷神老儿道:“哪里会有这等事!”

“兄台若不相信你我打赌如何?”

“好!”

此时,恰好有三个破衣烂衫的女人从南向北走来,财神爷指着三个女人对穷神说:“这三个人都是寡妇,一个比一个穷,她们结伴去北边讨饭,要从我们面前这条河上的木桥经过。我把几个银元宝放在桥中间,她们谁也不去捡。”

穷神老儿摇头道:“不可能!”

“兄台若不相信就试试看!”财神爷说着就将六个银元宝放在了桥中间,然后拉起穷神老儿坐在河边上的一株大柳树下观看。

三个讨饭的寡妇来到河南面的桥头,走在前边的寡妇对后面的两个寡妇说:“今儿个咱们姐儿三个打赌:把眼睛蒙上过桥,你们俩敢不敢?”

---

* 本文由杨友搜集整理。

后边的两个寡妇把胸脯一挺,说:“敢!”

于是,三个寡妇便各自解下扎裤脚的布腿带把自己的眼睛死死地蒙住,然后三个人相继跟着走过了木桥。

河边柳树下的财神爷对穷神老儿说:“你看如何?”

穷神老儿被眼前这一幕惊得目瞪口呆,半晌无语。

第二天,穷神老儿又找到了财神爷说:“昨天你我打赌,在下虽然输了,但仍感不服,我还想跟你再赌一回。那三个寡妇今天从北边讨饭回来还要从木桥上经过,阁下再将银元宝放在桥面上,看她们捡不捡。如果她们还是不去捡,在下就彻底认输了。”

财神爷呵呵笑道:“好,赌一百次你也赢不了!”

财神爷又将六个银元宝放在了桥中间,然后又拉起穷神老儿坐在岸边的大柳树下观看。

三个寡妇从北边讨饭回来,走到北面的桥头,前边的寡妇说:“今儿个咱们再打一次赌,蒙住眼睛倒退着过桥,你们俩敢不敢?”

后面的两个寡妇异口同声地说:“敢!”

于是,三个寡妇又各自用布腿带将自己的两眼死死地蒙住,然后一个跟着一个脸朝后倒退着走上木桥。

穷神老儿一见眼前这情景,不由得心中暗暗地气恨,为什么非要打这个赌?真的就这样命穷?穷神老儿正暗自气恨,见三个倒退而行的寡妇已到了桥中间放元宝处,穷神老儿心里猛然一亮:何不如此如此……于是便三步两步跑到河边搬起一块大石头扔进河里!只听“扑通”一声,三个寡妇惊得同时大叫起来:“不好!谁落水了!”三个寡妇慌慌张张地将蒙住眼睛的布腿带解下来,你看看我,我看看你,谁也没落水。六只眼睛却同时看见了桥面上的六个银元宝!三个寡妇惊喜不已,扔下要饭的破瓦罐,每人捧着两个大银元宝高高兴兴地回家了。

“你看如何?现在你还能说贫富命中注定吗?”穷神老儿望着财神爷哈哈大笑道,“其实不在于她们命穷不命穷,关键是阁下作为财神应该帮助她们改变命运,请阁下往后多做些‘水中投石’的事吧。”

财神爷听了,心悦诚服,连连点头。

金鸡的传说*

青龙县安子岭，有一个村子叫鸡冠山，是由于村子西边有一个山体极像一只雄鸡头上的大红冠子而得名，故事就从这里说起。

传说很早以前，鸡冠山上有一个土地庙，庙的后边儿有个山洞，传说早年间那里面曾经住着一窝金鸡。每到天刚放亮，不等村里的公鸡们叫唤，庙后面山洞里的金鸡就先叫起来。叫声那个响亮劲儿就别提了，能传遍四庄八村的。村里的人们听到金鸡叫，就像听到号令一样，一下子就都起来啦，该上坡的上坡，该下地的下地，该做饭的做饭，反正家家户户都忙活起来啦。传说金鸡住在洞里的时候，种地打粮食多，栽树结的果子多，养牛牛壮，养羊羊肥。夜晚打土地庙前边儿路过，还能看到洞里的金光呢，亮晶晶一闪一闪的。百姓们的日子过得可是兴旺着呢！

不知是哪个朝代，也不知是哪个年月，从南面来了一个南蛮子。都说北方人会看天，南方人（南蛮子）会看地，他一眼就看出这里是块宝地。早上听到金鸡叫，把他高兴得差点蹦起来，心想：这回可找着宝物啦！他买通了官府，怎么也要把这窝金鸡抓住。那个洞并不大，人是钻不进去的，南蛮子就雇了远处的几个人来挖金鸡洞。可是白天挖，夜里又长起来，白天挖，夜里又长了起来，定是这样白天挖夜里长。南蛮子挺纳闷。他挺有心眼儿，他趁着黑夜无人的时候，悄悄地趴在土地庙的后边儿。听到洞里的大金鸡对小金鸡说："孩子，孩子，不用惊，不用怕，他白天挖咱黑夜长！就怕他捡来驴粪球子使烟气呛。"

南蛮子摸到了底细，就雇了一辆大马车，捡了满满的一车响干响干的驴粪球子，堆在洞口点起了火。驴粪球子不起火，但是，冒出烟来却格外呛人，"呼呼"地直往洞里冒。你想想，金鸡怎么受得了啊！尤其是鸡毛怕火呀！大金鸡带着一群

---

* 本文由刘海清搜集整理。

小金鸡扑啦扑啦冲出了洞口，金光四射地朝西北方向飞去了。一路上还抖落掉好些鸡毛呢！

大金鸡舍不得离开青龙这块宝地，飞了一段时间，就到了马圈子，到了兴隆沟，想落下来，两只爪子都快触着地了，一看旁边儿过来个打猎的，一惊，呼啦啦又飞了起来，两只爪子一抓，"咔嚓"一下子抓起了一座山。这山，后人叫它鸡抓山，直到如今山顶上还有块大石头，那上面还能清楚地看出鸡爪子抓的印子呢！

再说，金鸡掉转身，又朝西飞去，可是转身太急了，把一只翅膀闪断了，只听到一声震耳巨响，翅膀落在了地上，变成了像只翅膀样的金翅山，如今在马圈子还有此山，山上还有闪亮的金光呢！

勤劳、善良的金鸡虽然只剩下了一只翅膀，但它还是一边拍打着，一边"咕咕"地叫着，领着一群小金鸡朝西飞去，经过青龙镇、响水沟，再向西，一直到了凉水河、清河沿，落在了这个不受欺负的地方。

如今的青龙黄金主产地有安子岭、马圈子、响水沟、凉水河等地方，就是由于金鸡到此住过、路过，或者是抖落掉了鸡毛而出产黄金的。

神 医*

从前,有一农户家,有个女儿18岁了,长得虽不算漂亮,但也说得过去,已经到了谈婚论嫁的年龄了,也常有媒人上门提亲,但均不合姑娘心意。

一天,姑娘突然病了,几天不吃不喝,昏睡在床,请来大夫诊断服药,也没见任何效果,这可愁坏了爹娘。

听邻居说,离这儿50里以外有个叫老李洞的地方,有个神医,远近闻名。尤其是对各种疑难杂症,一治一好。第二天,爹爹早早起来,赶个小毛驴,就直奔老李洞而去。

经过多方打听,找到了神医的家。神医简单地询问了一下孩子的病情后,背上药匣子,骑上小毛驴,就来到了病人的家。

神医通过全面观察以后,知道了病因,便开口说道:"孩子得了梦呓病,有一条大黑乌蛇迷上了她,变成一个男子,晚上跟她同床。"

她爹妈一听,立刻吓出了一身冷汗,赶紧问神医怎么办?神医不慌不忙地说:"好办!我自有法术能降服他。"说完只见神医紧闭双眼,嘴里小声嘟囔着……

不一会儿,只见一根有筷子那么长的小黑蛇,被他捏在手中。神医说:"快给我拿一个坛子来,把这条小蛇装在里面,把盖盖好封严,埋在地里,七天七夜这条小乌蛇就化成了浓水,你闺女的病也就彻底好了。"

老汉按照神医的叮嘱,拿着铁锨和装着乌蛇的坛子,来到一块空地,挖了一个深坑,准备把这个坛子埋上。可就在这时,老汉寻思还要等七天以后,我女儿的病才能好,不如现在我一镐头把它打死算了。只听"啪嚓"一声,坛子被打得粉碎,老汉高兴地回家了。

---

* 本文由齐绍清搜集整理。

神医这时已经走在回家的路上，走着走着只听后面刮来一阵狂风，差点给他吹倒。神医回头一看不好，天空上有一条大乌蛇正朝他飞来，神医心里明白是怎么回事了。于是，他口中默念咒语，手使干雷，只听“咔嚓”一声巨响，把那条大乌蛇给击死了。

神医回到家，害了一场大病，从那以后，神医再也不敢给别人看病了。

龙扒的传说*

祖山镇内有个圣水泉村，村子四面环山，如是一个葫芦谷，村子南面的山峰较矮，蜿蜿蜒蜒，如是一条龙脉，就在山脉的中段，有个十几丈长的大豁口，形成了断崖，断崖两面的截断面至今也没能被植物覆盖，碴口相当分明。传说是被洪水冲断的，一代一代传下来，管这处断崖叫"龙扒"。

到底龙扒是怎么形成的呢？是什么年代形成的，谁也难说清楚，只是有个传说。说的是村子南面的矮山是一条卧龙，这里早晚会出人间皇上。话说大清初期，特别是部分满清功臣来长城外圈地垦荒以后，这一带有些家族是龙种，难免藏龙卧虎，于是当朝皇上对这里极不放心，唯恐这里出个皇帝篡了自己的位，就派出管星相风水的钦天监官员盯住这里，不许出现任何闪失，钦天监对皇上忠心耿耿，披肝沥胆，对这一代的村村寨寨，山山岭岭全盘踏察，丝毫不放过，观察出有风水来就盖座庙将风水压住，因此，清朝风行建庙，才有"唐修塔，朱(明)修圈(修围城)，清朝盛行修佛殿"的说法。这天，钦天监的一行人来到偏僻的圣水泉，到这里一看，惊呆了，这还了得，这小山沟要出皇上，立即转奏朝廷，朝廷急令当地官府，在此建庙压风水，当地官员哪敢怠慢，立即在圣水泉建了一座菩萨庙。

风水压住了，可是这儿的风水较硬，没有彻底压住，可是既然风水破了，龙也不能在这儿待了，龙就憋足劲儿，聚拢起八方之水，从龙脉山体最薄位置的上面两座山沟里铺天盖地地憋起两股大水，与山一般高，陡然间以排山倒海之势一齐向下砸来，只听"轰隆"一声，天崩地裂般巨响，将山体冲去一大截，龙冲出豁口顺流而下，逃出圣水泉村。不仅给圣水泉留下了"龙扒"的景观，还让"龙扒"上边曾憋起水头的两条沟也得了个"洪发沟""钻山沟"的名字。

话说龙冲断山体，顺着豁口出了英武山这条沟，曲曲折折来到山神庙，再往南去就是万里长城了，龙就在这里驻足了，不走了。恰巧山神庙附近有一位老风水

---

* 本文由张保学搜集整理。

先生,阴阳风水看得相当不错,很有名望,龙到了这里,他就感觉到了,瑞气霭霭,祥云朵朵,他仔细一端详,这地儿转了风水了,真是风水轮流转呀！原没什么风水的地方,一夜之间,变成了龙兴之地了！他想,我看了一辈子的风水了,这个风水不能让别人得去。事有凑巧,隔不几日,老风水先生就得了病了,他把儿子叫到跟前说:"儿啊,爹就要不行了,这是好事儿,往后咱家可就发大发了,等我死后,石河的南山根有个水汀,这你知道,水汀下面有个水洞,你要把我葬在水洞里,要光身葬,一丝不挂,到九九八十一天,你再去看看,我尸骨若是没了,就好了,如果还在,那是被破了。要,要记住,一丝不挂!"老风水先生说完就咽气了。

儿子按照父亲的嘱咐,把老爷子的尸首安葬在水洞里,在安葬时,儿子见老父亲赤身裸体地走很难为情,他就将父亲的羞处用一条绸带子给扎上了。

钦天监见圣水泉的风水跑了,又转到哪儿去了呢？他们明察暗访,看出风水已移到山神庙地界,他们又在北山上建庙,可是建到一半儿就倒塌了,再建还塌,折腾好长时间也建不起来。他们意识到,风水已被人利用,不好破了,他们开始在这个地界明察暗访,打听都谁是风水先生。这日,访到了死去的风水先生的村庄,钦天监的监正见到一位庄民,就问:"你们这个村可有风水先生?"

庄民说:"没有了,原有一个,在两个多月前就死了。"

监正追问道:"他死时可有什么特别征兆?"

庄民说:"没有,只是他死后不让穿衣服。"

监正愣了一下,急问:"他葬在了什么地方了?"

"南山根水汀的一个水洞里。"

监正急得声音都变了:"他,死多长时日了?"

"有,有两个多月了吧。"

"坏了,快带我们去看看,不得有误!"

庄民不知说对了,还是说错了,不知所措地说:"我,我不能带你们去!"

这时钦天监的一位武官提刀上前,用刀抵住庄民的脖子说:"你再敢说个不字,我就一刀剁了你。"

庄民只好乖乖地跟着他们来到水汀,几个人下去,从水洞中将风水先生的尸体打捞上来,到上一看,人们惊呆了,只见人身已变成了龙身,只有腰间扎的绸带还没脱落。监正说:"好险哪！他腰间若是不扎个腰带,这条龙就成了,早就顺水进入大海了,到那时想破也破不了了!"

这个功败垂成的风水被破了以后的不几日,老风水先生的儿媳腹中的婴儿也死于胎中,是即将临产的男孩。

02

风物篇

肖营子的由来*

在肖营子一带流传着这样几句歌谣:九龙二虎斗一龟,太子一晃太子盔。龙虎变山盔舀海,海龟有来无有回。

相传很久很久以前,现今的肖营子一带曾是一片汪洋大海。海水湛蓝,海鸥欢唱,一派壮观祥和的景象。

突然有一天,海水掀起滔天巨浪,阵阵腥臭味直逼天庭。放眼望去,海面上漂浮着一片片鱼鳖虾蟹、海狮、海豹等腐烂尸骨。原来是一只巨大的海龟在这里兴风作浪。这只海龟力大无比,无论是何种海洋生物,只要被它发现,便难逃厄运非死即伤。

事态越来越严重,龙王震怒,奏请玉皇大帝,要剿杀这只海龟。大帝准奏。龙王遂派太子亲率九龙二虎降服此怪。

太子一行来到这片海域。太子手搭盔沿环海一望,只见海岸东西北三面高山林立,原来是一处海湾,心晓战法。

这时,海龟还在海湾外横冲直撞。太子令二虎出战,九龙待命。二虎手持利刃,前后夹击,海龟把脖子一缩,利刃只能在龟壳上面划出几道白印。海龟一鼓后背,就把二虎弹出十余丈远。太子示意,二虎佯败海湾深处。海龟穷追不舍,引龟入湾告成。太子令九龙封锁海湾口。九龙二虎齐战海龟,只见一股股海浪翻飞,一团团刀光剑影,却不见海龟有丝毫损伤。别看海龟身躯庞大,可异常灵活,在海面上穿梭如同流星一般。忽东忽西,时而海下,时而海面,弄得九龙二虎眼花缭乱,疲惫不堪。斗了两个时辰,不见分晓。

太子收兵,只下一道密令。

---

* 本文由赵秘搜集整理。

海龟玩腻了,只听"唰"的一声,海龟就要冲出海湾。

说时迟那时快,只见太子头盔一晃,一个比海龟更大的巨盆,"唰"的一下就扣在海龟身上。巨盆一转个儿,海龟就被舀上岸来,仰面朝天摔在地上。

没容海龟翻身,轰隆隆几声巨响过后,九龙二虎眨眼间化作十一座山峰,这片海域顿时被大山围了起来。

海龟翻身又腾飞在海面上,眼看就要冲出龙虎相连的一道低凹处,又见太子一晃头盔,头盔变得像海湾那么大的一个盆,遮天蔽日。盆在海湾翻动几下,海水就被舀干了。太子把头盔一扔就形成了一座山。

海龟失去了海水,如同泄了气的皮球,瘫在地上,化成了一块顽石。

不知过了多少年多少代,这块宝地才得以开发利用。康熙年间,大清帝国日趋强盛起来,满人开始翻过长城,向这片人迹罕至、山高林密的塞北进发。

且说号称"三肖四邵五马一支杨",这四姓十三户以猎野鸡上贡朝廷为业的鹰首们来到这里安营扎寨。

单表这肖氏三兄弟站在高山环视四周,只见这里云蒸霞蔚,紫气东来。四周群山环抱,其中有九座山峰相连,像九条龙在天边腾飞;有两座山峰像两只猛虎在天边蹲守。山的中间是万亩平原,古树参天,碧浪滚滚。好像一座高峡平湖飘落山间。更为奇特的是"平湖"托起像船似的一座山,山峰像一顶太子盔在熠熠生辉。再看,太子盔山边左右各流淌着一条河,像两条洁白的玉带在翩翩起舞。

三兄弟观罢此景,不由得倒吸一口凉气,这是何方神圣到此,造就这如此神奇的藏龙卧虎之地!天赐良机,不可错过。居住此地,必将福泽万代,飞黄腾达。

三兄弟欣喜若狂,即刻叩拜苍天,跑马圈地占了这块山水田园,并取名为肖家营子,后称之为肖营子。

传说变为现实,梦想传为佳话。如今的肖营子果真人才辈出,声名远播,为建设生态型、现代化、民族特色新青龙谱写了一曲曲美妙动人的壮丽篇章!

蔡峪村名的来历*

在青龙满族自治县茨榆山乡有一村子,名叫蔡峪,初闻此名,必以为此村定是蔡姓人居多,实则不然,该村并无一户蔡姓之人居于此。那么蔡峪村到底因何得名呢?

话还得从大清入关,问鼎天下说起。那时节,战事少了,八旗兵将们闲在京城,无所事事,不仅增加了朝廷开支压力,而且给京城带来极大的不安定因素。于是,朝廷以奖励军功等为名,颁布"跑马圈地"令,被安置在冷口、桃林口等口外跑马占圈的旗人,凭借着优越的身份享受着不缴皇粮国契的待遇。

在界岭口以北50里地方,也居住着这样的八旗子弟和他们的佃户。因历史原因是荒芜地带,首次开垦,这里人烟稀少,山高林密,成群的野鸡随处可见,有"野鸡飞到饭锅里"的说法。这里的野鸡,由于特有的水质和森林中的松子和药材籽,其肉质鲜嫩,香而不腻,并且有着极高的营养和药用价值。

一个寒冷的冬日,一个商贾打扮的中年男人与一随从在林中牵马而行,天就要黑了,主仆二人迷路了,又饥又渴,前不着村,后不靠店,哪有歇脚打尖儿的地方,主子叹息一声说:"这样的深山老林,岂不要我们冻饿而死?"正在这时,不知从哪里飘来一股浓烈的香味儿,男人不禁一喜,有香味就意味着前边有人家,主仆二人精神大振,牵着马加快脚步顺着香味寻去。翻过一座小山包,树木掩映中出现了一户农家,香味就是从这户农家传出来的。

主子叩开柴门,向主人道明来意,房主人是一对年过六十的老夫妻,看来人虽是商贾打扮却是气度非凡,毕恭毕敬地把二人迎进屋内,铺杯设盏后,把正在灶上炖得咕嘟嘟冒着香气的野鸡炖蘑菇端上了桌子,佐以自家腌制的木耳、黄花菜等

---

* 本文由顾宏伟搜集整理。

小菜。老夫妻恭恭敬敬招待来客,主仆二人也不客气,吃了一个畅快。只觉得今夜的鸡味道尤其鲜美,连皇宫里的各种珍馐美味也没有这么香。

原来主仆正是微服私访到此地的康熙爷和一马童。茶足饭饱之后,康熙爷与老夫妻交谈才知道他们是奉旨到口外跑马占圈的旗人。老夫妻感念朝廷不收皇粮国税的厚待,话语间尽是对康熙帝的赞誉,康熙帝不由龙心大悦。是夜,康熙帝宿于老夫妻家中。第二天一早,几个御前侍卫寻来,老夫妻才知昨夜宿于家中的乃是当朝天子,两人叩头请罪。康熙爷褒奖了老夫妻,想起昨夜美味仍觉嘴角留香,遂说道:“此地山鸡实属人间美味,真是御用之菜,就把此地作为皇宫御菜地吧。”此后,该地就受了皇封,称为“御菜地”,清内务府将这一地区定为宫廷御膳房御膳用鸡的供应地,那时也叫“野鸡差”。

时间飞逝,当历史的车轮碾过了三百四十年轨迹后的今天,久居这里以缴纳“野鸡差”的“鹰手”后裔们,过着比当年还要幸福百倍的生活,“野鸡差”也早已成了历史佳话,当年的“御菜地”慢慢演变成了“菜御”,后来又演变成了今天的“蔡峪”。

为啥叫大森店*

隔河头镇大森店村,在早不叫大森店,叫大森罗店,这个有些古怪的村名是怎么来的呢?当地是这样传说的。

说的是清朝康熙十一年,有两个结义兄弟,一个叫冯信,一个叫暴成,都是身强力壮的山东大汉,都有些武功在身,于是被选入山东一个州府给府衙当侍卫,两个人一见面就投缘,在当差办案中又顺手又默契,感情好得不得了,不久就结拜为异姓兄弟,哥俩同吃同住,形影不离,倒也开心快乐。

有一天,冯信的妹妹冯艳茹来府里找哥哥,说家中有点急事儿和哥哥商量,正赶上哥哥冯信外出办差了,后晌才能回来,艳茹只好在府衙等候哥哥回来,就在此间,府丞见艳茹长得十分标致,貌美如花。府丞是个好色之徒,他用花言巧语把艳茹骗到自己的房里,把门窗关严后,就把艳茹给强奸了,艳茹悔恨交集,羞愧难当,撞墙自尽,撞得头破血流,不省人事。

冯信后晌回来时,见到妹妹被害,大放悲声,几次晕倒,此时妹妹还留一口气等哥哥,她从昏迷中醒来,向哥哥说出了事情的真相,冯信怒从心头起:"不杀了府丞这个畜生,我冯信枉为人!"说罢提刀去找府丞,可是府丞见冯艳茹自杀,他已知惹下了杀身大祸,已跑得无踪影了。

冯信在暴成的帮助下,将妹妹艳茹的尸体运回家安葬后,他向知府告了假,就遍访府丞的去向,不久他得知府丞及家眷藏匿在一家小客栈里,到夜深人静之时,他摸进了小客栈,一刀一个将府丞全家灭门。事完之后,他找到暴成,向他道别一声,自己要逃难去了。他这一说,暴成非要陪他这位异姓哥一起逃难不可,就这样二人走上了漫长的逃难之路。他们一直往东北方向走,不敢走大路,不敢住店,生

---

* 本文由张保学搜集整理。

怕官府追拿,他们逃到冀东时,听说长城外旗人跑马占圈,有好多千总和皇粮庄头急需人手为他们垦荒种地,他们就越过长城,找到了一家董姓皇粮庄头,董庄头正是用人之际,没问二人的来路,就拨一片山场沟谷让二人租种。二人在此落脚后,得隐姓埋名呀,冯信见这里古木参天,森林茂密,说:"我就姓森吧。"暴成说:"你姓森,那我就姓罗好了,森罗,森罗,能镇住八方妖魔。"

二人都是身大力不亏的主儿,开荒种地就跟玩儿似的,毫不费力地把该开荒的开荒,该留山林的留山林,完成得非常快,深得主人的赞赏。此时正逢康雍盛世,东北蒙古与冀东以南平原地区的贸易发达,形成了关外干沟和关里抚宁台营两个贸易中心,有"拉不败的干沟和填不满的台营之说",于是二人租地的地方成了两地的"粮马古道"的中心地段,时常有商人和马帮赶到这里就天黑了,就到他们住的窝棚里求宿求饭。二人一琢磨,在此地开个客店,既能解决来往商人的食宿困难,又能挣些银子,两全其美,何乐而不为。说办就办,哥俩自己动手筹备料,自己砍伐木料,自己弄石头垒墙,没费多大的劲儿小店就支起来了。

客店开张了,取店名森罗客店。二人一边租种土地,一边经营小店,日子越来越好,娶妻生子,繁衍生息,加上他们雇来的店伙计也在这儿落户,经几十年的发展过程,这里形成了一个小村庄,庄名依店名叫大森罗店,后来人们觉得多个大字,叫着不太顺口,就去了大字,叫森罗店,再后来,人们觉得"森罗店",音同"森罗殿",有些发凶,改成大森店了,沿用至今。

撵虎沟的故事*

距县城三十公里,在青龙镇的最南端,有个自然村叫“撵虎沟”。来过这里的人们,对这个村庄的名字很感兴趣,总要问问它的来历。村里上岁数的人就会讲出一段动人的传说。

门前曾见走狼狍,碧宇白云旋大雕。

更有高崖空虎洞,曾经一啸起狂飙。

光阴回溯到三百多年前的康熙年间。有一年的盛夏,赤日炎炎,大地龟裂。山东省的大王庄已经连续几年颗粒无收。官府征粮,盗匪蜂起,逼得百姓衣不遮体,食不果腹,纷纷逃奔他乡,另谋生路。

本村的王自林,三十多岁,浓眉大眼,高高的个子,一看就知是个典型的山东大汉,虽然显得消瘦一些,但由于长年劳作,周身的肌肉锤炼得很是结实。有一年,他的妻子由于贫病交加,过早地离开了人世。他草草地掩埋了妻子后,把两个嗷嗷待哺的孩子装在两个箩筐里,挑起了担子,离开了家乡,踉跄着身子,踏上了北上的逃荒之路。一路上,风里行,雨里住,有时几天都不见人家,更不用说吃上一粒米。两个不懂事的孩子那撕心裂肺的叫声,使这个硬朗的汉子流下了辛酸的泪水。

翻过无数座山,蹚过无数条河,不知走了多少里路,更不知自己将去什么地方。一天,将近中午,满脸淌汗的他,穿过莽莽的丛林,正不知往哪处去,忽见林荫深处掩映着几处小屋,他便又挑起担子,向着小屋蹒跚而去。

走近小屋才知道,原来这里叫宋杖子,住着几十户人家,都姓宋。住在深山老林中的人们,听说来了逃荒的外乡人,都纷纷围了上来,有给一碗稀粥喝的,有给

---

* 本文由王会东搜集整理。

一件破衣服穿的。“喂,如果你能把南沟那窝老虎给端掉,我就把南沟全赏给你。怎么样?”王自林循着声音望去,喊话人穿一身丝绸上衣,手拄一根文明棍。这个人就是宋员外,叫宋霸。这方圆三十里的长沟都是他一家的,山林全是他家的,土地也全是他家的。乡亲们都靠租种他家的土地过活。他们居住的这三十里长沟,山高林密,沟壑纵横,飞泉瀑布,轰鸣作响。水流湍急处,天长日久被凿成一个直径十多米的深潭,这条沟故名“龙潭沟”。龙潭沟里的南面还有一个分岔,没有正式的名字,习惯称其为南沟。那南沟深处的北面山峰之上,不知何时起就住着一窝老虎,致使这里的土地无法开垦,这里的林木无法采伐。老虎还时常出沟袭击村庄,伤害人畜。宋霸常对外来逃荒人说:如果谁能把那窝老虎端掉,就把南沟让给他。可是从来就没有遇到敢答应打虎的人。

王自林,这个血性男儿,看看两个嗷嗷待哺的娇儿,迟疑了好一阵子,终于一咬牙关,答应打虎!

晚上,他在一户人家安顿下来。躺在土炕上,盘算着如何打虎的事情。他很明白,他不是去打狗,也不是去打狼,他面对的是兽中之王,庞然大物,凶猛之至;如果没有捅天之胆、撼岳之力,不但不能制服它,反而还会被它吃掉。他想象着那血盆大口,那头顶上威武的“王”字,那闷雷般的吼声,那摇头剪尾、一伏一扑的姿态,顿时浑身不禁起了鸡皮疙瘩。他又想,景阳冈上的武松,也是山东人,是老乡啊,他能折了哨棒,赤拳打死那斑斓猛虎,我为何不能?想着想着,后半夜里他竟然睡得很是香甜。

第二天,王自林决定先察看一下地形,探探虚实,就提了一把斧头,进了南沟。这条沟有二十里长,陡峭的山峰上都长着蓊蓊郁郁的原始森林。林子中不断传来各种鸟兽恐怖的怪叫声,使他一阵阵毛发上指。沟底曲曲折折,树木长得更加高大。幽暗的林中,隐藏着大小不一的怪石,如河马,如大象,如野猪,如卧虎,如驼背老人。怪石中不断传来各种怪声,野猫的叫声,野狼的嗥声,又有的如老人的咳声或笑声。他犹豫了。突然,在前面幽暗的林子中有一株卧倒的大树,有碗口粗细。他就三步并作两步走过去,坐在木头上小憩一下。他掏出老烟袋,拧了一锅子老旱烟,吧嗒吧嗒抽了起来。想起那娇儿,想起那死去的妻子,想起那官匪和地主老财,他心头一横,把没抽透的烟袋锅子往木头上一磕,突然,“木头”竟然直竖了起来,把他掀出几丈远——原来,这是一条隐藏着的大赤练蛇。大赤练蛇禁不住那带火的热烟袋锅子那么一磕,翻动它那巨大的身躯,蛇尾竖起,“叭叭”地劈打着树木,碗口粗的树木它一连掀折了几十棵。又向着王自林转过头来,张口露出筷子粗的两根毒牙。他顾不得思考,便用尽全力向巨蛇腰部连砍三斧。巨蛇流下一堆殷红的血迹，卷起一阵狂风，逃遁了。

他往山里又走了几个时辰，听见前面响起了潺潺的泉水声。天热，再加上打蛇时冒出许多冷汗，就坐在泉边喝了个痛快。拧满的烟袋锅子还没沾唇，北面山峰上那片岩崖处便传来老虎的咆哮声，那地方就是老虎窝了。

第三天，王自林背上一杆猎枪，右手又提上那把斧头，又进了南沟。来到泉边，坐了一个时辰，山上没什么动静。他想，得选一个有利地势，万一猛虎下山，自己也就有备无患了。恰好泉水的西北面是一处悬崖，有两丈多高，居高临下，是很好的天然屏障。悬崖上面是一处平台。他砍来一些树木，搭一处简易小棚，坐在里面观察老虎的动静。不久，山上传来几声虎啸，惊天动地，接着看见两只老虎在山崖上徘徊了一阵，就消失了。他知道这是老虎出去觅食了。顿时他一阵兴奋，这不是观察虎穴的良机吗？他劈开荆棘，大步向山上奔去。快近山顶时，悬崖峭壁，乱石滚滚，他扯住葛藤，攀上崖头。忽见前面乱石崖中张着一个乌黑的洞口。他爬到洞口旁一看，原来这洞并不深，但是长得很奇特，悬崖凹陷处的上方，天然地盖着一块巨大的青石板，自然的伟力，令人拍案；洞口处长着一块天然石刀，是给老虎蹭痒痒的，已被老虎磨蹭得明光锃亮，上面还挂着几根红色的虎毛。他小心翼翼地摸进石洞，隐约中看见一堆茅草中蠕动着两只虎崽，毛茸茸的。看见外面来了不速之客，虎崽们惊恐地扬起了头，两个可爱的小脑袋上印着小小的“王”字。他来不及多想什么，抱紧虎崽，冲下山来。可是，荆棘绵密，乱石参差，越着急快跑，越摔跟头，越害怕大虎追下山来，就这样连滚带爬地下了山。

回到棚子里，王自林心想，上山打虎不易，何不用虎崽把大虎引下山来。泉水边那高高的悬崖中间，横长着一棵牛筋子树（现在尚存）。他割来葛藤，拴住虎崽的后腿，拎着爬上牛筋子树，把两个“嗷嗷”直叫的虎崽倒悬着挂在树上。这正是：

添丁自古最堪豪，怜子何曾畏苦劳。

大意忽成千古恨，斜生古树挂双彪。

又过了几个时辰，躲在小棚子中的他，又听见山上“嗷嗷”的虎叫声，那是虎爸虎妈觅食归来了。母虎衔着一只野兔，奔到窝里一看，不见了爱子，顿时气红了眼，发疯一般在山上狂奔乱叫。真的是虎啸生风，老虎每咆哮一声，山峰和树木都在剧烈地震颤。这时，挂在树上的虎崽听到母亲的叫声，也跟着“嗷嗷”地呼应起来。母虎听到虎崽隐隐的叫声，疯狂地扑下山来，蹿到牛筋子树下，看到娇儿受到如此的折磨，“嗷”的一声长啸，跳起有一丈多高，又用皮鞭似的尾巴胡乱地抽打着，卷起一层层沙石，剪断一棵棵树木。它狂啸着，跃到树下，用十八只银钩般的锐爪，撕下了片片的树皮。母虎这一阵疯狂的表演，让王自林大开眼界，倍感痛快,不禁“扑哧”一笑。这一笑不要紧,母虎发现后面有一个小棚,就不顾一切向小棚扑来。王自林见状,慌忙开枪,但射程较远,杀伤力不大。带伤的老虎,更凶三分,张着血盆大口撕扯着小棚。他急速掏出火药,连同一根纺车锭子装入枪管,旋即扣动了扳机。随着一声枪响,老虎应声栽倒在地,纺车锭子从老虎的腮边穿出,下颚被打得粉碎,但老虎并没有死。剧烈的疼痛使老虎更加凶猛,它伸腰摆尾,又向王自林冲过来,扬起两个前腿,露出银钩。王自林的左腿立刻被撕下几片肉,鲜血淋漓。接着,老虎扭动腰肢,用铁榔头一般的尾巴把他打出两丈开外。他的脸部、腿部都已经血肉模糊。眼看老虎又扑将过来,他拔出腰间的铁斧,向老虎掷去,一下子砍中了老虎的左前腿,老虎“嗷”的一声趴在了地上,鲜血直流。这时,双方都已筋疲力尽,喘着粗气;同时又在积蓄力量,准备用最后一个回合决一雌雄。停息了一个时辰,老虎又先发制人,用尽全力扑过来。说时迟,那时快,王自林早有准备,身子一闪,抄起一块石头,跃上了老虎后背,左手攥住虎耳朵,右手用石头连续向硬硬的虎头猛砸,直到老虎瘫软在地上为止。王自林也瘫软在地上。

那只雄虎眼睁睁见着娇妻已经毙命,爱子也无法救助,只好悻悻地逃走了。据说,那只雄虎后来逃到肖营子一带,也被当地村民打死,从此就有了“上打虎店”和“下打虎店”两个村名。

人们再也不用担心老虎出来伤害人畜了。人们都称说王自林是龙潭沟里的武松。宋霸听说老虎真的被打死了,也就很不情愿地把南沟让给了王自林。

这条南沟从此也有了自己的名字,叫“撵虎沟”。

从此,他带着两个孩子,在这片山林之上,垦荒种田,繁衍生息。后来,宋霸又多次反悔,赶人,收地,甚至带一帮人把青苗给毁掉。但是,王氏家族还是坚强地在这片深山老林中生存了下来,至今已经繁衍了三百多年,现已有三十多户人家,一百多口人。

这位塞上打虎汉子王自林,就是我们撵虎沟村的老祖宗。

时光流逝,世易时移。三个多世纪已经过去,撵虎沟人对老祖宗当年的神勇行为津津乐道的同时,对当年那对老虎夫妇及它们的两个爱子,又生发出许多感慨。这正是:

虎啸崖巢声自高,峰川林莽任逍遥。

何时故主归桑梓?洞口空张问暮朝。

“广寒茶”的传说*

很久很久以前，一个夏季的一天，一位云游道士来到直隶北部燕山山区的大柳庄村。村里有一家财主，老当家的叫岳富贵。道士来到财主家门前化缘，老当家的便命家人送给道士几枚铜钱。但道士说他不化钱物，只求主人留他住上数日。岳富贵本不情愿，但又觉得出家之人都有些奇异的本领，既然投奔他岳富贵而来，说不定与他有一段善缘，能给他带来“福气”，便将道士留下了。

大柳庄村南有一座大山，山势十分险峻，峰高万仞，壁立千丈。山上树木葱茏，流泉飞瀑，云缠雾绕。道士在岳富贵家住下后，每天早出晚归，一连在村南的大山上转了丨多天，谁也不知他在干什么。这天，道士又在南山中转了一天，将近日落时正准备下山回返村庄，突然发现一个悬崖下有一个大洞，一条茶杯粗的大乌蛇守在洞口。据说大山里凡有灵性的动物都守着一种宝物，道士心中便有了主意。他小心翼翼地隐藏在树丛中，细心观察大乌蛇的动静、四周的地形和奇花异树。

第二天，道士到集市上买来一筐鸡蛋，然后便带上鸡蛋上了南山，乘大乌蛇未出洞时他把 10 个鸡蛋悄悄地放在了洞口。大约过了半个时辰，大乌蛇出洞寻食时发现了鸡蛋，便把 10 个鸡蛋全都吞进肚里。大乌蛇吞下 10 个鸡蛋后，蛇身便兀起一个个“包”，那乌蛇就把身子拱起来，一下一下地往地上摔，摔了一阵肚里的鸡蛋就被摔碎了，一个个凸起的“包”不见了，蛇身恢复了原样。这样，一连几天过去了，那乌蛇吞食鸡蛋也上了瘾。道士见乌蛇入了圈套，便又买了几十个铁球，他把铁球用鸡蛋壳包好，又用白蜡封住，乍一看跟平常的鸡蛋一样，分不出是真是假。这天，道士故意晚一个多时辰来到山里。他把 10 个假鸡蛋放在蛇洞口后又

* 本文由杨友搜集整理。

藏了起来，那饿急了的大乌蛇一见“鸡蛋”便不顾一切地吞了下去。接下来，它又像往日一样拱起身子往地上摔。可是，任它怎样摔也摔不碎铁球啊！于是，大乌蛇就拖着笨重的身子爬到一个崖头下的小平台上，那里生长着一株五尺多高的小树。大乌蛇便张开嘴一口一口地吞食小树上的叶子，然后又爬到泉水边喝水。道士试了两天，大乌蛇吞了20个铁蛋却平安无事，那铁蛋都化在肚子里了！后来道士就顺着大乌蛇爬过的痕迹找到了乌蛇咬食树叶的那株小树，采了一包树叶下山了。

道士回到岳富贵家，把那些树叶放在背阳的地上阴干。过了两天，道士把这些干树叶包好装进行囊准备回南方他出家修炼的武当山。临别时，他把预先准备好的一小包干树叶拿出来对老当家的岳富贵说:“老施主，贫道在府上住了一月有余，给您添了许多麻烦，贫道感激不已。出家人身无长物，就将这一包茶叶送给老施主吧，请老施主好好品一品这茶叶的妙处。”

道士走后，岳富贵也没把那包茶叶放在心上，就随便放在了橱柜里。

农村秋收完了庄稼人就闲了，年轻人都上山砍柴，一是自家烧火做饭，二来卖钱换些油盐酱醋。大柳庄有个小伙子叫郭大柱，人长得高大，有力气，每天起早上山砍柴。别人都在近山割些软毛柴，郭大柱独自一人到远山、高山去砍硬木柴。他每天都要带一小瓦罐粥做午饭，下午接着砍柴，砍多了捆成捆放在山上，待冬季柴干了再往家里担。这天，郭大柱来到南山后，他把瓦罐挂在一株小树上，然后便开始砍柴。到中午时郭大柱肚子也饿了，便把小树上的瓦罐取下来准备吃饭，可是，小瓦罐里的饭没有了，里面全是清水！郭大柱感到很奇怪，早上从家里带来的明明是一瓦罐粥，怎么变成清水了？没办法只好把一瓦罐清水喝了，然后接着砍柴。第二天、第三天，瓦罐里的粥又都变成了清水！郭大柱心想，莫非这山里有什么妖怪？小伙子脾气倔强，不信这个邪，非要把这怪事弄清楚。这天他又带着一瓦罐粥来到山里，他又把瓦罐挂在那株小树上，但他不去砍柴了，往小树下一站，两眼紧紧地盯着瓦罐，看看瓦罐里的粥到底是怎么变成清水的。秋后的树叶变黄了，一天天枯干，一片片地往下落，正好那小树的一片叶子落进了瓦罐里。过了一会儿后，郭大柱一看瓦罐里的粥全变成了清水！郭大柱这回明白了——原来是这棵小树搞的鬼！它娘的，分明是鬼树，留它何用！郭大柱便拿起砍柴刀啪啪两下就把那株小树砍倒了。

第二年的夏季，道士又来到了大柳庄，仍然住在老财主岳富贵家里。道士歇了两天后，又独自一人上山了。当他来到南山那株小树的地方准备采树叶时，那株小树却被人砍掉了，只剩下小树根部的碴口！道士一下子傻了眼，坐在地上便号啕大哭了起来："天哪！我辛辛苦苦地找了十几年才找到这株神茶树，想不到就这样毁了。"

道士垂头丧气地回到岳富贵家里，岳富贵见道士脸色不好，便问道："道长，在外面遇上什么不快的事了？"道士长叹一声说："老施主有所不知，贫道为寻找一株神茶树，十几年来不辞劳苦走遍了天下的高山峻岭，去年终于在贵地南山中寻到了。可惜这株神茶树现在竟被人砍掉了！"岳富贵说："什么'神茶树'？值得老道长如此痛心？"道士连打几个唉声，然后便讲起了"神茶树"的来历。

道士说，月亮里的"广寒宫"旁边生长着一株茶树，其树叶制成的茶叶名为"广寒茶"。这广寒茶与月宫里桂花所酿的桂花酒同为嫦娥招待天上众仙之佳品。月宫里有一种鸟儿，它最喜欢吃神茶树的茶籽。有一天，它飞到那神茶树上吃茶籽时，不小心将茶籽啄掉一粒，这粒茶籽从月宫中掉下来，正好落在大柳庄的南山上，千年后，这粒茶籽便发了芽长出一株神茶树——就是被砍柴人砍掉的那一株，这株神茶树的叶子制成的"广寒茶"，饮后不仅能使人消除百病、强身健体、延年益寿，而且能使人返老还童。道士说到这里问岳富贵说："老施主，去年贫道临走时送给您的那一包茶叶还有吗？那就是我在南山上采来的广寒茶。"道士这一提岳富贵才想起那包茶叶，翻箱倒柜地寻找好半天终于找到了。当即用开水冲泡，顿时满屋芬芳，岳富贵端起茶杯饮了一口，立刻感到神清气爽，胸襟大开，荡气回肠，耳聪目明！岳富贵不由得惊叹道："果然是神品！老道长，去年你临走时为何不对我说明？如果道长当时告诉我，我早就上山把那神茶树挖回来栽在院中，那样就不会被砍柴人误砍了。"道士说："老施主不要怪我，我早就想到当时若告诉你，你肯定要挖回家来。你哪里知道，那神茶树挖回来无论如何是栽不活的，即使我告诉你栽不活，你也不会相信，我走后你还是要挖的，故而未对老施主说明。看来这神仙之物凡人终是无福享受，早早晚晚必然毁在人的手中。"

"广寒茶"树没有了，只留下了这样一个令人遗憾的故事。后来，人们就把那座山叫作"广茶山"，山下的大柳庄村也被叫作广茶山村了，其地名一直沿用至今。

寿桃山的传说*

河北省与辽宁省交界处有一座海拔千米的高山，此山怪石嶙峋，林木繁茂，郁郁葱葱，山下是滔滔青龙河长年流淌，风光秀美，主峰极像一只寿桃，故得名寿桃山。有个凄婉、贤孝的传说，诠释着寿桃山的由来。

在很久以前，这里没有太高的山峰，只是一些矮山和丘陵绵延着，矮山也是依村庄而命名，无非是东梁、西山、南坡、北岭之类。话说在离西山不远的村庄里住着一户人家，姓程，是个小户人家，男人名叫程玉生，自能干活起就给当地大户罗家当长工，小时给罗家放羊，到了成年就是长工的打头的(工长)，别看小伙子受苦受累，泥里来水里去，粗茶淡饭，有时还吃不饱，可是小伙长大后，出落得相貌堂堂，人见人爱，堪比潘安，因此得到了罗家大小姐罗淑媛的倾慕，可是门不当户不对，招致罗家的强烈反对，可是淑媛以死相争，父母无奈，也只好以断绝关系撒手不管，也算成就了这段姻缘。

程玉生把娘子罗淑媛娶进自己的寒舍后，仍然给老丈人家当长工，罗家看在程玉生干活实诚，不偷懒不耍滑的分上，才没把他赶走，仍像以前长工一样对待，丝毫没有翁婿情分，行同路人。程玉生也不在乎，每日干完活回到自己的寒舍，与妻子淑媛团聚，过了一年后，寒舍里出生了他们的儿子，起名程耀，取前程远大，光宗耀祖之义。罗淑媛生完孩子说："玉生，我们虽居寒舍，粗茶淡饭，可我很满足，又有了儿子，比昔时的王宝钏强多了！"

可是，天不遂人愿，也许是好人不长寿，程玉生也没有成为传奇的薛平贵，平白得了急症，就一命呜呼死了。丈夫殒了，罗淑媛年轻守寡，还得拉扯着幼子程耀，淑媛是大户人家出身，会过日子，懂礼仪。当程耀六七岁时，生活虽然艰难，她

---

* 本文由如烟搜集整理。

也坚持要儿子读书,她靠自己勤劳的双手,替人家浆洗衣服、挖草药、捡蘑菇、摘榛子等换点银钱供儿子上学,儿子还算上进,十年寒窗,院试后就中了秀才,又攻读两年,在参加乡试的举人科考中夺了个解元。程耀继承了父亲的仪表,面朗如玉,身材伟岸,玉树临风,犹如晋时竹林七贤中的嵇康在世,这样才貌双全的后生,实在是难得。于是提亲说媒的踏破了门槛儿,最后程耀娶了离家不远的一个村里的温家姑娘温静娴为妻,温静娴年在二八,是百里挑一的既漂亮又贤淑的姑娘。可结婚时间不长,程耀就急着去京城赶考,参加三年一度的贡生的会试去了。

程耀一走不打紧,不知出了啥岔股子了,去了一个多月了,音信皆无,把娘淑媛和妻子温静娴急得如热锅上的蚂蚁,四处打听也没人知晓。半年都过去了,仍是活不见人死不见尸。这时淑媛招架不住了,她就这么一个宝贝儿子,有个三长两短的可怎么办?怎么对得起死去的丈夫,自己由谁养老送终啊!于是她天天哭天抹泪的,开始是背着人偷着哭,后来可能是精神崩溃了,顺着庄里走着哭,呼天抢地地号哭,甚是可怜。

儿媳温静娴也想念丈夫,可她在心里哭,她想,婆婆都那样了,她再死乞白赖地也跟着哭,这个家怎么办?况且自己知道已怀了身孕,于是她有泪往肚子里流。长时间的思念和折腾,婆婆瘦得跟麻秆似的,茶饭不思,时间不长就病倒在炕。这下儿媳温静娴更加着急了,这可怎么办呀!婆母年轻守寡,千辛万苦把儿子抚养大,一天清福也没享着,怎能死呢,再说了,婆母若是有个一差二错,如果程耀哪一天回来,也无法交代。

她精心地侍奉病中的婆母,饮水喂饭,煎汤熬药,端屎泼尿,无微不至,侍奉得非常周到,可是婆母的病也不见减轻。可她的肚子却一天比一天显怀,如果婆婆总是这样,将来自己做了月子可怎么办?婆母由谁来侍奉?她想到这儿跑到外边痛哭了一场。

她听村里的人说西山下的天齐庙供奉的是东岳大帝,东岳大帝掌管人间贫富贵贱和生老病死,还听说很灵验,于是她就乘婆母熟睡之时去天齐庙磕头烧香,为婆婆祈福讨寿,风雨不误每天都去,连续祈祷了两个月有余。

这天,温静娴顶着大雪来到庙上,烧了香,跪拜了东岳大帝像,然后就嘤嘤地哭泣起来,默道着说:"婆婆呀,您想吃啥都行,就是想吃我的肉,我也能给您割下来,可这大冬天的,想吃鲜桃儿,儿媳哪找得到呀,我的天呀!这可怎么办呀!"

温静娴的话感动了东岳大帝,遂生恻隐之心。他要帮帮这个孝心女子。话说在西山的半山腰上有个山洞,叫作巫岚洞,此洞深不可测,据说在洞里点火,在十里地以外山的那边一个洞口冒出烟来,此时巫岚洞里住着一个修炼了千年的狐仙,东岳大帝就命令这个狐仙替他跑趟腿儿,带着他的手迹,去天宫求王母娘娘赐一个蟠桃,因是为王母祝寿专用的,也叫寿桃。

单说狐仙奉命来到天庭,见到王母,说明来意,并拿出东岳大帝的手迹递给王母,王母娘娘接过看了,唏嘘良久,不是很情愿地说:“罢了,就给东岳君一个面子吧!”遂命身边侍神到蟠桃园摘了一个蟠桃交到狐仙手上。

狐仙带着蟠桃回到人间,快到天齐庙时,他拿出蟠桃看了看,红艳可人,馋得他口水都流出来了,他琢磨着,吃了蟠桃就可以长生不老,那得省去多少漫长的修炼过程,蟠桃在自己手里,还能让它落入别人嘴里,狐仙想到这里,哪管三七二十一,就把仙桃给吃了。等他见到东岳大帝时,手里只剩下一个桃核儿了。

东岳大帝见此,只说了一句:“命该如此啊!便宜你这个狡猾的狐狸了。”就没再说什么,一挥手,令狐仙下去了。

等到第二天温静娴踏雪来上香磕头时,东岳大帝显身一个普通小道士,来到静娴面前说:“这位香客,你的婆母想吃桃儿了,我这儿有只桃核,你拿回去,种在你娘家院子的西墙脚,到第三天能结出一只寿桃来,也许能救你婆母的一条命,成与不成就看造化了。”

静娴疑惑地道:“请问道长,为什么种桃要在我娘家呀?”

道士说:“献寿,你懂吗?儿媳献寿,不从自己的娘家拿出,那还叫献寿吗?”说完道士不见了。这时她睁开眼睛,原来是个梦。她倚在香炉边睡着了。奇怪!她手里真有个桃核儿。

她知道自己的孝心感动了大帝,她欢欢喜喜地拿着桃核来到娘家,到院子一看,满院子都是厚厚的雪,唯有西墙脚有脸盆口那么大的地方没有雪,好像还冒热气儿,她伸手摸地皮是湿软的,一点都没冻,她就把桃核种了下去,怪了,没有一炷香的工夫就从土里冒出芽儿,她高兴地请求母亲去照顾婆婆,她要守着桃苗儿。第二天就长出了一尺多高的小树,不一会儿就跟气吹似的开出了鲜艳的桃花,果然三天小桃树上就结了一只桃子,到了后晌桃子就熟了,大大的个头,红艳欲滴。她摘下桃子就往自家跑,可是跑到家后,她惊诧地发现婆婆已经死了,她抚尸大哭,哪还顾手里的寿桃,随手一甩,竟然飞了出去,“轰隆”一声巨响,鲜桃化作一座山峰,婆母的尸体也被山峰所葬,寿桃山遂成了一座旷古最大的坟墓。

对这一惊天动地的变故,温静娴是悲恸欲绝。婆母随着鲜桃化作了山峰,她只能对山峰祭拜,请天齐庙的道士做了几天的道场。

事隔两个月,温静娴生下了一个儿子,不几日,程耀也回来了,可他不是衣锦还乡,而是带着残疾之身回来的。原来他在贡生会考前,住进了一家客店,他在客店里温习他自己写的一篇预备文章(也就是现在的押题),同室的考生是一个权贵子弟,通过关系,花了大价钱买了考题,正好与程耀的文章吻合,程耀文章写得条理清楚,神采飞扬,字字珠玑。权贵子弟看了,羡慕得不得了,就起了歹心,他假意请程耀喝酒,在酒里下了毒药。程耀三天未醒,误了考期。他气愤地找到主考官,告发权贵子弟的卑鄙行为,主考官以没有证据,非但不管,还把事儿通报给权贵子弟,权贵子弟花银子收买了几个街头小混混把程耀打了一顿,一只胳膊致残。程耀不服这口气,写了个状子,在京城里告状,可是没人理他,他在京城折腾一年多了,身上早已分文皆无,穷困潦倒,如同叫花子,只能把状纸展在路边上,让过往的人看,一天,一顶轿子从街上过,他拿起状子扑向轿前,拦路喊冤,轿子停下了,他递上状子,轿子里也无反应,起轿走人了。程耀这个气呀,跺脚骂道:“这些狗官,官官相护,一个鼻孔出气,没一个好东西。”

程耀骂了一阵后,自觉告状无门,也就认了。才一路讨饭回到家里,到家后得知母亲为他忧虑成疾而死,他大放悲声,哭了几场,他功名未成,落了个残废,母亲也因自己而离世,他心如死灰,天天到象征母亲坟墓的寿桃山下一坐就是一天,一句话都不说。妻子还得每日背着孩子给他送饭。乡亲们都可怜温静娴命运不济。

有一日,都府来人送信,说程耀那场科考舞弊案已破,要程耀立刻起程去复考。原来他拦截的轿子是当朝宰相房玄龄的官轿。程耀经过复试,得了个会试第一,得了个会员衔,不久他还要参加殿试。人们说程耀时来运转的原因是他的母亲葬在了寿桃山里,那么高的一座寿桃形的大山当坟墓,山下是树环水绕,能不风水好吗?果然程耀参加殿试中了个探花。

牛心山的传说*

古语说:偏心不得偏心济,还真是那么回事儿。

在青龙县东,紧挨着现在的祖山中学的西边儿,有一座小山,虽然不高,可长相独特,立陡立陡的,三面是悬崖峭壁,就跟刀劈斧砍的一样,只有西面一侧,有一条勉强一人可以通过的蜿蜒小道,手脚并用,可以爬上山头。如果你仔细看看,此山还颇有些仙气儿呢。因为长相酷似牛的心脏,所以人们给这座山起了个名字叫"牛心山"。为什么这里会有一座孤零零的小山呢?

相传,很久很久以前,祖山脚下王杖子村有个农夫,养了一头毛驴和一头黄牛。黄牛每天都老老实实、安分守己地干活儿,对主人忠心耿耿。而他的这头毛驴却处处偷懒、藏奸躲滑。拉车的时候,毛驴"拉捎",黄牛"驾辕"。毛驴好像把拉车套拽得很直,可事实上,却一点儿力气都不用,车子的重量都落在了黄牛的肩上。农夫见黄牛累得浑身是汗,而毛驴却一个汗珠子也没冒出来,他想当然地认为:毛驴比黄牛的力气大。耕地的时候,黄牛只是低头默默地拉犁,而毛驴却总是斜着眼睛偷偷盯着农夫,一见农夫走近,它就赶紧尥蹶子使两下子劲儿,完了之后,就赶紧跑到农夫的身边儿,伸出驴舌头去舔农夫的手,拿自个儿长长的驴脸往农夫的身上蹭,和农夫套近乎。终于,毛驴给农夫留下了一个忠心顺从的好印象。

话说有一天,黄牛和毛驴在碧绿青葱的草地上,悠闲地吃着草。农夫躺在松软的草地上,心情舒畅地数着天上的云朵。日头暖洋洋地照在他的身上,闻着身边的花草香味,听着树上小鸟的歌唱,于是农夫就迷迷糊糊地睡着了。突然,一只穷凶极恶的大灰狼从草窠里蹿了出来,向熟睡的农夫扑去。见此情景,吓得毛驴

---

* 本文由郎跃深搜集整理。

急忙躲到旁边的一个土坑里，缩成一团，趴在那里一动也不敢动，大气也不敢出，以至于把屎尿都吓出来了。黄牛也看到了主人有危险，却义无反顾，勇敢地迎了上去，挡在了主人的前面，用锋利的犄角与大灰狼搏斗了起来，虽然身上被大灰狼咬伤了两疙瘩皮毛，但饿狼也受了重伤，黄牛一个劲儿地拼命往前冲，终于把大灰狼撵跑了。毛驴见到狼跑远了，就哆哆嗦嗦地从土坑里爬了起来，凑到主人的身边儿，用它那长长的驴脸把主人摇晃醒了。农夫看到了草地上的狼毛和血迹，知道自己在睡觉时来过狼，他也没有询问，就想当然地认为是毛驴救了他，感动得用手抚摸驴脑袋，还给毛驴挠痒痒，又从兜里拿出好吃的美食给驴吃。毛驴一点儿内疚也没有，还觍着驴脸接受了。而对于从远处回来的浑身大汗淋漓、喘着粗气的黄牛却理也不理，眼皮子都不抬一下。老牛的申辩他连一句都听不进去。

收秋的时候，农夫没注意，弄丢了一袋子苞米。黄牛找了一上午，终于在路边的草窠里找到了，它用两只尖尖的犄角将装有苞米的口袋挑了起来，用头顶着，回到了家门口。刚进到大门，毛驴就从院里溜了出来，假装亲热地说："牛大哥呀！你辛苦了，看把你累的，让我帮你拿拿吧！你快歇口气儿。"说着，用嘴叼起苞米口袋，就转身送进了农夫的房间。黄牛的这一点儿功劳也被毛驴据为了己有，黄牛的抗议依然毫无效果。

从此，农夫认为：毛驴又忠实又勤快又有能力，而黄牛又馋又懒又不会办事儿，做事儿慢慢吞吞，没有工作效率。于是，他把好吃的草料，如黑豆、炒苞米面儿等"料面子"都给了毛驴，而把碎米、烂秸秆都扔给了黄牛。可即使这样，黄牛却依然任劳任怨、忠心耿耿，对主人一如既往，毫无怨言。

转眼到了第二年夏天，农夫要到"起河"的南边儿去买棉花，他嫌弃黄牛不中用，走路又太慢，就只用毛驴驾着车出发了。回来的时候，毛驴被累得龇牙咧嘴，"吭哧吭哧"地喘着粗气，恰巧又赶上"起河"涨水，农夫坐在车上，用鞭子指挥着毛驴从河水浅的地方过河，行至河中间时，水流湍急，一个大浪头打过来，漫过了车厢，棉花也沾了水，这样就更沉了。本来毛驴在平时就是白老鹳子逮前式——全仗着长嘴支着呢！靠着溜须拍马活着的，又走了这么远的路，这次，麻烦就真的找上它了。眼瞅着就腿肚子转筋，站立不稳了。毛驴觉得横着过河不如顺水往下走省力，于是，不听农夫的吆喝，径直向下游拉车，不管农夫怎么招呼和鞭打，毛驴就是不听，结果连人带车被卷入了滚滚的河水中。不一会儿，那头懒惰、藏奸躲滑、投机取巧的毛驴以及偏听偏信、被假象所蒙蔽的农夫，全被卷入了河水中，不见了踪影。

老黄牛在家里，每天都卧在王杖子村村头的小道上，苦苦等待盼望着主人能早些回来。日赶月,月赶年,转眼许多年就过去了。日复一日,年复一年,老黄牛的意志和决心始终没有动摇过。一连等了若干年,黄牛为了表达对主人的忠心,把一颗红心掏出来示人,谁想到它的忠心感动了天地,立刻化作一座小山,形如牛心,于是小山脚下的村子就叫牛心山了。

凤凰山的来历*

青龙满族自治县东部境内有座山叫凤凰山。这样美丽的名字是怎样来的呢?有一个美丽的传说。这个传说,要从明代讲起。

明代,青龙这个地方是长城以北二百里内的"中立地带"。所谓"中立地带",就是明朝人不准在这里居住,北面的蒙古人也不准在这里游牧。于是,这块土地处处林木森森,芳草萋萋,百兽出没,荒无人烟。到了清朝康熙年间,朝廷允许旗人(1635 年,后金天聪汗皇太极改旗人为满洲;中华人民共和国成立后改为满族)到长城口外"跑马占圈",开发这块土地。于是,随主进关的张、汪、周、吴等姓旗人出义院口来到青龙东部开荒落户,先后建立了碾子沟、歪顶沟、娘娘庙、何台子等村庄,这里的人烟逐渐稠密起来。

话说满族发祥地的关东有座大山叫长白山,山上住着一对百鸟之王,雄的叫凤,雌的叫凰。凤凰同年同月同日生,虽是夫妻,却是凤哥凰姐相称。它们夫妻恩爱,对山下相邻居住的旗人也情深义重,年年月月为人们排忧解难、播洒吉祥,山下旗人把凤凰视为神明。一日,凤凰下山游玩,惊讶地发现村庄依然在,却是人去屋空。飞到百里之外才打听到旗人出了大中国的皇帝,在关内建立了清朝,在这里居住的旗人随主进关,而后又遵圣旨开发塞外去了。凤凰日夜思念这些友好相处的旗人,便生出迁徙塞外的愿望。凤凰夫妻昼飞夜翔八百里,来到渤海之滨祖山之北,看见一座山峰雄伟壮丽,山腰石壁五光十色,山头梧桐婀娜多姿,一块巨大的岩石竖立山顶,不知何人何时在岩石上刻下"凤鸣石"三个篆字。凤凰落足山顶俯瞰山下,只见方圆数十里炊烟袅袅,似曾相识的旗人男耕女织,山坡上的羊群如白云飘飘,牛背上的牧童吹得笛声阵阵。"啊!这就是我们千里寻觅的新家!"

* 本文由张万廷搜集整理。

从此,凤凰夫妻就在这座山上安家落户。如同在长白山上一样,每日在蔚蓝的天空飞翔,为这里的旗人播洒吉祥。旱了,凤凰飞向远方采集云雾,这里就普降甘霖;涝了,凤凰用美丽的翅膀驱云逐雾,这里便雨过天晴。人们感念凤凰的深厚情谊和戴天之德,在百鸟朝凤那个日子,便在山下备下香案,摆上丰硕的供品,对凤凰夫妻顶礼膜拜。

有一年,这里遭到了百年不遇的旱灾,河井干枯,田地龟裂,草木秧苗见火即燃,人畜鸟兽热得气息奄奄。从长白山探亲回来的凤凰夫妻见此情景,不顾旅途疲劳,不分昼夜到千里之外采集带雨的云彩。云彩越来越多,雨雾越来越浓,第十天,大雨如注,这里的百姓得救了,可是,凰姐却因过度劳累病倒了。凤哥殷勤照顾,百般呵护不见好转,便对凰姐说:“咱们南面的祖山,听说是中国第二黄山,山上清冽的泉水,飘香的珍果凝聚了天地之精,日月之华,能治百病,我去取来一些给你服用,你很快就会好起来的。”凰姐有气无力地说:“凤哥,为了这场甘霖,你和我同样辛苦,你千万别再为我受累了。”凤哥动情地说:“凰姐,咱们本是比翼夫妻,只要你能快些好起来,我再苦再累心也甘哪!”说罢,不顾凰姐劝阻,毅然腾空而起向祖山飞去。

却说凤凰居住的这座山的东北面有座险峻的大山,山上怪石嶙峋,尖尖的山顶有一黑洞,洞里住着一对修炼百年的老雕,公雕凶狠毒辣,母雕残忍狡猾。它们长着利刃一样的爪子,秤钩一样钩曲的嘴巴。恶雕飞向天空,巨大的翅膀遮天蔽日,扇得地面飞沙走石,一旦发现猎物,便会箭一样扑向地面,用利爪紧紧抱住飞回巢穴,利嘴奋力撕咬,不消片刻,猎物尸骨无存。因此,这座山方圆百里深受其害。人们说:“不怕旱,不怕涝,就怕老雕叫。”老雕一叫,家畜家禽就要遭殃。这天早晨,饥饿的公雕对母雕说:“老婆,从前这里你我为王,人畜鸟兽哪个不惧怕咱?自从凤凰来了之后,人们像供奉天神一样供奉它们;而对我们,不是用弓箭射杀就是恶毒咒骂,这口恶气怎能让我咽得下?”母雕诡诈地说道:“老公,你还记得不?咱们的祖先大鹏金翅雕为了长生不老,连唐僧都想吃掉,咱们何不找机会吃掉凤凰,当上真正的百鸟之王呢?”公雕得意地说:“老婆言之有理,量小非君子,无毒不为雕,听说前些天为了给人间降雨,凰已经累病了,等凤和凰都体力不支的时候,咱俩瞧准机会,咔嚓……”,说罢做了个利嘴撕咬的动作。两只恶雕正在狞笑,不经意地向西南望了一眼,只见凤哥拔地而起向南飞去,转眼消失在彩云之中。恶雕凶狠地说:“机会来了,此时不下爪,更待何时?”说罢几个鹞子翻身,凶神恶煞般直扑凤凰居住的山顶,四只利爪抠进凰的躯体,病弱的凰奋力挣扎,怎奈一凰难敌二雕,只喊了一声“凤哥!”瞬间就被恶雕撕成了碎片。

再说凤哥急切地飞到祖山之巅，从龙潭最高处取到了甘甜的圣水，从密林最深处采摘了醇香的珍果，不禁大声喊道："凰姐有救啦！"于是风驰电掣般飞回家园。刚落地面，便兴奋地高声喊道："凰姐，我回来啦！"可是，千呼万唤，也没有听到凰姐的回音。凤哥的呼唤声惊醒了与凤凰为邻的山兔们，这些山兔目睹恶雕杀害了凰，个个吓得昏了过去。兔们齐齐跪在凤的面前，指着不远处凰的尸骨号啕大哭，泣不成声地告诉凤哥："凰姐被恶雕杀害了！"凤哥扑向凰姐的尸骨，顿时昏死过去。兔们唤醒了凤哥，凤向苍天诉说它和凰相亲相爱，凤唱凰舞，甘苦与共的爱情；诉说它和凰与人为善，不辞艰辛，降福人间的心愿；诉说它的凰姐被恶雕残忍杀害的冤情。凤的哭声，听得山下百姓撕心裂肺，听得山间百兽泪如泉涌，听得林中百鸟呜咽气绝。哭着哭着，只听凤哥喊道："凰姐，凰姐！咱们同年同月同日生，今天同年同月同日死。你稍等片刻，我追你来了！"说罢，一头向凤鸣石撞去，巨大的凤鸣石被撞得粉碎，凤哥以死殉情了。正在这时，一声霹雳，山顶劈作两个山头，只见两个山头那么浑圆，那么匀称，就像古代梁山伯、祝英台化蝶后的坟墓。可是山周围的旗民们说："不对，那不是凤哥凰姐的坟墓。你看山头那样安详，那样俊秀，分明是凤哥凰姐相拥而眠的脑瓜顶！"从此，这座山就被当地旗人自豪而又悲怆地叫作凤凰山。

恶畜自有恶报，恶雕也不例外。凰被害的那天，凤的哀鸣惊动了天庭，玉皇大帝便派霹雳大仙下界惩罚凶手老雕。霹雳大仙脚踏祥云来到恶雕居住的大山上空，只见两只恶雕正在得意忘形地弹冠相庆，做那百鸟之王的美梦。突然，一声霹雳震天响，老雕居住的山顶被劈作两半，劈死的两只恶雕变成两个山头，一个山头歪向东边，一个山头歪向西边，让这一对罪恶的老雕夫妻永远不得团圆。后来，人们便把这座山叫作歪顶山，两个歪垂下来的山头像恕罪一样永远遥对着西南面的凤凰山。

干沟和南北胡哈*

在清朝初年,现干沟不叫干沟,据说叫青龙沟,南北胡哈,也不叫胡哈,就叫南沟北沟。现在的名儿是康熙皇上给取的。

过去,干沟轿顶山下有一处清泉,泉水不算小,水翻着花儿“咕嘟咕嘟”往外冒,水泉下面形成了长年不干的一条小河,形如一条弯弯曲曲的小龙,因河得名青龙沟。

康熙年间,青龙沟来了一个南蛮子,南蛮子就住在离小河边不远的何家客店。南蛮子住下后,整天是神出鬼没的,尤其是晚上,一出去就是半宿。

何家客店有个跑堂的伙计名叫何三,何三年龄不大,但聪明伶俐,他对南蛮子的举动觉得很奇怪,他在青龙沟人生地不熟的,黑夜总出去干啥去呢?他突然想起爷爷讲的南蛮子憋宝的瞎话儿,没准儿南蛮子在憋宝,他想到这儿,当天夜里他没有睡,和衣躺着,眼睛盯着南蛮子住的客房,过了一会儿,南蛮子悄悄出去了,何三在后面跟着,只见南蛮子走到轿顶山的水泉边,停下了脚步,何三赶忙蹲下藏在草丛里,他见南蛮子转身四下瞧瞧,然后蹲下身点燃了一炷香,化了一张纸,何三想:这可能是一道符。

南蛮子在香前叨叨咕咕,念念有词,何三凑近一点,也没听见南蛮子叨咕的是啥。南蛮子见香将燃尽之时,他站起身从衣兜里掏出一把什么东西,向下面的小河里撒,这时奇迹出现了,只见从泉眼里冒出个小金人,在月光下金光闪闪,小金人划着小金船向下划来,一边划一边捡南蛮子撒向河里的东西,原来南蛮子向河里撒的是金豆子,是诱小金人的。南蛮子见小金人离自己近了,他拿起铁钩子向小金人钩去,这时的何三一着急说:“钩牢喽。”

---

* 本文由张保学搜集整理。

何三这一喊，小金人噌噌往回跑，这一跑挣脱了钩，弄坏了一只眼睛，进到泉眼里去了。

南蛮子向何三怒吼了一阵子，气得坐在地上"呜呜"好哭。哭完后收拾一下东西，连夜走了。

话说小金人被弄伤了眼睛，发怒了，只见水泉井喷似的往外喷水，天空也下起了瓢泼大雨，一时间青龙沟水天相连，房屋被水冲走了，田地淹没在水中，有的老人和小孩也被大水卷走了，多数人跑到山上去了，因泉眼喷发，大水一直不退，困在山上的难民，叫苦连天。

正在危难之时，有两个人来到难民中间，两个人都在四十岁左右，他们说是看风水的，其中一个慈眉善目的人说："你们这儿的风水遭到了破坏，如果水眼止不住，整个这条沟永远是水沟。"

青龙沟的地保问："二位先生可有治水的办法？"

只见风水先生，沉吟了一会儿说："得改地名，叫青龙沟不行。"

地保问："改成什么名？"

风水先生说："这里改名干沟，下面不是有个南沟北沟么，改叫南湖北湖，让两个湖把水给哈(喝)掉不就行了。"说完两个人就走了。

奇怪了，两个人走后，轿顶山下的泉不喷了，水立刻见小，过了一会儿，没被泡倒的房子的房脊露出来了。后来，水泉也干涸了。

后来人们才得知，为此地改名的两位风水先生，其实他们是康熙皇帝和钦天监的监正。正好皇上微服私访到这儿，听说了此事，才到这儿解围的，皇帝是金口玉言，受皇封止住了水患。

将军石的来历*

“将军石”又名“石人像”，早在远古时期，人们不知道阳山叫什么名，也没人居住，地势险要，森林茂密，山里野生动物甚多，经常有狼群虎豹出没，还时常地下山伤人，因地势险要，险象丛生，致使附近无人敢进山捕获。

到了宋朝中期，北国侵犯中原，岳飞带兵扫北，赶走了金兀术，得胜回营，路过此地听老百姓说山上野兽经常出没，还时常下山伤人，当地人都奈何不得。于是元帅部下一位将军请令，要为民除害。该将军身高八尺，虎背熊腰，勇猛善战，听说野兽伤人自然不服气，便带领一班人马，敲起锣鼓，带着鞭炮，连同当地老百姓大约二三百人上了山。刚一入山，进山的队伍便点燃早已准备好的鞭炮，恰好此方法很灵验，鞭炮一响，吓得山里野兽东躲西藏，四处乱窜，不料想，慌乱中，一只老虎蹿进了人群，朝着手无寸铁的老百姓扑去，该将军见势不好，纵身一跃，护住了被老虎扑倒的老者，老者脱险了，可是将军因与老虎搏斗失足摔下了悬崖。老虎打死了，老者得救了，而将军却丧了命。老百姓为祭奠这位将军，把他就地葬在这个山坡上，并立了碑。每逢初一、十五人们总是给这位将军上坟烧纸。后来，在三年后的七月十五，人们依旧到山上祭奠，行至半路，突然狂风骤起，电闪雷鸣，“轰隆”一个霹雳，将军坟不见了，在其竖碑的地方竖起了一尊石人像，和将军长得一模一样。从此，人们便把这石人像叫“将军石”。

---

* 本文由常德生搜集整理。

锥子山、窟窿山、鸡冠山*

如今的龙王庙乡郝杖子村流传着这样几句歌谣：

南山雄鸡震天鸣，
北山利锥刺苍穹。
锥攮鸡鹐惊天地，
从此毒蝎影无踪。

很久以前，该村东部一字排开三座大山，像三个擎天巨人手拉着手守卫在这里。山势虽然陡峭，可山顶是平的。后来山顶的形状变得非常奇特，咋变的呢？据传说是这么回事——

突然有一天，山里飞来了一个两丈多长，匹缸口粗细的蝎子精。这家伙厉害极了，飞起来遮天蔽日，尾巴一甩，毒液喷涌而出。所到之处，一切动植物都中毒死去。它不仅在山中作孽，还时常到白八十里外的海上祸害生灵。

土地爷和龙王爷合奏玉皇大帝降妖除怪。大帝惊怒，遂令二郎神下界降服此妖。

二郎神看准此妖就在山中，他令天兵天将，把三座大山围个水泄不通。二郎神手持方天戟直奔妖孽刺去。谁知这蝎子精灵活无比，在三座大山上飞来飞去，变化无常，和二郎神玩开了捉迷藏。逗了半个时辰不分胜负。二郎神喘息片刻，看准蝎子精就藏在中间那座山的背后，他用足神力，一戟刺来，只听轰隆一声巨响，天崩地裂一般，可烟尘散去，定睛一看，山被戳了个大窟窿，那蝎子精毫发无损，还哈哈大笑地站在了北山上。二郎神口念咒语，突然北山顶上冒出了一座像锥子似的山峰。这正中蝎子精的软肋，只听蝎子精“妈呀”一声嚎叫，一个跟头就

* 本文由赵秘搜集整理。

折到了南山顶上。骤然间,只听喔的一声巨鸣,一座大公鸡似的山峰立在山顶。鸡也是蝎子的天敌。蝎子精一头扎进中间那座山的窟窿里,摇身一变,将那庞大的身躯化整为零,刹那间,千千万万个不足一寸长的小蝎子涌出洞外,漫山遍野的蝎子一会儿又不见了,有的钻进石缝中,有的藏在石片下。

山中恢复了平静。众兵将惊愕。二郎神莞尔一笑,只见他慢慢地举起双手,轻轻地挠了挠手指,没容他收回胳膊,北山上飞下了铺天盖地的小铁锥子,同时,南山上也呼呼啦啦地飞下了无数的大公鸡。不一会儿,藏起来的蝎子不是被锥子攮死,就是被鸡鸽死。

从此至今,这一带蝎子便绝迹了。

因此,北、中、南三座山依次得名为锥子山、窟窿山、鸡冠山。

金刚峪的传说*

青龙祖山镇有一个村子叫安门口。以前，安门口叫金刚峪，现在一些上了岁数的老年人还在这样叫。为啥这样叫呢？原来安门口村的沟口有一个好几丈高挺拔直立的石头柱子，这个石头柱子是天然形成的，由好多块大小不等的石块垛叠而成，据老辈子人说：说不清有多少年头和辈数了，有千万年了呢。历尽风雨而不倒。人们把这个石柱子叫金刚石，这条沟就叫金刚峪。

在这个石柱子底下有一个深不见底的水潭，潭虽不大，可看着绿咕沾沾的，谁也不敢下去，也不知有多深，直到现在这个水潭依旧还有呢！

传说很久很久以前，安门口村有一户做豆腐的，主人叫张旺，传到他这儿已经是第十代了。他做出的豆腐油淋淋的、喷香喷香的，远近出名，过往的客商和赶集上店儿的人都要到这儿打尖儿吃饭。据说现在祖山做豆腐的手艺就是张旺留下来的呢！

生意好了，又雇了伙计，盖了好几间房子，日子过得很是殷实。做豆腐就有些副产品，多年下来，张旺家就存下了好多豆腐渣，时间久了，这些陈豆腐渣始终堆在一个空屋子里。

有一天，来了一个南方人，说是借住在张旺家一段时间，并买下了张旺的百年老豆腐渣。北方人认为南方人有鬼主意，心眼多，有能耐，会看风水，但是又不够大方，比较贪婪。

南方人住下的头一天白天一整天就在家睡觉，晚上到了后半夜子时才悄悄爬起来，挎着筐子装上豆腐渣偷偷出了大门，一直到天快亮的时候才回来。许多天过去了一直这样。

---

* 本文由郎跃深搜集整理。

时间长了,张旺发现了这事儿,就向南方人打听,但南方人就是不告诉他。

转眼已经到了第九十九天,到了半夜子时,南方人又挎着筐子,装上豆腐渣出门了。这次,张旺随手从磨盘上操起磨杆子,悄悄地跟在南蛮子身后。到了金刚石下的水潭边儿,只见南方人一边往水里撒豆腐渣,一边嘴里"啰、啰、啰、啰"地叫着。一会儿,一头多老大多老大的金老母猪领着一群金猪崽子从水底下上来了,欢快地吃着百年的老豆腐渣。

张旺惊得舌头伸出多老长老半天缩不回去,不由得叫出声来:"这猪这个肥呀! 这猪崽子这个壮啊!"张旺的话还没落地,大母猪就领着一窝猪羔子沉到水底不见影了,并永远也不出来了。

南方人心疼得直跺脚,直到这时他才告诉了实情。原来他到处转悠,终于在金刚石下的水潭里发现有宝贝,要想得到宝贝,必须用百年的陈年豆腐渣喂养,喂够一百天,才能把宝贝金猪抓住,同时在中间的这段时间,还得没有人打扰,不能有响动,否则这些宝贝就永远也得不到了。今天是第九十九天,明天就能抓到宝贝了,我想好了,如能成功,不看别的,就看我在你这儿住这么长时间的分上,我怎么着也能分给你一只金猪崽子不是,可惜了,就差一天啊! 由于你的一声喊叫,宝贝就永远失去了!

故事到这儿就结束了,由于南方人的贪婪、独性,不肯与人共同发财,结果落了个两手空空,一无所得。从此以后,谁也再没看见金猪出现过。

张旺听了后悔莫及,将手中的磨杆一甩,立刻就变成了一根石柱儿,就是现在的金刚石。

陈家坟的传说*

祖山东北方向有座大山,因为山势较高,都叫它东大天梁,也有叫东老岭的。就在东大天梁山顶的南侧,有一座坟,古人传下来叫它陈家坟,谁家肯把坟埋到这远离人家,荒无人烟的高山上?下面就讲一讲,陈家坟的古老传说。

很久以前,离东大天梁西南二十多里的山脚下有一个村庄,庄里有一户姓陈的人家,陈家两口生了八个孩子,一色花是小蛋子,都是淘气能吃的主,因此,家境也十分的贫寒,等孩子们长大成人,却都像小燕子似的,出巢娶妻生子分家另过去了,这时老两口也老了,只有十几岁的老儿子陈老八还跟着父母过。

时隔两年,老两口年迈多病先后离世,已十五岁的陈老八,无依无靠,自己饥一顿饱一顿地过活。这天,村里来了一个会看风水的先生,风水先生到村里十多天,不是这家请他去看阳宅,就是那家请去看坟地,吃香的喝辣的没闲着,而且挣了不少钱。陈老八看到风水先生有钱挣,有饭吃,他琢磨这是个好手艺,他就央求风水先生收他做徒弟,经他软磨硬泡,风水先生还真把他带走学艺去了。陈老八聪明好学,几年下来,真是教会徒弟饿死师傅,陈老八竟成了十里八乡有名气的风水先生了,名声盖过了师傅。

从此以后,陈老八这个风水先生在远近出了名,经常有人请,忙不来,可他师傅却闲起来了。经过陈老八看过的阴阳宅,没出过大差错,与他说的八九不离十。他有了这门手艺后,娶妻生子,生活日渐好转,成了庄里的肉头户儿。

时光荏苒,一晃陈老八也到了古稀之年,他自己想,给人家看了一辈子的阴阳宅,如今自己已是风烛残年,可自己的风水宝地在哪儿?自家的周边都寻觅遍了,没有理想的坟茔地。这天,他有意无意地转到东大天梁上,他到东大天梁的阳坡

---

* 本文由董贺峰搜集整理。

上一看,这地儿不错,细一端详,前照后靠一打量,他心里高兴了,看了一辈子的风水,没见过这样的宝地,他在正穴上夯了一个楔子,就兴奋地下山回家了。

第二天,他带着儿子来到东大天梁上,把这件事交代妥当,儿子牢记在心,转年陈老八就得病作古了。老八临死前把儿子唤到跟前说:“我死后,不论费多大事,多雇些人抬,也得把我埋到东大天梁上去,还要记住,打墓坑时,打到石板时,不管深浅也不要往下打了,把棺材撂在石板上埋,切记。”说完就死了。

按着父亲的生前嘱托,儿子花了不少银子请人抬棺,山高林大,荆棘丛生,还要有人在前面砍树割柴,起大早贪大黑才把陈老八的棺木弄上山去,没办法,只好在山上停棺一夜,待第二天下葬。第二日,东方刚露鱼肚白时,就开始挖墓坑,刚挖半尺深,就遇着了石头,确实是块平石板,几乎占据了整个墓底儿,儿子一看,这么浅怎么埋呀?也许该他家没有这个命,把父亲的叮嘱全忘在脑后了,让人继续往下挖,打墓子的将石板往起一掀,只听“突噜,突噜”几声,从石板下飞出七只鸽子。

后来,懂风水的人说:“鸽子飞了,风水跑了,要是不掀起石板,陈家能出七位阁老级的大官,老陈家没有这份命啊,这么好的风水宝地被破坏了,怪可惜的。”

陈家坟还在,这个传说流传至今。

玄水泉的由来*

大巫岚镇有个秦木沟村，村里有个著名的水泉，名叫“玄水泉”。这眼泉水特别旺盛，天怎么大旱它都不干，而且泉水清冽甘甜，玄水泉周边住着的人都显年轻，都很长寿，非常神奇，用现在的话说，泉水中含有益于人身体的矿物质和微量元素，玄水泉为什么如此神奇呢？这和“玄鸟生商”有关。

事儿还得从远古时说起，远古时有个人名叫帝喾的，其实他是个神人，在西周姜子牙封神之前，没有天界、人界和冥界之分，那时是人神共处，人与神，人与鬼，人与妖相见都是很平常的事。话说这个帝喾是个散仙，他没事儿就带着老婆游山逛水，纵情于山水之间。

那时的青龙河叫玄丘水，为什么叫这个名字呢？据说那时青龙河的水比别处的河水黑，“玄”也代表黑的意思，还因河水沿岸一带的山峰都不是很高，有半丘陵地貌，于是就叫“玄丘水”。那时的玄丘水是汤汤大河，那水很大很大，激流瀑布、深潭浅汀比比皆是，加上两岸青山碧绿如洗，倒映在水中，如诗似画，山重水复，美不胜收。帝喾从黄河下游又经滦河溯源来到玄丘水，他一下子被这里的美景惊呆了，他对妻子说：“这儿太美了，山水山水，有山有水才叫风景，那大平原的河太平常了，我们一定要在这里多玩几日。”

妻子也被美景吸引了，点头同意。

绝佳的美景多在激流险峰之中。这日帝喾和妻子来到玄丘水边上的一个小村庄，大约就是现在黄土坡上边的椅子圈。只见此处西南面是个较高的山峰，呈半弧形弯曲，半弧形圈内是立陡的山崖，正对半弧形的是个低矮的山头，如是书案，也似茶几，因此，人们管这里叫“椅子圈”。水随山走，山挟水转，汤汤玄丘水到

---

* 本文由如烟搜集整理。

了这里就转了个如弓形的大圈,美丽极了。帝喾两口儿兴奋地张大嘴巴,尽情地欣赏着风景,正在这时,只见一位手提木桶的姑娘从小村里出来,只见姑娘身材颀长,袅袅婷婷向这边走来,看样子女孩是来河边汲水的。走得近了,更令帝喾两口儿眼前一亮,这姑娘长得太漂亮了,鹅蛋形的脸庞,发如青丝,晶亮如水的眼波上横着一道如蚕蛾触须一样又细又弯的美眉,鼻直如削,口若樱桃,气质如幽兰,要多美有多美,帝喾看得发呆,口水都要流出来了,他心里说:“我帝喾走遍了天下,阅人无数,也没见着有这样美丽的女子呀,就是见过的天仙与之相比,也是相形见绌呀!真是奇山秀水出美女呀!”正在他如醉如痴之时,妻子用手在他眼前晃了晃说:“怎么,看傻眼了,你这个老色鬼,看中人家了吧?”

帝喾不是凡人,他也不避讳妻子,点了点头,眼睛仍没从姑娘的脸上移开。妻子说:“要不我给你们牵牵线儿?”

帝喾高兴地说:“那还不过去和她说。”

帝喾都发话了,妻子不敢不去,她来到姑娘身边,打了个千儿说:“这位姑娘长得跟天仙似的,真是人见人爱呀!”她指了指站在不远处的帝喾说,“我家老爷看上你了,你嫁给他吧。”

姑娘听了,抬头看看帝喾,见帝喾身材魁伟,人长得也忒精神,是不可多得的美男子,姑娘脸一红,水没顾得提就飞快地跑进村里去了。帝喾妻子说:“有门儿,她也看中你了,你们俩真有缘分。”

这个姑娘名叫简狄,是简家的独生女儿,简狄进村后直到天黑日没也没出来,简狄不出来,帝喾也不走,到第三天后晌儿,简狄在父母的陪伴下,才从村庄里走出来。帝喾高兴地迎了上去。原来简狄没提水,空着桶就慌里慌张回去了,父母见着怪异,就问她出什么事了,简狄就含羞地把刚才遇到的事儿说了。父母问她说:“你看那男人如何?”

简狄只是脸红不说话。父亲说:“咱这地方人烟稀少,我在咱这方圆百里都访了,还真没有适合你的小伙儿,你母亲我俩正为这事犯愁呢。你要是看中了就……”

简狄娇羞地一笑说:“全凭父母做主。”

母亲说:“可是咱也不能草率了,毕竟他是外地来的生人,咱们得考验他一下,闺女,你三两天别露面,他要是真心喜欢你,他就不会走。”

到了第三天,简家见帝喾真的没走,一直在等简狄出来,简家两口儿满心欢喜。其实简狄的父母在这三日里,出来进去地没闲着,早把帝喾浑身上下看了个遍,自然非常满意,挨到第三日不容易,他们唯恐帝喾走掉,失去这桩好姻缘,过晌午，简家父母就领着女儿简狄来找帝喾两口儿，认下了这个女婿，帝喾高兴得手舞足蹈。

帝喾在玄丘水河边找了一处风光绮丽、依山傍水的地方结庐为家，三日内就把简狄娶进了家。他把原来的妻子称作大妻，把简狄称为二妻。此后，帝喾经常携两个妻子游于玄丘水两岸。有一日，他们三人见玄丘水的一处河湾，沙软水暖，水清得如同琼浆，他们被吸引住了，不约而同地下了水，尤其是帝喾的两个妻子都在青春妙龄，乐得戏耍，一会儿扎猛子，一会儿打水仗。帝喾在旁边看着两个妻子如此和睦，他心里很是高兴。

就在两妻戏闹之时，天降一五彩玄鸟(远古时的燕子)，在她们的头顶上盘旋，简狄平手一伸，玄鸟就落在了她的手上，她刚想抓，鸟"哧溜"下了一枚蛋就飞走了，简狄一看，鸟蛋也是彩色的，如玛瑙一样光亮璀璨，她惊呼："哎呀，太漂亮了。"

大妻一见也很喜爱，就伸手去抢，简狄怕被抢走，一着急就将鸟蛋含在了嘴里，谁知刚一入口，鸟蛋好像是活物似的，钻进喉咙直接入腹，从此简狄怀上了孕，后来生下的孩子叫"契"，契长大后建立了商朝政权，是商的始祖，这就是"天命玄鸟，降而生商"。

简狄虽然身怀有孕，但月份不大，帝喾仍然带二妻纵情山水，这天，他们来到现在的秦木沟，见这里山势平缓，山头高低错落有致，沟壑凸凹曲回，林木葱郁，非常美丽，他们玩得正开心，简狄说："口渴得紧。"

帝喾偏爱简狄，简狄说的他都言听计从，帝喾闻听简狄口渴，就赶紧四处找水，可那时这里没水，帝喾累得气喘吁吁地回来说："找遍了这里的山沟小岔，也没找到水泉，没办法，你就忍一下吧。"

简狄嘤咛地："哎呀，人家都要渴死了，肚子里的孩子也要渴死了！"

大妻在一旁说："别卖关子了，她怀孕在身呢，孩子也渴了。"

帝喾哈哈一笑说："你这是逼我临渴掘泉呀！好吧，看我的。"他说着拿起拐杖指向玄丘水的方向，喊一声，"来"。只见拐杖头上有一条晶莹的水线悬着，如鞭子一样，帝喾甩了一道优美的弧线，猛地往地下一插，嘴里说着，"一窍有泉通地脉，四时无雨涌天浆"。将拐杖往出一拔，一股清泉就"咕嘟，咕嘟"地涌出来了，简狄高兴得不得了，"咕咚，咕咚"喝了几大口："啊！太爽了，这水真好喝，水是甜的，哎呀，老公，你真有本事！"

帝喾说："这眼泉与玄丘水的水脉是相连的，玄丘水不干，它也不会干的，好了，就把这眼泉永远留在这儿吧，省得下次再来时喊口渴。"

这就是玄水泉的由来。

坟茔与“状元帽”*

相传马圈子镇水胡同村，莫氏祖先在“莫家洞”住过几年后就迁出了，邀一起出关的正蓝旗同僚，在现三十六磙子安家，过着开拓耕种、围兽狩猎的生活，繁衍子孙后代，人丁兴旺。

子孙们按满族风俗修宅筑院，建立庄园，同时请来风水先生修建坟茔，风水先生住了一段时间，走遍了附近的沟沟岔岔，终于选择了一处坐南朝北坟茔宝地，从南山下来这条龙脉，三起三落仰头卧在平地，“三起三落”风水称之为“三元夺魁”。前照就是北山顶上“状元帽子”，这样的风水宝地，日后注定出朝中重臣，最小也是个状元郎。风水先生给定了格局，立了明堂，也道出此坟茔宝地落成以后，必定荫蔽后人多代。

数年后祖先们相继过世都葬在这座坟茔地里，当时坟茔地两旁及靠山上各种树木杂草密不透风，大树参天，夜间树木沙沙作响，兽叫鸟鸣，让人毛骨悚然。据说当时人们闲谈时，讲老莫家坟茔地一到晚上就吹吹打打弹拉之声，非常热闹，但人们害怕，不敢近前。懂风水的说：如这样下去，几年以后，必出“状元”。

对此当地有些人妒忌，遂将此事传到京城，又在京城请来一位南弯道士，在庄东冲坟茔地盖起一座庙宇，将风水宝地压住了。

据说，坟茔的风水被破以后，莫氏后人曾两次进京考取功名，屡试不中。第三次进京，是拿着康熙年间颁发的功劳簿，即圣旨，交给了主考官验证，才被录个闲职小官，也算圆了“状元帽”的风水了。

---

* 本文由莫志刚搜集整理。

“流沙”与“摞石”*

马圈子镇水胡同村，有个古洞，名叫莫家洞，在“莫家洞”下方河边上面山坡上有一片为半亩地面积的小沙滩，称为流沙，沙子又细又白，一年四季都有新沙出现，夏季既不生草，也没有虫蚁。在距流沙南面一百米陡峭的石崖上摞起的两块圆形巨石，有磨盘那么大。

相传上古时期一对王仙(鳖)夫妇在此处修炼，当时河滩上乱石很多，没有一处适合繁衍后代的栖身之地，夫妻俩时常为此事忧愁。一日天空上忽然出现一道金光，他们一眼望去，看见二郎神杨戬肩担两山赶日，夫妻二人急忙呼喊，二郎神闻声后停下，夫妻俩忙上前将此情说罢，二郎神听后在肩担两山之上选了两块像磨盘一样的圆石摞在一起放在石崖上，并告诉他们“咒语”，王仙夫妇拱手相谢，送走二郎神，而后一起对摞起的石磨口念“咒语”，果然经二郎神摞起两块圆形巨石像石磨那样飞转起来，同时在他们修炼的河边上方出现一片既细又白的流沙。

多少年后，王仙夫妇修炼成正果，功德圆满，要回仙界，为回报这片流沙及大石磨将“咒语”传给石磨定时自传，让这片流沙永久有新沙长流。

---

* 本文由莫志刚搜集整理。

黄金茶*

五凤山的卧佛山里长着一种名茶，叫黄金茶树，传说从前的前擦岭村有位采茶的姑娘，出嫁到很远的一个大户人家。她对茶叶的采摘、熏蒸、制作，掌握了很多技术，她有很多茶文化知识，出嫁时随身带了一袋上等的自制好茶，作为陪嫁之一。有一天，她的婆婆身染瘟疫浑身烦躁，食欲不振。孝顺的媳妇想把自己从娘家带来的五凤山黄金茶沏给婆婆喝，考虑到婆家是大户，事事讲究，未敢开口。可是一连几天，求医无效，她再也忍不住了，打开茶叶，泡上一壶，送给婆母喝，婆母不肯，公公看出媳妇的好意，他试着把茶水喝了下去，一个时辰的工夫，他心急如火的急躁心情平稳了，不思食欲的感觉也没有了。半日的工夫，良好的感觉和显像非常明显，能吃能喝，他劝夫人赶快喝几杯，当夜病情减轻，精神好转，出于爱面子，老夫人闭口不谈喝茶之事。

儿媳妇见婆婆慢慢康复，又不敢讨问送茶的事，只好将剩下的茶叶让女婿偷偷地送给公公，转交婆婆受用。婆婆好后，为了避开这话题，她竟然暗地里将茶叶扔到房子上去。

春去夏来，阴雨连天，房上的茶叶经雨水冲泡，金黄色的茶水往下流，香味很浓，从村里流出村外，乡亲们见此异样，闻其香味，顺路追至房前，取下一看是一袋茶叶，众人颇感惋惜，这样好的东西多可惜啊。

后来人们知道是怎么回事了，听新来的儿媳妇讲黄金茶的全过程，很受感动。每年都有人陪她回娘家采茶，把黄金茶的名声从此传开了。

黄金茶，花如白蔷薇，叶如丁香，根如胡桃，外皮干光如裂，不裂之木不可用，有毒。凡茶树丛都是皮翘裂，不裂不能食用。这种茶树北方甚少，十分珍贵。当今五凤朝阳山仅存数撮，看护完好，是一道引人眼球的重要景观。

---

* 本文由王海廷搜集整理。

鸡冠山下神仙洞*

龙王庙乡郝杖子村里面有锥子山、象山(也叫窟窿山)、鸡冠山,都因象形而得名,鸡冠山的下面、塌山的上面的半山腰有个神仙洞,洞里面很宽,能容几十个人,据老辈子人说,洞里经常有神仙往来。说起这个神仙洞,传说与窟窿山有关联。

进过窟窿山里的人都知道,窟窿山里四通八达,有很多洞口,如是一个有多个支脚的巨大火炉加在不了山头上,传说这是太上老君的八卦炼丹炉,那么太上老君的炼丹炉为何失落在这儿呢?

相传,在很早以前,有一年西天极乐世界的如来佛祖闻听天庭有个兜率宫,是天庭专门用来炼丹药的场所,他想见识一下,就由灵山大雷音寺来到玉皇大帝的凌霄宝殿。如来说:“玉帝,听说你这儿能炼丹药?”

玉帝回答说:“道家不会炼丹哪成啊,我这儿专门有个殿叫兜率宫,是专门炼丹的,由太上老君李聃掌管。”

如来说:“那我就有求玉帝了,能给我炼上一炉丹药么?”

玉皇笑笑说:“佛祖都开口了,哪能不行呢,可是佛祖无所不能,没有生老病死,不知要丹药何用?”

如来双手合十说:“我佛慈悲,普度众生,会用得着的,我这炉丹药是特殊的丹药,配方不得外泄,炼制也要保密,这事就有劳玉帝了,我就此回西天了。”说完就驾云走了。

玉帝送走如来佛祖后,就将老君从兜率宫传唤到凌霄宝殿,商量为如来佛祖炼丹的事。玉皇把如来如何求丹药的事向老君说了一遍,太上老君接过如来的配方唏嘘了一下说:“这个丹药可不好炼呀,时间要长,时间一长,难免走漏风声,可

---

* 本文由张保学搜集整理。

担当不起呀!”

玉皇大帝思忖一会儿,以商量的口吻说:“老君,朕倒有个主意,不知您老愿意不愿意?”

老君捋了一下飘在胸的白髯,说:“玉帝尽管说来。”

玉皇从座椅上直了一下身说:“为了如来的丹药万无一失,朕看不如到凡间去炼,凡间现在是鸿蒙初开,人烟稀少,可找个远离人烟的山里炼丹,不知老君意下如何?”

太上老君哈哈一笑说:“果然是个好主意,这样就不用担心走漏风声了,好!好!”老君说完,脸色又暗淡下来,忧心忡忡的表情写在脸上。

玉皇大帝见状问道:“怎么,面显难色,有困难吗?”

老君一揖,颔首说:“喃,在那蛮荒孤僻之地,就我一个人,总会有些寂寞孤单。”

玉皇挥手打断了老君的话,呵呵一笑说:“朕已给你想好了,邀请观世音菩萨来监制,她是极乐世界的人,派天王李靖去护卫,要昴日星君也去,为你报时纪实,你的两个童子如月、如星还去给你扇扇子吧。”

老君听完,一展拂尘,高兴地说:“太好了,谢主隆恩!”

话说太上老君奉旨,带着托塔天王李靖、昴日星君、如月、如星来到凡尘,寻找炼丹地,找来找去,到处是裸石秃岭寸草不生,荒凉至极,突然,太上老君眼前一亮,他见有一个山沟里山花烂漫,绿树成荫。原来这里就是现在的郝杖子,因这里临近东海,气候适中,树木山花繁衍得早。太上老君及诸神到得这里,顿觉心清气爽,润喉明目,好不畅快。于是他们就选了个高处支起了炼丹炉,这时观音菩萨也如约赶到,西有托塔天王李靖把守山口,东有昴日星君守时,炼丹炉前有观世音菩萨监守,万无一失,他们炼了九九八十一天,一炉丹算是炼成了,他们在炼丹期间就住在山洞里,就是现在塌山上边的神仙洞。在太上老君等诸神撤走后,为在这儿留个念想,炼丹炉留在一个山头上;观音菩萨的影像也留下,化作石像;托塔天王的塔也点化成一座尖尖的山,就是锥子山;昴日星君把冠子也留下,化作鸡冠山。

神仙留下这么多的遗迹,招惹得天上诸多大小神仙前来寻踪,于是神仙洞常有神仙往来。

老李洞的由来*

燕山深处,长城北麓,千山万壑间由北向南流淌着一条河。这条河有好几百里长,河面随季节变化有宽有窄。最宽时可达百余丈。有的地段水流湍急,奔腾咆哮;有的地段水流平缓,文静安详,这就是青龙河。

话说河的中游,有一疙瘩河边上住着十余户零零散散的人家。有一户老两口,丈夫叫李天贵,老婆叫王贵天。老两口勤劳善良,有人缘,日子过得不嘎咕。可美中不足的是,都快五十的人了,膝下还无儿无女。曾经抱养过两个孩子,可都夭折了。人们说他们命硬,也不敢把孩子送给他们养。老两口每逢大年三十深夜就跪在当院,面对苍天烧香祷告,要老天赐给他们一个孩子。

也许是真诚感动了天地,五十五岁的王贵天怀孕了,老两口高兴得不知如何是好,天天掐着手指头算孩子出生的日子。可过了十三个月了,孩子还没有生,人们都很吃惊,说王贵天怀的不是人,肯定是个妖孽,劝他们把孩子整下去。王贵天死活不依。她说:"我就是生下个癞蛤蟆,我也养活着。"

二月初二这天早晨,人们还没有起炕,响晴的天,突然阴云密布,电闪雷鸣,狂风四起,暴雨倾盆。惊得人们目瞪口呆:从来谁也没有听说过二月下雨呀。这时,王贵天搅病了,肚子疼得厉害。老伴赶紧请来了老娘婆。突然,哗的一道闪电,嘎的一声炸雷,孩子降生了。啊!长虫!在场的人都吓得昏死过去了。生下来的果真是一条人头蛇身的大黑长虫。

天晴了,太阳从东山顶上冒出来,是那么的炫人眼目。不知过了多久,当他们苏醒过来一看,这条蛇足有一丈多长一把粗,它蜷成一团,静静地摊在母亲身旁。这可是天下奇闻老李家养活出个怪物。

---

* 本文由赵秘搜集整理。

人们吵吵嚷嚷,羞得老两口多日闭门不出。俗话说,媳妇别人的好,孩子自己的好。不管生的是啥,老两口对自己的孩子喜欢得不得了。还给孩子起了个小名,叫小老李。小老李白天出外觅食,晚上它就躺在父母中间,还用尾巴敲打着父母的脚。如果父母说:“李儿,睡觉吧。”它就乖乖地爬到炕梢上。如果有人来,父母说:“李儿玩去吧。”它就悄悄地离开。

转眼到了冬天,北风呼啸,大雪封山。小老李不见了,父母想得慌,睡不着觉。他们知道,孩子最喜欢吃蛤蟆。他们买个大笊篱,下河砸冰抄蛤蟆。他们把蛤蟆放在盆子里。父母敲打着盆子沿喊:“李儿,吃饭了。”一连叫了三天,小老李从前门槛子底下爬了进来,把老两口欢喜得直掉眼泪。年复一年,每年冬天老两口就拿着笊篱给孩子抄蛤蟆吃,小老李一年四季就住在家里。

时间久了,人们见怪不怪了,母亲出外,也就带着孩儿了。有一天,惹了麻烦,孩儿把沟门口一家老财主的孩子吓着了。老财主带着家丁和一些愣头青小伙子们拿着斧头棍棒,非要把这条长虫砸烂不可。他们把老李家团团围住,让他们交出长虫。老两口跪地求饶也不行。老财主闯进屋里,四处乱翻也没有找到长虫。老财主气急败坏地喊:“躲过初一躲不过十五,以后天天到你们家折腾,啥时候宰了这条长虫啥时候拉倒。”跪着的李天贵猛地一下站起来喊:“这孩儿是我带出去的,我替孩子顶罪,砍掉我一只手行了吧。”说完他就到灶坑搬来了菜板子,把手放在上面。老财主双目圆瞪,抡起斧头就砍,吓得人们眯上了眼睛。只听“当”的一声,人们睁眼一看惊呆了,李天贵的手完好无损,只见一条半尺长的长虫尾巴在菜板子上蹦跳着。

从此,长虫离开了家。父母想得死去活来,就是不见孩儿的踪影。

一晃15年过去了,老两口年事已高,无依无靠,百病缠身,奄奄一息。在这生命垂危之际,嘴里还叨念着孩儿。

又是一个电闪雷鸣风雨交加的夜晚,神从天降。一对年轻靓丽的男女跪在老两口的炕前。老两口以为是在做梦,是死了在阴曹地府呢。只听那男儿哭着说:“爹妈,你们千万别害怕,我就是你们生的小老李啊,孩儿不孝啊,我是东海龙儿转世,我身旁这位是你们的儿媳妇,南海龙王的闺女,以后咱们一家再也不分开了,我们给二老养老送终,咱们就住在门前河西那个洞里吧。”一家人抱成一团,痛哭了一场。

雨过天晴,繁星满天。午夜时分,一家人商量搬家,小老李只让带着那把笊篱。他们背着二老,借着星光来到河边。正是河水暴涨季节,河水翻着波浪,哗哗作响。河边的船已经上了锁。只见小老李把笊篱往河里一扔,河里立刻就漂起了一条船。他们坐在船里，船儿不用人划，就忽悠忽悠地漂过了河面。小老李拍了一下船帮，船儿就变成了一把笊篱。他们来到洞内，小老李拍着笊篱，嘴里说啥就来啥。工夫不大，洞里住的、吃的、穿的、铺的、盖的等一切应有尽有。小老李不知道从哪里请来了看病的先生，给二老治好了病。儿媳妇日夜守候在二老身边。笊篱挂在墙上，只要缺啥，拍一下笊篱就行。小老李经常出门，儿媳妇就领着公婆在庄里庄外溜达。

老李家的巨大变化，引起了人们种种猜测、惊疑、羡慕和嫉妒。老两口心眼好实在，把事情的来龙去脉讲给人们听。因此，秃尾巴小老李的名气越传越大越远。人们慕名而来，看病的、要东西的、瞧稀罕的把洞里挤得水泄不通。老两口有求必应，知道信儿的人们都过上了丰衣足食的好日子。

话说多年横行霸道、呼风唤雨的老财主一家没有人理了。他们早就看在眼里，恨在心上。一天，儿媳妇和儿子出门办点事儿，老财主瞅准机会，戴着面具闯进洞里，二话没说就把二老往死里打，抢走了笊篱。

乡亲们救活了二老，人们精心地伺候着。小老李夫妇回到家没有埋怨父母，只让父母找人通知本河下游两岸的人家马上搬家，就说晚上有瓢泼大雨，肯定发大水。人们纷纷把家搬到高处。只有老财主家没有人送信儿。

果真，到了晚上瓢泼大雨下了足有一个时辰。天一亮，人们一看，可不得了啦，平时十多丈宽的河面变成了三十多丈宽，一房多高的浪头一个接着一个。人们不约而同地向老财主家望去，只见老财主一家人乘坐在一艘从没有见过的巨大船上，老财主还手舞着笊篱大喊大叫："穷鬼们，咋不都淹死你们，实话告诉你们，宝贝就在本老爷手里，你们别着急，早晚都收拾死你们！"话音未落，大船翻了，只见小老李在水面上挥舞着笊篱……

人们又过上了好日子。后人称老李家住过的洞为老李洞。

“金马村”和“靴脚沟”的来历*

俗话说:瞎话儿,瞎话儿,有根有把儿;徕大悬,徕大悬,有根有源。今天就说一个有根有把、有根有源的故事。在青龙县县东有两个地名很特殊,一个在祖山的花厂峪,叫“靴脚沟”;另一个在安子岭的干树沟,叫“金马”。这两个地方相隔好几十里,看着八竿子打不着,这两个地方又是怎么联系在一起的呢?说起两个地名的来历,还有一段故事呢!

据传说:北方人会“看天”(观天象),南方人会“看地”(找财宝)。很久很久以前,一伙“南蛮子”(北方人对南方人的蔑称)来到青龙淘金,发现地底下有大量的金银财宝,就偷偷地疯狂挖掘起来,在青龙发了财,还挖出了好多金葫芦、金窝子呢!

话说在干树沟金马村东面的“棉袜子岭”上,有一个山洞,人们都叫它“半仙洞”。洞的上面是峭壁悬崖,活像一斧子砍去了半边山,山顶上有一块像橛子一样的石头,横空顶天。半仙洞的里面儿,住着个“金马驹”,那个“金马驹”金光闪闪,神采奕奕,常在附近出没,不避乡民,有许多人都亲眼见过呢!老辈人常讲,它能给当地人带来吉祥幸福,让当地人五谷丰登,六畜兴旺,风调雨顺,并且保佑着一方平安!也就因为这个原因,人们把这个小村叫——金马村。有一个南蛮子听说这件事后,就开始日思夜想地睡不着觉啦!想利用当地人的热情、淳朴、善良盗走“金马驹”。然而,由于他不了解洞中的奥秘,在一个月黑风高、伸手不见五指的夜里,他偷偷摸摸地溜进了“半仙洞”,可是,洞的最里面窄得像一条缝隙,根本容不下人转身,到了洞里还得猫着腰,他伸出手爪子后,还差着很大一大截,根本够不到“金马驹”,当然也抓不到“金马驹”,结果没盗成。可他也不敢声张,不得已,只

* 本文由郎跃深搜集整理。

好返回了南方。几年以后,他又回来了,这一次他做了精心准备,学习了一门儿妖术:口念咒语,手爪子可以不断伸长,手还可以不断长大。同时,他还带来了好几个徒弟,偷偷回到金马村。他们潜入半仙洞后,这个南蛮子走在最前面,伸出手,让徒弟递给他草料管箩引诱“金马驹”上钩,“金马驹”闻到管箩里的草料的独特香味后,慢慢地从山洞深处被引诱出来了。那南蛮子心中一阵狂喜,伸长了手,手忙脚乱地就要扣住“金马驹”,并且往“金马驹”头上戴笼套。这时的南蛮子可不是一般的人了!伸出的手根本就不是手了,就像一把巨大的五齿钢叉,胳膊长得有一丈长。走在后面最小的徒弟见到师父的大手之后,当场就被吓死了。“金马驹”也看见了,只见一个青脸宽肩膀的彪形大汉,伸着簸箕一样的大手,一步一步地凑了过来,立刻明白了是怎么回事儿,就仰脖伸蹄向着洞口猛冲,一下子撞倒了南蛮子一伙人,逃出了山洞,就像脱缰的野马一样,拼命往东面的“棉袜子岭”的岭尖儿上跑。南蛮子一伙在后面紧追,“金马驹”一路向东,跑过干树沟与安门口之间的“棉袜子岭”,一路狂奔,一刻也不敢歇息。

出了祖山的安门口沟,经过庙沟的王杖子,路过柏树底下,逃过饽饽岭,一路跑到花厂峪南沟。南蛮子们按照蹄印子吆喝着追,追呀、追呀!整整跑了一天,追到了花厂峪南沟,跑在最前面的南蛮子师父终于追上了“金马驹”。因为没有了笼套缰绳,情急之下,南蛮子师父脱下了靴子,倒扣过来,往前一扔,想用靴了把“金马驹”扣在那里。可是,“金马驹”是有灵性的宝物,身子灵活着呢!只见它迅速地往前一蹿,就躲过了靴子,又继续向南面的老岭(祖山)上拼命地逃跑了,一直逃出了南蛮子的视线。

“金马驹”喘了口气,辨认了一下方向,就一路向西,跑到了马圈子的兴隆沟躲了起来,并在兴隆沟安家落户了。所以,现在的马圈子也是黄金的主产地。最后,只有南蛮子的一只破靴子仍然孤零零地倒立在花厂峪南面的祖山北坡,一大伙南蛮子白白忙活了一场,一无所获,还搭上了一只靴子。

至今,那只靴子仍然还在花厂峪南沟最里边儿的山上扣着呢!山下就是有名的“靴脚沟”“金马驹”跑过的地方,留下一条金色的线,至今还清晰可见。这就是“金马村”和“靴脚沟”两个地名的来历。

南胡哈石佛*

干沟乡南胡哈村东沟里有一天然石像，惟妙惟肖，当地都叫它石佛，也有叫石人的，这个石佛有段传奇式的传说。

传说在很久以前，有一个会看风水的南方术士来到了这条沟，那时北方人称南方人为南蛮子，北方人一提起南蛮子，那可神了，有透视功能，看地三尺，地下有什么宝物都能看得见，而且还有办法取出来，于是，古代流传着许多南蛮子憋宝的故事。

这条沟的紧上边住着一户姓刘的人家，无儿无女，老两口守着三间草房过生活，南蛮子就住在了他家，老两口住东屋，南蛮子住西屋。南蛮子在山上绕了好些天。这天傍黑，南蛮子回来后，对老两口说："大爷大娘，借我一只大海碗，今夜我在屋子里有事要做，你们千万别打扰我，也不得偷看，我若成功，对你们是有好处的，如果不按我说的做，我这些日子就白忙活了。"

刘家老两口儿起誓发咒地说："侄儿，你放心吧，我们不会打扰你的。"

可是到了半夜，老太太撑不住了，她翻过来掉过去地睡不着，到底这个南蛮子搞啥名堂？她是想看稀奇。她见老爷子睡得正酣，她就穿上衣服，蹑手蹑脚地出了自己的屋，西屋闩着门，她单眼吊线地扒着门缝儿往里看，只见屋里点着灯，靠北墙板柜的香碗里烧着香，南蛮子双手合十，眯着眼睛，嘴动着，不知在嘟囔着什么。南蛮子的面前是那只大海碗，碗里是半碗净水。老太太看着看着，只见碗里升起一片闪闪亮光，慢慢地碗里出来一个亮黄亮黄的小人儿脑袋，一点一点地往起长，长到半身高时，小石人长得更慢了。老太太一着急，喊道："小人儿快点长啊！"

---

* 本文由张保学搜集整理。

老太太这一嗓子,只见屋里的灯“呼啦”先灭了,随后“咔嚓”一声响,大海碗爆裂了!南蛮子在屋子里放声大哭。

第二天,天亮后,村里人发现,村东山上隆起一个石砬人,只是半身,细细端详更像一尊佛,是南蛮子憋宝憋出的金人,被刘老太太给破了,半途而废变成了石头人。给小村增添了一道风景。

南胡哈神仙洞*

干沟乡南胡哈村有一座山峰叫雄狮峰。登峰远眺真可谓沧海横渡，极目天舒。在这里，放眼长天，目击四野，一览众山小，群山如浪，碧海茫茫，近山翠绿，远山苍兰。东眺建昌、朝阳，东南观绥中，西看燕山东段第一高峰——都山，北望凌源，大饱眼福于两省五县之山。

单说目光向南看：正南天边，湛蓝湛蓝的天幕里冒出四座神秘的山峰，那是分别两座山峰对峙，相距不远，形成两座天门。离天门不远，西北处还有一座山峰，酷似骆驼队，好像数十头骆驼驮人载物在天边竞走。白云从天门穿过，好像天兵天将在九天向雄狮峰迎面扑来。

且说雄狮峰半腰有个洞，此洞是数百块巨石天然组成。洞中挺宽敞，人可直立行走。有一块10来平方米的平面方石，石炕一样。人可在洞中尽情地躺卧；或谈天说地；或饮酒弹唱。洞中有个石鼓，敲起来咚咚山响，声震5里之外。洞中有孔，可望四面八方。人称此洞为神仙洞。为啥叫神仙洞，还有一段美丽动听的传说。

说是在康熙年间，南胡哈村有一个姓张的十五六岁的男孩儿，来这里放羊。他忽然发现从南天门方向，忽悠忽悠地飞过两团火球，眨眼间就飞进砬缝里。他以为自己眼花了，可越想越不对劲，他也顺着火球飞进的地方往里钻。原来里面是个洞。看见两个白胡子老头坐在石炕上下棋。小孩对下棋不感兴趣，就站在洞里看外面的山。只见北面山头上的花开了，一会儿花又不见了，一会儿花又开了，一会儿花又不见了，总是翻来覆去的。不到一个时辰，两个老头不下了，说要看门儿去。一个老头从袖筒里抖落出一把沙子递给小孩。当着两位老人的面，小孩不

---

* 本文由赵秘搜集整理。

好意思不接。那个老头只说一句话这东西能吃,说完就都不见了。小孩很生气,你给我一把沙子干啥,还说能吃,这不是戏弄人吗?一赌气就把手里的沙子摔在石炕上。只听叮叮当当一会儿乱响,只见一片金星乱蹦,沙子一下子变成了金豆子。小孩那惊疑劲儿就甭提了。他收拾好金豆子就走出洞外。到洞外一看蒙了:这明明是夏天,怎么天空飘起了雪花,羊儿也不见了,看看山上长得和以前都不一样了。他懵懵懂懂地回到村里,他找不到家了,家就住在那个石砬子下面,石砬子还在。原来七八户人家,怎么一个时辰就变成了二三十户。村里的人他不认识,人们也不认识他。他把洞里的故事讲给人们听,人们终于回忆起来了一个传说,听说一百多年前,老张家丢了一个放羊的孩子,他们一家人怎么找也没有找到,说这孩子上了南天门找神仙去了,后来成了一名道法高深云游四海的道士了。从那个时候起,这座山峰就叫神仙洞了。

石口袋·石斗的传说*

干沟镇南胡哈村东山的石长城上，矗立着一个石口袋，口袋下面是方方正正的一个石斗，惟妙惟肖。说起这两个装粮装财的物件，当地有个奇妙的传说。

据传说，在很早以前，石长城脚下有一户姓张的财主，家有良田几百顷，有三把鞭(一把鞭是三头骡子)的骡驮子，常年在外跑买卖，不是去哈达，就是跑奉天，一年能挣回不少银子。家里是使奴唤婢，钟鸣鼎食，日子过得火一样旺。

话说张家有一长工名叫庞三，这个庞三与张财主家沾点亲，当家的对他也就分外照顾，让他做些挑水打零的活儿。庞三每天把大水缸挑满水时，水缸里就映出怪现象，总看见水面上有口袋、半斗子、半升子的影子在晃动，他觉得纳闷儿，他就问东家当家的："表舅，水缸里咋有口袋、半斗、半升的影子呢？"

当家的说："知道就行了，不要对外人说，那是罩着我家的。"

别看庞三长得个头不高，贼眉鼠眼的，可他心挺色，心术也不正，看着好大闺女，小媳妇眼睛就直。他看上了东家的四小姐了，这天他壮着胆子对当家的说："表，表舅，把四表妹嫁给我吧，倒，倒插门也行。"

当家的听了，狠狠地瞪了庞三一眼说："就你！也不撒泡尿照照自己，真是癞蛤蟆想吃天鹅肉——想得美，真是的！"说完一甩袖子，怒冲冲地走了。

求婚不成，还挨一顿抢白，庞三记恨在心。他一有空就踅摸，那个景儿怎照进张家水缸里呢？这天他走上山梁，撒目一看，见一座山的顶上有奇峰异石，他细一看，有的像口袋，有的像半升子，口袋下是斗，就是它，东家水缸里晃动的就是它，他立刻攀爬上去，口袋石特大，撼不动，半斗石也推不动，他用尽全身的力量才把半升石推下山谷，斗梁子也不大，也顺手甩下山沟，他把这个风景破了，他刚从北

---

* 本文由张保学搜集整理。

面石砬子往下爬，只听“嘎啦”一声晴天雷，奸佞小人庞三变成了一个石人紧贴在石头上了。

风水被庞三破了以后，张家的水缸里什么也映不出来了，接二连三地出事儿，上好的良田被洪水冲走，三把鞭骡驮子的买卖贪了官司。张财主家从此衰败。

望宝盖子*

古人说:“钱财如粪土,亲情值千金。”话是这样说,有些人往往把它颠倒过来,把亲情扔到脖子后头,而把钱财摆在眼皮子底下。有的人为了财宝,一奶同胞的亲哥们都豁上不顾了。还有人说:“人心齐,泰山移。”“亲不亲,打断骨头还连着筋。”“兄弟同心,其利断金。”可事实上真的不都是这样。

在青龙三星口乡周杖子村有一个地方叫望宝盖子,关于这个地名的由来,就有一个这样的故事。

相传,很久很久以前,有一个勤劳善良的老头,叫袁旺财,袁老头的老伴儿早丧,自个儿独自一把屎一把尿地把十个儿子拉扯大。儿子们长大以后,他又张罗着为儿子们娶媳妇,一年一个,十年过去了,十个儿媳妇都娶回了家。老头本来应该松一口气了,享享清福了吧! 可恰恰相反,袁老头却越来越闹心了。原来,自从儿媳妇们先后娶进家门之后,就没有一天平静的日子,整天的不是这个吵就是那个闹,常常为一些鸡毛蒜皮的小事儿,架打得热火朝天,大的哭小的叫。儿子们也是各自都帮着自个儿的媳妇说话,亲兄弟之间谁也不理睬谁,有的甚至碰到面儿后,脑袋撞个“大包”都不带吱声的,就像遇到了仇人。袁旺财左劝不听,右劝不理,几个儿媳妇还合起来攻击老头。虽然老头岁数大了,但是,没有一个儿子、没有一个儿媳愿意养活老人。他伤心透了,一气之下,分家另过。心想:“眼不见为净,让他们自己吵去吧!”最后,连一间属于自己的房子都没有,就只好孤零零地住在看谷场的草棚子里。

可是,说归说,做归做呀! 毕竟是自己的亲骨肉,不管哪一方打架,闹咯叽,老头的心里都不好受。看在眼里,疼在心上,但也想不出一点儿法子。

有一天,老头独自一人,拄着根棍子上南山去采药,到天快擦黑了才回转,走

* 本文由郎跃深搜集整理。

到东山半山腰的一棵大树下。这个地方非常特殊,当不当正不正的,在山半腰有一块巨大的石头砬子,石砬子长相奇特,好像是一口大锅盖子扣在山半腰,石砬子的旁边儿,孤零零地有一棵参天的大树。袁老头想歇歇脚再走。他闷闷不乐、呆呆地坐在大树下,想起家中的闹心事儿,就不由自主地“吧嗒,吧嗒”掉眼泪,伤心不已,思前想后,想想自己的这一辈子,含辛茹苦,好不容易把孩子们都拉扯大,临了又闹了这样的结果。俗话说:男人有泪不轻弹。如今可真的没有半点儿法子啦。想着想着,又思念起了老伴儿,唉!眼泪就像断线的珍珠一样落了下来。也不知到了啥时候了,老头迷迷糊糊地靠着大树睡着了。突然,从大树后边冒出来一个白胡子老头,但见这白胡子老头:白胡子垂胸,长眉遮眼。他唤醒袁旺财并对他说:“我知道你为啥落泪,当老人的都希望自个的儿女们团结和气,日子过得红火,对老人孝顺。这样吧!我给你一个法子,我把一坛金元宝埋在这棵大树下,上边儿再压上一块大石板,如果儿子、儿媳们能够精诚团结,哥们、妯娌之间和和气气,对你也孝顺,就让他们得到这些金元宝,否则,就只能让他们远远地看着、瞅着、望着,却永远也得不到。你回去就直接说是你积攒的金子,埋在了石板下就行了,至于他们能否得到,就看他们自己的表现了。”说完,白胡子老头当着袁旺财的面儿,把一坛金子埋在了树下,又在上面盖上了一块石头板子。袁旺财想了想,也认可了白胡了老头的建议。

从那以后,袁老头天天借口上山采药,到巨石旁、大树下转悠,儿子们虽然觉得奇怪,但谁也不知道他去干了什么。又过了几年,老头的身子骨眼看着就不行了,他躺在自己窝棚里的炕上起不来了。病情越来越重,他的十个儿子谁也不来看看,还恨不得他早点走,也省得让他们操心。这天早上,他叫来了儿子和媳妇们,吃力地说道:“我不行了,要走了,多年来,我给你们攒下了一坛金子,可是,要得到这坛金子并不容易。首先,你们兄弟要和睦,三年里不能有一次争吵,这样三年后的今天,你们就可以到南山巨石旁的大树下,揭开石头盖子,拿到金元宝。我已经给你们分好了,一人一份,你们拿去好好过日子。不过,如果你们兄弟还像以前那样,天天吵吵闹闹地打架,就休想揭开石头盖子,财宝就会永远埋在地下,你们也只能远远地望着。以后只要是我的儿孙,能十男十女和睦相处三年,就能得到我的这笔财产。我死后,就将我埋在石头盖子的旁边儿,我在冥冥之中会保佑你们的。”说完话不久,老头就撒手西去了。

十个儿子赶忙利索地把老头埋在了石盖子旁的大树下,就都迫不及待地想看看那个石头盖子底下的金子。果然,他们看到石头盖子奇大无比,但也不见得就搬不动,要不,老不死的又是怎样把金子埋下去的呢?十个儿子和十个媳妇都这样想。于是,他们都偷着试了试,后来十兄弟只好凑到一起,想揭开石板,也不行!各自回家叫来自己的老婆,十儿十媳一齐用力,可是,石盖子还是纹丝不动。每个人都傻了眼,心里想:"看来老头说的是真的,真的要兄弟同心团结才行。"他们只好各自回家,为了得到金子,只好遵照老头的遗言,都收敛了许多,有时就是有点儿小口角也都忍让过去。

第一年勉强过去了,兄弟们都有了信心。第二年就容易多了。到了第三年,也是最为关键的一年,他们都更加注意了,也就平平安安地过去了。终于盼到了老头去世三周年这一天,他们兄弟各自带着媳妇早早起身,收拾好工具来到南山的石头盖子旁。大哥开口说:"今天是个好日子,希望大家齐心协力揭开盖子,得到财宝!"众兄弟都点头称是。于是,大哥抄起一根长长的杠子,慢慢插入石头盖子下面的缝隙中,然后叫兄弟们每一边五男五女站好。一声令下,喊着口号,只见石头盖子慢慢移动了,一点一点升高了,里边的金子光闪闪的、黄澄澄的,刺得众人的眼睛都快睁不开了,十个儿子、十个儿媳妇乐得嘴巴子张开多老大,眼瞅着都合不拢了,要是没有耳朵挡着,都快咧到后脑勺上去了。

这时,老疙瘩(老十)想:"我最年轻,我的力气最大,并且我还站在最前面,当然我出力最多,等一会儿我得多分一些才对。"另一边儿的老大想:"我是老大,老爹没了,我就是一家之主,我是长房长孙,揭这个石盖子时,是我统一指挥众兄弟们干活儿的,我得多分一些。"哥几个都这么想,杠子自然就慢了下来,眼见着石盖子一点儿一点儿就要落下来了。旁边的老二嚷了起来:"大哥! 十弟! 你们发什么愣怔啊? 怎么都不用力呀?"老大和老十立即接声了,和老二吵了起来。刚刚吵了几句,只听"砰"的一声,石头盖子又压回了原处,任凭再怎么用力也无济于事,动都不能动一下了。

十兄弟停了下来,坐在大树下喘粗气,你埋怨我,我埋怨你,骂骂咧咧地吵成了一锅粥。后来还是老二说了句话:"都别再吵吵啦! 三年后再来吧!"于是,他们只好各自回家。

第一个三年容易,第二个三年就难了,大家都失去了耐心,也都失去了信心。于是,第一年吵了嘴,第二年打了架,第三年动起了手。总之,从那以后,这十兄弟就再也没能揭开过石头盖子。又过了几年,老二得了大病也撒手西去了,缺了一个人,无法凑成十个,就更没有办法打开石头盖子了。所以,一直到今天,袁老头的子孙们始终也没能掀开它。这笔财宝只好永远伴随着老人长眠在地下了。袁家子孙也知道石头盖子旁的大树底下有金元宝,但也只能是远远地眺望。又因为藏宝的地方在一个高高的台子上,于是,人们就给这个地方叫"望宝盖子"。

阳山座观音的传说*

干沟阳山洞的山上,有这么一个奇峰,整个山峰仿然就是一尊"坐佛观音"。惟妙惟肖,真是鬼斧神工,天然巧成。这一奇妙景观还有一个美丽的传说呢。

话说远古时期,盘古开天地,鸿蒙初开,天地人间还不够完美,就说人间吧,当时就有九个日头,晒得大地草木不生,一片焦土,人就更不用说了,难以生存。玉皇大帝得知这种情况后,颇不高兴,说:"朕想的是把人间造成清平世界,到处绿荫苍翠,鸟语花香,就像天堂一样,也就是人间天堂,谁想让你们给弄成这个样子,可惜朕的良苦用心了!还不去把放出去的太阳给我召回来。"

这时,太上老君手持拂尘向前一步说:"那三足金乌,在天界憋得太久了,好容易被放出下界,自由自在,自恃是太阳神鸟,召都召不回来呀。"

玉皇大帝说:"那还不派天兵天将把它抓回来。"

太上老君说:"陛下,不成啊!太阳太热了,人间的河流都给烤干了,夸父也是了不起的英雄,他想追日,结果也被烤死了,我们的天兵天将若下去,还不得烤成干呀。"

"那巨灵神呢,他威力大,就派他去,格杀勿论。"

太上老君说:"他也不行啊。"

这下玉皇大帝震怒了,说:"这也不行,那也不行,养这些天兵天将是干什么用的!全是废物?"

这时太白金星上前一步说:"陛下,我举荐一人,定能完成任务。"

"谁,快说。"

"就是陛下的外甥,二郎杨戬。"

---

* 本文由张怀山搜集整理。

玉皇听了泄气仰在座位上说:“哎,我当是谁呢,他还是个娃娃嘛,天兵天将都无办法,他能治得了? 不行,不行。”

太白金星说:“二郎杨戬武艺高强,足智多谋,堪当此任。”

就这样,二郎杨戬就担当起了降服太阳神的事来,他想了很多办法都没有成功,一接近太阳就热得受不了,只能败下阵来。他就坐在一座山的背阴处叹息,怎样才能降住太阳呢? 他忽然觉得身上有些凉爽,他灵机一动,大山能挡光隔热,何不用山压太阳,这个办法一想出,他高兴极了,立即把自己的长枪做成一个巨大的铁扁担,就挑起了山,嘿! 这招还真灵,一压一个成,九个太阳压得剩下一个了。

话分两头,大慈大悲的南海大寺的观世音菩萨也在关注这件事,她见二郎杨戬的办法很好,压住了太阳,心里也高兴,暗暗佩服二郎杨戬的智谋。这时仅剩下的一个太阳往北方逃去,二郎担着两架山穷追不舍,眼看就要压住了,观世音菩萨在空中说:“杨戬,放过这一个吧。”

二郎杨戬一听是观世音菩萨,就停下了脚步,这时观世音菩萨落在了他的面前,二郎杨戬说:“菩萨,为什么要放过它?”

菩萨说:“本来上界派下太阳神,就是普照人间的,可是放多了,如果你都给压死,那人间岂不是一片黑暗,留下一个为百姓造福。”

二郎杨戬听了,说:“小神明白了,感谢菩萨指教!”说完放下担子,两座山一座是八仙洞,一座是锥子山,两个山都有插扁担的洞。

观世音往回走,她见阳山洞气场好,是参禅悟道的绝佳宝地,于是为了引导后人来这里修行,她施展法术,在山上留下了自己的法身石像。

五凤山大松树*

凡是登临过五凤山的人，无不为一棵古松而惊叹！她巍然屹立在高高的山梁上，像一把擎天巨伞；又像一只紫色的巨鹭凌空欲飞；还像一艘航轮在绿海中畅游。站在古松下，顿觉神清气爽，豪迈陡增。人们说：她是进山的门，守山的神。她给人们带来了无限的遐想与沉思。

相传，明朝初年，皇帝朱元璋选派著名建筑和风水大师汪藏海到全国各地寻找能出贤达良将的风水宝地。汪藏海怀揣皇上的圣旨，年复一年地寻觅，也不知走访了多少名山大川，最后他看中了五凤山，他断言：五凤山是藏龙卧虎之地，定出得道高僧和贤德之才！如果在他指定地点种下他带来的松树种子，等到松树成材时，五凤山寺庙的香火就会鼎盛起来，周边就会出现国家栋梁之材。

当地村民见说，就向汪藏海求松树种子，汪藏海小心翼翼地从一个小银盒子里取出了一粒松树种子，递到一位德高望重的村民手里，并告之种植的确切地点，再三叮嘱，种子珍贵，要小心培育。

村民们按汪藏海的指点，精心地种下了松树种子，很快长出了松树苗儿，村民们精心呵护，浇水施肥，盼望它早日成材，数年后，这株圣松茁壮成长，枝繁叶茂，像一个华盖，招迎着八方香客，还能为行者遮阴纳凉。

这棵松树经历了千百年的时光，也经历过无数次的狂风暴雨、干旱与大火，却“毫发”未损，仍然独守在五凤山上，迎送着远方的来客。

---

* 本文由赵秘、康永奎搜集整理。

塌山的传说*

龙王庙乡郝杖子村有一处风景，如是一个小山体落在大山的脚下，小山体的旁边还有个如井似潭的水汀。据该村人介绍，这处景观还有一个神奇的传说呢。

据传，在很久以前，这座山很有灵气，山腰上有一个仙人洞，常有上界神仙到此落脚游玩，山下有一个大水汀，连着东海，是东海龙王的行宫，龙王不常来，在这个行宫当差的是一个鳖精，俗称王八精。这个王八精修炼数千年，道风不浅，能小范围呼风唤雨，也能变成人形，曾在龙王的水晶宫任过要职，可这个鳖精是个好色之徒，常和母鲤鱼精厮混媾和，为此事，龙王批评和处罚它多次，可这个鳖精本性难移，不仅毫无改悔之心，而且还胆敢调戏小龙女，虽然未得逞，可小龙女不仅大庭广众之下揭穿了鳖精的丑恶嘴脸，还把此事告诉了老龙王，龙颜盛怒，把个鳖精一通暴打，把个官职撸个精光，然后发配到边外山沟小汀来看守行宫，这个小行宫又小又冷清，就鳖精一个孤零零守着，别说是鲤鱼精了，连虾精都没一个，面对这样冷僻的境地，风流惯了的鳖精，怎能耐得住寂寞。

鳖精闲着没事儿就到附近的河里找深汀儿，找些鱼呀鳖的寻欢作乐，可是河里的鱼鳖都没成气候，大多不解风情，味同嚼蜡，哪有水晶宫里的鲤鱼精风情万种，还能变成人形戏戏，一想到这儿鳖精就心痒难耐，几次梦想回龙宫与那尤物幽会，可没有龙王的指令，它怎敢擅自回龙宫？那等于耗子舔猫腚——找死(屎)。

鳖精思来想去也没办法，何不变成人形上岸散散心，想罢它摇身一变，变成了一个风流倜傥的年轻公子，没事儿到附近闲逛瞎溜达，它见人类不少年轻女子也都美貌如花，赛如天仙。鳖精灵机一动，心想，天下美女如云，找她们交欢，岂不美哉！它又想，做这种苟且事儿不能在附近，在附近人们就能猜到是我鳖精干的事，

---

* 本文由张保学搜集整理。

告到上界,就没我好果子吃,兔子都不吃窝边草,何况我鳖精。

鳖精坏心眼一动,百姓可就遭殃了,尤其是美貌女子,就遭这个淫鳖的算计。精怪都有道风,能变成人形,也能让人看不见。这天它淫心摇摆,有些不能自持了,它隐形腾云驾雾向北而去,不知走了多远,按住云头寻找目标,见到一家大户人家在娶亲办喜事儿,它见新娘子长得跟桃花刚爆嘴似的水灵漂亮,它就飘身落地,隐形来到新娘子面前仔细端详,越看越喜欢,越看越爱看,恨不得一下搂进怀里,可是大白天的不能够,它能隐身,可女子不能。话说到了夜里,鳖精一个咒语,无声地进了洞房,它给新郎施了法术,它钻进新娘的被窝里,新娘见屋里多了一个人,她慌恐地推男人一把,男人跟死猪一样不醒,她见身边的人长得细皮嫩肉,特别的俊朗,比自己的男人强多了,也就半推半就地让鳖精给睡上了。

此后,鳖精每天夜里都来和这个女子交欢,可是人和精怪是不一样的,时间长了女子怎能受得了,于是身体一天天见瘦,人也没有精神,就跟病秧子似的,抬不起眼皮儿,不到一个月就瘦成皮包骨了,精神也有些恍惚。这下家里人慌了,婆家说娶了个病媳妇。娘家说闺女在婆家受了虐待,不到一个月就给折腾得人不人鬼不鬼的,要告官。婆家说,娘家明知闺女有病还嫁给我家,要儿子休妻,公说公有理,婆说婆有理,两亲家闹得不可开交。

女子见婆娘两家闹成这个样子,没办法她就把实情说了,她把成亲入洞房那夜如何来个俊俏男子和她同睡,此后天天来,来无影去无踪,悄没声音。两个亲家又问了儿子、女婿,可男子却一点也不知情,如蒙在鼓里。两家人一分析,断定新娘子是被什么精怪给迷上了。那就想办法吧。婆家从老远请来了一位“大仙”,也就是萨满师,这位“大仙”道法较深,来到这家一看新娘子,就说:“有妖气缠身,如不赶快想办法驱除,不出半个月就有生命之忧。”婆家说出大价钱除妖降魔。这位“大仙”也夸下了海口:“降不住妖,分文不取。”“大仙”等到夜间,那妖精又来了,完事儿就走了,“大仙”施展了法术,让意念跟踪,结果跟到小水汀就不见了妖精。

“大仙”画了符咒,又写了黄表,向玉帝告状。玉帝见了黄表,非常生气,鳖精在龙宫也算是名列仙单名册了,还这等不守仙规,祸害人间,坏仙界名声,岂肯饶它！速派巨灵神下界处置此事,巨灵神手持劈山大斧,来到东海龙王的行宫小汀前,他觉得鳖精虽淫乱民女有罪,但罪不至死。他瞧瞧山上有座石砬,比量一下,跟汀口差不了多少,上去一斧子下来,只听“轰隆”一声如山崩地裂般巨响,石砬子从坡上骨碌下来,不偏不倚正好落在水汀上,把小汀连同鳖精一起压到石砬子下,鳖精再也不能出来祸害人了。因石砬子是巨灵神从山头上砍塌下来的,于是人们管这儿叫塌山,一直沿用至今。

鸳鸯柏*

祖山脚下有个村子，叫柏树村。村东山的鹰嘴崖下，有两棵柏树，据说已有千年树龄，高三丈余，粗两围，根茎相连，携手环抱，相伴相牵，如同一对心心相印的恩爱夫妻。长年厮守，永不分开，故此人称“鸳鸯柏”。提起这“鸳鸯柏”还有一个凄美悲壮的传说。

很早以前，祖山顶上有一座砖庙。庙里住着一个花和尚叫谢狼。据说这个谢狼是铁瓦乌龙殿首领谢虎的堂弟。他仗着谢虎的势力，横行乡里，欺压百姓，强抢民女，无恶不作。老百姓都恨透了他，因为他是个和尚，还专恋女色，无一点人性，所以给他起了个绰号“秃色狼”。

这个秃色狼整天借化缘为名，专门窥探女色，抢到山上。姿色好的留着自己享用，姿色差的玩过一次，就赏给僧徒或推下山崖。一天，这个“秃色狼”听说山下的罗古村有个叫罗老大的。家中有个女儿名叫罗玉兰，芳龄二八，长得如花似玉，丽质天成。这个秃色狼彻夜难眠，恨不得马上将她抢上山。

第二天，天刚蒙蒙亮，秃色狼就带着两个僧徒下山，来到了罗老大家。罗老大为人忠厚善良，看见来了三位僧人，以为是前来化缘的，就急忙将他们让进屋里。秃色狼进屋后二话没说，开门见山直奔主题：“我说罗老大，听说你有个闺女叫玉兰，已经老大不小了，也该找个婆家了。这门亲事我给你看好了，就嫁给我，做我的压庙夫人。我虽无万贯家产，但她嫁过去，就靠我现在庙里的积蓄，也够她享受一辈子的。”

罗老大本以为这几个和尚是前来化缘的，却万万没想到他们在打女儿的主意。他连忙说：“这位高僧别拿老夫开玩笑了，哪有僧人娶媳妇的？我闺女已许配

---

* 本文由陈晓华搜集整理。

给本村后生古喜。"

秃色狼听罢,用手指着罗老大的鼻子说:"什么！老子想娶谁就娶谁,痛快把古家亲事给我退了!"

"这恐怕不成,娶亲的日子都定了。"

秃色狼一听这话来了气,他向罗老大怒吼道:"你他妈的别不识抬举,说娶她是我和尚对你客气。谁不知道我砖庙和尚的厉害。告诉你,你闺女我是娶定了,你同不同意我都得娶。要想我不娶她,除非今晚上她死了,否则我明天就娶亲!"说完,袖子一甩扬长而去。

罗老大看到这情景,如同晴天霹雳,不由瘫软在地。女儿是他的命根子,怎能把她往火坑里推。可是,秃色狼是个吃人不吐骨头的恶魔,他说到做到。这可怎么办呀？对！得跟闺女商量一个好对策。还没等罗老大起身进里屋见闺女,闺女玉兰已到他的跟前。玉兰眼含泪水,边扶起爹爹边说:"爹,你们说的话我都听到了,别说我是已定终身的人了,就是没定终身,也绝不能嫁给那个秃色狼。他要强娶,我就以死相对。"听了女儿说的话,罗老大又伤心又害怕,他哭诉着说:"孩子,你怎么能说这话呀？你死了,叫爹咋向你死去的娘交代,你死了又怎能对得起古喜呀?"玉兰看着父亲满面愁容和泪水,心如刀绞,她想一死了之,可日后谁来照顾他老人家？更何况她和古喜从小青梅竹马,情深意浓。秋后就要结婚,我怎能舍得抛下他,怎么办呢？父女俩最后商定,带着没过门的女婿暂避到口里的亲戚家。天没亮父女俩就找到女婿古喜,连夜逃走。三人路过鹰嘴崖,此山崖高数丈,陡峭异常,过了必经之路鹰嘴崖便是莽莽林海,眼看过了树林就是长城口了,三人松了一口气。

"站住,哪里跑!"忽见从树林里冲出十多个手持兵刃的家伙,他们是秃色狼埋伏好的人马。罗老大一下子吓死过去了,玉兰和古喜拥抱着跳下了悬崖。

时隔不久,人们发现在玉兰、古喜跳崖的地方,并排长出两棵柏树,一棵粗壮,一棵纤细。枝枝连理,叶叶相交。就像一对情侣一样拥抱在一起。人们为了纪念玉兰、古喜这对情人,就将这两棵柏树比作是他们两人,并起名"鸳鸯柏"。后来罗古村也就随树改名"柏树村"。

猿仙顶和狐仙洞*

马圈子镇蒲杖子村的西山上，与宽城县交界处有个圆形山顶，顶上是石砬子，人们叫它“猿仙顶”，也有人说石砬子下有个洞，住过狐仙。当地也有人叫这里为狐仙洞。

据传说，很早以前这里人烟较稀少，山上树木成林的，野兽成群，狼、野猪、虎、豹、雕、鸮等猛兽凶禽都有，经常下山进庄，祸害百姓的家禽家畜，人们也不敢贸然去惹野牲口，假如你掏了狼羔虎崽，那你就算是惹下祸了，你这个小村庄就别想安宁，它们会加倍地报复，不是张家的羊丢了，就是王家的毛驴被掏了，三五成群地在村前村后转悠，嗥叫。更可怕的是用爪子挠门，非常瘆人，人们十天半个月不敢出屋，弄得人心惶惶。

有这么一天，村里来了一个全身长毛，又像人又像猴的怪物，有十来岁小孩那么高，胳膊上挎个破篮子，挨家挨户要东西，有人说这是猿猴，那时人们都很善良，见猿猴不害人，也不怕人，都给它往篮子里放点东西。怪事了，从这往后，这里的凶禽猛兽就不下山祸害人畜了，人们都称西山上的猿猴为“猿仙”，有猿仙护佑，老百姓过上了安静太平的日子。人们都说猿猴是“齐天大圣”的同种，是“猴王”，所以能降服住各种禽兽。多少年来，一年一次，年年如是。可是有一天，猿仙挎着破篮子来了，这次来它不是讨要东西，而是挨家送东西，每家门口的墙上都放一个，送的什么呢？原来是一块怪模怪样的块状物，说是石头，又不是石头，说不是石头罢，又很硬。有的人家认为这东西非同寻常，就收藏起来了；有的人家看到后也没当回事儿，随手就扔掉了。后来人们知道了，猿仙走了，给村里每户人家留下一块“镇宅之宝”，凡是留下这块东西的，就没被凶禽猛兽祸害过，相反，没有保存下这

---

* 本文由张保学搜集整理。

块东西的，都不同程度地遭遇过山牲口的侵袭，可是再找随手扔掉的这块“镇宅之宝”，已无了踪影，悔之晚矣。

寒来暑往，不知又过了多少个年头，“猿仙顶”的石洞，又成了狐仙的“仙山洞府”。这年，农历三月初三王母娘娘生日那天，山下的村庄里，就听见猿仙顶的方向传来热闹的鼓乐之声，那时山村荒僻，很少有热闹看，有好事的青年人，就循声去瞧热闹，结果寻了一路也没见着鼓乐队，直追到过了岭，那边的村庄也没有婚丧嫁娶之事。此后，每到重要节令，村里就能隐约听见从西边传来鼓乐声，人们这才知晓，猿仙顶又住进了神仙，但不知是哪路神仙。

在大明朝有一年的夏秋之交，村里喜好打猎的石二爷吃完晚饭，到院外纳凉，此时天还亮着，他看到猿仙顶下的丛林中有两个火亮儿，闪闪烁烁，来回蹿动，像是两个人来回扔球玩一样，有人说：“狐狸炼丹呢。”石二爷一听有猎物，手就痒痒，回屋操起军队打仗丢下的火铳，带上铁砂火药就悄悄摸上山去，他趴在一块岩石的后面，端起火铳，瞄着火球，点着药捻子，“哐”的一响，随后只听“妈呀”一声，火球就不见了。他走上去一看，什么也没打着。他不死心，又将火铳装上了铁砂火药，继续往山上摸，他气喘吁吁地爬到一个山头，见有两个十五六岁的小姑娘坐在山头的一个石砬子上哭。石二爷上前问：“谁家的孩子？这么晚了还不回家呀！哭啥呢？”

两个小姑娘看了他一眼说：“我俩是山北的，闲着没事儿，来山上游玩，天晚了，找不到回家的路了，这深山老林的可怎么办呀！大哥哥你行行好，把我们俩送回家吧，求求你了！”

石二爷说：“山北还挺远的呢，现在天已经黑了，不如你们俩到我们岭北，到庄里找个住处住一宿，明天再回家，我们村近，下了坡就到。”

姑娘说：“大哥呀，不行啊！大黑夜的，我们不回去，我妈不得急死呀！不行。大哥哥，你还是行行好把我俩送家去吧。”

石二爷略一思忖，也是，两个小姑娘天黑不回家，家里大人肯定急得不得了。我一个大老爷们贪点黑算啥，而且手里还有家伙。他就爽快地答应说：“那我就把你俩送回去。”

姑娘相视诡谲地一笑说：“那就谢过大哥哥了！”

石二爷将枪扛在肩上，稍辨了一下方向，就说：“我们走吧。”他走在前面，两个小姑娘在后边跟着。当走到一个陡坡处，有个悬崖，下面是个深谷。这时两个姑娘迅速上前，一个拖住丁二爷的双腿，一个抓住他的双臂，就往山崖下拖，正在这时不知碰到哪儿了，“哐”的一声，火铳自己响了，两个姑娘把他扔下就跑了。要不是崖口的一丛小树棵子挡住,石二爷就已经掉下崖去了。到这时他才意识到,两个小姑娘不是人,是狐狸精变的！他惊魂未定地跑回家,心里愤愤地说:“好你个狐狸精,想害死我石二？没那么容易！我一定捉住你抽筋扒皮！”

过了十几日,石二爷发现猿仙顶下坡上又出现了“火球”,一连几日的夜晚都是这样。石二爷想,火铳打不着你,这回我下铁夹子,三面下上大铁夹子,不信治不了你一个狐狸精。他家有两盘夹子,夹面是锯齿形的,别说是野兽,就是人踩上,也定会是骨裂肉绽,而且没有人帮助,也卸不下夹子,每盘夹子都有铁链,下夹子时,把下夹子处挖一条能埋下夹子的坑,再从夹子处引出一条浅沟直通附近的树下,链子埋进沟里拴在树桩上,把夹子打开,轻轻用土埋上,伪装成原样。只要是野兽踏上就没跑儿,就是虎豹等猛兽也挣脱不了。石二爷又从别人家借来一盘夹子,在猿仙顶下“火球”跳动处,三面埋上了大铁夹子,埋上后用枯草烂树叶伪装得像是没人动过一样。在埋夹子的当天晚上,那地方仍有“火球”出现。石二爷不解,难道狐狸没走那条道儿,怎么就没夹住呢？

转天一早,他就到山上去看,怪了,三盘夹子都合上了,可什么也没夹着。他把三盘夹子搬到下面的石坎子处,划拉一把烂柴点着,把夹子用火燎一燎,据说燎过后的夹子,没了异味,野牲口闻不到异味,就会放心大胆地走。燎过后他又换了地方,把三盘夹子又下上了。可到了晚上,山上的“火球”还在闪,他气得直跺脚。早起到下夹子的地方一看,和先天一样,夹子又都合上了,夹子上还是空空如也。他心里犯起了嘀咕,是什么把夹子弄泛了的呢？他把夹子又重新下上了。

到了夜间,他偷偷到山上,藏到能看到三盘夹子的一棵大树后面,眼睛不眨地盯着,到了半夜时分,突然有一束亮光闪过,石二爷的眼前如同白昼,立时出现了一个手拄拐杖满头白发的老太太,鹤发童颜,精神矍铄。只见她走到埋夹子的地方,用拐棍一触,只听“叭”的一声,夹子就泛了,三盘夹子都触泛后,一束光亮直射向石二爷的身上。白发老太太说:“年轻人,我们都是邻里,无有怨仇,相安无事,何必苦苦相逼？要多做善事,少残害生灵,不然会遭报应的！”说完呼啦一下,光亮全无,眼前漆黑一团,此时石二爷只觉双臂像挨了电击一样疼了一下,抬都抬不起来了。吓得全身汗湿,丢了魂儿似的走下山,到家就倒在了炕上,全身无力。

此后,家里人多次到山上为石二爷烧香上供,磕头祷告,求狐仙宽恕。三个月后石二爷的病才慢慢转好。石二爷病愈后再也不敢打猎了。

孝媳妇沟*

在青龙县双山子镇有一个四面环山的小山村——三合店村，山清水秀，孕育了一代代质朴的人们。因为是三个庄合在一起的自然村落，所以就叫作三合店。这三个庄中有一个庄叫孝媳妇沟。一听这个名字，一定和一个善良贤惠的媳妇有关！

清朝末年，这个庄里有这么一户人家，具体姓氏已无可考。年迈的公公婆婆，丈夫生病，早早地就离开人世了。家里很穷，只有这两个老人和这个年轻的儿媳相依为命。家里穷得揭不开锅了，只好到外面要饭吃，要来的饭，媳妇都是赶紧端回家来，给老人吃。那一年，天大旱，连续几个月没有下雨，地里颗粒无收。家家都没有粮食吃，眼见着两个老人饿得前胸贴后背了，只有躺在炕上喘息的气了。媳妇自己也是饿得走不动路了，怎么办呢？不能眼见着两个老人饿死啊！她想了又想，实在是没有什么办法，她坐在厨房的门槛上，无神的目光落在自己的大腿上，突然，她灵机一动，现在家里能吃的也没有什么了。只有这大腿上的肉还能给公公婆婆做点肉汤吃。想到这里，她狠下心来，拿起菜刀，在大腿上刮下一块肉来。她痛得“啊”的一声，晕了过去！不知过了多长时间，她才醒了过来。她从自己的破衣服上扯下一块布，缠在了腿上，一瘸一拐地将肉炖烂，做成了肉汤！赶紧将肉汤端给公公婆婆，两个老人早饿得老眼昏花了，媳妇一口一口地给两个老人喂了下去。这样的孝心终于感动了老天爷，老天爷终于下雨了！人们被这个媳妇的精神感动着，就给自己的村庄起名叫孝媳妇沟。以此来纪念这个孝顺的媳妇！方圆几十里，没有不知道她的，没有不知道这个事

* 本文由曾丹丹搜集整理。

情的。这个故事一辈辈地传下去,这个村里的人也都向她学习,村里的民风淳朴厚道,孝顺老人!谁家娶媳妇,都愿意从孝媳妇沟娶,都说那里的媳妇知道孝敬老人,会过日子!在外面说起是孝媳妇沟的人,人们都会高看一眼,自己也觉得非常自豪!

03

生活篇

过门石的由来*

在青龙满族自治县境内大部分村庄盖民房,仍然保留着前门和后门槛子下横放一块条石的习俗,这块条石被当地百姓称为过门石。要问它的来由,还真有一段有趣的故事呢。

话说清朝入关坐下了江山后,战争少了,除了有一些南蛮北狄偶犯边关外,没有大的战事。于是那些随朝廷入关的八旗兵将就派不上用场了,不止是满八旗,还有蒙八旗、汉八旗,这些人肩上都扛着一张嘴,得吃饭哪!这就成了朝廷的一大负担。不仅如此,而且八旗子弟们个个游手好闲,架鹰牵狗,有时还扰民,把个年幼的顺治帝愁得直戳牙花子。这时有的大臣替朝廷出谋划策,说北京周边有无主的荒地,全给他们耕种,让他们有事干,而且还能自食其力,也免生事端。顺治一听是个好主意,就颁布下去实施。别说,这招真起了作用,减轻了朝廷财力负担,京城也安定下来。

可是到了康熙八年,百姓对朝廷的圈地运动怨声载道。有的旗人把本是有主的田地也圈到自己名下,而把土地的主人强行撵走,这哪能不引起民怨?有大臣上奏到康熙帝,并出主意说:"如今冷口外、喜峰口外,还有无主荒芜土地,是明朝开国时期与蒙古人中立地区,至今无人开垦,何不让这部分人到那里去圈地垦荒。"

康熙准奏,此后,满族人就分别以奖励军功、分丁拨户等形式出关来到冷口、义院口、界岭口外的现青龙县"跑马占圈"。那时这里荒芜了三百多年,已是树木林立,野兽成群,人们的住所时常遭到野兽的侵扰。

话说有这么一户姓姜的人家,是随皇粮庄头过来的佃户,专为主子管护山场土地。为了劳动方便,这家就在主子的山场土地上安家盖了房子,属于独一户。

---

* 本文由赵秘搜集整理。

他们两口儿只能白天一起干活儿，把两个孩子锁在家里，几乎天天都能听到豹啸狼嗥；到了黑夜单人就不敢出屋，还时常听到野兽在他家房前房后转悠的动静。这天，姜家听说有一户亲戚也搬到口外来了，离他家不太远，两口儿决定去看望一下。两口临走前，用木头把窗户加固得严严实实，又对两个孩子嘱咐了又嘱咐，然后锁上门就走了。

留在家里的一个是女孩，六岁，另一个是弟弟，才只有四岁。眼见太阳落山了，父母还没回来。两个孩子在屋子里闷了一天，准备的干粮早就吃没了。天黑下来了，弟弟连怕带饿，就咧咧哭，姐姐哄也哄不好，也跟着哭了起来。忽然门外有了响动，门被摇得"哐哐"响。小姐弟俩以为是父母回来了呢，就来到门前，透过门缝一看，见是一群狗，他们不认得，其实是狼。接着窗子也响起来，多亏阿玛用木头给拦了好几道，要不非得让"狗"给拱开不可。弟弟喜欢狗，就让姐姐点着灯看狗玩。这群狼集中到了前门处，轮番用前爪在门槛儿下挠土，挠一阵就有狼上去用尾巴往出扫被挠松的土，反复这样。弟弟说："姐，你看，狗还会用尾巴当笤帚，扫来扫去真好玩！"

姐姐听了也好奇地走过来看，她端着油灯往前一走，狼尾巴扫土扬起的沙土迷了她的眼睛，她一激灵，手一颤，灯油就洒了，正好洒在狼尾巴上。随后灯芯儿也滑落下去，只听"噗"的一声，狼尾巴就起火了，狼一疼就立刻抽回了尾巴，拖着一团火光向别的狼身上靠去，要不怎么说狼心狗肺呢！一狼受到生命威胁，它也不想让其他狼好。第二个狼身上着了火也扑向别的狼，一传俩俩传仨，仨传五个变成八，十几只狼簇拥在一起，"嗥嗥"惨叫，火光冲天，不一会儿，这群狼就被烧死了。幸亏是在青草茂盛的夏天，要是在冬春季节，肯定引起山火。

当姜家两口儿从亲戚家回来，已经很晚了，老远就闻到一股腥臭味，到家一看，离自家房子三丈多远处，一摊什么东西，还冒着烟，走进前一看，一堆四个蹄的动物被烧焦了。两口儿一愣，赶紧去开自家的门，发现门前多了一堆土，门槛儿下边被挖了一个很大的洞，慌忙打开锁，见自己的一双儿女拥在一起睡着了，这才放下了心。他们叫醒儿女，女儿讲述了刚才的情景，两口儿听了，看着门槛下面的洞，后怕不已，如果不是油灯点着了狼尾巴，再一会儿，狼就能钻进来了，此时儿女早就成了饿狼肚子的食物了！

狼死绝地，这里烧死了十几只狼，姜家也不在这里住了，搬到别处另盖房了，人们就把这条沟叫"烧狼谷"，至今无人居住。姜家搬出后在盖新房时，为防狼在门槛儿下打洞，就在门槛下放一块长条石，因为长度超过门框，就叫它过门石。此后家家效仿，演化成了盖房必有的一种习俗。

奚王避暑庄*

远在辽国隆绪时期，有一队浩浩荡荡的车马迤逦来到现大巫岚境内。只见这帮人穿着入时，光鲜靓丽，多数人都是髡发，也就是把头发剔去一部分，留下几撮，有些像斑秃的样子，在留下的几撮头发上梳着小辫儿。大家一看就知道不是契丹人就是库莫奚人。因为当时这一代归辽国统治，又属于库莫奚（简称奚族）活动范围和辖治地区，那时现在的大巫岚是奚六部的奥里部管辖。因此，当时这里的汉人对奚族太熟知不过了。

这队人马有三十多人，核心人物是个瘦老头儿。别看这个老头儿瘦弱，可是两眼炯炯有神，精神矍铄，他是奚王萧观音奴，奚族六个部的首领。他的身边随从者是奚王府的宰相、大常衮等十来个重要官员随从，另有二十个卫兵护驾。他们到这里来是干什么呢，原来他们是来为建奚王避暑庄选址的。

原来奚王是有“避暑庄”的，自从辽国建立以来，奚族也有了自己的领地。奚王建了自己的牙帐，所在地就是现在辽宁的宁城，原叫土河川，是个环境与气候非常优美的地方。奚王牙帐不仅建在土河川，还在风景迷人的七金山修建了“奚王避暑庄”，是建制很完美的城池。可历来环境优美的地方，都会被强权所掠夺。就在萧太后萧绰掌握辽朝大权时，她与儿子耶律隆绪皇帝在行军途中驻跸在七金山的奚王避暑庄，萧太后举目南望，只见沃野平畴，碧水东流，层峦叠嶂，气象万千。这令这位女中豪杰激动不已，因为她已觉得上京临潢府，地处太偏，也寒冷，而且宫殿规模也太寒酸，接待外国使者，都感到没面子。选择地方建一个环境优美、大方气派的宫殿，是她多年的梦想。她一眼就看中了这块风水宝地，想这里建个陪都，接待外来使者，也不失大辽之国威。

普天之下，莫非王土，大名鼎鼎、权倾朝野的萧太后看中的地方，谁敢违抗。

---

* 本文由如烟搜集整理。

当时的奚王箫观音奴只好忍痛割爱,顺水推舟地献出了七金山和土河川。萧太后如愿以偿地得到了这块风水宝地后,推倒了奚王牙帐旧城,她要建造规模宏大的新都城。她从燕地、蓟州等靠近中原之地选择能工巧匠建造都城,于是在土河川上陡然崛起了一座规模宏大、气势雄伟的都城——辽中京大定府。

萧太后满意了,可苦了奚王箫观音奴了,七金山和土河川献出去了,没了牙帐,也没了避暑庄,成了“丧家之犬”。堂堂奚六部大王,没有阔绰的牙帐哪行,避暑庄也不能少。于是奚王就带领一班朝臣由土河川出发一直南行,为避暑庄选址,他们一路走来,到了大巫岚这里,奚王眼睛一亮,只见这里地域开阔,一条玄水河在北面滔滔流淌,曲曲弯弯,流到了一个绝壁山湾处,有曲回环顾之势;四周的山峦呈赤色,多有岚气缭绕,山峰都不甚高,而且交错有致,中间方圆十里平畴,如是一个小盆地。风水上说:水有环顾之意,是龙兴胜地,风水遇山则踅,遇水则止,是四方风水聚拢之宝地。而且山上树木繁茂,松林苍翠欲滴,四季景色交替,十分美丽,土地肥沃,四季农耕,几乎脱离了游牧习俗。除比辽中京略小了一些外,气温、气候还都好于土河川。

奚王高兴地说:“好,避暑庄就建在这里了!”

避暑庄选址定下来后,就大兴土木,从蓟州等地请来能工巧匠来修筑避暑庄,因此,屋宇亭台有些中原的风格。建筑分为府第和花园两部分,拥有各式建筑群落二十多处,布局讲究,气派非凡。完全摆脱了游牧的建筑样式,府第建筑以严格的中轴线贯穿着的多进四合院落组成。中间最主要的建筑是银安殿和耕乐堂,分前院、后院,两座殿堂屋顶采用绿琉璃瓦,显示了王府威严气派,外形建筑大体一致,只有内庭设计略有区别。东院的前院正房名为“雅乐斋”,为奚王读书喝茶的地方;东面的后进院落正房名为“怡然堂”,是奚王的起居处。

奚王如举办重大庆典,接见外使和上邦大员,议六部大事则在银安殿;议本王府内的一些事务及家庭欢宴等诸事就在耕乐堂举行;会见密友则在雅乐斋。花园内古木参天,怪石林立,环山衔水,亭台楼榭,路转廊回,花园又名松翠园,园内布局、设计具有较高的艺术水平。全园以“山”字形布局,错落摆布颇有讲究,假山拱抱,东、南、西面均堆土磊石为山,中路又以山石堆砌洞壑,手法颇高。山顶平台,成为全园最高点,居高临下,可观全园景色。

避暑庄的豪华气派,功能超过了奚王牙帐,奚王箫观音奴爱上了这里,就把避暑庄当作奚王府了。此后历代的奚王都以这里为政治经济中心,这里曾繁华近百年。可是到了回离保承袭奚六部大王时,大辽国已陷腐败衰落,后北女真完颜部起兵反辽,建立了金国,避暑庄毁在金灭辽的战火中,荡然无存。

人心不足蛇吞象*

经常有这样一句俗语:人心不足蛇吞象。意思是太贪心的话,一条蛇就能把大象吞下去。人们不禁纳闷儿,那得多大的蛇才能把大象吞下去呢?关于这个说法,还真的有个故事呢!

从前,有一个小伙子名字叫“象”,是个挑货郎挑子的。人虽穷,但总的来说还算心地善良,是个好人,就是有时候稍微有一点儿贪名逐利。

他的挑子的一头挑着带有抽屉匣子的货郎箱子,里边盛着胭脂、粉儿、糖疙瘩、针头线脑、虱子药、耗子药、槽锥等杂货;挑子的另一头挑着崩苞米花的机子,捎带着也崩个苞米花儿,挣几个铜钱儿。他摇着拨浪鼓,“咕咚咚、咕咚咚”,走东村,串西街,大街小巷地转悠着、吆喝着。看看又来到一个村头上,昨儿黑夜里下了一场雨,地上都是水汪汪的。他看到两个小孩子拖着一条小长虫的尾巴,在路上跑来跑去地玩儿。这个拖一阵儿,那个拉一会儿,把个小长虫拖得血呼啦啦的,皮破血流,眼瞅着就要没气儿了。象看着小长虫怪可怜的,就跟小孩说:“你俩放了它吧,那也是个生命啊!”小孩说不放。象说道:“那就卖给我吧,我给你一人俩糖疙瘩。”

听说有糖吃,小孩接过糖疙瘩就跑了。象把小长虫搁在箱子的小抽屉里,挑着挑子进了村。天黑回家时,他在肉铺买了二两猪肝儿,准备喂小长虫。到了家里,一开抽屉,小长虫就仰起脖子,朝他点了点头。象把猪肝给它吃了。

第二天,他挑着挑子出去,还是把小长虫放在箱子上面的小抽屉里。晚上回来,又给它买了二两猪肝吃了。小长虫长得很快,越长越跟平常的蛇不一样,金色的眼睛,黄色的嘴巴,浑身长着金色的鳞片,还一闪一闪地反光呢!象认为这条蛇

---

* 本文由郎跃深搜集整理。

就是一条龙,就给它起个名字叫“小龙”。只要听到他的喊声,小龙就爬到他的跟前来。

寒来暑往,春花秋月。一眨巴眼儿,一年就过去了,小长虫越长越大,抽屉盛不下了,又放到箱子里。末了,箱子也眼看着盘不下了。有一次,象挑着担子,路过一个山口,都说路远无轻担,何况又是一步一个坎儿的上坡路呢!走了一阵,象就累得满头大汗,他放下担子歇息。看看四周,山连着山,岭接着岭,绿的是树,明亮的是泉,各样不知名的小花开着,各种小鸟在树棵之间叫着,越打量就越觉得这里是个好地方。荒郊野外的,平时很少有人来。他寻思就把小龙(蛇)放在这里吧。想着,就揭开了箱子盖儿,说:“小龙,小龙,我把你救了,又抚养你这么大啦,这箱子你已经盘得满满的,眼瞅着都搁不下你啦,再在里边待下去,你也挤,我也累,这里青山绿水的,你就出来上山入水。”

小龙从箱子里爬了出来,直个劲儿地朝他点头,点着点着,眼泪“吧嗒、吧嗒”往下掉。象的心里也不好受,很不是滋味儿,嘴里还是说:“走吧、走吧,归山去吧!如果我想你啦,就来这儿喊你,咱俩再见面。”

小龙一步三回头地慢慢朝山上爬去,最后,爬到树丛中就不见了。

象愣愣地望着,又待了一会儿,才恋恋不舍地挑着挑子往前赶路了。

他的小本买卖,也就挣个仨瓜俩枣的,一天不挣就一天没有进项。日子还如从前那样过着,仍旧是挑着那副货郎挑子。过了一天又一天,送走太阳又迎来月亮。说快也快,转眼之间便是十几年过去了,小龙的事儿也就撂下了。

有一年,京城里皇上的母亲得了一种怪病,皇上把全国的名医都招了去,还是治不好。末了,一个御医说:“皇太后的病要想好,非服用龙肝不可,没有龙肝,就是把所有的药铺都吃黄喽,也治不好。”

尽管皇上有的是金银财宝,可就是弄不到龙肝,他连忙下圣旨,张贴皇榜。只几天的工夫,全国各处都贴满了,上面写着:“谁能弄到龙肝,给皇太后治好病,就封他为丞相。”

象整天走街串巷的,也看到了皇榜。他想:“我原先养的那条长虫,金眼黄口的,浑身金鳞,那就是一条龙啊,要是我能得到点龙肝,不就一步登天了吗?”

他越琢磨就越觉得不能错过这个飞黄腾达的机会。这一天,他有意路过那个山口,正值春暖花开,可那光景却跟从前不一样了,半山腰里云遮雾罩的。他就朝着那里大声招呼道:“小龙!小龙!你如果知道是我招呼你,你就出来让我见见吧。”

话音刚落,哗啦啦一阵响,立马雾气满山,沙石乱飞,树木歪倒,那龙转眼来到了他身前。我的老天爷呀！忒吓人啦！龙头有磨盘那么大，两个眼睛有海碗口那么大，金光四射，晃得人睁不开眼，身上还是金色鳞片，每个鳞片都有饭碗那么大，看得见龙头，却看不见龙尾。象把它端详了一阵子，大着胆子问道：“小龙，你是条龙吧？”它点了点头。

象说道：“以前我救了你，又把你抚养大，现在我的年岁越来越大了，挑一天的货郎挑子回到家，就腰酸腿疼的。我求你点事儿，京城里皇太后得了病，非得龙肝配药才能治好，你能不能让我割一点肝呢？”

龙想了想，点了点头，就张开了大嘴。

象说：“龙啊龙，我养活了你一场，我进去后，你可得张着嘴呀！千万别闭上，要是闭上喽，一时三刻我就化成血水了，你答应我吗？”

龙又点了点头。

龙张开的口，足有半个门扇那么大。象就猫着腰，壮着胆子走了进去，到里面一摸，龙有三叶肝，就是那个最小的肝叶，也跟簸箕一样大。要活生生地割心肝，那得有多疼啊！都说心肝宝贝，那可真是轻易不能动的，更别说轻易割下一块儿啦！象就小心地只割下花生粒儿那么大一块，龙就疼得浑身打哆嗦，龙的血就像泉水一样从伤口里往外涌了出来，它刚想闭嘴，一想，恩人还在肚子里呢！就强挺着把嘴张大了。象一猫腰，赶紧从龙嘴里跳了出来，对龙说：“龙啊！你看看，我只是割了这么一点儿。”

龙全身哆嗦着，忍着疼点了点头。象说：“你回去吧。”龙又点了点头。一阵声响，龙就不见了。

象去揭了皇榜，到京城里献上了龙肝。御医一看，是真的龙肝，皇太后吃下去后，病立刻就好了。皇上欢喜，封了他当朝一品，左班丞相。这左丞相，是朝中最大的官儿，一人之下，万人之上，享不尽的荣华富贵。象可真是光宗耀祖了。哪知道，只过了十来年，麻烦的事儿又来了，那阵儿有左班丞相还有右班丞相。这一年春天，右班丞相也得了与皇太后一样的病，他也请了那个御医，那个御医给摸了摸脉，说他的病和皇太后的病一样，还是非那龙肝不可。右班丞相就去求他，象很是为难，同朝为官，平时的关系很不错。可是，去龙肚子里割龙肝的事儿，却不是闹着玩的，他左思右想，不知怎么应答才好。

这右班丞相已经为官多年了，是个挺好的官儿，连皇上也替右丞相求情了。既然是皇上说了话，弄也得弄，不弄也得弄，弄不来就是抗旨啊！

散朝以后，象立刻吩咐人收拾出京。他的这一行动，可真够排场的。八抬大轿，旗锣伞盖，三班随从，前呼后拥，锣鼓齐鸣就上了道啦。走了几天，又到了那个山口。看看那景致更是不一般了,山顶上彩云飘飘,石崖下紫雾腾腾,林中树下荡着瑞气,树木花草,纤尘不染,都跟水洗过一样新鲜。他下了轿,又朝山上呼喊道:"小龙!小龙!你如果知道是我招呼,那就出来跟我见见吧。"

他的喊声还没落地,立刻山摇地动,飞沙走石,龙就到了他跟前儿。这一次龙的身子骨比上一次不知大了多少倍,毕竟又过了十来年了。龙的身子少说也有几搂粗,两个眼睛有铜盆那么大。象看着不禁吃了一惊,不过,他还是大着胆子说:"龙啊!我知道肝是你身上最要紧的地方,上次我割了你花生米那么大一块儿,你就疼得直打哆嗦,这一回不是被逼得没半点儿办法,我是不会再来求你的。如今右丞相得了病,又是非得龙肝不可,万岁爷又发了话,我是实在没法子了,你还是让我再割一点儿吧。"

龙还记得上一次那个疼痛劲儿呢!上一次肝被割完后,疼得半个月没睡着觉,十多天不能动弹,血足足流了几水桶。这一次,它低头琢磨了好一会儿,还是勉强点了点头。

最后,龙还是张开了嘴,这时候的龙嘴长得跟大门一样大了。象直接走了进去,根本就不用猫腰了,就是摇晃着脑袋,晃荡着身子横着走,也碰不到啥东西。再看看那三叶龙肝,最小的也比门扇还大。真是财宝动人心啊!象贪心不足啊!他想:"龙肝是无价之宝,我进来一趟也不容易,这次多弄点儿,省得总求它,用不了,留着也好。"他就用刀割下了巴掌大一块儿,把龙疼得在地上滚了十几滚,全身剧烈抽搐,哀叫声震动山野四周。从伤口流出的血像洪水一样涌出,只一袋烟的工夫,龙就被疼死了,象也在龙的肚子里化成了血水。

古语说的"人心不足蛇吞象",就是这么来的。

大力和小力的故事*

从前,在祖山的山脚下,有这么两个人,都住在起河边儿上的一个村庄里,一个姓李叫李厚道,一个姓张叫张大有。偏偏就这么凑巧,他俩人不光是同年同月同日生,甚至连出生的时辰都一样,虽然两个人一个穷来一个富,也许因为是同岁的缘故,李厚道和张大有还常常有些来往走动。

李厚道住在庄东头,两口子一年到头就靠做豆腐度日子,李厚道这人正如其名一样,老实厚道。两口子都是辛勤劳作,起早贪晚,风里来雨里去的,没黑夜没白日地忙活,一年到头脚打后脑勺地刚刚能顾过嘴来。

这一年春天的三月三,李厚道卖完豆腐回来,脚跟脚地来了一个化缘的老和尚。老和尚身上的百衲衣破得补丁摞补丁的。老和尚也不作声,只把个木鱼敲得“梆、梆”地响。

李厚道说:“这位师父,上我的家里来,想化什么就直接进屋。我是个做豆腐的,要是你不嫌弃豆腐渣野菜饼子的话,家里还有,尽管吃罢,管够。”

老和尚说:“我走东家走西家,跑了好几百里的道,到了你的门上,别的什么也不化,就想化个我老和尚穿的褂子就行啦!”

李厚道犯难了,叫了声师父:“不瞒你说,就是把我的豆腐本儿都加上,也不够给你做个褂子用啊!”

老和尚说:“一次拿不出来,还有个天长日久呢! 你就攒着点呗!”

李厚道叹了口气:“唉! 我们两口子,每天做一锅豆腐卖,就赚点儿豆腐渣掺野菜饼子吃,到多咱才能给你攒起个大褂子呢?”

老和尚笑道:“积少成多嘛! 你每天做豆腐时,先舀出一小碗豆子留着。今天

---

* 本文由郎跃深搜集整理。

攒明天攒,日久天长的,总有攒起来的那么一天。”

李厚道一想:也行啊,慢慢来吧。就对老和尚说:“师父,你说得对,一天省三文,三年还合一千呢!我就照着你说的这么办,到时候你就来拿衣服吧!”

老和尚说:“我还是明年的三月三来吧。”吃过豆腐渣野菜饼子,老和尚就走了。

李厚道两口子是忠厚老实、说话守信用的人,每天做豆腐时,先舀出一小茶盅豆子留着。真个是“勤是摇钱树,俭是聚宝盆”。每天就是一小茶盅,虽说不多,但架不住日久天长啊,一日日往上添,天头多了,积攒起来的豆子都快一缸啦!他对老婆说:“你看这些豆子,估摸着都够一斗啦,用这些豆子做一件麻布褂子也差不离儿啦。”老婆拿个半升子一量,一斗还多一点呢。

李厚道兴冲冲地上集了,卖了豆子,欢欢喜喜地买了一块灰布,老婆大估摸着老和尚的身材,就缝了一件和尚衣服。做好后,叠得板板正正地放在了柜子里,就等着老和尚来取。

三月三到了,老和尚果然来了。

这一天,李厚道在小晌午时候就卖完了豆腐,卖完豆腐以后,又脚跟脚地上山砍柴火去了,也好黑夜起早做豆腐用。李厚道老婆拿出灰布的和尚服,交给了老和尚。老和尚穿在身上不长不短,不肥不瘦,正合身儿,就跟裁缝量着身子做出来的一样,真的再合适不过了。

老婆问和尚:“你饿了吧?”老和尚说:“饿了。”李厚道老婆说:“正好还有豆浆呢,你喝一碗吧!”老和尚喝完豆浆,又吃起了豆腐渣野菜饼子,吃得有滋有味儿的,可香甜着呢!老和尚直等到李厚道砍柴回来才说要走,两口子送到门外。李厚道心里想,村头上临时搭起的小木桥那么窄,老和尚又是一个上了岁数的人,过桥要是有个闪失,那还了得?就说道:“老师父,我把你送过村头的小桥吧。”老和尚也不推辞,说:“好啊!”便只是自顾自地往前走去。

李厚道紧跟脚地随着走。出了村子,过了桥,老和尚还是一个劲儿地朝前走,也不说让李厚道回去。

李厚道心里想:他不说让我回去,我怎么好回去呢?前面就是饽饽岭了,小路又那么难走,还是送他一程吧。

“师父!我再把你送过饽饽岭吧!”

老和尚还是一点儿也不推辞,又说了声:“好哇!”

过了饽饽岭,老和尚仍然没说让他回去。李厚道心想,天快黑了,不远处又是一个更大的岭——梯子岭了,山高崖险,路又不好走,还有野兽出没,还是再送他一程吧。

“师父！我再把你送过岭去！”

老和尚还是答应着:“好哇!”

过了梯子岭,天就黑啦,老和尚更是一直走个不停。李厚道一直惦记着回去磨豆腐呢！想不到,送出了村子,又送过小桥,上了山,又过了岭,也不叫他回去。他有点着急地问:“师父,到你的庙里还有多远啊?”

老和尚说:“远着呢!”还是不说让他回去。

走着,走着,听到“嗖、嗖”的一阵风响,李厚道只觉得耳朵根子发凉,两腿走得比箭打的还快,好像有股劲儿在后边推着一样。李厚道还没来得及多想,就已经来到一座庙的前面,老和尚一指说:“到啦,跟我进去吧!”

走进了庙的院子里,李厚道站住了,说:“师父,我还得回去呢！家里还等着我回去做豆腐呢。”

老和尚说:“既然来了,就给我和点儿泥吧！后面山半腰上有好的黄土,你自己去挑吧。”

李厚道也满口答应了,他挑起了老和尚找来的一副挑筐,一步一登高地、一步一个坎儿地爬到半山腰,捡着好的黄土挑回了一担。问道:“够了吗?”

老和尚说:“不够!”

李厚道二话没说,又返身上到半山腰。

你想想:他半宿半宿地做豆腐,上午又赶忙着到各处去卖,下半晌又砍了半天柴火,傍晚又送老和尚走了这么远的路,黑夜里又爬坡上山地挑黄土;再说了,李厚道的体格也不硬,吃的是豆腐渣野菜饼子,哪有个不累不乏的呀？只觉得头重脚轻,一脚没踩稳,叫石头绊了个趔趄,一挑子的黄土撒了一半儿。他只好把半挑子的黄土挑了回来,说:“师父,你看看,是多啊还是少啊？如果还不够,我再去挑。”

老和尚打量了打量,才开口道:“凑合着也够了,你也挺累的,就拉倒吧,不用再去挑了,就把这些黄土和成黄泥吧。”

李厚道先把大的土块捣小、捣碎,把小石子拣了出去,加了水,把黄泥和得软硬正合适。

这时,老和尚撸起了袖子弯下腰,急忙下了手。他摆弄着泥,又团又搓,三捏两捏,捏成了一个小孩,不高不矮,不胖不瘦,鼻子是鼻子,眼儿是眼儿的。眼见着,小孩儿就地一滚,立刻变成了一个真的孩子了。穿着青布衫,红裤子,眼睛眨巴眨巴的,腮帮子通红,要多好看有多好看,要多伶俐有多伶俐。

老和尚给孩子取名叫“大力”,又对李厚道说:“你们两口子这么多年了,也没有个孩子,就把“大力”送给你们吧。”

李厚道急忙叫:“大力”,大力应声来到李厚道的跟前儿。乐得李厚道嘴咧得多老大,老半天都合不上,喜欢得不知怎么才好。

老和尚也欢喜地说:“时候不早了,我也不多留你啦,你们爷俩儿回家吧。从今天朝后,如果你饿了,跟大力说就行了,他会给你们弄出好吃的来。”

回家的路上,大力蹦蹦跶跶地在前边跑得那个欢啊!李厚道跟在后面,看在眼里,喜在心上。爷俩不知不觉已经来到了梯子岭。那大力的身子骨又灵便又结实,过坡上岭又跑又跳的,李厚道紧撵慢撵才将将跟得上。

过了梯子岭,李厚道实在饿了,整个一天半宿水米没打牙,就在后面喊道:“大力,我饿得实在走不动啦!”

大力麻溜地回过头来,从袖子里拿出一个黑漆的食盒,来到了李厚道的跟前儿。食盘里盛着一摞大饼,两碟菜,还热气腾腾的呢!吃完饭,大力又给李厚道来了一碗热茶水,又歇了一阵儿,李厚道也有了些精神头儿,大力才把食盒往袖子里一拢,立马就什么也看不见了。

爷俩高高兴兴地往家走。来到村头上要过桥时,大力就撒欢儿尥蹶子地,一溜烟儿地过去了。这会儿,老婆正在家里念叨李厚道呢!她一会儿到门口望一遍,一会儿又回到豆腐坊,真的是坐立不安啊!大力跑过去就扑到她的怀里,老婆也欢喜得不得了。

家里有了孩子,就像添了一出戏,大力在李厚道两口子的身边儿转来转去,像个眼前花儿一样,一会儿喊爹,一会儿叫妈。他两口子打心眼里往外乐呀!

不用说,李厚道两口子再也不愁吃喝啦。一到吃饭的时候,大力就把饭菜摆到他俩的跟前儿。一家人就这样不愁吃不愁穿地过着日子。李厚道是个勤快人,也闲不住,每天还是做一些豆腐买卖。

李厚道家住在村子的东头,张大有家住在村子的西头。这张大有家里有万贯家财,黄的是金,白的是银,房子好几十间,粮食满仓,猪鸡鸭满圈。可还是贪心不足,恨不得整个祖山也变成金的,归他一个人所有才好。

这一天,张大有忽然想起,好些日子没有见到李厚道了,是不是家里出了啥事儿啦,我得去看看。反正在一个村子里住着,隔得又不远,抬抬腿,走几步就到了。

张大有问:“你怎么好多天没到我那儿卖豆腐啦,也没到我家去串门儿坐坐,豆腐卖得怎么样啊?”

“我不经常卖啦!有一搭没一搭地做些豆腐,就是为了活动活动筋骨。”

张大有听了很是惊讶,问了又问,打听了个底儿掉。李厚道也就只好原原本本地把整个经过都跟张大有说啦。张大有听了,又看看大力,眼馋得不得了,很是气肚份儿,急忙回家,一五一十地跟媳妇说了。

俗话说:"不是一家人,不进一家门。"

张大有的媳妇也和张大有一样,末了,她叹了口气道:"要是咱们也有那么个孩子,日子就过得更舒服了。"张大有忙接话道:"赶明儿个,咱也给老和尚做一件衣服,叫他也给咱捏个小孩!"张大有媳妇巴不得这样做,可又担心老和尚不来化缘。还是张大有经常在外面,见的世面多一点,心想:既然是个游僧,还能不来吗?

两口子就天天盼啊!真的是白天盼、晚上盼,眼睛都盼蓝啦。每天都是竖着耳朵听着,听听有没有敲木鱼的声响。这一天,偏偏张大有不在家时老和尚来啦。还是敲着木鱼,还是穿着那身儿破百衲衣。女人连忙把他让进家里,说道:"师父,你看你这衣服破得跟萝卜丝儿似的,我知道你是来化缘的,你要绸子的还是缎子的?"

"我不要绸的,也不要缎的,只要有个衣服能遮住身子就行了。"

"那你什么时候来拿?"

"明年三月三吧。"

"哎呀,那日期太长了,还是早点来拿吧。"

"那我什么时候来拿?"

"我家当家的出去了,你等一等,等他回来后,你们商议商议。"

"那就过三个月来拿吧!"

说完,老和尚一转身就不见了。

过了不大工夫,张大有回来了,听女人一说,他后悔得直拍大腿,立马就瞪着眼睛心急火燎地嚷道:"你这个败家的娘儿们,你怎么不叫他明天就来拿呢?"女人也没好气地说:"他还想明年三月三再来呢,是我好说歹说地央告他,他才答应过三个月来拿的,谁让你个老不死的不在家呢!"

张大有跺跺脚说:"要是过一个月来拿也好啊!"

张大有家有的是钱,第二天就做好了绸子布的和尚褂子。两口子就坐在炕头上盼星星、盼月亮地盼着老和尚早点来,哪儿也不敢去,张大有连门儿都不敢出啦,生怕老和尚来喽他不在家。盼到三月头上,两口子在家里是坐也坐不住,站也站不稳,一趟一趟地出门望,着急得抓耳挠腮的。这一天,过晌午的时候,总算听到老和尚敲木鱼的声音了,两口子迎接老和尚迎到村头的小桥。又急急忙忙地把老和尚接进了家里。张大有问:"师父,你是吃甜的还是吃辣的?"女人也问:"师父，你是吃饽饽，还是吃饺子?”老和尚说：“饽饽、饺子费事儿，甜的辣的我也不吃。”张大有两口子就又赶紧地齐声说道：“师父，你的衣服做好了，你快穿上看看合适不合适?”

“不用试了，我带着就行了。”

一看老和尚要走，张大有忙说：“师父，你等等，我换一双跟脚的鞋去送送你。”

老和尚一脚门里一脚门外地说：“啊！不用送了。”

张大有也顾不上换鞋了，趿拉着鞋就撵了出去，生怕把他落在后边儿。过了桥，他又说：“师父，我再送送你!”和尚头也不回地说：“不用送。”张大有还是紧跟在后面说：“师父，怎么的我也得送送你。”过了饽饽岭，又过了梯子岭，老和尚三番五次地不让他送，张大有还是硬跟在后面要送。

老和尚越走越快，张大有只好拼命地追赶。平时他也不怎么干活儿，身子骨发虚，身板儿都糠啦！直把他累得张着大嘴直个劲儿地喘气，全身直冒汗，浑身的衣服都湿透了，像是刚从水里捞出来的一样。终于看见老和尚走进了一座庙，张大有也紧跟着闯进了庙门。可是，哪儿也找不见老和尚的影子。他正惊奇，从大殿边上的角门里出来了一个小和尚，对他说：“我师父叫我告诉你，已经到了这里了，那就赶快和泥吧！屋檐下有筐子，半山腰上有黄土，你自己去挑吧。”

张大有一听，高兴得眉开眼笑的，连忙答道：“我去！我去!”就急忙着到屋檐下拿了筐子，一股气儿地赶到半山腰上，挑回了满满当当、溜尖溜尖的两大筐子黄土，直把他累得“哈哧、哈哧”的。小和尚说：“够啦!”张大有说：“我再去挑一担。”挑了两大担还嫌少。小和尚又说：“够啦。”张大有又擦了一把汗说：“我再去挑一担。”就又挑回了一大担，他以为黄土越多越好呢。挑完三大担黄土，才去打水和泥。他是财主，庄稼活计儿根本不会干，更不会和泥，寻思着水越多越好，水越多才能和出好泥来。就挑了三次水，每一次都是满满当当两桶水，结果，和出来的泥稀糊溜软的。老和尚这时候才出来，说：“你跟着我来一趟，也给你捏个小孩吧。”

老和尚挽了挽袖子，随手抓起一把泥，团团、搓搓，揉巴揉巴，不大工夫，又捏出个孩子来。因为和泥时加水太多了，把个泥和得稀糊溜软的，捏起的孩子越高就越挺不住劲儿，随手往地下一放，就堆随了。三堆随两堆随，变得又粗又矮。眼瞅着歪歪斜斜地就要倒下去了，这个孩子在地下滚了滚，才勉强站了起来，变成了个粗脖子、短腿儿的真孩子。矮拉吧唧的，圆啦鼓墩的，怪模怪样的，就像一个兀墩子。

老和尚也给他起了一个名字，叫“小力”。说道：“天到了这么时候啦，你领着他走吧!”

这工夫,小力还在地上躺着呢！张大有急忙喊道:“小力、小力。”他才“哼哼”两声,慢慢吞吞地从地上爬起来,歪啦歪啦地跟着他往回走了。

小力的腿太短了,身子却又横粗宽大,走起路来跟挪着走一样,只看见大身子在动弹,好像都看不见他的脚。

张大有倒是欢喜得不得了,心想:管他像什么样,只要能给我弄好东西吃就中。他俩就忑嗒忑嗒地往家走。

走出庙门不远,张大有就想试试“小力”到底有没有本事。就冲着小力喊道:“小力,我饿坏了,你给我整点吃的。”

小力没脖子,转头只好连身子也转过来。端着黑漆食盒,很不容易地拽到他跟前儿。盘子里也有一摞饽饽,两碟菜。张大有一摇头说:“这怎么能行,我在家的时候,都是每顿饭成席的啊!”话音刚落,盘子里立马金酒盅子、银酒壶地摆上了,还有七个碟、八个碗的大鱼大肉。张大有先酒后饭地吃过后,小力也把食盒拢进了袖筒子里。

小力走得慢,张大有也喝得醉啦咕咚的,两个人好久才到了梯子岭下。小力走平坦的大道还费劲儿呢！爬山就更费劲了,怎么拽骨也拽骨不上去。张大有只好前边拉一阵儿,后边推一气,把张大有累得热汗直滴呀！腰酸腿麻,身子骨就像散了架一样。

走得慢,架不住工夫磨呀,到底也到了村头的起河边上了。小木桥底下的河水哗哗地流着,河水很急,河水流得很快冲劲儿很大。这回,小力自己上了桥,可是桥太窄了,三晃两挪的,小力的身子一斜歪,就掉到桥底下去了。张大有急忙下去打捞,抓一把,满手是泥,再去拉,小力的身体已经成了片儿汤,散乱的残肢断腿,转眼工夫就化成泥汤子,随着起河水被冲走了。

可怜的张大有啊！白白地耗费一番心思,白白花费了那么多的时间和气力,心里难受得抠不出挖不出的,坐在河边上大哭了一阵,只好空着手回家了。老婆连小力是啥样的都没看到,连“小力”的一口饭也没吃上,他就顺水走了。张大有两口子憋闷出一场大病,整整三个月没下了炕啊！

嘎巴响脆和瞎嘎劲儿*

话说在古时候,青龙这地儿有一个老财主,忒势利眼儿。如果富人说:“鸡蛋是树上结的。”他马上就会说:“是啊! 是啊! 鸡蛋的确是树上结的,你看,你看,那不? 树上还有个柄把儿呢!”如果是穷人说的真话,他也会说:“这是瞎掰六九。”

有一天他在大街上说:“我跟东庄的武举人是结拜兄弟,前天我到他的府上去拜访他,看到我大哥武举人正在自己家的演练场上耍棍,只见他把个棍耍得像孙悟空的金箍棒一样。猛地见他在杨树上打了一棍子,可柳树上也掉了一大块儿皮。杨树和柳树都是树,大伙儿好好想想,一棍子打在杨树上,柳树上哪能掉皮呢? 你说就巧了,偏偏它就掉了!”这明明是胡诌八咧,竟然还围着那么多人听,有的人不随声附和,接下音儿,打哈哈,跟着往下秽。当时有一个叫郑义的穷苦人却不宾服,说道:“杨树是杨树,柳树是柳树,我就不信杨树上打一棍子,柳树上怎么会掉了皮呢?”老财主却撇撇嘴,说道:“我们这里说话,还用不着你插嘴‘瞎嘎劲儿’啦!”

唉! 真是顺着好吃,横着难咽;冷饭冷菜能吃,冷言冷语难咽。郑义气呼呼地回到家里,越寻思越上火,穷人没地位,说真话也遭人冷言冷语,这个没面子下不来台的窝囊劲儿就别提啦! 他对老婆说了,老婆也是气不忿,说:“都说人穷志短,马瘦毛长,咱们从今天起就要人穷志也刚。”郑义也发誓说:“咱们就从今天起,蒸馒头不吃,就是要蒸(争)一口气,这事儿不能就这样罢手。”

俗话说:“人心齐,泰山移。”老婆汉子过日子,贴心热肚肠的,两口子是劲儿往一处使,心往一处想。郑义是学了木匠学石匠,学了窑匠学泥瓦匠,手艺学了一门儿又一门儿,还样样都精通呢! 他老婆也是又纺线又织布,又养猪又养鸡,丢下耙

* 本文由郎跃深搜集整理。

子就是扫帚，营生整天不离手。一年到头，二人都是脚打后脑勺地忙活。常言道：“滴水汇成河，粒米积成囤。”两口子的日子越过越好，越过越红火，到后来，竟然比那个老财主过得还强几分。真的是：高屋大院，牛羊成群，鸡鸭满圈，良田千顷，儿孙满堂，丫鬟婆子佣人一大堆；出入八抬大轿，无论到哪儿都有人前呼后拥的，都有人赔着笑脸。

这一年过年，正月初一吃完饺子，放完了鞭炮，儿孙们给郑义拜完了年，郑义自个儿也穿戴得一身新，戴上礼帽，拄着文明棍儿，往大街上那么一站，年小的就都围了上来，这个说：“大叔！过年好！”那个说：“大爷！过年吉祥！”郑义手捋着胡子答应道：“好！好！”“吉祥！吉祥！”

那个老财主正好也打这里路过，也凑到跟前儿问安，郑义说：“今年过年午夜黑天，我端上饺子，拿着香烛，到井上去烧香，到了井边儿，我好好瞅瞅，哎呀！不好了，井却不见了。”老财主立刻随声附和地说：“那一定是谁给偷去了，我说的呢！今天早上我就看见道上水啦啦的，都结了冰啦！”郑义哈哈一笑，又说：“要说井叫人家偷去了，还不足为奇，我又想把三炷香拿到磨房去烧，想不到，碾盘子不知让谁家的牲口啃去了一大半。”老财主马上又说：“到处都有这样败家的骡子，拴在哪里，就啃哪里，可不是怎么的。前天我从磨房后边儿路过的时候，就听到“嘎嘣、嘎嘣”直响，当时我还不知道是啥响动，却原来是牲口啃碾盘呢！”郑义听了，又是哈哈一笑，问道：“今年正月初一早上你吃的是啥？”老财主说：“吃的是饺子啊！”郑义说道：“我光吃了些饺子皮儿。你是知道的，我在耍手艺的空当里，还经常做些个小买卖，灶王爷跟前儿供着一杆秤，不知怎么的秤砣就不见了，后来吃饺子时才吃出了秤砣绳来。你想想，煮了那么长的时间，秤砣都煮化了，饺子还不都成了面皮儿了吗？”老财主连忙点头说：“那是，那是，家口大喽，人口多喽，就是这样，看你子女、儿孙的一大帮，八成是哪个淘气的孩子把秤砣扔进锅里去了。”郑义瞅了瞅老财主，冷笑一声说：“我在这里‘瞎嘎劲儿’，你倒当真啦？”

老财主被揭穿了老底儿，有口难言，在大伙儿的嘲笑声中，灰溜溜地溜走了。

两个葫芦*

古话说“近山不要妄用柴，近河不要妄用水”，这就是说该用的应当用，不该用的就不要糟践。要是只管好吃懒做，流水样花钱，金山也有用尽的时候，更不要说胡作非为瞎折腾了。

话说在老岭（现在叫祖山）的山脚下，有一个村庄，住着兄弟俩。早在弟弟十来岁那阵儿，哥哥就生了外心，自以为年轻力壮，与兄弟和老妈一起过日子吃亏，硬是逼着老妈把家分了，自己单独立个门户。老妈苦挣苦熬地把小儿子拉扯到十六岁上，便撒手而去了。

兄弟俩的住处，只有一墙之隔。两个大门对着一条小河沟，河沟边上一排排的柳树，枝青叶绿，小河沟里流水哗哗，好看极了。一进三月，不等柳絮飘，燕子就飞来了，它们飞到人家的房屋里去修旧窝或垒新窝。这个故事就发生在小燕子的身上。

常言道“一母生九子，九子各不同”。哥哥尽管日子比弟弟过得好，他的心里却老是装着无底洞，嫌钱财进得少，嫌干活得流汗，这也不满足，那也不顺心，整天拉拉着个驴脸，没有一个欢喜模样。弟弟则整天乐呵呵的，干完田里的就收拾家里的，屋里屋外总是拾掇得整整齐齐、干干净净。燕子不进愁家不进愁房，虽说哥哥家房高屋大，燕子却不进他的家门。弟弟住的是三间茅草小屋，每年开春都有一对燕子飞到屋里的房梁上寻找旧窝。弟弟也总像盼亲人一样盼着燕子归来。

这一年春天，三月三刚过，弟弟家的燕子就双双从南方飞回来了。弟弟在灶屋的窗子上，总留着一个格子不糊纸，方便燕儿飞进飞出，也叫“燕道儿”。燕子们叽叽喳喳、呢呢喃喃地叫着飞进飞出，口含泥巴补好了旧窝，下了蛋。时间不长，

---

* 本文由郎跃深搜集整理。

小燕儿就孵出来了。大燕从早到晚忙着打食喂小燕儿,一天一天地,每逢大燕含着食飞回来的时候,一溜五个小燕子就都把头伸出窝来,张着小黄嘴等着大燕喂食。弟弟高兴地望着,心里还惦记着小燕儿啥时候能出窝儿。

谁知道鸟儿也有闪失的时候。有一天晌午,弟弟下地干活回来,只见两个大燕在院子里转着圈地飞,叽叽喳喳叫得那么急,见弟弟进了院,一扇翅膀都落在他肩头上。弟弟走进屋一看:哎呀!一只小燕儿不知怎么打窝里掉到地上。他连忙弯腰把它捧起来。小燕刚刚长毛,亮晶晶的小圆眼睛,金黄色的小嘴,那红红的小腿却被跌断了。弟弟心疼得不得了,仔细地把跌断的小腿接起来,用红布红线包扎好,又把它送回窝里去了。在小燕子学飞的时候,那条腿已经长得好好的了。两只大燕领着五只小燕儿在房前屋后,飞来飞去,直到菊花开柳叶黄,才一起朝南飞去了。

来年的春天,叶又绿花又红,弟弟把燕子又盼回来了。两只燕子在他的头上盘旋了一阵子,一齐落在他的身前,其中一只从嘴里吐出一粒葫芦籽儿。弟弟把它捡起来,看了看觉得金晃晃的那么耀眼。他越看越爱惜,就挖了一个坑,把它种在了窗户前边。春风刮,萌芽发,不几天工夫,就从土里钻出芽来,很快便长出一片一片的大叶子。弟弟用木棍搭起一个葫芦秧架子,蔓儿刚爬上架,就开了一朵喇叭样的小白花儿。花谢之后,结了一个葫芦,那葫芦没几天就长得有拳头那么大。弟弟又浇水,又施肥。哈!进了六月,葫芦已经长得跟洗脸盆那么大啦!翠绿晶亮,沉沉地吊在葫芦架上,看看,真叫人喜欢。

几场霜后,燕子又飞回了南方。葫芦叶也发黄了,一个又大又光亮的葫芦结成了。用锯拉开一看,哎呀!里面尽是明晃晃的金瓜子,整整地掏出一升呢。

都说没有不透风的墙。哥哥很快知道了这事儿。他眼红猴急地盘算:要是燕子也能给我含一个葫芦籽儿,如果我能得到那么多金瓜子,那就吃香的喝辣的,就不用干活儿了。算计之后,便上赶着跟弟弟说:"爹妈就生了咱弟兄两个,好赖也是亲哥们,你富了,也不能不管我,咱俩换换房子吧。"弟弟是个老实人,觉得哥哥既然开了口,自己也不好推脱,就应了下来。

哥哥搬进了弟弟的茅草屋,天天盼着燕子快回来。冬去春来,燕子果然又飞回来了,也嘴里含着泥巴补好了旧窝,下了蛋。四月底,小燕子又破壳而出。哥哥两眼瞅得直冒火,就是不见小燕子掉下来。

有一天,哥哥趁着大燕出去打食的工夫,他故意把一只小燕戳下来,弄断了腿。大燕打食回来,哥哥又当着大燕的面,包扎好小燕放回窝里,小燕还疼得"吱吱"直叫呢!哥哥又假惺惺地说:"燕子啊!我侍候了你大的,又救了你小的,明年回来可别忘了给我也衔回一粒葫芦籽来呀。”

深秋十月了,燕子又飞回了南方。转年春天,燕子飞回来的时候,也给哥哥衔回一粒油光溜滑的葫芦籽儿,哥哥也把籽儿种在窗前。几天之后,冒出两片芽瓣儿,长了叶,伸了蔓。哥哥用老粗老粗的木头,结结实实地搭了一个葫芦秧架子,蔓儿爬到架上,朝天开了一朵白花。哥哥心里琢磨,就这么个长法,到秋后还不知要长多么大呢!弟弟的掏出一升金瓜子,自己的这个少说也能掏出二升。有这么多金瓜子儿,可着劲儿地花,也花不完啊!哥哥本来就是一个好吃懒做的人,营生也不干了,地也不种了,成天吃喝玩乐,赌钱,家产输光了,又到处借债拉饥荒。快到秋上,那些要账的人,这个出来那个又进了。哥哥总是指着架上的大葫芦说:“等葫芦熟了就给钱!”

河沟边上落满了金黄色的柳树叶,燕子又飞回了南方。大葫芦也熟了,长得光亮亮的有一人多高呢!到了用锯锯开葫芦的这天,债主们都来了,里三层外三层的,把院子占了个满满当当。大锯锯了几下,葫芦就“叭”地崩开了!从里面走出一个白胡子老头,拄着拐棍,直唉声叹气。有人问他为啥叹气,老头说:“我是愁他这么多饥荒可咋还啊!”

哥哥直眼儿了,连半句话也说不出来。

王大狗三见阎王*

从前,祖山的山脚下,有一个卖砂锅砂盆儿的,姓王,排行老大,小名叫“大狗儿”。因为家里穷,人穷就名儿也贱,已经二十多岁的大小伙子啦,大人孩子还叫他“王大狗”。有一天,他起五更爬半夜,天上的三星还没下去呢,就挑着“八根绳”花筐子(注:当时的挑夫就叫八根绳,因为当时挑夫担子里的货物都放在用八根小绳子穿起来的筐子里),里面仍是装着砂盆儿砂锅去赶口里驻操营的大集,途中经过祖山的梯子岭。那时梯子岭也还没有大路,天黑路又窄,下岭时一个不注意,一脚踩空了,就从陡砬子的边儿上摔下去啦。这个陡砬子有几十丈高,王大狗滚到崖底下,一花筐子的砂盆儿砂锅全碎了,他自己也摔死了。

王大狗一魂出窍,随着小鬼儿“黑白无常”,到了阴曹地府的首都——“丰都城”边儿,然后走过“黄泉路”,到了“忘川河”,上了“奈何桥”,经过“望乡台”,最后到了“阎罗殿”。一口气随着那黑沉沉的雾气,就飘飘悠悠到了阎王爷跟前儿。阎王爷查了查生死簿了,就吩咐小鬼说:“王大狗的阳寿还没到呢!还应当有十年的阳寿,你们赶紧把他送回阳间去。”

王大狗听了却跪下哀告说道:“阎王爷呀!我宁为阴间的游荡鬼,也不当阳间的穷苦人。”

阎王爷十分惊讶,说道:“常言道,好死不如赖活着,阳间山清水秀,柳绿草青,鸟语花香的,美极了,你还是回去吧!”

王大狗忙说:“阎王爷呀,你是不知道啊!作为阳间的穷人,身上无衣,冻得慌;肚里无食,饿得慌;没有个媳妇暖被窝,愁得慌。我是地无一垄,房无一间,一人吃饱喽全家不饿,一人吃完饭连狗都喂啦。没办法,就只好睡在土地庙里,靠着

---

* 本文由郎跃深搜集整理。

当“八根绳”的挑夫,倒腾一点儿破盆破罐儿混日子。如今一花筐子的砂锅砂盆儿的又都摔碎了,我回去可怎么活呀!”

阎王爷听了,点了点头道:“王大狗啊!你可真够可怜的,你还是回去吧,要么就这么着吧,你要什么,我就给你什么。”

王大狗喜形于色,问道:“阎王爷呀,当真?”

阎王爷道:“当真。”

王大狗想了想说道:“阎王爷啊!我要拴上一挂大马车,再要一个俊媳妇,再给我生一儿一女,不愁吃不愁穿,二十亩地一头牛,老婆孩子热炕头。”

阎王爷全答应了,王大狗最后就喝下了“孟婆汤”转世活过来了。他半信半疑地回到了他平时存身的破土地庙里,一眼就看见了,在他睡觉的破铺盖卷儿上放着十个雪花白的银元宝。王大狗就用这些银子买了房子,置了地,拴上一挂大马车,又买了一头牛。现在就不是当初的王大狗啦!那些个给他说媒的,就快踢破门槛子啦,不多日子,他就有了一个俊俏的媳妇。又过了三年,媳妇又给他生下一儿一女。别人见他阔了,也不叫他“王大狗”啦,而是改口叫“王大哥”。可是好景不长,王大狗却又猛地磕在石头上撞死了。

王大狗的鬼魂飘飘悠悠又来到了阎王爷的面前儿,阎王爷就惊奇地问道:“王大狗,我已经满足了你的愿望,你怎么又到这儿啦?”

王大狗说道:“阎王爷呀!上一次我忘了几句话,今天来对你说全喽吧。”

阎王爷问:“说什么?”

王大狗说道:“阎王爷呀,身为阳间人,流汗我嫌湿衣裳,干活儿我嫌累得慌,赶马车卖砂锅砂盆儿我嫌起早贪晚,我还不愿意别人再叫我王大哥,我愿意别人叫我王老爷呀!”

阎王爷说:“王大狗啊,如果是这样,那你就回阳间吧,你要什么我还给你什么。”

王大狗欢喜地说:“当真?”

阎王爷说道:“当真,你啥时候听到过神仙还撒谎啦?”

王大狗说道:“阎王爷呀,我要八个大丫鬟,十个扛活的长工,吃饭丫鬟端上八碟儿八碗儿十六样菜,干活儿有短工和长工替我出力。”

阎王爷有点儿不耐烦地说道:“王大狗,我再满足你这个愿望,赶紧给我回去吧!”

王大狗又喝了一碗“孟婆汤”,回到了自己的大瓦房里,一眼就看见炕头上摆着明晃晃的十锭金子。王大狗见了眼睛都乐得眯成一条缝儿啦!他用这些金子,买来八个大丫鬟，雇了十个长工。每天，王大狗手摇大蒲扇，分派长工们下地干活儿，每顿饭丫鬟们都端上好酒好菜伺候着，日子过得是有滋有味儿，舒舒服服。可是，时间不长，有一天，王大狗又在吃饭时给噎死了。

王大狗的鬼魂儿又一次到了阎王的跟前儿，阎王爷又惊疑地问道："王大狗啊王大狗，我已经满足你两次要求啦！你怎么又回来啦？"

王大狗说："阎王爷啊，我又出了几档子事儿，再回来跟你补充完全喽。我做为阳间人，出门我缺八抬大轿，门前也缺那上马石和下马石。"

阎王爷极不耐烦地说："王大狗，不必说了，你要什么我就给你什么就是啦。"

王大狗道："真的吗？"

阎王爷咬咬牙，跺跺脚道："真的！"

王大狗说道："阎王爷啊，我要千顷好地靠河山，父在朝中做高官，孙子登科儿为状元，我还要三宫六院十八妃，洞房花烛要热闹。"

阎王爷瞪大了眼睛，歪着头，想了半天，摇摇头说道："没有儿子比父亲先生下来的，王大狗啊！我这个阎王爷实在是无法满足你的愿望啦，罢、罢、罢，你的阳寿虽然还有几年，现在也只好留在阴间吧，就不要回到阳间啦！"

从此，人们在阳间再也没有看到过王大狗。王大狗为他的贪婪、贪得无厌、好吃懒做付出了代价，他的好日子也就到此结束了。

能拉银子的毛驴*

很久很久以前,在祖山的山脚下,就有这样哥儿两个,虽说是亲兄弟,老大和老二都是一父所养,一母所生,但办起事儿来,却是一个天上,一个地下;老二正气孝顺,老大邪恶忤逆。都说毒蛇的口,马蜂的针,最毒不过老大两口子的心。这兄弟两个,早已经分家另过了。老大已经有了媳妇,媳妇的娘家是个大财主。老大就从老丈人家那面得到很多很多的财产,他也就成了祖山脚下数一数二的、远近闻名的土财主了。房子千间,田地万亩,骡马满圈,囤子里堆满了粮食,囤子的高度都有祖山的半山腰那么高啦!哥儿俩的老爹已经过世多年,还剩下一个寡妇老妈。老大天生就毒性,他把老妈撵到老二家和弟弟一起去过日子了。平时老妈吃他一口饭,老大两口子就心疼得慌,好像从他身上片下了一片儿肉一样。老二家里穷,就靠打柴为生。当妈的倒是很喜欢跟老二过日子,省的总是看老大两口子的白眼儿。就对老二说:“我不去吃你哥的那个咽心饭,吃了他的饭好像顺着腔股子下去一样,而跟着你过,心里舒坦,吃糠咽菜也情愿,喝口凉水也是甜甜的。”

老二说:“江深海深,都不及老妈的情深,有您在身边,我就知足啦!”

老二打心眼儿里疼爱老妈。冬天怕老妈冻着,给老妈烧上热乎炕,还让老妈睡在炕头上;夏天亲手给老妈编好了草席铺上。可孝心换不来钱财,吃了上顿愁下顿,稍微有个病有个灾儿的,就揭不开锅。老二每天上山打柴,卖了柴火再换粮食吃,弄到一碗就吃一碗,弄到一升就吃一升,上哥嫂家买点儿粮食,还得拿现钱。老二恐怕饿着老妈,常常是天不亮就上山,天擦黑才回来。

都说天下父母疼爱老小,其实不这样,当老人的都喜欢孝顺儿,喜爱勤快儿。老妈见二儿子苦挣苦拽的,打心眼儿里疼得慌。有一天,老妈说道:“孩子,我跟你

---

* 本文由郎跃深搜集整理。

一起上山打柴吧!"老二说:"哎呀!不中啊!山高沟深坎儿多,妈,你可不能去啊!"

老妈说道:"还是让我去吧,你上树砍柴,我在树根儿下给你捋柴禾,也好省点工夫,省得顶星星戴月亮才到家呀!"

"妈,山上有立陡立陡的石砬子,过大岭,下大坡,没有一条正儿八经的道,你没法走啊!"

妈说道:"你能走,我也能走。看你每天上山打柴,妈的心也跟了去。我在家里坐不住、站不稳的,心里总是不落地儿,还不如跟你一起去,心里还好受点儿。有苦咱娘儿俩一块儿受。"

听老妈把话都说到这份堆儿上,老二只好答应了。

上山砍柴的道,即使是好道,也还是弯弯曲曲的羊肠小道,更多的时候,就是自己蹚着走。老二很心疼老妈,上坡时他在前边儿拉着,过崖时他在后边儿扶着,遇到没有路时他就背着走。娘儿俩费了老半天、老半天的工夫,才到了打柴火的地方。老二自己打柴硬是让老妈歇着,喘口气。老妈坐了一会儿,就说啥也坐不住了,儿子在山坡上打柴,她帮着往一堆儿归拢;儿子上树砍树枝,她就在树底下码堆儿。

四只手总是比两只手快,快晌午天儿的时候,看看柴火已经收拾起那么一大垛了,老二想:"今儿早点儿收工,快点儿回家让老妈歇歇。"刚要从人梓椤树上下来,听到老妈"哎呀"一声叫,他赶紧低头一看,"不好!"把砍柴火的斧子从树上往下一扔,扳着树枝就往下跳。原来,老妈脚下没踩准,一脚踩空了,身子一晃,骨碌到山崖下去了!

老二磕伤了腿、摔疼了腰、划破了胳膊,他却啥都不顾了,紧跟着就滑到崖子的底下。可是这个砬子头在是太高太陡了,老妈当场就摔死了。老二的心里就像跟刀子搅着了一样,当时就跪在妈妈的身边儿号啕大哭起来。实在是母子连心啊!悲伤得不得了,哭断肝肠,那眼泪就像下了暴雨一样哗哗直流,怎么都止不住。直哭得天昏地暗,四转圈儿的山岭都响起了回声。忽然,地动山摇起来,一座石壁裂开了缝,从砬缝子里走出了一个白发苍苍的白胡子老头。

老二哭着哭着,耳边听到有人召唤,抬头瞅了瞅,一个老人站在了身边,说:"小伙子啊!怎么哭得这样悲呢?连我这个石头山里的山神爷都叫你哭软了心。到底为什么,跟我说说吧。"

老二满心的悲伤,巴不得找个人诉说诉说,便开口道:"老爷爷,我妈跟着我受尽了苦难,遭了不少的罪,临了,临了,又死得这样惨。我是千不该万不该,不该让我妈也跟着我上山来打柴,现在后悔也晚了!”说完,那眼泪更是跟下了瓢泼的大暴雨一样,止不住线儿了。

山神爷爷说道:“嗨!不用哭啦,你妈并没有死嘛!”老二一听,连忙恳求说:“要是能救活我可怜的老妈,就是让我死喽也行啊。”山神爷爷点了点头,转身从石砬缝子中薅下一根“还魂草”,“噗”吹了一口气。只见山神爷爷把吹了气儿的“还魂草”放在老太太的鼻子上一熏,老太太的眼睛立刻就睁开啦!老太太就跟睡觉睡醒了一样,翻身坐了起来。

老二乐坏啦!眼瞅着老妈得了救,正要跪下拜谢,山神爷爷说道:“山高谷深的,道又不好走,你妈刚刚醒过来,你叫你妈怎么往回走呢?”老二说:“我把我妈背回家去。”山神爷爷说:“你妈刚好,还是叫她骑驴回去吧。”老二很为难地说:“唉!别说是驴啦,我家连根驴毛也没有啊。”

山神爷爷笑了笑,捋捋胡子,说:“容易!”就从石头缝里抠出点泥,在手里捏咕来捏咕去,一会儿工夫,一个活灵活现的小毛驴就捏好啦!蹄脚齐全,两只耳朵还往上竖着。山神爷爷把它往地上一放,小毛驴在地上打了一个滚儿,见风就长,四蹄儿乱蹦,耳朵支棱着,还打着响鼻儿,不停地“昂、昂”直叫,一会儿就长得敦敦实实的。把老二和老太太都看愣怔啦!

山神爷爷让老二把他妈扶上了驴背,说道:“这头小毛驴就送给你们娘儿俩吧,回去之后,就割最好的青草喂它,只要每天叫它吃得饱饱的,往后你们娘儿俩的吃穿就不用发愁了。”山神爷爷一面说一面把身子往石壁上靠,立刻就不见了。

那小毛驴浑身黑里发亮,驴背上还搭着一条通红通红的毛毯子,老太太骑在上边儿软软和和的,一点也不硌得慌,也不颠得慌。小毛驴也不用老二拉缰绳,就自个儿“颠嗒、颠嗒”地一路小跑,爬沟上坡,过坎儿蹚河,真像走平坦的大道一样。老二跟在驴后边儿,挑着一担柴火,一路小跑,才勉强撵得上。没用半个时辰,娘俩儿就到家了。

得了这头小毛驴,就跟得了宝贝一样。回到家里,老二连歇也没歇,放下柴火,就背起了花篓,到后山边儿上割回满满一篓子最好最好的青草。没有驴槽子,老太太就找了个筐,盛了满满一筐,送到小毛驴的跟前儿。小毛驴使嘴拱了拱,便大口大口地吃了起来。一筐青草吃完了,又吃了一筐,吃完了第三筐,直把小毛驴的肚子撑得滚瓜溜圆。就在这时,古怪的事儿发生了,只见小毛驴尾巴一撅,咕噜拉出了一块银子,吧嗒一声落在了地上;接着又是尾巴一撅,一块银子又落了地。你别看小毛驴吃的是青草,却接连拉出几十块银子,都是那圆溜溜的比鸡蛋还大的银子,捡起来,拾到一起,亮闪闪的那么一大堆。

有了银子,娘儿俩的日子越来越好过啦,老二也不用天天上山砍柴火了。

老大两口子看到弟弟家的烟筒直冒烟,锅碗瓢盆敲得叮当山响,大锅小锅嗞嗞啦啦地炒着,好饭好菜的香味儿隔着院墙飘到他的屋里,心里就犯起了嘀咕。老大说:“多日也不见老二上山打柴啦。”媳妇说:“谁说不是啊！也没见他挑柴去卖,哪里来的钱换的粮食呢?”两口子说来说去,还是猜不着,越发觉得奇怪。老大说:“我这就去串个门子,瞅瞅,自然就明白了。”

尽管老妈住在老二家,与老大家就隔着一道院墙,但是因为老二家穷,他也只是年啦节啦,空着俩爪子照个面,串个门。这回,他急溜溜地赶了过去,进了大门就贼眉鼠眼地东瞅瞅,西看看,就像做贼一样四下撒么,一眼就看到了屋里的小毛驴,心里更加奇怪了。正好老二出去了,光是老妈在家。

都说世上只有狠心的儿女,没有狠心的爹娘。老太太见了老大,心里面还是亲得慌,不管怎么说,毕竟是亲生的儿啊,连忙打招呼。老大却指着毛驴,气呼呼地问道:“这是从哪儿弄来的?”

老妈吞吞吐吐地说:“这是人家送的。”老大不相信,还是一个劲儿地追问。问来问去,老妈只好一五一十地把什么都说了出来。摸到了实底儿,老大停也不停,就赶回了自己家,把过程都跟媳妇说了。老大媳妇更是个气肚份儿,听说老二有这么一个能拉出银子的小毛驴,恨不得一下子自个儿弄到手才好呢,就一个劲儿地说:“咱不能也去弄一头吗?你叫你妈跟你去打柴火,把她推到深山涧里,你也假装哭,叫山神爷也给咱捏头驴多好啊。”真是人心难满,深谷难填,老大窝回头又上了老二家,这回嘴儿可甜啦！开口就叫:“妈！你和老二上山打柴火,得了个能拉银子的小毛驴,你帮我也弄一个吧!”

老太太说:“你的日子过得松松快快的,还贪图这个干啥呀?”

老大忙说:“我的老妈呀！我和老二都是你亲生亲养的,两个枝丫一树生,十个指头你咬哪个不疼啊,你帮老二弄来了,你也得帮我弄一个来!”

当父母的都是贱坯子,当妈的怎么能拧过儿子呢！一张嘴两片唇,很快就把老太太说转了心。老大连一会儿都等不得啦！心急火燎地拉上老妈便出了门,上山去砍柴火了。

老大心急腿快,也不管老妈走得动走不动,只是一个劲儿地催着快走,爬坡上岭也不让老妈歇一会儿。老妈累得张着嘴一个劲儿地喘,腿酸脚疼,赶到了那棵大桲椤树底下,坐在树底下连站都站不起来啦。老大停也不停就爬上树砍柴,吆三喝四地叫老太太把柴火往一块儿归弄。老太太挪不动就爬,就跪在地上收拾。老大停在树上,扳着树枝,斜着眼睛往下看,一心盼着老妈快些掉到石砬子下边儿去,立马就摔死才好呢。可是,看一眼老太太没有掉下去,再看一眼老太太还是没掉下去,左等右等就是不见动静,直把个老大急得又抓耳又挠腮,恨得头上直冒青筋。后来,实在等不起了,便把砍柴的斧子对准老妈从树上扔了下去,老太太连哼都没哼一声,就被劈死了。

老大赶忙顺着树干哧溜到树下,又把老妈推到石砬子底下,自己也赶紧到了下边,这才蹲在老妈的跟前儿,假装干号起来,没有眼泪就只好抹了一把唾沫。号得响亮,装得挺像,哭啊,哭啊,大嗓帮子振动四周的大山。忽然,晴天一声霹雳,立陡立陡的石砬子上又裂开了一条缝,山神爷爷又打里面出来了。老大用眼角瞅到了老人,号得更欢了,巴不得他赶紧过来问自己才好呢。山神爷爷果然走到他的身边儿问道:“你为什么哭得这样响啊,我山神爷爷是石头心,也快叫你给震碎了,你想要啥,就直说吧!”

老大赶忙欢喜地说道:“老爷爷,我妈千辛万苦屎一把尿一把地把我拉扯大,如今死得这么惨,我千不该万不该,不该让我老妈跟我上山来打柴,现在后悔也晚啦。”

山神爷爷转过身,瞅了瞅老太太,说:“不用哭,你妈并没有死。”老大急忙央告道:“要是能救回我妈,我替她死也心甘。”山神爷爷点点头,又转身掐来一根“还魂草”,把老太太给熏活了。老大一看,又特意直接哀求道:“你看,山高沟深的,我妈刚好,求你再给她捏一头毛驴吧。”

山神爷爷盯了他好一会儿,心里盘算了半天说:“这容易!”就从地上挖了一点儿泥,捏巴捏巴也捏成了一头小毛驴。仍然在地上打了个滚儿,也长成了一头活蹦乱跳的小毛驴。

山神爷爷说:“快把你妈扶上毛驴,赶紧回家吧,到家后给毛驴一些好吃的。”但是山神爷爷并没有告诉老大给毛驴吃啥东西。说完,身子一闪,又闪进石缝里了。

小毛驴“昂、昂”地叫了两声,就迈开四蹄,“嘚、嘚、嘚”地把老太太驮回了家。老大还叫老太太住在老二那里,自己牵着毛驴急急忙忙回了家。

这半天里,媳妇在家里就像盼星星、盼月亮一样,可看到男人把毛驴拉回来啦,巴不得立刻直接到驴屁股里去抠银子。听男人一说,自己琢磨:“小米子是好东西,就喂小米子吧。”立刻从粮食囤子里舀出好多好小米子,用笸箩盛着让毛驴吃。毛驴吃了一口又一口,半笸箩还没吃上呢,小毛驴就闭上了嘴,不肯吃了。老大两口子四只眼睛瞪得溜圆,死死地盯着驴屁股,只见小毛驴尾巴撅了撅,却没有拉出银子来,再撅了撅,还是不见银子拉出来。两口子急了,掀起驴尾巴一看,驴屁股里面还真有银子，只是露出了一点儿，还一闪一闪地冒亮呢，可就是不往外拉。老大急眼了，说："我伸手进去掏。"他撸胳膊卷袖子，就直接把手伸进了驴屁股。据说，现在的兽医对大家畜进行直肠检查，就是受到了老大的启发呢！

媳妇在一旁忙问："摸到银子了吗？"老大说："我攥到了一大块儿！"媳妇说："可千万别松手啊！"

这时候，小毛驴感到很不舒服，就蹦蹦跳跳，三蹦两蹦，就腾到了半空中啦，把老大也带到了半天空上。小毛驴在空中转了一圈又一圈，转了一圈又一圈。媳妇在地上仰着脖子，蹦高着向半天空喊道："要挺住啊，千万别松手啊！"

最后，老大还是坚持不住啦，手从驴屁股里溜了出来，从半空中摔到了地上，当场就摔死了。

可怜的老大，手里都抓到银子了，就是没有抠出来。最后，因为自己的贪财、狠毒，而结束了他可耻的一生。

风水宝地之谜*

很久以前，青龙地界有一个村子，名叫黄土岗村。有一日，村里来了一个四十多岁的南蛮子(北方人对南方人的俗称)，是个行散医的江湖郎中。他身背包裹，手里拿着一条红布幌子，上面写着“圣手徐智，专治恶疮肿毒”。南蛮子徐智要在这一带行医，想找个落脚的地方，他听说黄土岗村有个叫刘义的人，妻子三年前故去，家里只有刘义和十岁的儿子，本来不错的日子，妻子一死就变得不成样子了，父子俩住着三间上房，院里还有两间闲置的厢房。南蛮子觉得刘义家里没有女人，出入比较方便，就找到刘义商议要租他家的两间厢房暂住，并愿多出些租金。刘义爷儿俩过穷日子，缺东少西，两间厢房闲着也是闲着，赚点儿租金做零用钱正合心意，就答应了。

南蛮子徐智住进来后，行事处处谨慎，白天出去晚上回来，轻易不肯打扰房东，见了刘义打个招呼，也从不邀请刘义到他屋里坐。刘义是个知礼的人，南蛮子对他不冷不热，当然也不去打扰南蛮子。南蛮子徐智原定住上一年半载，可是，只住了一个月，说家里有事就退了租房回南方老家了。

南蛮子走后，刘义心里有点犯疑，他觉得南蛮子徐智来去有点儿神秘。刘义听人说过，凡到北方来的南蛮子大多身怀绝技，他们到北方来都怀有一定目的。民间有许多关于南蛮子“憋宝”的传说，刘义就觉得南蛮子徐智大有可能是以行医做幌子来憋宝的，也许是南蛮子徐智发现他家的厢房底下埋着宝物，把宝物憋到手就走人了。刘义越想越后悔，不应该把房子租给这个南蛮子，可是现在说什么都晚了。刘义就想到厢房屋里去看看，南蛮子徐智是不是留下一丝“憋宝”的痕迹。刘义进了厢房，把屋内仔细查看了一遍，果然发现铺地的青砖好像被动过。

---

* 本文由杨友搜集整理。

刘义就找来一把老尖刀轻轻地把那几块砖撬起来向下挖,挖下三尺多深竟挖出一只陶罐来。打开陶罐一看,里面竟装着一块人头骨!刘义一下子愣了,原来这个南蛮子在屋里下了“镇物”,这不是害人吗?刘义大骂南蛮子徐智太可恶,我与你素不相识一无仇二无恨,竟做出这样伤天害理的勾当!刘义就想把陶罐摔了,把人头骨扔到野外去。他拿着陶罐刚走出门口又停住了,觉得这样做不妥。老辈人说过,对人对鬼都应该多做善事,如果遇见裸露的尸骨给掩埋起来,就是积了“阴德”。如果把别人的尸骨抛在野外,受风吹雨淋日晒,那就是作孽,必遭报应。想到这些,刘义就不想把人头骨抛到野外去了,反正南蛮子的“镇物”也破了,没必要拿死人头骨出气,不如留点德行。于是,刘义就把装着人头骨的陶罐埋在了村北面的一个山洼里。

一转眼事情过去好多年,刘义也六十岁了,儿子也长成二十五六的大小伙子。这天,刘义正在家门口闲坐,抬头一看,一队人马浩浩荡荡进了村。前头骑马的是一位便衣便帽的老者,老者身后马上是两个年轻人,一是文官打扮一是武将装束。刘义心想,可能是出巡官员在此路过。刘义正想回避,前头的老者已驱马来到他跟前。老者翻身下了马对刘义抱拳一揖道:“刘老哥别来无恙,小弟这厢有礼了。”刘义两眼直瞪瞪地望着这位一身富贵的老者,战战兢兢地说:“这位老爷想是认错人了吧?小老儿不认识你老呀。”老者哈哈大笑道:“刘老哥,还记得十几年前住在你家的那个南蛮子徐智吗?”老者说着又转身对两位年轻的文官、武将说:“快快上前拜过你们的刘伯父!”年轻的文官、武将上前恭恭敬敬地对刘义行了拜礼。徐智告诉刘义说,这一文一武是他的两个儿子,父子三人是专程前来拜访刘义的。刘义心想,南蛮子徐智当年不过租他的厢房屋住了一个月,如今富贵荣华,为啥千里迢迢来拜访他这个庄稼老儿?心里这么想却不能说出口,只得将客人让进屋里。

进了屋内,南蛮子徐智便和刘义攀谈起来,徐智先是询问了刘义父子这十几年的生活状况,然后便谈到刘义的房屋宅院上,东说西说最后说要将刘义家的宅院买下。刘义心中有些纳闷,便对徐智说:“兄弟如今已经是官宦之家的老太公,家里建什么样的府第还不是一句话的事?老远跑到这儿买我这山乡茅舍做甚?”徐智笑笑说:“老哥有所不知,现在我把实话对你讲了吧。”

原来南蛮子徐智本是一位风水先生,又对堪舆学颇有研究,受过名师指点。徐智看了多半辈子阴阳风水,为许多人家选了上好的茔地。可是,自家的老坟茔地风水却很平常,既不能大富大贵更出不了有作为的后人。徐智便决意游历天下,想寻到一块风水宝地,把祖父的尸骨移到新茔地安葬。他择了吉日吉时扒开祖父的坟墓,将祖父的头骨装进一只陶罐里,随身携带,准备寻到好风水随时买下安葬。徐智略通医学，便扮成江湖郎中四处云游。他从南方到北方，走了两年多，看过许多地方，终未发现称心的好茔地。这天，他来到了黄土岗村，站在村头一看，心里又惊又喜——原来一户人家的院子正是上好的风水宝地，最好的“穴位”就在厢房屋底下！于是，他就谎称自己是云游的郎中，以高租金租下了刘义家的两间厢房住下。在一天的深夜里他悄悄地撬开屋内的铺地青砖，深挖三尺，把装着祖父头骨的陶罐埋在地下，然后又将砖地小心铺好。

十几年过后，徐智一文一武两个儿子果然在科考中龙虎榜上标名。大儿子被皇上钦典某省知府，二儿子被封为洛阳关副将。徐智见两个儿子如此显贵，非常高兴，不用说是祖父头骨埋葬在好茔地的结果。可是，大喜大庆时刻，一桩心事又压在了徐智的心头。祖父头骨虽然葬在了风水宝地，但毕竟是葬在了人家的房屋内。即便那刘义想不到也发现不了，可是，谁知道哪一天刘家重建房屋，把厢房的地基翻开，那样岂不是破坏了风水？徐智便跟两个儿子商议，决定北上黄土岗，出重金将刘义的宅院买下，建成李家的墓地，再派人看守，这样方能万无一失。于是，徐智和两个儿子便带着家丁人役，不远千里来到了黄土岗村。

刘义一听立刻慌了神儿，那装人头骨的陶罐已被他起出埋在村外了！这事怎么办？刘义心里惴惴不安，不知如何是好。要说这宅院死活不卖吧，徐智父子不达目的岂肯罢休？再说，也惹不起徐家父子呀？想隐瞒移走陶罐尸骨吧，更不行，人家买了宅院建墓地，必然将尸骨重新装殓，要是发现没了陶罐尸骨怎么交代？事到如今也没有别的办法了，只好实话实说了。于是，刘义就来了个竹筒倒豆子，把移走陶罐尸骨的事一五一十地讲了。

徐智听了顿时大惊失色，原来竟有这等事！徐智又急又气，当即让刘义带他们去北山洼，准备把陶罐起出来，买下刘家宅院重新安葬。

刘义带着徐智和他的两个儿子来到北山洼，徐智站在埋陶罐的地方向四周一看，立刻大吃一惊——原来这里比刘家院内的风水好上百倍！怪不得两个儿子都做了高官，没承想刘义无意中为他徐家选了这样一块风水宝地！徐智高兴万分，激动得扑通给刘义跪下了：“老哥，多谢你的大恩大德呀！老哥当初要是一怒之下摔了陶罐，抛我祖父头骨于荒野，我徐家哪有今天呀。”当下徐智便将这块山洼买下，又留下两名家丁暂时看守坟茔，准备日后修围墙，栽植松柏，以壮风脉。

从北山洼回来后，徐智诚恳地对刘义说：“老哥，我走了多少地方，发现你家这老宅院可是上好的风水宝地！只要选定正位，做阳宅则‘财旺’，做阴宅则‘人贵’，这可是你刘家的福分呀！在兄弟看来，‘财旺’不如‘人贵’，望老哥及早把祖父骸骨从旧茔地起出，重新葬于我当年埋陶罐的穴位，必出人臣之贵的后代……”

刘义点头谢过说一定遵嘱而行。次日，徐家父子临走时给刘义留下许多银两，以示酬谢。

徐家父子走后，刘义对老宅院到底做“阴宅”还是做“阳宅”、选“人贵”还是选“财旺”进行了认真的考虑。也许是人各有志，刘义觉得，后代“贵为人臣”固然显赫，但官场险恶、伴君如伴虎，不如做富绅安稳。于是，便用徐智所赠银两翻建了房屋，把徐智埋陶罐的位置作为主房中心。后来，刘义又想，要想发财致富，爷儿俩种这几亩薄地驴年马月也富不起来。于是，他就托人把儿子刘满成送到府城一家绸缎庄当了一名小伙计。刘满成为人忠诚又勤勤恳恳，经过两年多的摔打，对商号的事务也驾轻就熟了，每件事都做得非常圆满。绸缎庄老东家看在眼里想在心里，自己已年近花甲膝下无嗣，只有一个独生女儿，为女儿的婚事费了许多心思，终未寻到称心如意的人。两年多来，刘满成的一言一行一举一动，深深地打动了他——真是踏破铁鞋无觅处，原来可意的人就在眼前！于是，老东家便与夫人、女儿商议，决定将刘满成招赘为上门女婿。刘满成做了老东家的乘龙快婿，当然也就成了商号的少东家。又过了两年后，老东家自觉体力不支，就让女婿做了绸缎庄的大掌柜。由于刘满成经营有方又恪守商德，在府城内信誉甚好，生意越来越兴旺，年年赢利可观，可谓财源滚滚。经过几年的发展，绸缎庄便成了府城内数一数二的大商号，刘满成也成了商界人人景仰的人物——这一切就仿佛是一夜之间的事！刘义当年未将徐智祖父的头骨抛于荒野，一件小事积了大德，使徐、刘两家受益，也是“善小而为、恶小而不为”的果报。

贾之福与假知府*

贾家是远近闻名的大财主，良田几百亩，骡马成群，又在城里开了几处商号。老当家的贾百万为人十分精明，又贪婪无厌，不仅盘剥穷人，就连当地的几家财主也经常被他算计而失利。贾家家财万贯，“日进斗金”，最大的缺憾是他家世代没出过一个做官的。这就使贾百万感到富而不贵，终究是个“土财主”。贾百万听人说，阳宅主“财”，阴宅主“人”。于是，就想请一位高明的阴阳先生为他家寻找一个上好风水的茔地，希望后代子孙出个做官为宦的。离他家五十里外有个陈家堡，陈家堡有一位对堪舆学研究颇为精深的陈先生，据说无论什么样的山川河流陈先生一眼便看出是盛衰兴亡之地。这位陈先生曾为多少大户人家看过阳宅阴地，在一府三县之内名望甚高。贾百万便派人将陈先生请到家里，待以上宾之礼，一日三餐美酒佳肴，陈先生大受感动，表示一定要竭力效劳，决心为贾家寻到一块好茔地。

贾百万亲陪陈先生一连在野外转了三天，走遍了村外四周的山岭平川却没发现什么好风水。第四天，两个人来到一处小山下，陈先生抬头一看不由得一惊，对贾百万道：“恭喜老东家，好风水找到了！”陈先生说着伸手指着对面的小山说，“老东家请看，这座小山中间山顶高，两边山坡缓而向下延伸，整个山形就像一顶冠冕，那中间的山头就是一颗‘珠顶’。如果将贾家上三代的墓冢迁至此处，保准不出三代就要出一位四品知府！”

贾百万听了惊喜万分，对陈先生感激不已，当晚又备了丰盛的酒宴，亲自为陈先生把盏。

第二天，陈先生为贾百万择定了迁祖坟的吉日。经过一番准备后，贾百万亲自带领家人挖开祖坟，将上三代祖宗的尸骨重新装殓抬到新茔地。陈先生放了罗

---

* 本文由杨友搜集整理。

盘点了穴位,将新棺一一安葬。为防日后有人破坏风水,贾百万又雇了看坟人日夜守护,并在墓地四周栽植松柏,以壮风水。

迁坟事毕,贾百万对陈先生千恩万谢,肉山酒海珍馐美味款待三日,又赏给陈先生白银百两绸缎两匹,外赏黑叫驴一头,供陈先生日后代步。

这天,陈先生辞别贾百万骑着黑叫驴踏上了回家的路程,走过一村又一村,走过一山又一山,近中午时分来到前后不见人家一条山沟。陈先生感到口渴难耐,正欲下驴寻找山泉,突然从树林中蹿出两个大汉,手持棍棒拦住了他的驴头。陈先生不由得打了个冷战,心想:不好,遇上拦路劫财的强盗了!陈先生知道在强盗面前只有乖乖地交出钱财,否则性命难保!于是便跳下驴背抱拳一揖道:“二位爷行个方便吧,驴背上的银两和绸缎二位爷拿走就是了。”其中一个汉子冷笑道:“看来你是个明白人,放心吧,我们不要你的命。但有一件,要把你的两个眼珠留下,以防你日后报告官府找我们弟兄的麻烦。”陈先生一听吓得浑身直抖,扑通跪倒在地苦苦哀求道:“二位爷千万不可如此,要了我的两个眼珠往后可怎么生活?望二位爷大发慈悲留下我的眼睛,我若报官日后不得好死。”那大汉道:“不必啰唆,谁管你好死赖死的,我们没工夫跟你磨嘴皮!”说罢,两个汉子便动手将陈先生摁倒在地,取出刀子将陈先生的两个眼珠剜了出来,然后带上银两逃走了。陈先生疼得死去活来,在地上翻滚。不知过了多久,一个过路人听到陈先生的惨叫,走近前一看便认出了陈先生,问明原委后将陈先生扶上驴背送回家中。

贾百万将祖坟迁到新茔地的第二年,儿媳妇生了个男孩,白白胖胖,虎头虎脑,谁见了都夸这孩子带福相,将来一定大富大贵。贾百万万分高兴,说不定新坟茔的好风水出个四品官就应在这个宝贝孙子身上!贾百万对这个小孙子当然是百般宠爱,视若掌上明珠。小孙子从生下来到会爬会走会跑,全家人谁也不敢碰一下,吃的穿的玩的想要什么就得给什么。在贾家贾百万是“王一”,小孙子就是“王二”。小孙子长到八九岁时,贾百万决定请一位教书先生让小孙子读书。他深知孙子将来要做官必须知书识礼,经纶满腹,挥笔成章。于是,贾百万便请来一位学问高深的老夫子教授孙子。择定吉日开学拜师,贾百万领着孙子先拜孔圣人牌位,然后给老师行跪莅礼。拜过老师后,贾百万便请先生给孙子取学名。老先生看看面前这位小学生,微微笑道:“小公子一脸福相,他日必然富贵显达,实是府上之福,就取名贾之福吧。”贾百万当即赏给老先生白银十两缎袍一件作为酬谢。

小贾之福长相喜人又精灵乖巧,但读起书来却又笨又蠢。老先生一字一板地教,他却像熊瞎子掰苞米,掰两个丢一个,掰十个丢九个,又加上平时娇宠惯了,受不了先生的管束,经常逃学。跑到外边跟一群小伙伴上树掏雀窝,下河捉小鱼,还时常偷人家的瓜果,用石头棍棒打死人家的鸡鸭,念了一年连《百家姓》都不能背诵。老先生对这个冥顽不化的学生非常头疼。管也不是,不管也不是,管严了怕老东家怪罪,管松了学业无进又怕老东家指责他误人子弟。就这么又管又不管勉勉强强地对付教下去,三年过去了,那贾之福连自己的名字还写得缺胳膊少腿儿。老先生觉得这个学生实在是不可教化,多少心血也是白费,一气之下便卷起行李回家了。

老先生一走,贾之福就如同一匹脱缰的野马,连贾百万也不能奈何于他了。贾百万本指望孙子成龙荣耀祖宗,没承想养了这么个不成器的混账东西!贾百万大失所望越想越生气,终日闷闷不乐,后来就病倒了。经多方求医调治全然无效,数月后终于抑郁而死。

贾百万一死,贾之福就成了贾家的“霸王”,连他的爹娘老子都不放在眼里。张口骂人,举手打人,全家上下没人敢惹他。贾之福长到二十岁时更加为所欲为,跟一帮子狐朋狗友在一起喝大酒、进赌场、打架斗殴,到处惹是生非。后来又进城里逛妓院,一去数月不归。也是该着贾家背运,关外的几处商号连年亏损,渐渐地难以支撑,接二连三地倒闭了。贾家渐渐地家业萧条,挥霍无度的贾之福便开始变卖家产。这样折腾了几年,到贾之福三十岁上贾家已经家徒四壁,贾之福也成了穷光蛋。

当年为贾家看风水的陈先生失去双目后,十分痛苦。但儿女孝顺,对老人的生活起居精心照料,老人年逾八旬却身康体健。一日,有人与陈老先生闲谈时偶然提及当年为贾家看风水之事,问陈老先生说:“您老当初为贾家寻到上好的风水宝地,并且说不出三代保准出一位四品官。可是,贾家不但没出什么做官的反倒出了一个败家子,把大家大业的贾家折腾得一贫如洗,这到底是怎么回事?”陈老先生长叹道:“唉,一言难尽了。我为贾家看风水实在是一件不幸的事,落得我失去双目,痛苦半生。你们哪里晓得,是贾百万雇了打手在半路上残害我呀。”人们听了非常吃惊又大惑不解:“这就奇怪了,你老本来有恩于贾家,贾百万为何恩将仇报反倒加害于你?”陈老先生道:“这你们就不懂了,那贾百万是何等人?他为富不仁又十分忌妒,他怕我再给别的人家寻到更好的茔地,出更大的官,超过他家,所以他就雇打手剜了我的两个眼珠,以后再也不能为谁家看阴阳风水了。可是,那歹毒的贾百万费尽心机还是没有算计过我——当初我就料到贾百万达到目的后肯定要对我下毒手,所以,我没给他家的新坟茔点正穴,而是点了假穴位。这样,要出四品知府也只能出个‘假’的。”

听了陈老先生的一番话人们才恍然大悟——原来如此!贾家果然出了一个贾之福,那“贾之福”听起来不正是“假知府”吗?

乞丐与强盗*

王进的祖上原是远近闻名的大财主,传了几代后出了个吃喝嫖赌抽五毒俱全的败家子儿,三折腾两折腾把个大家大业给折腾得家徒四壁,到王进老爹这一代已经是一贫如洗。王进老爹死后只给王进留下了两间四面透风的破瓦屋,那两间破瓦屋坐落在王家的祖坟旁,原来是给看坟人住的。王进生性顽劣,馋懒奸滑,好事不干,光干些偷鸡摸狗坑害乡里的勾当,一来二去的在老家待不下去了,只好离开家乡到外边去胡混,一去十几年也没回来。不知什么时候从外地来了一个乞丐,乞丐一眼就看中了残垣断壁摇摇欲坠的破瓦屋,毕竟还能遮挡些风雨。他白天走村串户讨饭吃,晚上就在破瓦屋里过夜,破瓦屋就成了乞丐的"家"。

乞丐拖着一条拐腿,还长着满身黄水疮,又脏又臭,也没有人到破瓦屋去看过。乞丐一住两三年,那条拐腿走路越来越艰难,讨不来饭,经常饿着肚子挨过风雪难禁的苦夜。乞丐过够了这种凄惨的日子,觉得不如死了省得活遭罪。这天,乞丐挪着艰难的步子到一户娶媳妇的人家"赶喜",讨来些剩饭剩菜。用平时讨来的几个铜钱买了半葫芦酒,又买点儿毒药,准备回到破瓦屋后把毒药放在酒里,吃个酒足饭饱,然后两眼一闭两腿一伸了却残生。这一切都准备好了,乞丐正要就着毒药酒进餐,突然撞进来一个四十多岁的汉子,两只牛眼,一脸凶相,十分吓人。汉子看见乞丐先是打个愣,然后骂道:"你这狗东西到这里逍遥自在来了,又是吃又是喝,看把你美得神仙似的!"汉子说着戳起乞丐的打狗棍对准乞丐脑袋狠狠地打了下去!乞丐一声没吭就倒在地上。汉子见乞丐呜呼哀哉,便拿起带来的铁锹挖地,不大工夫,就在屋地下挖出一个陶罐,里面装满了金银。

原来这牛眼汉子正是破瓦屋的主人王进。

---

* 本文由杨友搜集整理。

王进离开家乡后在外边做了强盗，拦路劫财杀人越货，十几年来，弄到不少金银财宝。金银多了花不完又没处藏，王进就神不知鬼不觉地把一些金银弄到他的破瓦屋里埋在屋地下。不久前他看中了一个颇有些姿色的三十多岁的有夫之妇，乘夜间将女人的丈夫杀死，想带着这个女人远走高飞。王进把那女人寄托给一家客店，要店家好生照看。店主知道王进的来头，惹不起，只得小心看护，既不能让她跑掉又不敢惹她生气，一日三餐美馔佳肴小心侍候。王进悄悄地回到老家坟地的破瓦屋，想挖出所藏金银带走，没想到老屋里住着一个又脏又臭的乞丐。王进暗想，要是让乞丐知道他回来取金银，说不定会惹麻烦……于是，这个杀人不眨眼的强盗就对乞丐下了毒手。王进挖出埋在地下装满金银的陶罐，感到肚子有些饿了，两眼望着乞丐面前的酒菜，口水立刻就流了下来。心想：何不吃个酒足饭饱再走！王进刚端起破酒葫芦，那乞丐却苏醒过来了。乞丐见王进要喝他的酒、吃他的饭菜，就张了张嘴巴很吃力地说："那……那酒，是我，我的……你，你，不能喝……"王进一听，瞪着两只牛眼骂道："什么？这酒是你的？你他妈的还敢跟老子争嘴？等老子喝完了送你上西天！"王进说着一脚把乞丐踢倒在地，然后便三口两口把葫芦里的酒灌进肚里。他刚把那破酒葫芦放下，就感到肚子剧痛，头迷眼黑，口吐白沫，不大工夫，脖子往后一仰断了气息。

乞丐爬起来一看，汉子七窍流血，一命呜呼。汉子身边的陶罐里全是黄灿灿白花花的金银！乞丐两只眼睛一亮——该着我时来运转了！乞丐这回可就不想死了，把王进的尸体拖进土坑里掩埋后，便带上金银悄悄地离开了破瓦屋。

乞丐在很远的地方落了户，成了大财主。有了钱不仅治好了拐腿，治好了黄水疮，后来还娶了个三十多岁的寡妇。寡妇带来一个五岁的小儿子，叫亮儿。亮儿长得十分可爱，乞丐把亮儿视若己出，吃的穿的玩的没让小儿子受过半点儿委屈。亮儿稍长后，乞丐就请来一位老先生教亮儿读书，一心把儿子培养成人。亮儿天资聪慧，读书又很用功，十年寒窗学得经纶满腹，大比之年进京赴试一举考中两榜进士，皇上钦点某省知县，并恩准赴任前衣锦还乡祭祖、省亲。乡里乡亲们闻讯后都纷纷前来贺喜，本地的富贵豪绅也都带着厚礼前来祝贺。儿子荣耀门庭，当年的乞丐如今成了老太公，当年的寡妇成了太夫人，老两口万分高兴，便操办盛宴答谢乡亲和四方宾客。大喜大庆的酒宴十分隆重，亮儿行大礼参拜高堂父母，众乡亲和宾客举杯祝愿公子官运亨通步步高升，祝愿老太公老夫人富贵万年福寿绵长。坐在酒席正位的老太公高兴得心花怒放，满脸喜气，接过一杯连一杯的祝酒开怀畅饮。但老夫人却是一脸悲戚，用绢帕默默地轻拭脸上的泪痕。亮儿见状便慌忙跪倒在母亲面前，小心地安慰母亲说："娘，今天是咱全家喜庆之日，母亲为何如此悲伤？有什么不如意的事使老娘伤心落泪?”

老夫人伸出颤颤的双手将儿子紧紧地抱住抽抽噎噎地说:“我儿有所不知,在这大喜大庆的时刻娘想起当年悲痛的往事,故而伤心落泪呀。事情已过了这么多年,现在也应该让你知道了。”于是,老夫人便当着众乡亲和宾客们痛哭流涕地讲述了她当年的悲惨遭遇——原来老夫人就是当年被强盗王进抢走的那位年轻女人！而如今已做了皇家七品知县的儿子本是被强盗王进杀害的前夫的遗腹子。

酒宴上顿时一片唏嘘,众乡亲和宾客们惊叹不已,那强盗王进拦路抢劫杀人越货弄到许多钱财,却死于乞丐为自己准备的毒酒,抢掠的钱财白白送给了乞丐使乞丐成了富翁。杀人害命夺人之妻最终又成就了乞丐的姻缘。成了富翁的乞丐将被害者的遗腹子培养成人光耀祖宗。这前因后果就像早已安排好了似的,岂不是天意吗?

天缘与石缘*

苍茫的大山里到处盛开着红艳艳的山桃花。在弥弥漫漫的花丛中有一座茅屋,东屋里住着三个男人——老石匠和他的两个徒弟,西屋里住着老石匠的独生女儿。大徒弟叫牛山,人亦如牛,话极少,心里却极有门道,跟师父学艺很专心。老石匠很喜欢牛山。二徒弟叫马川,聪明、机灵,做活利落。老石匠也很喜欢马川。老石匠的女儿叫山桃。生她时正是阳春三月,门前的山桃花一片灿烂,娘就给女儿取名山桃。山桃十岁时,娘闭上眼撒手西去,老石匠娇娇地把山桃抚养大。山桃出落得花朵儿般鲜艳,老石匠视爱女如生命,从未让女儿受过半点儿委屈。山桃极懂事,对老爹百依百顺。牛山和马川都很喜欢山桃,都把山桃当成亲妹妹。山桃也很喜欢牛山和马川,把两位师兄看作亲哥哥。

这座山上的石头质地特好,背阴处石质细而绵软,适于精雕细琢,北山向阳石质坚硬,适于打造农家石器用具。方圆二百里庄户人家的石碾、石磨、猪槽、马槽、石碌碡、石磙和墓碑、石象牲和城里的石牌坊、寺庙的碑刻,均从这座山里运出。老石匠十八岁进山跟师父学艺,以后再也没离开大山,风霜雪雨几十年锤錾相伴。老石匠身怀绝技,带着两个徒弟常年累月地忙碌,凿刻着沧桑岁月。在山桃十八岁这年,老石匠一病不起,弥留之际将女儿和两个徒弟叫到跟前。山桃泪水涟涟,两个徒弟泪如泉涌。老石匠气喘吁吁地说:“你们别哭,有件事跟你们商量。”三个年轻人止住了哭声,老石匠望一眼女儿说,“山桃,你喜欢两位师兄吗?”山桃说:“喜欢。”老石匠又问两个徒弟说:“你们喜欢山桃吗?”两个徒弟齐声说:“喜欢。”老石匠说:“好。我想把山桃的终身托付给你们师兄弟之一,但还要看看你们兄弟俩谁和山桃有缘分。我有一对宝物,是我的师父送给我和山桃娘的定情物。师父

---

* 本文由杨友搜集整理。

将独生女儿嫁给了我,就是山桃娘。山桃娘过世早,我将那一对宝物藏了起来,我死后,你们兄弟俩谁找到那一对宝物,谁就娶山桃……”

老石匠死后,牛山和马川将师父葬在师父的师父的坟脚下,与山桃娘合坟并骨。

牛山和马川开始默默地寻找“定情宝物”。两个人费尽千辛万苦在大山里寻找了两年,却一无所获。到了第三年清明节这天,山桃要到爹娘的坟前烧钱化纸。马川对牛山说:“师兄,你在家里照顾营生,我陪山桃去师父的墓地,也顺便给师父烧些纸钱,尽尽你我对师父的一番心意。另则,万一师妹悲痛过分也好有个照应。”牛山说:“师弟此言甚是,现在只有咱弟兄俩是师妹的亲人,理应把师妹照顾好。”

马川担着祭品陪山桃来到师父的墓地。马川把几炷线香点燃,对着师父的坟冢躬身揖拜后,便将点燃的香往坟前的石香炉中插。可是,刚插进香炉内的细沙中,香头在沙中触到硬物,几炷线香全折断了。马川将手伸进细沙中把沙中的硬物挖出来——原来是一对银镯!马川很惊讶,便扭过头喊山桃:“师妹,你来看看!”马川一边喊着便把银镯递给了山桃。山桃接过银镯,见银镯打造得很精致,上面的花纹图案非常美观。山桃赞叹不已又有些奇怪,这坟冢前的石香炉本为祭祀烧香之用,哪里来的银镯?山桃把玩多时,猛然间发现银镯内侧镌刻着两个娟秀的小字:“天缘。”山桃心里一惊——莫非这就是两位师兄苦苦寻找两年的定情“宝物”?

马川和山桃祭扫完毕匆匆回到家里,把银镯拿给师兄牛山看。牛山默默地看了一阵后说:“这是师弟和师妹的缘分,祝贺师弟师妹天作之合!师父的心愿总算有了结果,愿师弟师妹百年偕老。”

过了几天后,马川对牛山说:“师兄,我想带山桃回老家去。”

牛山说:“山里很苦,回去也好。”

马川和山桃便辞别师兄牛山回了马川的老家,牛山继续留在大山里。

转眼间二十年过去了,这年的清明节,马川带着妻子山桃和女儿小桃来到大山里祭奠师父师母。大山依旧,满山遍野的山桃花如云如雾,似乎比当年更繁茂。山桃花簇拥中的茅屋虽然苍老,却看不出一丝破败的迹象,看样子师兄还没有离开。二十年来依然守在大山里,师兄今天的境况如何?马川和山桃感慨万端,恨不得立刻见到师兄,三口儿便匆匆地走进屋里。师兄牛山依然静静地躺在炕上,怀中却抱着一只旧木匣。马川上前连呼了几声“师兄”却不见师兄醒来。马川便去扳师兄的肩头一看——师兄浑身僵硬早已断了气息!马川和山桃悲痛不已,可怜的师兄竟这样悄悄地走了,师兄弟这最后一面连一句话都没说,可惜晚来了一步……望着师兄怀中那黑黢黢的小木匣马川和山桃心如刀绞,师兄一个人孤孤单单地在大山里生活了二十年,也许这木匣里面装着师兄二十年来辛苦的积蓄,不知师兄作何遗嘱……马川便将小木匣拿过来轻轻地打开,原来里面只有一对石匠平常使用的小手锤,别无他物。马川很有些纳闷,师兄临终时为什么将这两只小锤抱在怀中？马川疑惑地拿起了小锤,瞧见两只锤柄上分别刻着一个人名:一只刻的是"鲁泰山",另一只刻的是"石竹花"！马川惊骇万状,一脸惶然——那是师父、师母的名字啊……山桃一见心里猛地打个寒战,顿时如一声晴天霹雳在头上炸响,现在她才恍然大悟,原来自己被骗了——这一对小铁锤才真正是老爹爹留下的"定情宝物"啊！山桃浑身战栗不止,猛地扑到牛山的尸体上撕心裂肺地大声号啕:"牛——哥……"马川急忙去扶山桃,山桃脸色青紫,已气绝身亡!

马川扑通跪倒在地:"山桃,师兄,师父,我,对不起你们呀。"

马川怀着沉重的负疚把师兄牛山和山桃安葬在一起。安葬完师兄和山桃后马川便留在了大山里。大山里便又有了一位手艺精湛的石匠和一个如花的女儿。

枯井冤魂*

财惹杀身祸

宋金年间，永平府民山县长城北有一户人家，主人姓周名旺，家有几亩良田和两面洼的山场。家道算不上太富裕，可也较为殷实，平常还雇两个伙计，打理山场田地的活儿，吃穿不愁。可这周旺是个吝啬鬼，见着小便宜迈不动步也是远近闻了名的。

这年的腊月十八，月出东山，天色已晚。周旺家正准备吃晚饭，却从外面走进来了一个穿着阔绰的少年。少年紧走几步，单膝跪地说："外甥杜玉朗给舅舅、舅妈请安，舅舅、舅妈一向可好？"

"哎哟！原来是外甥到了，看这孩子出息的，跟大人一样了，长得多俊哪！咋看都不像吃庄稼饭的人。"说话的女人在三十岁上下，别看是乡下人，却长得细皮嫩肉的，面色娇好，颇有几分姿色。

杜玉朗忙说："舅妈夸奖了，外甥不敢当！"

周旺说："时候不早了，黑灯瞎火的，外甥就在舅这儿住下吧？"

杜玉朗笑了一下说："舅舅，外甥就是到舅舅家投宿的。离家还有十几里的路程，我见天色已晚，就把雇的脚力打发走了。对了，见了舅舅、舅妈光顾高兴了，我的行李还在门洞搁着呢。"

"哟，还有行李呀？正好伙计还没走呢，快让他给搬进来。"舅妈快嘴快舌地说。

---

* 本文由张保学搜集整理。

说着话伙计就到门洞把行李给搬进来说:“这行李还挺沉的,我搬着还费点劲儿。”

周旺瞧了瞧说:“看来外甥生意做得不错,发财了。”

杜玉朗一笑说:“托舅舅、舅妈的福,挣了几个辛苦钱而已。咳!现在金宋两国你争我夺,战乱不断,做生意简直是刀尖上舔血呀!为那点小利,也不知哪天小命就丢了。对了,外甥还给舅舅、舅妈备了一点小礼物,不成敬意!”说着从行囊中取出十两足银元宝呈上。

周旺两口眉开眼笑:“哎哟,让外甥破费了。”

杜玉朗说:“是外甥应该孝敬的。”

周旺冲着自己的女人说:“今天外甥走路肯定是很乏了,快去弄几个小菜,我陪外甥喝两口,解解乏。”

杜玉朗忙阻拦说:“舅舅、舅妈,外甥已连续赶三天路程了,实在很累,有饭吃一口就睡觉,再说外甥也不会喝酒,就别费事儿了。”

“嘿!费啥事啊,前天刚杀的年猪,今见外甥有出息,舅舅高兴不是,哎,这次外甥外出做生意有一段时间了吧?”

杜玉朗回答道:“回舅舅的话,外甥开春就走的,还没出正月呢。”

周旺拍了一下杜玉朗的肩膀说:“还是呀,都小一年没见面了,还不陪舅舅喝两盅。”

这边说着话,厨房那边菜就炒上了,女人冲周旺说:“菜就要好了,放桌烫酒吧。”

周旺答应一声,小方桌立马就放到了炕上,一只精制的小银壶也放在了炭火盆上了,不一会儿满屋子都弥漫着酒香,几个菜也摆到了桌上。周旺招呼说:“来,外甥,脱鞋上炕,咱甥舅俩好好喝几盅。”

杜玉朗只得上炕与舅舅喝酒,他喝了一小口说:“这酒咋这么辣呀!”

周旺哈哈一笑说:“这是舅舅托人从北边金人那里淘换来的烧酒,劲大,也过瘾,可是平时舍不得喝的好酒呀!来,两盅下肚,你就会感觉到好喝了。”

杜玉朗还不到十八岁,没有喝过酒,两盅酒喝下去,就觉头晕脑涨,不一会儿就趴在桌上不动了。这时,女人摸摸杜玉朗的行李压低声音说:“全是白花花的银子,一辈子都花不完。”

周旺瞪大了眼睛,从炕上跳下来,偷偷打开了行李一看,眼睛都直了,心想,该你小子倒霉,就别怪舅舅心狠了,谁让你带着这么多银子到我这儿来呢,那就对不住了!

冤家转父子

杜玉朗小小年纪就被害而死，他冤魂不散，每夜到处游荡，可是人鬼不能相通，他看见父母每天站在大门外盼他回家，天天唉叹而回，他想告诉父母他已被害，不在人世了。可阴阳隔世没法相通。他的灵魂痛苦极了。

这天，杜玉朗的冤魂凄凄惨惨地飘荡到附近的一座寺庙中。原来这座寺庙叫水门寺，寺庙不大，只有师徒两个道人，师父姓邱，自称是邱处机的后代，人称邱老道，已修炼成半仙之体，能知道一个人的前生和今生的祸福，但邱老道嘴上有德，轻易不泄露天机。他见有一缕魂魄飘了进来，单手打拱说："善哉！善哉！怨气太重了，你就是杜玉朗的魂魄吧？"

杜玉朗哀怨地回答道："是我，我好冤枉啊！"

邱老道手执拂尘说："善哉，那就把你的冤情，说给贫道听听吧，也许能为你出出主意。"

"既然道长知道我是谁，也定会知道我被害的始末。他是我的亲舅舅，不该谋害于我呀！我还没满十八岁，在生意场上如在风口浪尖上行走，拿生命做赌注，历尽磨难挣得的银子是用来孝敬父母的！怎能白白地落在他人的手中？可怜我杜玉朗在生意场上没有丢掉性命，却丧在亲人的手中！我心有不甘，我要报仇！我不能白死啊！邱道长，你既然是半仙之体，三界任你行走，求你为我申冤啊！"杜玉朗的怨声在水门寺的上空激荡。

邱老道轻捋一下飘胸的白髯说："善哉！前世有前缘，后世有因果，三界的任何事情都不是无缘无故的，你们前世有些未了的恩怨，非同小可。你的冤屈暂且还不能申。"

杜玉朗的魂灵愤愤地说："那么，我就这样被白白害死了吗？有冤不能申了吗？人间没有公道，难道仙界也不讲公道吗！"

邱老道说："贫道刚才说了，前缘后世皆有定数，你命该如此。当然善恶终会有报，只是时间还未到，个中缘由就不必细说了。事已至此，贫道与你出个主意如何？"

"什么主意？愿听其详。"

邱老道说："就是你转世投胎做周旺的儿子，贫道可以为你周旋，促成此事。"

杜玉朗的魂魄连声说："他是害我的仇人，是个谋财害命的家伙，我怎么可能做他的儿子！万不可能。"

邱老道微闭双目说:“善哉！我的这个主意再好不过了。你想啊,你现在已不属阳界了,既在冥府就要经过六道轮回,早晚也会投胎转世的。投胎到谁家,又转世成人,还是兽？你是浑然不知的。周旺本不该有后人,你转世到他家,也是独子,他的全部财产将都是你的,这样,你上世挣得的银子下世还归还于你,岂不是一桩好事。”

杜玉朗的魂魄沉吟良久才说:“那他图财害了我的命,就永远沉冤莫白了吗?”

“自古道杀人偿命,欠债还钱,岂有莫白之理,由于你转世他家,他的命案会因你而真相大白的。”

“果真是这样的话,我就听从道长的安排。”

邱老道说:“善哉！这样最好,贫道将尽力促成。在你转世之前,为免遭不测,你的魂魄就留在我这寺庙里,不要随意飘荡了。”

恩怨前世结

这一日,周旺家张灯结彩,设席摆宴,好不热闹,原来是久不怀孕的周家喜得贵子,如获至宝。这天正是孩子满月,怎能不庆贺一番。

周旺两口儿神不知鬼不觉地害死了自己的亲外甥,得了一笔丰厚的外财,不久妻子又有了身孕,怎能不令两口儿喜出望外。十月怀胎,一朝分娩却生下了个接续香火的男孩,取个乳名叫兴火。一个月来两口儿都沉浸在兴奋之中。就在孩子满月宴这天,亲戚们都要看看小孩,有人便说:“哟,看这孩子长得多俊呀！挺像他姑家的表兄。”

听了这话,小兴火的姑姑,也就是杜玉朗的母亲也凑上来看,这一看,孩子笑了,姑姑却哭了。人们就问姑姑怎么哭了？她抹着眼泪说:“太像了,小兴火和我朗儿小时一模一样,那一笑简直就是我儿当年。唉！我朗儿出去该两年了,一点音信都没有,兵荒马乱的,也不知他是死是活！这两年里,我是无时无刻不惦记着他呀！一看到这孩子我的心哪……”

从这以后,周旺两口儿心里蒙上了一层阴影,这孩子怎么会像杜玉朗呢？不会是生个冤家吧！

小兴火一天天长大,会说话后,连一声爹妈都不叫,对周旺两口儿没有一点感情,生活在一起连句话都不说。可是他妈妈带他到姑妈家去串门,跟姑妈好像特别亲近,姑妈到哪儿,他跟到哪儿玩耍,到了姑妈家就不愿回家。把他接回去,他还是偷着往回跑,姑妈也特别喜欢他,因为这孩子太像儿子玉朗了,一举一动哪点都像,简直就是玉朗复制品。兴火长到八九岁时,姑妈问他:“兴火呀,姑妈问你一件事,你为什么对你的父母那个样呢?连声爹都不叫呢?这可是你的不对了,不能这样,爹妈把你拉扯这么大也不容易呀。”

兴火说:“姑妈,我也不知道,我就是瞧着他们不顺眼,见他们我就气不打一处来。可是我感觉你是我的妈妈,我也不知道这是怎么回事。姑妈,我当你的儿子行不?”

姑妈的眼里一下子涌出泪来说:“傻孩子,这怎么行呢?我是你的姑妈,就和你的妈妈一样,你想姑妈时就来这儿住几天。”

一晃好几年过去了,兴火已是十四五岁了。这天他从姑妈家回来,周旺数落他几句,他也没言声儿,找了一把尖刀儿在磨刀石上“嚓嚓”磨,一磨就是半天。周旺问他:“没事你磨刀做啥?”

兴火狠拉拉地说:“宰你!”

儿子说的这两个字,着实让周旺心惊胆战,因为儿子平时很少和他正经地说上几句话,突然冒出这么一句来,他怎能不往心里去。他越想越害怕,越琢磨越睡不着觉。在此之前他就咋看自己的儿子咋就是杜玉朗。他几次在睡梦中惊叫而醒,全身冒虚汗,几乎到了不能自持的程度了。这时,周旺的女人说:“你不如到水门寺找邱老道给看看,他不是半仙之体吗,让他给想想办法。”

复仇斩葫芦

周旺迫不及待地让老婆陪他来到水门寺,正好邱老道在寺里。老道见他们进来单手打拱说:“善哉!不知二位香客来到小寺有何见教?”

周旺施舍了一些香火钱后,就将儿子的事一五一十地对邱老道说了,然后说:“道长,我将家丑都向您说了,还求道长给想想办法。”

只见邱老道闭上眼睛,叨叨了一阵,睁开眼睛说:“此事非同小可,是你们作孽在先啊!”然后闭目不语。

周旺夫妇见状,“扑通”双膝跪地说:“求道长救救我们吧!”

邱老道说:“善哉!自有天理,善恶有报,贫道救不了你们。恕贫道无能。”

此时的周旺夫妇声泪俱下地说:“道长啊,我们一时糊涂走错了一步,悔也悔不来了,知道道长是仙人之体,就救我们一次吧!道长若不答应,我们就长跪不起。”

邱老道又闭上眼睛,很无奈地摇摇头说:“上天都有好生之德,那贫道就为你们想想办法吧,只是贫道无回天之术,只管一时管不了长远。”

周旺女人忙说:“能管多少时日?”

邱老道捋了一下长髯说:“善哉！天机不可泄露,时间多久,就看你们平时的修为和造化了。”

周旺俯伏在地说:“只要道长能免除此难,我答应供奉你们水门寺一年的香火钱。”

邱老道手一摆说:“善哉！用不了那么久了！看在你们虔诚的分上,贫道给你们一个法子,回去照办就可躲过这次灾难。请附耳过来。”

周旺夫妇从水门寺邱老道那里回来,见儿子兴火还在院里“嚓嚓”地磨刀,只好悄没声地绕过他,回房布置去了。

话说到了夜深人静的时候,一个人影悄悄闪进了周旺住的屋子里,屋子里漆黑一团。来人影绰见周旺在炕上躺着,伸手摸摸光头,照准光头,一刀下去,只听“咔嚓”一声,就开了瓢了,又用手摸摸,流出了湿乎乎的血,用舌头舔了一下,有咸味,是流出的血,确信人已被杀死,黑影才从屋子里逃了出来。

此时周旺与妻子从黑暗的角落里走了出来,刚才的场面他们都看清楚了,吓得大气儿不敢出,全身冒冷汗,上下牙直打战儿。咦！周旺不是被杀死了么?他怎么还活着?那刚才被杀的又是谁呢?

原来周旺和老婆按照邱老道给想的办法,弄了一袋子的粮食顺放到周旺平时睡觉的铺位上,用一个葫芦灌上盐水安放在枕头上,然后盖上了被子,伪装成人躺着的样子,这才退出屋子。等到天黑下来后他们藏在一个角落里等着瞧事情的发生。

那个黑影正是周旺的儿子周兴火,他杀完人后,来到另个屋子里,找到放银子的地方,装满一钱褡子背着就走了,直奔姑姑家走去。到了姑姑家天还没亮,他隔着后院墙“哗啦”一下把银子全倒进了姑姑家的后院里。

周旺两口见儿子背走了银子,只是心疼,哪敢阻拦。急忙到屋一数银子,少了的正是害死杜玉朗得赃赃银,一两不多一两不少。

枯井现白骨

周兴火回到家里时天已大亮,回到自己的屋子里,也许是折腾一夜累了,倒头便睡,一睡就是一天。到傍晚醒来,就像是换了个人似的,突然喊爹叫妈了,昨天夜里的事一字不提,好像压根什么事都没发生过。孩子肯叫爹妈了,周旺两口儿心里非常高兴,暗自感谢邱老道。

可是他们的儿子周兴火好了还不到两个月,不知中了什么了,疯疯癫癫的,说些着三不着四的话。这下周旺两口儿可犯愁了,儿子刚刚回心转意,怎么就有病了呢?想了想,还是罪孽深重引起的,还得找水门寺的邱老道,让他给想想法子。事不宜迟,他们即刻领着儿子去了水门寺,到水门寺一看,邱老道已经在蒲团上坐化,不知从哪儿来了几十个道士,正在为邱道长做法事。这时邱老道的徒儿迎上来说:“这位少爷是叫周兴火吧?我的师父于大前天坐化升天了,可是今天一早他托人捎过一件东西,说是送给周家周兴火的,叫什么‘镇心珠’,让少爷带在身上,能保平安。”

周旺夫妇接过此物看了看,原来是豆角子大的一颗珠子,通体亮黄,他们千恩万谢,在邱老道面前进了香,又捐舍了一些银子,就回来了。让周旺夫妇灰心的是,邱老道赐的“镇心珠”并没有管用,兴火仍是疯疯癫癫,还加重了,一天到晚就拿那颗珠子玩。这天周旺夫妇出了一趟门,把兴火留在家里,兴火在自家后院玩得正欢,突然,不知从哪儿蹿出一只松鼠,一下叼走了“镇心珠”,哧溜一下就钻进了一个石窟窿里。凡是精神有病的人就非常执着,就在松鼠钻进的石洞处扒了起来,一扒就是大半天,在旁边堆起了好大的一堆土石,接着一具人骨架也被扔了上来,他觉得圆圆的人头骨很好玩,就抱着骷髅到外边玩。一群孩子也觉得很新奇。都追着他玩,大人们碰见都吓得四处奔逃。人们就报给了地保,地保不敢怠慢,急急来到周旺家,追问兴火:“人头骨是从哪儿发现的?”

兴火就把地保领到后院,见是一眼枯井,地保想起周旺家后院原来是有一眼枯井,可死者来路不明。地保不敢隐瞒,立刻就上报到衙门,衙门离此地不远,不一会儿一班衙役就到了。当周旺夫妇回来时,见后院挤满了人,这才知东窗事发,转身想逃,谁知衙役早已控制住了门口。

一番审讯后,周旺夫妇死不承认。就在此时,周旺的姐姐姐夫来了,他们听说弟弟家出了事,哪有不过来看看之理,可到了枯井处一看,枯骨处什么在闪光,原来脖颈骨上有一细小的银链,链上有一小块玉佩,姐姐细细一看,号啕大哭起来:“这是我朗儿的物件呀!我可怜的儿啊,你死得好惨啊!周旺这是怎么回事呀?是你害死了朗儿?”

周旺此时紧闭双目一言不发。姐姐继续说:“他是你的亲外甥啊!你为何要加害于他?”

周旺仍然闭着眼说:“他拿回来的银子太多了。”

“好你个周旺,禽兽不如,因银子就狠心杀死你的亲外甥?天理不容!”

沉冤近二十年舅杀甥案真相大白,因周旺夫妇见利忘义,手段残忍,被判腰斩。还未到成年的兴火被姑姑领去,经此劫难后,兴火恢复了正常,聪明伶俐,最后成了远近闻名的商界能手。

强盗的“花棺材”*

现官场乡内有个山峰叫黄崖子,可就这个普通的山头,在风水先生的眼里,就是一顶“王爷帽”。有这样的风水,这里肯定得出一个位高权重的王爷。

话说在很早以前,“王爷帽”山下有一户姓赵的人家,得知他家上边的山是“王爷帽”,就急于想得到这个风水宝地,就花大银子请个风水先生来家里选坟地,风水先生围着“王爷帽”转悠了好几天,最后选在一个叫桃洼的地方,建了赵家的坟茔地。

坟地选好后,葬进了赵家的先人。赵家就等着出大官儿发大财了,可是等了三年,不仅没有出大官的迹象,而且日子越发的穷,赵家认为是上了风水先生的当,就又从别处请来一个风水先生给看。同行是冤家,这位风水先生把先前的风水先生贬了一番后说:“挪坟吧,这个坟地不挪,得辈辈受穷。”

就在挪坟那天,坟扒开了,从坟里冒出一股清气,行家说,好风水破了,可惜了!风水是轮流转的,再坚持一两年,这个坟地的风水才能显现,不破的话,这家能出五辈子举人以上的官。

赵家自挪坟后,真的不出好人,出了一个豁嘴儿,光豁嘴不说,正对豁嘴处还缺少一颗牙,人称赵豁牙子。他从小就不学好,长大后入了强盗(胡子)的伙。这个赵豁牙子诡计多端,凶狠狡诈,很快成了强盗的头儿。都说兔子不吃窝边草,可这个赵豁牙子,专门称霸乡里,无恶不作,成了家乡的万人恨。可是他对家乡人人害怕他,而自鸣得意,自称“七王爷”,应了“王爷帽”的风水。

赵豁牙子不知从哪儿弄了顶破轿,让手下抬着他,每天上演王爷出巡的闹剧。这天,他正坐着破轿享受“王爷”的美梦。只见前边走来一个拉骆驼的,他命手下

---

* 本文由张保学搜集整理。

停下轿，他钻出轿问：“喂，你拉这个是什么四不像？”

拉骆驼的一看是个坐轿子的，以为是什么大官呢，赶忙作揖回答说：“大人，小的拉的是一峰骆驼。”

赵豁牙子没听懂，说：“你说啥？一封什么？老子没听明白。”

“大人，我说我拉的是骆驼。”

赵豁牙子瞪着眼珠子说：“说一匹骆驼不就完了吗，竟他妈地跟老子玩玄乎套，还一封呢，你当它是信呀。”

拉骆驼的一听，这哪是当官的说的话，他心里有些恐惧地说：“大，大人说，说得对，叫一匹骆驼。”

赵豁牙子乐了：“对了，到老子的地盘，就得顺着老子。嘿，哆嗦个啥呀？老子又没把你咋地。我问你，你是干啥的？”

拉骆驼的说：“做点小买卖，顺便给人算个卦啥的，混口饭吃。”

赵豁牙子一听，乐呵呵地说：“算卦？那你就给老子我算一卦。”

拉骆驼的说：“小的不敢给大人算卦，怕是算不准。”

这时有一个轿夫说：“这是我家总瓢把子看得起你，别推三阻四的了，还不快算！再说个不字，老子砍掉你的狗头。”

拉骆驼的一听明白了，这是个强盗的头儿，他说：“那就请大王报上生辰八字吧。”

赵豁牙子报上了生辰八字后，拉骆驼的掐指算了算，口中念念有词，突然说：“卦相好，卦相好啊，我算过无数人了，也没有大王这个卦相的，大王不仅财运好，还有官运，前程大得很呢，百年之后，还能用上花棺材呢。”

赵豁牙子一听乐了，说：“果然是仙人一般，算得好，算得好！你走吧，看在这一卦的分上，本七王爷就不难为你了。”

拉骆驼的赶紧磕头谢恩，说：“谢过大王。”说完就急慌慌地走了。

此后，赵豁牙子到处炫耀他财大运大，死后还花棺材葬。

时隔不久，赵豁牙子在外地被官府的剿匪官兵乱箭射死了，当地老百姓怕他臭了空气，用半截破炕席头子，半掩半盖把他埋了。后来人们一分析，原来的花棺材就是半截炕席头子呀。

祖山挖参的故事*

祖山旅游风景区有这样一个地方:天然形成一个深坑,像一座大窖,四面是立陡的石壁,人或动物掉进去,根本就上不来。据说里面曾掉进一头鹿,活活憋死在里边了,还说有一林场工人不小心掉入里边,多亏工友们发现得早才获救生还。传说从前这个深坑里出过好多人参。

古时候,神山县东有这么一家子,姓马,哥弟两个,弟弟缺心眼儿,人们都叫他傻子,哥嫂先后都过世了,傻子就跟着侄儿过,侄儿两口也不把他傻叔当回事儿,饥一顿饱一顿的不放在心中。不过傻子倒挺勤快,有一天大清早儿,傻子挎着粪筐儿顺着路儿捡粪。他一抬头,从身边过去几个背包握伞的人。傻子好打听事儿,他开口问道:“大清早的,你们干啥去?”

那群人说:“到老岭挖人参去。”

“挖人参?我也跟你们去。”傻子说了一声去,谁也没在意,他就悄没声地跟着在后面走。走出去好几里路,这帮人才发现后面跟着个背粪筐的,几个挖参人就撵傻子回家。傻子说啥也不回去,说:“我才不回去呢,他们不给我饱饭吃。”

有人吓唬傻子说:“你要是不回去,我们就把你扔进深山老林里,让狼叼去,豹背去,熊舔去。”可是咋吓唬,傻子也不吭声儿,你走他也走,你停他也停,弄得挖参人哭笑不得,毫无办法。几个人一合计,反正也撵不走了,就让他跟着背锅做饭吧。

几个人来到了老岭,满山遍野地找参,该着这几个人不顺,找了一个月,也没遇着好货色,偶尔挖一两棵小参也只能用作糊口。几个人唉声叹气地没办法,这时就显出傻子是能吃不能干的累赘了。头儿没好气地说:“傻子!今天你也跟着

---

* 本文由张保学搜集整理。

去找参,找不着参你就给我滚蛋,养不起你这白吃饱!”

傻子没言声儿就跟着几个人去找参,别人找参都是低头在地上寻,可傻子却仰着脖子往树上瞧。头儿见了上去就是一索伦杆子,骂道:“娘的,往天上看,找你娘个屁!”可他不长记性,眼睛还是向上看。又走了不远,傻子说:“我找到了,树上有人参。”

“扯你娘个蛋！人参是树上结的?”

“真有呀,来看哪。”

几个人奔过来一看,可不是咋地,一棵开着蓝花的人参秧儿从一个大树洞里长了出来。“啊！是蓝花参哪!”这下这帮人可来了精神头儿,争着上树挖参过手瘾儿。挖出参来一看,把几个人乐坏了,足有斤八两重,“啊！是蓝花宝参呀！这下可发了。”

他们好一阵欢喜后,一眼瞧见蹲在一旁不言声的傻子,他们就觉着心里不大顺溜,这参卖了还得有傻子一份,他们就躲到林子里合计去了。头儿说:“干脆把傻子甩掉算了。”几个人一拍即合。

他们打来几只山鸡野兔,做了一顿好饭,跑餐一顿。傻子吃得挺高兴,他哪里知道这是一顿散伙饭。几个人吃完都悄悄地开溜了,傻子不知是咋回事儿,等了一天一夜也不见有人回来,傻子就满山找,拼命地喊,震得山谷都回声了,嗓子都喊破了,也没找到人。傻子不知东南西北,在林子里瞎闯乱撞,也没走出林子。傻子又累又饿,就在一个山崖上歇息,不觉在山崖上睡了一觉,醒来,觉得轻松了许多。他无意间往崖下一瞧,下面竟是一个山涧,好像是一个大菜窖,四面直上直下,光溜溜的,底下绿生生的一片,再细一看,好像是人参的秧子。他跟着几个挖参人这么长时间了,认得了人参秧儿。可这山涧四面光如刀削,下不去呀！傻子急得直转磨磨,正这时,从涧底的一个石洞里爬出一条傻子从来没见过的大长虫。这条大长虫有半升子那般粗细,两只眼睛像铜铃似的,也不知人参迷住了傻子,还是傻子不知道害怕,他趴在崖上大声对蛇说:“大长虫啊,接我下去挖参呗?”

他话一说完,蛇还真就“吧嗒”一声把尾巴搭上崖顶,傻子就骑在蛇尾巴上,蛇就慢腾腾地将他接到涧底。傻子一看,那人参海了号了,一棵接一棵就像菜畦一样,还都是老参。蛇把他放下后就钻进了洞里,把蛇头露在外面,看着傻子挖参。它见傻子饿了,它就伸出芯子舔旁边一棵什么草上的露珠儿给傻子看,傻子也就过去舔,怪了！这一舔傻子不饿也不渴了,而且也不傻了,原来这是一株灵芝仙草。天黑下来了,蛇就用它两只灯笼似的眼睛为傻子照亮儿,第二天一早,傻子把参也挖完了,他把参捆成捆,绑在蛇的尾巴上,蛇尾一甩就把参送上崖去了,蛇一用劲,捆蛇与参的藤蔓就断了。傻子不傻了,他就想,凡是有财宝的地方都有大蛇看守,看来这些参都是我命中该有的财份了,要不然,我早就变成长虫粪了。他对蛇说"蛇仙呀,你还得把我送上去呀。"

蛇就把尾巴伸过来,这回就怪了,蛇就不甩尾了,而是头朝上,腾空而起悬上山崖,到得山崖上面时,蛇就不动了,死了!傻子知道,参挖完了,蛇也就完成使命了,看来这也是我傻子的财命了。傻子掏出挖参的刀子,将蛇的两只眼挖出来,状如山鸡卵,原来成了夜明珠了。他一刀把自己的腿肚子剖开,把夜明珠塞进去,刀口即刻愈合了,腿肚子里有夜明珠,往后走夜路也不黑了。这条蛇有千年了,傻子把蛇剖开,蛇有上百节,一节中间长着一颗珍珠。傻子挖了参,又得了那么多灵蛇之珠,自然心里高兴,他收好珠子,背上人参想下山,可是他记不得路径,怎么走出林子?他看见一条小蛇,他就冲着小蛇说:"小蛇小蛇,你带我出山吧。"因他身上有蛇珠,小蛇就听他的,小蛇在前面爬,他在后面跟着。顺利地走出了林子,因他的参多,怕招风惹麻烦,下山后,他就找了一家参店出手了,他得了很多的银子,参店也大赚了一笔。他把大部分的银子分别存在了十几家票号和钱庄里,把百十粒的珠子和留下的一些金豆子缝在一条破棉被里。他穿一身破衣服回家了,他要看看亲侄子对他咋样。

傻子破衣烂衫,背着一卷破棉被进庄了。人们见了都议论:"哟!你看傻子回来了,没死啊!这个样子,他侄媳妇能让进屋呀?"傻子只当没听见,照直往家走,到了家,侄子眼皮儿没抬,侄媳妇说:"傻子,你咋就没死在外头呀?死在外头我们就省心了,你走吧,这个家没地方搁你。"

见了侄子那无情无意的表情和侄媳那刻薄到家的言语,傻子没言一声儿,挟起破被子就走了。可他没离开庄里,在这家门洞里凑合一夜,在那家碾棚里猫一宿地混着过。终有一天,他远房的侄子看到本家叔成了这个样子,过意不去,就说:"二叔,您到我家去吧,我来养您。"

傻子听了一句话也没说,一点表情也没有,就挟着破被子跟着去了。到家侄子媳妇也没给什么脸色看。住了几天,侄子媳妇给他做了身新衣服,还要为他拆洗被子。衣服傻子穿了,被子说啥也不让拆。时间过得快,一晃傻子在远房侄子家已住下半年多了,两口儿对傻子很好。

有一夜,正是青黄不接时节,侄子家也断粮了,两口子没对傻子说,只在背地里叨唠,媳妇说:"哎,没粮食了,咋好,咱们好说,别让傻二叔饿着啊。"侄子说:"要不明天我找人借借看。"

这些个事情,"傻子"都看在眼里了,话儿他也都听到了。第二天早晨他等在门口，侄子背上搭一条口袋要出门，“傻子”说：“我这里有两个金豆子，拿去买米吧，让我侄媳妇把我那破被子拆了吧，拆时可留点神啊。”

侄子拿着金豆子去买米，就两颗豆粒儿大的东西，换得的米都背不动，米行还倒找给几个铜钱。侄子从来没见过这么贵重的东西，回到家后，他觉得事有蹊跷，就让妻子拆傻子叔的破被子，刚一拆开，白光金光滚了一炕，仔细一看都是珍珠和金豆子。两口子惊得目瞪口呆，傻子哪来这么多好东西？二人捧着金豆子和珠子来到傻子的屋里，说：“二叔啊！您的被子里咋这多好东西呀？”

“是我挖参得来的。”

“那您收起来吧。”

傻子笑了，说：“昨天晚上你们两口子的话，二叔我都听到了，你们比我那亲侄子强百倍呀！说实话，你二叔吃过灵芝仙草，已经不傻了，这些金子和珠宝都归你们了，你们想盖房就盖房，想置地就置地，明天咱们就去裁缝铺，都做几身新衣服，也风光风光。好心有好报呀，这也是你们的福气呀！”

傻子发了财的消息没用上两天就传到傻子亲侄儿的耳朵里，两口子一起来接傻子，一进屋就说：“二叔啊，回家吧，以前是孩儿做得不对！别看我们俩，也得看我那死去的爹妈，您的亲哥嫂啊，侄子给您下跪磕头还不行吗？”

傻子很伤感地说：“唉！你们没这份福分哪！你们心里没有二叔，我也就没你这个侄儿了！你们走吧，我不愿看到你们。”侄子碰了一鼻子灰，蔫头耷脑地走了。

傻子在远房侄儿家过得挺开心。这一年，小孙子要上学了，要到五里外走读上私塾。傻子说：“不就是读读书写写字吗，还跑那么远干啥？小胳膊小腿的别累坏了，请个先生来家教他不就得了吗？”

侄儿笑笑说：“二叔呀，请教书先生是大家主的事，咱小门小户的请不起呀。”

“嗐，那能用几个大钱，咱不仅要请，还要请有名有色的，咱多给银子就是了。”

侄儿皱皱眉头说：“二叔，您那些个真货还得省着点用，您老那么大年纪了，有病有个灾，也好派上用场。”

傻子微微一笑说：“用钱的事你们就放心吧，二叔在你们家住这么长时间了。你们真心孝敬我，不是假的，我就放心了。实话跟你们说，我在多家钱庄里都存有银子，你们一辈子都花不完。”他说完见侄儿两口有疑惑的眼神，他就把到老岭挖参的经过详细地说了一遍。侄儿两口别提多高兴了。

第二天侄儿就上京下卫，找来了一位名师。孩子也忒聪明，一教就会，终于金榜题名，状元及第。

毛脸猎人*

毛脸猎人是我太祖母亲眼目睹过的怪人。这个猎人从额头的发际往下整个脸和脖子全是黄褐色的茸毛，只露着眼睛和鼻孔，双手裸露的部分也是茸毛，乍一看，像一个狰狞的怪物，长得比《西游记》中的孙悟空有过之而无不及。毛脸猎人以打猎为生，经常出没在山林里。他行动非常敏捷，健步如飞，日行百里。和孙悟空相比，只是不会翻筋斗云而已。

毛脸猎人打围狩猎的时候，他身上背着一壶弓箭，腿绷上插着一把匕首，手执一把钢叉，他的弓箭，百发百中，山里的雉鸡、野兔、獐狍鹿兽，碰上毛脸猎人，就倒霉了。而且毛脸猎人力大无穷，敢赤手和狼虎搏斗。

有一次，毛脸猎人在山中打猎，打死几只獐狍野鹿，正在山坳休息。突然来了两个强盗，抢走猎物，毛脸猎人飞身追去，夺回猎物，与两个强盗扭打在一起，毛脸猎人将其中一个强盗打伤，两个强盗只好狼狈逃窜了。

当年秋天，那两个强盗纠集了一伙亡命之徒，找毛脸猎人寻衅滋事，想要报复。众贼人将毛脸猎人围在场院上，当时，毛脸猎人手无寸铁，他走近场边，伸手就将碾场的碌碡举起来，说："你们谁敢近前，拍你成肉饼！"

众贼人吓得屁滚尿流，面面相觑，只好灰溜溜地蔫退了。

我的太祖母说，她的外祖父是一个狩猎者，曾经把这个毛脸猎人领到她家来过。事后，太祖母问她的外祖父，毛脸猎人为什么长成这样恐怖模样？她的外祖父给太祖母讲述了毛脸猎人脸上的毛是怎样形成的。

清朝年间，虽然不是洪荒的远古时代，但是塞外人烟稀少，树木成林，蓬蒿荆棘满山遍野，野兽自由出没，飞禽呼天盖地。打猎是乡下穷人为了生存的一种生

---

* 本文由张国中搜集整理。

活方式。

毛脸猎人姓丁,原来是一个英俊的小伙子。有一次他和另外两个猎人在深山里一起打猎。那时候还没有洋枪(猎枪)火炮,猎人身上背着弓箭,手里拿着钢叉,腿上裹着腿绷,腿绷上插着匕首。遇见狼熊虎豹就用钢叉与野兽搏斗;遇见獐狍野鹿就用钢叉投掷;遇见野兔或飞禽就用弓箭射杀。他们仨已经捕获了两只野兔和三只雉鸡。这时,丁猎人在前,另外两个猎人在后,正在寻找猎物。突然听到呼呼风声直响,迎面蹿出一条匹缸粗的大蟒蛇。蟒蛇双目如电,张着血盆大口,吐着鲜红的芯子。另外两个猎人看见了,急忙躲到岩石后边,丁猎人已经来不及躲闪,擎叉想与蟒蛇搏斗,怎奈蟒蛇太大,蟒蛇扬头转身,用尾巴横扫过来,将丁猎人的钢叉从手中打落。丁猎人回身想去拾起钢叉,说时迟,那时快,立刻被蟒蛇吸入腹中。丁猎人知道不好,心里明白,他立即从腿绷上拔出匕首,用尽平生力气往下一刺,大蟒蛇疼得往前猛蹿,整个蟒蛇的腹部豁开了大口子,丁猎人从蟒蛇腹部的大口子中漏下来了。

另外两个猎人发现大蟒蛇翻白了,蛇的头部乱摇,尾巴乱摆,俩人急忙上前用钢叉照着蛇头蛇尾猛捌一阵,把大蟒蛇捌死了。

二人急忙扶起丁猎人一看,脸和手裸露处血肉模糊,他在蟒蛇腹中的刹那,皮肤被蛇毒化得溃烂了,鲜血淋漓,衣服以外裸露的地方连米粒大的完整皮肤也没有了。幸好丁猎人还没有失去知觉,眼睛还能看得见,只是疼得浑身哆嗦。怎么办呢?深山老林,缺医少药,无奈之下,其中一个猎人说:"咱们把打来的那只山兔子剥了,把兔子皮就热血给他敷在脸上吧!"

另一个猎人说:"中,只有这么办了!"

俩人急忙用刀子麻利地把山兔子剥了皮,就着热乎贴在丁猎人的脸上,留出眼睛、嘴和鼻孔,把手的裸露处也贴上兔子皮。皮肉粘连,时间长了,长在一起,褪不掉,揭不去,就成了毛脸猎人了。

老岭山下三朵花*

相传,在很早以前,老岭(现祖山)脚下有个叫花树洼的小山村。山绕水抱,每到春天,漫山遍野的都是各种各样的花,一树树,一丛丛,特别美丽。村里有户人家姓赵,赵家生了三个女儿,这三个女儿慢慢出落得个个如花似玉,美若天仙。而且一个赛一个的心灵手巧,长女除描龙绣凤外,喜好舞刀弄剑;二女儿将女红学得纯熟后,一闲下来就摆弄文房四宝,琴棋书画;小女儿对植桑养蚕,纺纱织布却情有独钟。父母对三个貌美如花的女儿视如掌上明珠,分别取名梅花、兰花、杜鹃花,号称“老岭山下三朵花”。有这三个国色天香的女儿,赵家名声在外,每天说媒的、提亲的络绎不绝,门槛儿都该磨平了。可大多都是没有缘分之人。

恰巧这个小村东面的村子里有个小伙子,也是从小爱好使枪弄棒,到了成年后,长得是虎背熊腰,力大无穷,在村里玩,十个八个同龄伙伴也不是他的对手。这一年逢乡试,他就试了一把,谁知这一试还没有人能比得过他的,这一下他武艺超群,中了个武举人的名分,也是个有功名的人了。他看中了赵家的大女儿梅花了,经过媒妁之言,父母同意,就订了终身。二女儿兰花与骊城县的吴秀才也结下了秦晋之好,就差花轿迎娶了。三女儿杜鹃花被最近从河间府知府任上告老还乡的吴员外相中,吴员外虽年事已高,可他老来得子,就这一个宝贝儿子,正值少年,寒窗苦读。他想自己老了,将来这个万贯家财得由儿子继承,他指望儿子读书入仕,家里得有个精明强干的治家之人。他回乡一打听,说老岭下赵家的三女儿不仅人儿长得俊俏如花,而且心灵手巧,纺纱织布,绣花织锦无所不能,能娶到这样一个儿媳,何愁家业无人打理。于是吴老员外带着两车的彩礼亲自上门提亲。这样的门户,赵家哪有回绝之理,婚事就订下来了。

---

* 本文由张怀山搜集整理。

俗话说:“人怕出名猪怕壮。”赵家正为三个女儿都许给了好人家高兴呢,不知从哪儿冒出三个猛大汉来,只见走在前头的这位像个黑铁塔一般,虬须卷发,满脸是毛,几乎看不见脸面;走在中间的那个也是虎背熊腰,面目狰狞;最后一个又瘦又小,尖嘴猴腮,跳跳钻钻。三个怪人大步径直向赵家走来,踏得地下都“咚咚”响,到得院里,瓮声瓮气地说:“家里有出气的吗? 贵客上门,怎么不迎接呀?”震得窗户纸都“嗡嗡”响。

赵家人不知发生了什么事,忙出来看个究竟,打开门一看,把女眷们吓得“妈呀”一声就往回跑。可赵家老爷子壮着胆子也得应付呀,就问道:“请问三位壮士从哪里来,来我家有什么事吗?”

为首的那位咧开大嘴怪笑着说:“我们三个是来给你当上门女婿的,是上门贵客,叫什么来着?”他回头问瘦子。

瘦子告诉他说:“乘龙快婿。”

“对,乘龙快婿。”

赵家的三个漂亮女儿,均已名花有主,就是没主,也不可能嫁给三个丑八怪。老头子说:“对不起了,我的三个女儿都已许配了人家,恕不能答应。”

只听那几个怪物说:“有主了? 有什么主,就是天王老子也不行,你家的三个美人呀! 我们是要定了,哈哈!”

赵家老爷子赶忙跪了下来,腿儿直打战说:“三位大爷,行行好,放,放过我们吧!”

三个怪人又是一阵狂笑说:“废话少说,如果不答应,我们就不走了,一直等到你答应下来为止。”

老爷子一看不行,赶忙先进屋,把三个女儿先藏匿起来。刚安排妥当,三个怪人就进了屋,稀里哗啦乱翻一阵后,没见到三个美女,就坐下来要酒要菜。赵家只好忍气吞声地给筹备,三个人声音如雷,猜拳行令,惹得四邻不安,人人恐惧。到了深夜,村外山间林里虎啸狼嗥,阴森恐怖,让人毛骨悚然。这还不算,见了谁家牛羊猪鸡就会生吞活剥,人们都知道赵家遭遇了妖精,都惊恐万分,紧闭房门不敢出屋。

此事惊动了救苦救难的南海大寺的观世音菩萨,她算出此地有难,就腾云驾雾来了。到了这里她按住云头,飘然落地,厉声喝道:“几个畜生,地藏王菩萨慈悲为怀,放你们一条生路,你们却不知悔改,还在作恶多端,残害百姓! 看我怎么收拾你们!”

三个怪人一听,观世音菩萨到了,吓得撒腿就跑。观世音菩萨手执净瓶柳条,喝道:“你们往哪里跑。”只见观世音菩萨口中念念有词,柳枝蘸着净瓶水,轻轻一点,三个怪人立刻就跑不动了,就地现了原形,仔细一看却是一只狮子,一只老虎,还有一只猴子,是这几个成精的妖怪在人间作妖。这时只见观世音菩萨腾云驾雾而去,百姓们一齐跪地磕头,感谢菩萨救难人间。

再一看,观世音菩萨点过净瓶水的地方,形成了一条河,因是菩萨的柳枝所点,后人就把这条河叫“柳江”了。

赵家的三朵花儿,先后按婚约一一出嫁,生活美满,特别是三女儿的丈夫吴公子,三年后喜登皇榜,得中探花,官位不在他父亲之下,传为后人的佳话。

行善得子*

从前，干沟古镇的郑守仁是个生意人，家有良田美妻，可是不如意的是，妻子过门五六年了，还没能为他生下一男半女，很是发愁，成了一桩心病。

这一日，郑守仁做生意来到京城，见天色已晚，就在一家叫作“荣昌”的客栈住了下来，郑守仁洗洗涮涮一阵后，正准备躺下歇息，忽听客栈的隔壁有人啼哭，他就唤来店伙计王三问道：“隔壁为什么有哭声？”

王三回答说：“客官，别人的事，你就不要多管了，管也管不了。”

郑守仁说：“你说说看，说不定我能帮上点忙呢。”于是王三就告诉他：“隔壁住着的这户人家姓鲁，主人鲁满是个好赌之徒，去年赌博输了钱，从别人手里借了200吊钱，讲好一年后连本带利一次还清，还不清用房了抵债，明天就到期了，所以他的妻子在啼哭。”

郑守仁听后就到隔壁的鲁家去了，劝他夫妻俩不要啼哭，并拿200吊钱给他们还债，又拿出100吊钱叫他们夫妻做点小本生意，今后不要赌博了。大妻俩千恩万谢，感激不尽。

第二年，郑守仁做生意又到了荣昌客栈住宿，伙计王三连忙告诉他，隔壁的两口子现在开了一家饺子馆，鲁满也不赌博了，夫妻和睦，日子也好过了，还常念叨客官的好处呢。王三还把郑守仁到来的消息告诉了隔壁的夫妻俩。鲁满夫妻俩听说恩人到来了，马上准备好酒好菜，到店里来请他。鲁满开始还陪着郑守仁吃酒吃菜，后来就借故出门去了。他妻子接着来劝酒，吃到半夜，郑守仁有些醉了，还不见鲁满回来。妇人说：“我丈夫今夜不回来了，恩人，你如不嫌弃，就在这里过夜吧。”郑守仁连忙说：“不可！不可！”边说边起身返回客栈。但酒喝得多了点，脚

* 本文由张怀山搜集整理。

已站不稳了,那妇人扶他坐在床上,并说:“我夫妻受君子大恩无以报答,只能以贱妾之身陪陪恩人。”郑守仁正色说:“不可! 不可!”便跌跌撞撞回客栈去了。

郑守仁办完生意要返回了,鲁满夫妇跪送出好远。

郑守仁回到家中,他的妻子对他说:“我昨夜梦见和一个妇人抢月亮,抢得好苦啊。”

郑守仁问:“抢到了没有?”

妻子回答说:“幸亏你赶到了帮了我一个忙,才被我抢到怀里。”

郑守仁哪里把梦放在心上,隔会儿闲来无事,便将在京城帮助鲁满改邪归正的事情对妻子述说了一遍。妻子听后也为丈夫做了善事而高兴。

此后不久,他的妻子就怀孕了,临产的那天晚上,隔壁邻居看到他家屋顶发出一片亮光。第二天听说他家得了个儿子,都赶来祝贺,并说:“这个儿子将来必定大富大贵。”

徐家坟茔地的传说*

这条山沟,叫东沟,坐落在双龙寺村东面,是一条无人居住的深山沟,总长3公里,狭长而荒芜,沟里有一个稍微平坦的凹地,突兀着四五个土堆儿,这就是传说中的那块"风水宝地"——当地土桥岭村"老徐家"的坟茔地。

提起这个老徐家,在过去可是当地的一个大户人家,有不少的田地和山场,是清朝出关"跑马占圈"的皇粮庄头一类的人家。这家的当家老爷子叫徐大,此人在百八十里内颇有威信,平时处事憨厚,好善乐施,也笃信风水一说。总想找个好的风水先生,给自己家选个好阴宅,以荫护自己的后人,能出人头地,光大祖业。

就在民国十年的一天,土桥岭村真的来了一位风水先生。传说是从山东过来的,姓潘,名叫潘得道,是那时北方出了名的风水大家。他居然能来到这里看风水,真是机缘巧合。徐大当然不肯让机会错过。于是将潘得道大师请到家里来,好吃好喝地款待。潘大师也真不含糊,在徐家附近转悠了整整七七四十九大,最后选中了故事中的这块"风水宝地"。

潘大师很是激动地说:"这是一处上上的风水宝地——牤牛地,有出领兵大将军的气象。"就是说在徐姓后人中,要出一个能征善战的大将军。徐大兴奋地说:"大师,此话可当真?"

潘大师恳切地说:"错不了,这是我看风水以来,最最好的一处,就是看一辈子的风水,也很难遇上这样的风水,千载难遇呀!但要是'立名堂'或'葬人'必须放在'正穴'上,才能发挥宝地的最佳效用啊。可是点了'正穴',我的眼睛就得废呀!那,那我的后半生可就……"潘大师显得很无奈。

徐大是个绝顶聪明的人,听了此话,"咕咚"一声跪下说:"潘大师呀!您要是

* 本文由张兴华搜集整理。

给点了‘正穴’,我的家就是你的家,我的儿子就是你的儿子,在这个家咱哥俩平起平坐,有我的就有你的,就在我这儿颐养天年了,你若是百年那天,我儿子给你披麻戴孝,养老送终!”

潘得道听了思忖着:“若真的不点‘正穴’,也确实白搭了这块千载难遇的风水宝地了。”思量了好久,最后还是下决心说:“罢罢,豁出我这下半辈子了!”

果然,潘得道给坟地点了“正穴”之后,他的眼睛真的瞎了,徐家也履行承诺,好吃好喝地待敬潘大师。十几年后,徐家二门之后还真的出了个能征善战的大将,叫徐占英,真的成了将军,人称其为“铁将军铁大人”。

照理说,坟地给点“正穴”了,将军也出了,徐家也发达了。养活一位盲老人,还是不成问题的。可是,后来的徐家却偏偏不这么办了。他们见潘得道老了,瞎了,年岁也大了,不中用了,也就不像刚开始时那样待敬了。加上徐家后人几门人中,没有出息人的人家,认为没有借着“大师”的光,都不愿再养他了;而出了“铁大人”的一门人,财大气粗,到任上生活,花天酒地,早就把过去的事情忘得一干二净,眼里心里哪能有“别人”啊。结果,昔日的大师便慢慢地被轻视了,被淡忘了,被抛弃了,最后被赶出了徐家。一个瞎子,一个上了年岁的老人,脏兮兮的,只好沿街乞讨,维持度命。潘得道悔不当初,可也没有办法,只好听天由命了。

说来也巧,这一天,他进了一家要吃的,突然那家人喊他“师父”,原来他要饭要到他的徒弟家了。徒弟见到师父这样的窘态,不禁惊问:“师父,您怎么了?”师父有气无力地将事情的来龙去脉细细地向徒弟学说了一遍,最后说道:“我现在最大的不便就是眼睛瞎了,生活实在不方便。”徒弟边听边气得直跺脚,愤愤不平地问师父:“那就没有什么法儿了?”师父说:“治好我的眼睛的法儿倒是有,只是师父不忍心。”徒弟问:“什么法儿?”师父说:“要想治好我的眼睛,就得破了那块坟茔宝地,但那块坟茔地是我平生遇到的最好的一块,破了就白搭了,实在可惜啊!”徒弟说:“都到这地步了,您还这样想?还是多为自己想想吧。”潘得道一琢磨也是,他终于下了决心,将破坟茔地的方法详细地告诉了徒弟。

这一天,徐家又来一位风水先生,在徐家周围看风水,当见到徐家的坟茔地时,连称“好地,好风水”,并自言自语:“可惜了,可惜了……”这话被邻人听到,告诉了老徐家,引起了老徐家的注意,有好事者来到这个风水先生跟前,问先生:“这坟地怎么‘可惜’了?”这位先生只是抬头瞅瞅,却不言语。憋得徐家后人颇为恼火,非得问个究竟不可。这个风水先生才在迫不得已的情况下,说道:“这块坟茔地,是块宝地,能出将相,人财两旺,祖业腾达,只是……”先生又不说了。徐家后人见先生这样,心想必有玄机。就把他请到家中,好吃好喝款待。几天后,先生终于说话了:“你们那块坟茔地,虽是宝地,却是犴牛地,不绵长,得骟,否则不出几年,就要家道中落了,徐家要遭大厄啊!”一听此言,徐家人都害怕了,急忙询问破解方法,并许以重金答谢。看看火候已到,先生才说:“你们要真信我,就得按我说的去做,方能消灾解祸,遇难呈祥。”

徐家人点头称是,满口答应按先生说的办。于是,先生带着徐家人来到那块坟茔地的西南山梁上,左瞅瞅,右看看,指着山梁背说:“这是坟地的余脉,使斜劲,得把它挖断,也就是把这头犴牛骟了,宝地才绵长。”然后先生给划定了范围,让属相是虎、马、狗的人来挖,先生就背着手回徐家了。说来也怪,徐家人第一天挖了一人深的大坑,第二天早上一看,跟第一天没挖时一样,原样没动。第二天又挖一人深,可是第三天又平了。这种情形一连持续七天,连挖不断,山梁还是原样。这位风水先生也没有辙了,借故走了。过了两天,先生回来了,让徐家人找了些“月房屋”里铺炕的甘草,在每天挖完坑之后,将甘草点着,在坑的四周熏熏,等到第二天早上再来看时,挖的坑不再被填平了。于是,照此法一直挖下去,又挖了七天,正挖着,突然从坑里飞出三只鸽子,在坑外飞了三圈之后,很不情愿地飞走了。又挖不大工夫,在坑里挖出一个铁葫芦。先生见后,连说:“好了,好了。”说完,头也不回地下山了,还带走了那个铁葫芦。这座坟地的西南山梁上,至今还留有一个大坑,是人为地将这个山梁挖断的。据说是那时破风水挖的。

你知道这位风水先生是谁吗?他就是潘得道的徒弟。他将挖出来的铁葫芦拿回来,就是为了给师父治眼病的。见到师父,把瓶盖拧开,将里面的液体抹在师父的眼睛上,奇迹出现了,师父瞎了多年的眼睛居然能看见东西了。

后来的徐家,越来越不行了。那位“铁大人”跟了张作霖,被日本鬼子炸死在列车上。徐家也是每况愈下,家道中落,一天不如一天了。

悠噔悠噔好得呵*

古时候，青龙河沿上有这么一家子，三口人。老爷儿们三十多岁，死了媳妇，撇下一个十来岁的儿子，媳妇死后不到半年，老爷儿们又说上了一个二把刀的媳妇。

这媳妇对这个不是自己生的儿子非常刻薄，不是打就是骂，吃饭不让上桌子，打扫一些残羹剩饭，还强迫孩子吃拉出来的巴巴虫子。住的是牲畜棚。老爷儿们虽然看着心疼，可当不起媳妇的家。第二年冬天，这可怜的孩子就被折磨死了。

老爷儿们说给孩子裹个炕席头儿，扔到山上，老婆说啥也不让，说炕席头儿留着苫猪圈棚子。没办法，老爷儿们就在当院的菜园子里刨了一个坑，把孩子埋在坑里。

第二年春天，院子里长出来一棵三十多斤的大白菜，谁见了谁惊奇，说从来没有见过这么大的白菜。

新奇过后，两口子决定把白菜卖掉赚点钱。庄里庄方的没有人买，老爷儿们找来一副挑筐，一头放白菜，一头放点别的东西沉偏。要到集市上去卖这棵白菜。毕竟是七十来斤的东西，老爷儿们不停地换肩，扁担嘎吱嘎吱地响着，挑筐起起伏伏地颤悠着。

“悠噔悠噔好得呵……悠噔悠噔好得呵……”“是谁在说话啊？”老爷儿们撂下挑子，环视四周没有发现一个人。他以为自己耳朵惊了，挑起挑子继续赶路。

“悠噔悠噔好得呵……”还有人在说。老爷们听清楚了，原来是那棵大白菜在说话，还是那死去儿子的声音。老爷儿们心如刀绞，泪洒衣襟，知道儿子死得屈。

他挑起挑子回家了，老婆问他为啥没卖掉，他说白菜忒大没人买。他把白菜

---

* 本文由赵秘搜集整理。

放在灶坑地上，心想找个风水先生看个日子，踅摸个地方把白菜埋掉。也算对得起死去的母子俩吧。

老爷儿们想着心事出门了。

老婆子要包白菜馅饺子，她抱起白菜就摁在菜板子上，操起菜刀就剁。只听啊的一声惨叫，血溅四周，五个手指头在菜板子上蹦跳着。

老婆子吓得大病一场，从此成了疯子。

饺子犄角*

康熙年间，在青龙的大山深处，青龙河畔王家湾村，有个叫王大的年轻人，极为地勤劳。种地、砍柴、挖药、捕鱼，一样也不落下，而且省吃俭用，日子过得是越来越好。钱是越攒越多，慢慢地就成了远近出名的小财主。王大去世后，他的儿子依然继承他家里的好传统，日子过得就更加富有。到了他重孙子这辈儿，老王家的人，男女老少个个使奴唤婢，过着享受、奢靡的生活，特别是王大的重孙子王壮，从小就养尊处优，娇生惯养，对于吃穿极为挑剔。特别爱吃饺子，就天天叫人变着花样地包饺子给他吃。但是他从来不吃饺子犄角，一个饺子在中间咬一口就扔掉，伺候他的老妈子看不过眼，苦口婆心地劝他："不能这样败祸，糟蹋粮食有罪呀，老天会怪罪你的。"他不但不听，还振振有词地说："我们家有的是白面，不缺这一点，饺子犄角硬，硌牙！"老妈子只好摇头叹气。

天有不测风云，人有旦夕祸福。后来不知是什么原因，一场大火把老王家烧了个精光，老王家家道中落，奴仆老妈子也都被遣散回了家。王壮成了一无所有的穷人，不会种地，也吃不了苦，最后沦为一个要饭的。一天，王壮来到一户人家门口，想讨碗粥喝，刚想迈步进院，不料从院里蹿出一只大狗向他扑来，他撒腿就跑，可是又饿又冷，浑身没劲，哪里跑得动，这一着急害怕，一下子晕倒在路边的草堆里。就在这关键时刻，恰巧伺候他的那个老妈子砍柴回来路过这里。看见是自己伺候过的少东家，赶紧放下柴火捆子，赶走了狗把他背了回家。放在热炕头上，盖上破棉被，又掐又叫的，半个时辰过去，王壮终于醒了过来。

老妈子又给他做了一碗热气腾腾的疙瘩汤，王壮狼吞虎咽地吃完，问老妈子："您用啥做的汤？这么好吃！我一辈子也没吃过这么好吃的东西。"老妈子老泪纵

---

* 本文由唐雪彬搜集整理。

横，拉着他的手说："我一个老妈子能有啥好吃的给你呀，当年你不吃饺子犄角，说你不听。扔掉我舍不得，就偷偷地捡起来晾成干儿带回家，今天实在没啥好吃的给你，只好用那些饺子犄角给你煮了这碗汤。"

听了老妈子的话，王壮跪倒在老妈子跟前放声痛哭："天哪！我王壮有今天，是上天对我的惩罚呀！"

养儿娇惯遭祸殃*

很久很久以前,老岭山脚下有一个村子,村子里住着一个财主叫贾富贵。虽然他的名字叫贾富贵,实际上他是真富贵,有家财万贯,良田千顷。但有一事儿美中不足,年过半辈子了,还是无儿无女,夫妻俩商量:“自古养儿防老,积粮防饥,攒钱防病,咱两个都奔四十了,还没个后人,这么下去,等到了上岁数干不动的那一天,挨靠谁呢?”夫妻两个念叨来念叨去,想孩子都想疯了,只盼着有个一儿半女的。

贾富贵夫妻俩因为没有孩子,就到处烧香拜佛。不管有多远,只要听说有个庙有个寺的,只要有人说灵验,就非得去不可。

有一天,两口子到大老远的一个地方求佛烧香去了,路过一个地界,这地方是山连着山,岭连着岭,树木狼林,一道云一道雾的。真是:风从林中生,水在沟底流。走在林子里,头皮发麻,风呼呼地刮,林子里阴森森的,觉得后脑勺子直冒凉气儿。那路弯弯曲曲的,要多难走就有多难走,狼走着都得钉掌。

夫妻二人走着走着,冷不丁地听到一声狼嗥。两个当时就吓坏啦,走道都闪脚了,瞪大眼睛,壮着胆子瞅瞅,只见路边有两只绿莹莹的灯笼,再睁大眼睛细看,坏啦!哪里是什么灯笼,原来是两只绿咕沾沾的冒凶光的狼眼睛,这狼正堵在路口上。夫妻二人颤颤巍巍地,往前走不能,往后退又不是,正不知怎么好呢,就听到有人喝道:“孽障,看我来捉你!”喝声刚落,只见一个白胡子老头抛出一根绳子,把狼套住了。

白胡子老头笑嘻嘻地朝他俩招手,二人你看看我,我瞅瞅你,心里虽说惊疑,但还是走了过去。老头说:“不用怕,我是来收服这个妖兽的。”又问,“这个地方山

---

* 本文由刘海清搜集整理。

高林密的,多见石头少见人,百八十里的都看不到个人影,你两口子来干什么?”

夫妻二人这才知道,他们遇到神仙了,都齐叹了口气,贾富贵把自己没儿没女,怎么求仙拜佛的事儿说了。白胡子老头说:“你俩可别忘了那句话:一分儿女一分债,多儿多女多冤家。可不要想儿女反叫儿女咬着。”两口子又心里想:那是个顺口溜,怎么会叫儿女咬着呢?老头又说:“还有个说法:井淘三遍吃甜水,人受教导武艺强。儿女管得好,爹妈有福得济,成材的木头还得修,要是弯弯木头让它任着性子长,不光不是福了,反而成了冤家啦!”

贾富贵说道:“无病一身轻,有儿万事足。只要有个孩子,说啥话儿都好听。”老婆也说:“没有个孩子,就像月亮没有光一样,里里外外不亮堂。”

白胡子老头比他俩更了解人情事故,看出两人盼子心切,就低头想了一阵子,说道:“既然你们两口子盼儿盼女已经盼到这个份儿上,我就送你们一个孩子吧!但你们两口子千万记住,善恶不是天生的,孩子都要好好栽培,起小看大,八岁看老,小时候好了,长大必佳,别忘了娇惯孩子就是坑害孩子,如同树长了杈子就要修理一样。”说完,老头就不见了影子。

怪事儿就发生了,贾富贵和老婆回到家,十月怀胎,女人就生下一个男孩,又白又胖,圆头圆脑的,夫妻二人都打心眼里乐开了花。老婆说:“他爹,你看看给孩子起个什么名字好呢?”贾富贵说:“咱们是老来得子,将来还指望着他给咱养老送终呢!全部家产还等着他来继承呢,养儿得济嘛!就叫他‘得济’吧。”

在爹妈的眼里,得济比天上的星星还好看,比地上的珍宝还贵重,顶在脑门上怕吓着,含在嘴里怕化喽。两人成天价心肝啊、宝贝呀地叫着,不知怎么娇惯才好。一岁小两岁大,得济会说话了,也学着骂人了,张口就是“你妈的!”老婆欢喜得不行,说:“他爹,你听,咱得济的嘴儿有多巧啊!将来肯定吃不着亏儿。”三岁四岁,小得济蹦蹦跳跳,小脚会踢爹踹娘了。两口子高兴地说:“你看看咱得济多能啊,腿脚真硬实,蹬在身上还挺疼呢!”五岁六岁上,夫妻两个恨不得能把天上的月亮也摘下来,给孩子玩儿才好呢。惯来惯去的,得济的任性劲儿就上去了。孩子八岁了,贾富贵请来了一个教书先生,想叫得济念书,谁知他见了书本儿,就像见了冤家对头,学了两年,斗大的字儿认不得半升,光是教书先生就叫他打跑了十个。那些个坏毛病倒是不用费劲儿却全都学会啦!晃晃荡荡的没过几年,就喜欢上了喝酒,又爱上了赌钱。到了这种地步,夫妻俩才回过味儿来,回忆起当初白胡子老头的那些话,说得是多么贴切呀。可是从小惯下来的毛病,那秉性怎么能板得过来呢?两口子只有偷偷叹气、流泪。还好,就在这节骨眼上,不知怎么地,老婆又生了一个儿子,二人给他取了个名字,叫“留住头”,意思是千万要保留住,将来的指望就看他的啦,大儿子得济是不行了。留住头对爹娘挺好,小小岁数就懂事儿,知书明理,人也勤快。但是,有得济那么个祸害,家里就没个消停。

转眼到了得济娶媳妇的年龄了,那时候说媳妇都讲究门当户对,得济娶的媳妇也是个财主家的闺女,像是捧凤凰蛋一样捧大的,在家里也是肩不担担,手不提篮,油瓶子倒喽都不扶的主,长了一身懒膘,那浑身的娇惯劲儿,更是满庄子都盛不下她了。她嫁给得济,那可真是王八瞅见了绿豆,两人是一对儿棒槌骨。仗着娘家陪送的嫁妆多,娘家门第高,从不把富贵二老放在眼里。自己吃喝惯了,嫌弃跟公婆、小叔子一锅做一桌吃,种种不方便,要自个儿弄点儿好东西吃,偷个嘴儿啥的不方便。小两口回到房里就嘀咕,媳妇说:“咱们家里,里里外外都是老的当家,大事儿小情的都是他们说了算。世上的爹妈都惦记着老儿子,老二正念书,眼看着也要说媳妇了,还不知得有多少花销呢! 反正兄弟俩早晚也得分家,还不如早早散伙,咱们还能多分几个。”得济也巴不得和爹娘拆开,省得还有约束,省得二老总在耳边儿直嘚咕。二人一拍即合,成天价吵吵嚷嚷闹着分家。贾富贵刚开始也不打算分,架不住儿子儿媳催着逼着闹哄,实在没法子再捆在一起伙着过下去了,就只好把家业分成三份,两个儿子各得一份,自己留一份养老。

各管各的了,得济就像没有了笼头的野驴,撒开了蹄子踢蹬,吃喝嫖赌,坑蒙拐骗,偷摸渗漏,啥歪门邪道都干;媳妇呢,山珍海味吃厌了,绫罗绸缎穿烦了,还拿出大把的银子,想叫人到处买天鹅肉吃。两口子一齐这么胡吃乱花,就是万贯家财也架不住糟践。贾富贵虽说是和老大分家另过了,可是十指连心,又不能不见,又不能不想,眼瞅着自己多年辛苦攒下的一点儿家业,就要打水漂了,心里就跟鸡刨猪拱的一样,又气又恨又心疼,成天地睡不着觉,吃不下饭,一阵寒一阵热地,慢慢地憋闷出一场大病来。二儿子留住头又是煎汤又是熬药,白天黑夜地伺候,谁知药喝下去,就像泼到了石头上一样,半点儿也不见效,看看病越来越重,就要不中用了,便叫人把老大两口子叫来。得济两口子走到炕沿儿边上,贾富贵睁开了眼,还没等他开口,得济就质问了起来:“你死了以后,把你的这份家业给谁?你这老东西得先说明白。”媳妇也指指点点地说:“你这老不死的,趁着还有口气儿,你倒是快说呀!”

贾富贵听了,满肚子的气全堵在了心口上,一下子就昏了过去。等他醒过来,只说了一句话:“你把我埋在老岭的山顶上。”说完就咽气儿了,他真的成了“假富贵”了。

得济一辈子没听过他爹的一句话。爹最后的一句话他却听得清楚着呢! 长子为大,再加上老二还小,啥事儿都是他说了算,所以他就一手遮天。出殡的那一天，棺材刚刚抬到老岭山根下，得济就叫把棺材放下来，粗声大气地骂道："老东西，活着的时候说这儿说那儿，死了就由不得你啦！你想埋在山顶上？我非得把你埋在阴沟里不可。"说完就招呼人刨坑，可是不管出多少钱，也没人肯干，两口子就亲自动手，刨着刨着，碰上了硬石板，怎么也刨不动了，他俩还是一点点地硬刨，两人龇牙咧嘴一齐举起了镐头，猛劲儿地往下一刨，只听得"轰隆"一声，硬石板崩开了，底下现出了深不见底的黑窟窿，两口子一块儿掉进了深不见底的黑窟窿里。只听见下边有说话声："种田不锄地要荒，养儿不教遭祸殃！"之后窟窿就合上了，啥也看不见了。

据说，后来留住头娶了个好心善良的媳妇，跟着老妈妈和和睦睦地过日子。

风水先生*

古人云:阴宅出人,阳宅生财。这种风俗习惯在农村非常盛行,谁家有死人了,不管花多少钱,必须找一个风水先生给看个好阴宅,目的是让儿孙后代出人头地,升官发财。

很早以前,青龙河边,有一户农家,姓翟,叫翟民。突然,有一天他父亲病逝了,为了让儿孙后代能够升官发财,出人头地。拿出平时省吃俭用攒下来的二百块钱,从几十里以外请来一个相当有名的风水先生,让他给找一个好阴宅。

风水先生请来以后,翟民好吃好喝款待一番。然后,就领着先生沟沟岔岔,遍地寻找好阴宅。走着走着,先生突然停下来不走了,前照照,后看看,说:“嗯,这个地方可是个风水宝地呀!将来儿孙后代保证能升官发财。”

翟民一听,高兴地说:“先生,你说的是真的吗?”先生笑了笑说:“你父亲下葬以后,如果你媳妇再给你生个孩子,是男的就是一员武将,统领千军万马。如果是女的,那也是一品诰命夫人。”

翟民听完先生刚才说的话,心里甭提有多高兴了,到家让媳妇做了一大桌好菜,然后去五里外的烧锅灌了一坛上好的烧酒,俩人从晚上喝到天亮,连他爹办丧事都顾不上了,恨不得赶紧把他爹下葬。

说来也巧,时间过了两个月以后,翟民媳妇果真怀孕了,又过了七个月,一个白胖白胖的大小子出生了,老两口自然高兴得不得了,家里有啥好吃的,宁可大人不吃,也得给儿子吃,儿子要星星,爹妈不敢给月亮。盼望自己的儿子将来当一名大官,出人头地,光宗耀祖。

二十多年过去了,他发现自己的儿子各方面并不比别人突出,也没当上什么

* 本文由齐绍清搜集整理。

官。由于大人娇生惯养,还养成了好吃懒做的坏毛病,根本就不是什么当官的料。就有一宗爱好,爱唱皮影戏,这是怎么回事呢?

翟民越想越不对劲,肯定是那位风水先生把他骗了。于是,他就找当年给他看阴宅的那位风水先生去了。

走了半天零一晌午,累得头昏眼花,翟民总算找到了风水先生家,虽然这么多年俩人没见面了。可是,风水先生却一眼就认出来了。风水先生问:"怎么样,你儿子现在当大官了吧?"

翟民气得脸蛋蜡黄,嘴里"哼哼"两声,不知说啥是好。风水先生一看对方的脸色,有点不对头,是不是他儿子没当上大官,还是怎么回事。弄得风水先生是丈二和尚摸不着头脑,场面显得有些尴尬。

就在这时,媳妇从外面走进屋来,风水先生立刻吩咐说:"夫人,赶紧做饭去,炒几个最好的菜,我们哥俩好好喝喝。"可是,翟民哪有这种心思啊,赶紧说:"嫂夫人,不必了。先生,我只想问你一句话,你给我看的那个阴宅,根本就不是升官发财的风水宝地,你把我给骗了。如果是,那为什么我儿子到现在还没有当官呢?

先生说:"那你儿子现在他干啥呢?"

翟民说:"他啥也不会干,就整天爱唱皮影戏。"

先生说:"唱皮影戏,那他都唱的是哪一出啊?"

翟民说:"他就爱唱关公过五关斩六将这段戏。"

先生说:"完了,完了,你儿子本来是一个当关公那么大官的料,可惜呀,让他唱戏给占去了,那没办法了。"

翟民一听气得浑身乱颤说:"你们这些风水先生,纯粹是忽悠人的大骗子,以后谁也不能信你们这一套。"说完下炕悻悻地走了。

风水先生把翟民送到门外,长叹一口气说:"嗐!你儿子还是没那个命啊!"

04

人物篇

常老洪出家*

常老洪，道号明亮，清代道光年间曾任阳山洞住持道士，在其主持阳山洞期间，阳山香火旺盛，民间留下许多神奇的传说。

常老洪，祖籍山东省济南府洪家楼，本姓张，名海清，年少时长得眉清目秀，心地善良，邻里间颇得人缘，人高七尺，气宇轩昂，且练得一身好武艺。其性格刚直，行侠仗义。

还在海清年幼时，其父母曾为他与世交的好友许家定娃娃亲，双方都是庄户人家，门当户对。海清的未婚妻，虽说不上是大家闺秀，但也识文断字，知情达理。两人虽说是父母做主的娃娃亲，却也称得上是青梅竹马，情投意合。随着时间的推移，已到了谈婚论嫁的时候，但事与愿违，好事难成。一日，海清携未婚妻到附近的庙会上香，恰巧遇上了临庄的恶少正在欺凌一对远方来此的父女，张海清本来就一腔正气，平日里好打抱不平，今日见此情景，怎能容忍得下，海清撇下未婚妻，飞步向前，护住正苦苦哀求的父女，横眉立目，与恶少对起阵来。此刻，一方是伸张正义，大义凛然，一方是为非作歹，仗势欺人。双方先是言语相向，继而是拳脚相加，海清一边御敌，一边护着父女俩，有劲使不上，终因对方人多势众，一哄而上，乱中取胜，将海清打倒在地。当他在昏迷中醒来时，却不见了未婚妻的踪影，原来，在双方对阵时，恶少中有两个诡计多端的家伙，见海清倒地昏迷，脱身不得，继而却扑向海清的未婚妻。偌大的庙会哪里去找啊。况且是恶徒故意劫持，于是海清打听到众恶徒的住所，一一查询，仍无下落，连众恶徒都没了踪影，三天后，才有人发现扔在枯井中未婚妻被人奸淫过的尸体，报官后，按当地的风俗，双方家属草草操办了丧事，让死者入土为安了。

* 本文由常德生搜集整理。

海清自然是悲愤交加,怒气难平,于是在丧事办完后的某个夜晚,得知众恶少聚会,便带钢刀前往,此次自与上次有所不同,一则海清无所顾忌,二则众恶少无有防备,海清想起心爱人的遭遇,怒火心中起,仇恨脑中生,手起刀落,颗颗人头落地,海清提起那两个奸淫心爱人恶棍的人头,来到坟前,以此为祭,告知其未婚妻之亡魂。

从此以后,海清为躲避官府的缉拿,遂隐姓埋名,改名常洪,自山东济南一路往北来到干沟古镇。然而,本性善良的他,深感罪孽深重,内心不安,经人点化,在阳山洞出家修道,取号明亮。

浪子回头得道成仙*

传说青龙县干沟乡北面的烧锅店子村，离村二三里地有个阳山，阳山有许多大小不一的石洞，引得一些看破红尘的人来这里出家修行。下面讲的常老洪修炼得道成仙的故事，就发生在这里。

说起这个常老洪，他真名叫张海清，他是个外地人，究竟哪州哪府人氏，就说不清楚了。据说他出生在一个财主家庭，因为他家条件好，从小就养成了游手好闲，不务正业的恶习。长大后，他饮酒作乐，泡妓院走赌场，采花盗柳，偷鸡摸狗无所不做，是十足的酒色之徒，纨绔子弟，百姓对他恨之入骨，可都惧怕他家的势力，只能忍受欺凌，敢怒而不敢言，任他胡作非为。

那么，他有这么个有钱有势的家庭，他怎么还要出家呢？事情都是有因果的，俗话说：月满则亏，水满则溢，恶贯满盈时，也会遭受报应的。话说张海清的邻村有这么一家，父女俩是十余年前逃荒流落到这里的，父亲四十多岁的光景，女儿十岁左右，在这里落户，房无一间，地无一垄，日子过得很清苦，女儿在风风雨雨中长大了，粗茶淡饭，饥一顿饱一顿的，竟然把女儿养得美貌如花，如画上画的一般，真是美艳绝伦，百里挑一。有一日，恶少张海清闲逛到了这个村，看到这个美女，一下子眼就直了，眼珠子半晌不会转个儿了，差点儿把魂给丢了，有这样的美人，他怎能放过。这一日，他与父亲商议要娶这个女子，父子俩狼狈为奸，一拍即合，就把女子的老父亲诓到家里，好一番酒肉招待后，硬逼着老爷子把女儿嫁给他，若是不答应就把老爷子扣下，并强行迎娶。老人被逼无奈，只好口头先允下，日后再做打算。父亲回到家里，眼含着泪对女儿说："儿啊！张家恶少看上了你的姿色，把爹诓到他家，硬逼着我答应他娶你，若不答应就抢亲，我只好先应下来，再做打算，

---

* 本文由董贺峰搜集整理。

爹不能看着你入狼窝呀！快逃吧！有事儿爹一个人扛着。”

女儿笑了一下说：“爹呀，请您老放心吧，到时我自有办法惩治这个恶棍，您教我的功夫还没用过呢。”

“哦！那你可悠着点儿，别出人命。”老爷子不放心地说。

女儿又是一笑说：“爹，您就放心吧，闺女心里有数。”

第二天，张海清心痒难奈，就急慌慌地来到女子家打探消息，父女俩以礼相待，把个张海清高兴得不得了。酒过三巡，菜过五味，女儿使了个眼色，老父亲找个借口就出去了，这正对张海清的心思，认为时机已到，就要对姑娘动手动脚。女子说：“且慢，让我从你不难，但你得答应我个条件，否则，你娶我都难。”

“什么条件？”张海清急着问。

女子拿出一把精致的小刀来，从盘子里扎一块肉在刀尖上，举起来说：“你要是能把这块肉吃了，我就跟你去。”

张海清说：“这有何难。”上去就要吃，他忽然眼珠子一转，心里琢磨，“这刀子上的肉是不是有啥名堂，如果刀子上有毒药，我不就一命呜呼了吗？还是让她吃第一口。”他想到这里，从女子手中接过刀说，“客随主便，还是你先吃。”

女子微微一笑，说：“还挺小心，还怕我下毒不成，那就不客气了。”说完就张开嘴等着张海清把肉送到嘴里，张海清刚把肉送过去，肉到了嘴里，刀尖就被女子咬住了。张海清使劲往外拽，却纹丝不动，再一用劲，只听“嘎嘣”一声，刀子尖儿被女子咬断了，接着“噗”的一口，“当啷”一声，刀子尖儿被唾在张海清面前的小酒盅里，把张海清吓得登时脸就绿了，“咕咚”跪在地上直磕头：“姑奶奶饶命！我再也不敢了！”

女子厉声道：“张海清你给我听着，早就听说你仗着家里的势力，横行乡里，欺压百姓，我早就想教训你了，还竟敢打你姑奶奶的主意！你可知道我们爷俩是干啥的吗？说出来吓死你，想听吗？”

张海清磕头如捣蒜地说：“姑奶奶请讲。”

女子说：“我爹是吕梁山上的响马，是大当家的，因为那种刀尖上舔血的生活过够了，才带我隐姓埋名来到这里，过过隐居生活，想不到哪里都有恶人！当响马的本性就是除暴安良！”

张海清吓得直哆嗦说：“姑……姑奶奶饶……饶命啊！”

女子说：“饶你一命不难，但你一定要按我的要求去做。”

“姑奶奶，请，请说。”

“从今往后，你必须改恶从善，如果再做恶事，姑奶奶定叫你上西天！”

从这以后,张海清整天处在惊恐中,生怕自己做错事,被响马姑娘碰上。后来他自己想,与其说自己整天担惊受怕,还不如出家脱俗赎罪免祸,于是他决定出家修道。他离家后一直向北走,来到阳山洞后,他觉得阳山洞风光秀丽,风水好,他就以阳山洞作为自己的道场,取道号常老洪。从此后,常老洪诚心修道,行善积德,广结善缘,使阳山洞的名声越来越大,每逢庙会,香客如云,很是兴盛。常老洪在这里修行了几十年,深得百姓的称道。

有一天,阳山洞下面的烧锅店子有一个人到凌源县办事,遇到了常老洪骑着毛驴赶路,这时的常老洪已有七十多岁,就问:“常道长这是去哪里?”

常老洪答道:“贫道去广凌大山去。”他说着话儿从兜里掏出一把钥匙说:“我出来时有些急促,忘了把钥匙留给我徒儿了,劳烦你给捎回去,亲手交给他。”说完就走了。

话说这个人在凌源办完事,回到家里,歇息一会儿后,就去阳山洞给小老道送钥匙去了,见到小老道后,把在去凌源的路上碰见常道长的事学了一遍,并掏出钥匙递过去。小老道一看哭了,说:“我师父已坐化一个多月了。”

“你师父走了?”

“是的,一个月前他自己修了个墓穴,那天他对我们说,他该走了,不让我们打搅他,他自己坐进了墓穴里。两天后,我们去看他,见他果然端坐在里边,面不改色,可是气没了。听你这 说,我师父果然得道成仙了!”

此后,人们都知道阳山洞的常老洪修成了正果。

常老洪平响马*

清朝道光年间,在阳山洞地区,出了一股响马,也就是强盗,响马人数不多,只有三十多人,但他们却依据阳山险要地形地势,烧杀抢掠绑票勒索无恶不作。响马有两个头目,大头领叫王飞豹,二头领叫刘花狗,他们会些拳脚枪棒,却也武功平平,但他们却是心毒手狠,残忍至极。王飞豹一伙,占据阳山后,并不在洞中下寨,而是把营寨扎在阳山洞的顶峰上,这伙响马,在设营扎寨上确实有独到之处,因为这阳山洞顶,属于孤峰独立,四周均是百丈悬崖峭壁,能通向峰顶的只有一条小路,还是在山后半沟的峡谷中,而且这条高而险的小路又全在峰顶的监视之下,中间还要经过半山腰的"三步险"的绝壁关口,易守难攻,大有"自古华山一条路"之势,只不过是规模小些而已。而山顶上则是百亩平台,树木茂盛,响马们在上面建立了营寨,南面的干沟就是通往石盖岭的交通大道,也是辽宁、河北两省商旅的必经之路,在高处一看,几十里的道路近在眼前,一旦有商旅经过,响马们就可以不慌不忙、秘密地在石盖岭等地设伏,抢劫商旅杀人越货。夜晚,响马们则从山上下来,进村子掏门摸户,偷闺女,抢媳妇,绑肉票,劫大户。更为残忍的是,响马们抢的民妇,稍有不从,响马们便强行奸淫,然后杀死推入山后的悬崖下的深坑里。绑来的肉票,不及赎票,或过期者,也被推入坑内摔死。日久年长,坑内尸体成堆,白骨累累,这个深坑,就是阳山洞山后的半截沟,如今也成为阳山洞景点之一的"万人坑"。

响马们令人发指的行为,使得附近民众怨声载道,商旅大户叫苦连天,当地乡勇几次围剿,反被响马打得大败,在几十家大户联名请示下官府派了一队近百人的官兵,前来围剿攻山。响马们凭高借险,乱扔山石就顶住了官兵的进攻,官兵在

---

* 本文由苗雨盛搜集整理。

山下,看着峰顶的响马,人攻不上,箭穿不到,无计可施,围剿了三四天,不但没伤着一根匪毛,反倒死伤了十来个兵丁。带队军官,勒索了商户一笔银子后,便草草收队撤回。这下子,阳山的响马有恃无恐,更加猖獗了,人说兔子不吃窝边草,可这伙响马连山下的村庄都不放过,大白天就下山入村抢劫杀人。令人发指的是响马头领王飞豹给山下乡民定下规矩,今后村里不论谁家娶亲都得让他去先和新媳妇睡觉,谁违反这个规矩,就杀其全家。响马们的恶行使得原来商贸兴盛的干沟镇日渐萧条。

就在响马们闹得最凶的时候,得仙示"要成仙,去阳山"的常老洪来到阳山洞。他来到山下村庄那天,正碰上响马结队在村里抢劫。行侠仗义的常老洪本来就好打抱不平,他依仗超人的武艺,手起剑落,当时就斩杀了两个响马,其他响马惊慌逃回山寨。这回一下子就轰动了附近的村庄,乡民们围拢过来,向道长诉说响马的恶行,被打散的乡勇和原来阳山道观的道徒们也聚拢在常老洪身边,同仇敌忾,表示要和道长一起,团结起来,打败响马。深受响马之害的富商大户,更是高兴,纷纷出钱出粮,资助常老洪,组建乡勇队。

逃回山寨的响马们,回山后添油加醋地向王飞豹、刘花狗两个头领诉说,山下来了个胆大包天的老道,不把山寨放在眼里,杀了两个下山的兄弟。狡猾的王飞豹和狂妄的刘花狗商议后,第三天,就由刘花狗带领十多个响马兄弟下山找常老洪复仇。止巧,常老洪与乡民合心组建的乡勇队在一起,商议对付响马的事。双方一见,立即战在一起。这个刘花狗武艺平平,无甚本事。只是几年来,官兵无能,刘花狗便自我狂妄,自认为有天大本领,武功无敌。谁知与常老洪相战不过五回合,脑袋就搬了家,不长在自己脖子上了。余下的响马一哄而散,还想逃跑,当下被常老洪带领乡勇及乡民捉住五六个,只跑了三四个。被捉住的响马,被愤怒的乡民用锄头砍石头砸,都被处死了。常道长想制止都来不及了。

逃回山寨的响马们,惊魂未定地向头领王飞豹报告了经过。王飞豹这回真的害怕了,他知道山下的道长是个高人。他带领余下的响马缩在山寨里,再也不下山了。老洪道长带领乡勇封住半截沟峡谷的沟口,端掉山上响马的取水道。想逼着响马下山而歼灭他们。而山顶上的响马,却又奇迹般地在山顶上找到一个碗大的山泉,常老洪及乡勇们守在山下,又不能攻山,双方就山上山下地相持着,常老洪很是苦闷。

有一天,常老洪在山下巡视的时候,有一件事情让他眼前一亮。在阳山绝壁下,一户人家在一个坟前烧纸时,一阵山风吹来,一张黄纸顺着绝壁,飘摇而上,到山顶时,北平风吹得南风向北一刮,一下就挂在山顶峰的树上。常老洪立即指挥乡民糊起十多个“孔明灯”，在山下的绝壁前放起。十多盏孔明灯冉冉升起，那时节，南风正紧，孔明灯升到与山顶相平时，被南风猛地一刮，都纷纷地向北一扎，挂在树丛，正是柴草枯干时节，立刻灯破火起。山上的响马做梦也想不到这种事情发生，等他们发现时，山顶上营寨里已变成一片火海。响马们被烧得死的死，伤的伤，无路可逃。王飞豹一看大势已去，就喊：“兄弟们，以前我们杀人放火，今日如此，也是报应，活着也不会有好下场的，随我来吧！”只身跳下万人坑。活着的响马，想想被乡民捉住的响马，被处死的惨状，心里打鼓，纷纷跳下，摔死在万人坑里。如今，在半截沟的山中，被泥沙淤积的万人坑中，依然有白骨出现，而阳山洞顶上响马寨残砖断瓦犹存。

阳山洞的响马被灭，山下的百姓及商户非常感激常老洪，纷纷出钱资助常老洪重修阳山洞道观，捐款名单遗迹依然保存在阳山洞的左洞壁上。常老洪就此广收门徒，布道五十年，广置道产，阳山洞道教也进入了鼎盛时期。由于响马被灭，辽宁、河北两省商贸之路又得以开通，干沟重镇又恢复了“拉不完、填不满”的兴旺面貌。

霍去病显灵起石城*

在与辽宁省建昌县交界的干沟乡南胡哈村东的山梁上，从山体内长出一道石长城，这道石长城西北起于青龙县与宽城县交界的马圈子镇的蒲杖子，经干沟、周杖子、辽宁绥中，直抵山海关，绵延近300华里。鬼斧神工，天造地设，令人叹为观止。那么，这么奇特的自然景观，是怎么形成的呢？众说纷纭，民间的众多说法中，有这样一个传说。

说起这段故事，还得从汉武大帝时说起，那时飞将军李广镇守右北平郡（治所在今辽宁省凌源市西南），正是这一带。汉武帝时期，正是北方匈奴崛起之时，强悍的匈奴不甘心守在荒凉的戈壁大漠，早有窥视富庶中原之心，于是经常犯边越境，侵扰中原，成为大汉朝廷的一块心病，多少年来，大汉与匈奴的争战不断，因此，也出现了卫青、霍去病、飞将军李广等一批战功赫赫、名垂青史的战将。单说李广，虽然武艺高强，箭法纯熟，传下了“李广射虎”的传说和“飞将军”的美誉，但由于他命运不济，在战场上吃败仗不少，还有一次被俘的经历，因此，在历史上留下了“冯唐易老，李广难封”的典故。

话说匈奴在西域被卫青、霍去病打得溃不成军，霍去病因误饮毒泉死去后，匈奴单于又重整旗鼓，招募残部，因西北面汉军把守得紧，匈奴也采取避实就虚的策略，向东部迂回，想从东面撕开口子。于是匈奴的铁骑踏过狼山、阴山，突破汉长城、秦长城两道防线，渡过西拉木仑河、老哈河，大有席卷草原大漠、直指中原，饮马滦河之势。这日，匈奴军队的马蹄踏上了右北平郡的疆域，已抵达青龙河两岸。郡首飞将军李广亲自率兵去阻击，可是匈奴兵将非常强悍，右北平郡的军队少而分散，虽然李广英勇善战，骑射的功夫相当了得，可是能狼难敌众犬，对峙没多长

---

* 本文由张保学搜集整理。

时间,汉军就节节败退,俗话说:兵败如山倒,眼看匈奴铁骑就要越过都山、平顶山这两座天然屏障了。正在危机时刻,奇迹出现了,只听一声亮响,西边山头金光闪闪,银光耀眼,在上面的山上,一匹金色的战马上骑着一位银盔银甲的少年将军,高大如岗,巍然如松,光芒四射。李广的军中沸腾了,有的喊:“大司马。”有的喊“骠骑大将军。”

李广见了惊喜万分,赶紧跪下叩头说:“霍大将军,你显灵了!用你的英灵击溃匈奴吧,保我大汉江山永固吧!多谢大将军在末将危难之时相助,祝大将军英灵永驻!谢过上苍保佑!”

原来正是西汉大司马、骠骑大将军、冠军侯霍去病的英灵再现。他是“饮马翰海,封狼居山”的大英雄。此时,他已离世二年有余。这次他的显灵可不同寻常,看样子,匈奴不灭,他心不死。只见他的英灵策马扬鞭,金马向东沿着山脊奔驰起来,马蹄踏过扬起一道黄色烟尘,这股黄色的烟尘奇迹般地化作了石砬子,像筑起的城墙一样,宽窄基本相同,金马向东南方向奔驰,到山海关后入海消失。给这里留下了一道天然屏障。

匈奴军队一看霍去病又出现了,因霍去病多次奉命抗击匈奴,霍去病用兵随机应变,避实就虚,军无定势,屡出重拳,闪电制胜,打得匈奴晕头转向,摸不着头脑,一听到霍去病的名,就闻风丧胆。这次更是个个吓得魂飞魄散,一下后退四十里。待匈奴兵回过味儿来,想起霍去病早就死了,他怎么会出现呢?是否是有人装扮?他们又向这里进军,到近前一看,平白无故从山头冒出一溜城墙来,挡住了铁骑。这才知道汉军有天神相助,由此也就死了南侵之心了。

而霍去病的英灵化作一座石人镇守在这个石城上。还在石城上设下了两面战鼓(一个在蒲杖子,一个在南胡哈神仙洞),发现敌情,击鼓为号。这就是石城子的由来。

刘仁仲德行善报*

老天爷像疯了一般倾盆大雨不喘气地下了三天三夜，青龙河暴发了历史上罕见的大水，惊涛骇浪扑向两岸，冲毁了房屋淹没了庄稼，使多少人流离失所无家可归。刘仁仲家的三间茅草屋前面临河背靠山坡，因下雨时间过长雨量过大，后山坡发生了大片泥石流，其来势迅猛，强大的冲击力把刘仁仲家的茅屋一下子推进滚滚的大河里，一家三口儿全被洪水卷走了！年轻力壮的刘仁仲挣扎在洪水中，幸好抱住一根木头才得以苟延残喘。可是，伏在茅草房顶上的老母亲和媳妇何凤英竟顺水漂流而去，刘仁仲哭喊连天，眼睁睁地看着婆媳俩的身影在他的视线中消失。刘仁仲靠木头的浮力在波浪中漂流了三天，在一个山弯处他用力抓住岸边一枝柳梢才得以活命。刘仁仲爬上岸后，跪在河边望着奔腾的河水连哭都哭不出声了。

悲痛不已的刘仁仲呆呆地坐在岸边，腹内饥肠辘辘，便欲寻找村庄讨点吃的。他慢慢地站起身，一个人晃晃悠悠地在路上走着，猛然间瞧见前面一个中年人骑着一匹枣红马向这边走来。恰好这时从路边蹿出一只野兔，那马儿受了突然的惊吓，扬起四蹄把主人甩到地上没命地奔跑起来，转眼之间便没了踪影！那中年人从地上爬起来便不顾一切地去追赶枣红马。刘仁仲走过去一看地上放着一个鼓鼓的大褥套，不用说一定是马儿奔跑时甩下来的。刘仁仲望着褥套上写着“隆德商行”四个大字，他把手伸进褥套里梦想掏出点可吃的东西。可是，里面没有吃的却装着许多银子，还有厚厚的几册账簿。刘仁仲心里就明白了八九，那中年人准是商号跑外柜收欠账的。现在中年人丢下褥套不管去追马匹，时间久了要是被人拾去到哪里去找？丢了银子失去账簿回到柜上怎么向掌柜的交代？真要是掌柜

* 本文由杨友搜集整理。

的怪罪下来，说他藏匿银钱要他包赔岂不是要了他的命？刘仁仲越想越为那人担忧，于是，刘仁仲就决定替那人看守褥套，肚子再饿也要等到那人回来再走。

不知过了多久，那中年人骑着马一溜风似的跑回来了。中年人来到刘仁仲跟前，翻身下了马，一脸惊愕地对刘仁仲说："这位兄弟，你没走？"坐在褥套旁边的刘仁仲说："我的肚子已经饿得不行了，早就想到村庄讨点儿饭吃，可是，你不回来褥套要是丢了咋办？"那中年人一听扑通给刘仁仲跪下了："兄弟见财不动心反倒为我看着，天底下竟有这样的好人，如此的大恩大德无以为报，今日也是你我有缘，咱二人就结拜为兄弟吧。"于是两个人便撮土为炉插草为香对天盟誓结为金兰之好。二人互道姓名各叙年庚。中年人姓赵名志诚，在会昌城隆德商行当伙计，因他为人忠厚深得大掌柜器重，长年跑外柜收账。刘仁仲也将自己的家乡、身世和遭遇对赵志诚讲了。赵志诚说："兄弟全家遭此大难又无亲可投，就跟哥哥到会昌城去吧，哥哥一定帮兄弟在柜上找个事做，待日后重新安家立业。"

刘仁仲跟随赵志诚来到会昌城，赵志诚把路上惊马和遇刘仁仲的经过一一讲给了老掌柜，老掌柜一听非常受感动，觉得刘仁仲这样忠厚之人实在可敬可佩，如今家乡遭受水灾骨肉分离有家难奔，便将刘仁仲留在柜上当了一名伙计。

刘仁仲先是在隆德商行打杂干零活，他为人勤恳，起早贪晚不怕苦不怕累，哪里有活哪里去，烧水沏茶，打扫店堂，装卸货物，什么活儿不用掌柜的吩咐。老掌柜对这个又诚实又肯干的伙计十分厚爱，后来便教他打算盘、记账，让他站柜台卖货。一转眼三年过去了，有一天，赵志诚去外边办事，看见大街上围着一群人，赵志诚走过去一看，原来是一个年轻女人头上插着"草标"。赵志诚心里明白了，这女人是自卖自身。女人虽然衣衫褴褛，面目清癯，但模样俊秀，于是，赵志诚便挤进人群里问那女人何方人氏姓甚名谁因何自卖自身。女人说她叫李秀兰，家住离会昌城三十里的乡下，因丈夫身患顽疾卧床三年，为给丈夫治病把家里所有能卖的东西都卖光了，但丈夫的病仍未能治好。在万般无奈的情况下她和老婆婆商议决定自卖自身给丈夫治病。听了李秀兰的诉说，赵志诚心里对这个贤德的女人非常敬佩。于是他忽然想到了盟弟刘仁仲——刘仁仲都快三十岁了还是光棍一条，何不给他买下这个女人？赵志诚便把李秀兰头上的"草标"拿了下来，对女人说："我有一个拜把子兄弟，年纪和你差不多，人也长得精神，又心地善良，还是光棍一个人，我想把你买下给他做媳妇。跟我走吧，我马上打发人把银钱送到你家去。"

赵志诚带着李秀兰来到柜上，把事情先对老掌柜的讲了。老掌柜的说这是一件好事，马上命柜上伙计们帮刘仁仲操办喜事，一切费用先由柜上支付。刘仁仲和李秀兰见面后，见这个一脸憔悴的女人哭得凄凄惨惨，泪流满面，刘仁仲的心里就如同被刀刺了一下。他什么也没说转身出了屋找到了大掌柜和赵志诚:“大掌柜、赵大哥感谢你们的一片好心,但我说什么也不能娶这个女人。现在人家正在灾难之中,怎能忍心拆散人家夫妻? 那男人失去了贤惠的妻子,悲痛中病情必然加重,那岂不是要了他的命? 他老娘也就没有活路了! 我想把我三年来挣的劳金送给她,让她回家给丈夫治病,反正我一个人攒钱也没用。”老掌柜和赵志诚一听,都大受感动,也觉得刘仁仲说得在理。就这样,刘仁仲把自己挣的钱全交给了李秀兰,嘱咐她回家后抓紧给丈夫治病。李秀兰跪在刘仁仲的面前流着眼泪说:“好心的大哥,今生不能侍候大哥枕席,来生来世变驴变马也要报答大哥的大恩大德呀!”

李秀兰回家后,到处求医,经过多方治疗丈夫的病终于治好了。全家人高兴万分,娘儿三个为感谢刘仁仲的救命之恩,专程到隆德商行看望刘仁仲,李秀兰夫妻跪在刘仁仲面前,李秀兰抽抽噎噎地说:“大哥的救命之恩难以报答,就让我们夫妻认你作干爹吧。”刘仁仲说:“那怎么行,我与你们夫妻年纪相仿,干脆就让咱们三个人结为兄弟、兄妹吧,反正我也没有兄弟姐妹,现在老娘也不在人世了,这回不仅有了弟弟、妹妹,还有了老妈,我再也不感到孤单了。”李秀兰一家三口一听可乐坏了! 恩人变成了“哥哥”,还有比这更亲近的吗?

李秀兰的丈夫身体康复后,两口儿勤勤恳恳地耕种,还精心饲养母猪和鸡鸭,又省吃俭用,日子一天天地好起来。

这年冬季的一天,北风飕飕,又下起了鹅毛大雪,天气十分寒冷。近黄昏时,不知从哪儿来了两个讨饭的女人,年老的六十多岁,年轻的约莫三十岁。两个人破衣烂衫,冻得身上直打战,走一家串一户地挨门乞讨。眼看天黑了,没处投宿,只好到村头上的一座破庙里过夜。李秀兰见这两个女人太可怜,讨吃要吃本来就吃不饱肚子,身上衣服又单薄,在那透风的破庙里过夜岂不是要冻饿而死。于是,李秀兰便和婆婆、丈夫商量,叫那两个讨饭的女人到家里来住,老婆婆和丈夫都是受过苦的人,异口同声地答应了。李秀兰便顶着风雪到破庙里把两个女人领到家里来。老婆婆让李秀兰给两个讨饭的女人做了饭菜,让两个女人吃得饱饱的。吃过饭后,李秀兰和老婆婆就跟两个讨饭的女人唠了起来。原来这两个讨饭的女人是婆媳俩,家里遭了灾难,又失去了男人,无家可归,才讨要度日。李秀兰见那媳妇生得相貌端庄,又温柔厚道。年纪轻轻地陪着老婆婆到处讨要,一片孝心实在可贵。李秀兰便突然想到了恩人刘仁仲,如果把这个贤良的媳妇介绍给刘大哥,刘大哥有了妻室也好安个家,这婆媳俩也有了依靠,岂不是两全其美? 想到这儿,李秀兰便把自己的意思对讨饭的婆媳俩说了。婆媳俩一听到“刘仁仲”三个字都惊得睁大了眼睛——原来这讨饭的婆媳俩正是刘仁仲的老母亲和妻子何凤英!婆媳俩你看看我我看看你,心里都在默默地想:这个刘仁仲究竟是谁?何凤英低头想了一会儿后对李秀兰说:“大嫂的一片好心我从心眼里愿意,但人家是商号的伙计,我是个讨饭的花子,况且还要带着老婆母,恐怕人家不答应。”李秀兰说:“这样吧,明天我领着你们婆媳俩进城,跟刘大哥当面商议商议。”

第二天吃过早饭,李秀兰的丈夫把自家的毛驴备好鞍,让何凤英的老婆婆骑着,李秀兰和何凤英步行,三个人便奔去了会昌城。到了隆德商行和刘仁仲一见面,刘仁仲的老妈妈见面前站着的果然是自己的儿子,何凤英一看真是自己的丈夫!母子、夫妻娘儿三个抱在一起哭得撕心裂肺,痛断肝肠。

刘仁仲一家人九死一生两世为人,母子、夫妻失散七年之久,鬼使神差在这里奇逢巧遇,消息不胫而走很快传遍了会昌城,人人都为之感叹不已。隆德商行老掌柜亲自为刘仁仲一家举办了团圆宴,会昌城各商家都纷纷前来祝贺。人们都说刘仁仲德行感动天地,向善有善报。

豁嘴武举人*

据老辈人讲,清朝咸丰年间,直隶临榆县的关外木头凳一带出了个举人,姓范,名科。此人从小就爱好舞枪弄棒,也有这个天分。到少年时,就能把一根棍棒耍得滴溜转。因为好动勤练,个子腾腾地往起蹿,十一二岁的孩子,就像十七八岁的,又高又壮,村里十几个孩子合起来都不是他的对手,是个习武的材料。可是,美中不足的是,他是个三瓣嘴,也就是豁嘴儿。有人说是他妈怀他时,嘴馋吃了兔子肉,才生了他个三瓣嘴的孩子,当然这也是村里拿他逗乐子。

那个年代,把舞枪弄棒、游手好闲的人称为二流子,不务正业。豁嘴范科不在乎人们怎么说,照练不误。他的父母也认为他是个豁嘴儿,五官有缺陷,一辈子也难说上媳妇,他愿干啥就让他干啥;有残缺的人,在社会上难免遭人欺凌,练成武功也不是坏事,能护自己的身体,由着他的性子去吧。

范科到了成年时,长得人高马大,虎背熊腰,胸脯的肌肉隆起老高,就像女人丰腴的乳房,胳膊上一疙瘩一块的肌肉,力大无穷。后来他到一个有名的喇嘛庙,拜武艺高强的大喇嘛为师。两年后武艺更加精湛,不仅拳脚厉害,刀、枪、剑、戟也相当纯熟。臂力过人,柞木做的大马槽,两个人抬都费劲,他能一手托一个,成了远近闻名的大力士和武功高手。谁家盖房架柁上檩子,都请他去帮工。一搂粗的大柁,几个人往上架都费劲儿,他一个人就能举上去;上檩子,好小伙两人抬一根,他一个臂膀夹一根还轻飘飘的。

这天,范科正在家里习武,师父大喇嘛来了。他赶紧上前施礼,说:“徒儿拜见师父!师父此来不知所为何事?”

大喇嘛笑笑说:“老衲无事不登三宝殿,你有出头之日了!师父是特意前来给

---

* 本文由张保学搜集整理。

你报喜的。”

范科也咧开豁嘴苦笑了一下说:“徒儿每日在家闲着无事,喜从何来?”

大喇嘛说:“为师听到信儿了,下个月,直隶要乡试考举人,可不是喜事吗?”

范科垂下头勉强笑了一下说:“考举人?对别人兴许是喜事,与徒儿何干?”

大喇嘛说:“怎说与你无关,人人都可以报考,你就不能考吗?凭你的武学,只要你能参试,保证得中武举。”

范科不以为然地说:“师父也拿我开玩笑?我是豁嘴,五官有缺陷,能让我参试?我再有武艺也是白瞎呀!自个儿练着玩算了。”

大喇嘛哈哈一笑说:“师父说你能参试你就能参试,你就在家好好准备吧,到时候师父来陪你一起去,师父会有办法的。徒儿,好好习武吧,为师还有事,我先走了。”大喇嘛说完就走了。

范科听了师父的话后,半信半疑。但闲着也是闲着,也就没间断练功习武。到乡试的前两天,师父果然如约而至。师父催范科父母为儿子准备了简单的行囊。第二天一早,吃过斋饭,师徒二人就上路了。晓行夜宿,不几日就到了直隶衙门,他们找了个小店先安顿下来。范科说:“师父,还没报名呢。”

大喇嘛说:“师父早已托熟人给你报上名了。”

次日就是进考场的日子。大喇嘛早早起来,叫醒范科,二人梳洗完毕。大喇嘛从包袱里拿出一个纸包儿,打开原来是一团面。又掏出另一个纸包,打开,见里边是一绺头发。范科问:“师父,弄这个干啥?”

大喇嘛说:“给你化装的,你先将胡须刮干净。”

范科按照师父的要求,把胡子刮得干干净净,凑近师父问:“师父,刮完了,怎么化?”

喇嘛没说话,拿起面团样的东西往徒儿的豁嘴上粘,边粘边说:“这是用面筋掺和几样东西做的,你看和你的肉皮儿一样色不?”

范科对镜看了看,点点头。大喇嘛继续说:“这东西粘上去保证三天内不坏。”

经过一阵的修整,粘完豁嘴后,大喇嘛又给粘上了胡子。拾掇完,简直像换了一个人,豁嘴不见了。范科又照镜子一看,高兴地说:“师父真有本事!怪不得非拉我来参考呢,原来师父有绝活儿呀!”

大喇嘛也笑笑说:“没有金刚钻,为师也不会揽这瓷器活,这下你放心了吧?”

这样上了考场,考官根本就没发现破绽。在比武过程中,比武艺,范科拿起最重的大刀,足有百斤重,拿在手上,如拎一把锄头,舞起来虎虎生风,呼呼山响;比力气,范科近千斤的石鼎,他举过头顶,有的考生挪都挪不动,最好的只是离地三尺;射箭,范科更是百发百中。他一路过关斩将,博得阵阵喝彩,连连得胜,在乡试场上得中头名武举人。

豁嘴范科中了举人,就吃朝廷俸禄了,人们就不叫他豁嘴了,都叫他范武举。他有副侠肝义胆,好善乐施。那时口外人烟较为稀少,天高皇帝远,匪患较多,土匪经常进村入户绑票抢劫,都被范武举给平息了。此后,附近的土匪怵范武举的威名,轻易不敢在范爷的地方动土,范武举成为这一地方的保护神。可是保护一方,就必然得罪另一方。有一日,从县衙门来了一个捕头和几个捕快,要带走范武举,说有人递了状纸,把范武举给告了,状告豁嘴范科在乡试上弄虚作假,用化装术掩盖豁嘴,欺骗官府,应治他的罪,并革掉他的武举身份。官府的人一到,告状的一方高兴了,并放话说:“怎么样,他名字叫范科,他不犯科才怪呢。”

这时恰好范科的师父大喇嘛有事在徒儿家小住几日,他闻听此事后,叮嘱范科不要承认作假。

范科被县衙捕快带走了。大喇嘛立刻去找几个乡绅地保等头面人物,乡绅们说:“我们这么个偏僻的山村,能出个举人,我们感到自豪。范武举为了一方百姓的安宁,行侠仗义,除暴安良,做了不少好事。如今官府要治他的罪,我们都很惋惜,可又想不出办法保住他。大喇嘛找到我们,想必你已有办法?”

大喇嘛说:“我一个脱离凡尘之人,本不该多管闲事,但匡扶正义、惩恶扬善也是佛门的根本。我的徒儿范科对待一方百姓如何?对各位贤达又如何?”

众乡绅地保说:“那没的说,自从有了范武举,我们这儿开始安定,路不拾遗,夜不闭户呀!”

大喇嘛听后说:“既然你们这样评价他,事情就好办了。”

众乡绅说:“只要能救举人,我们一定鼎力相助。”

大喇嘛说:“你们赶快到县衙,击鼓喊冤见知县,为范科做人证。就说范科原不是豁嘴,科考时好好的,是他做了武举后为了保护百姓的财产与土匪交了手,上唇被土匪削去了一块肉,就成了现在的样子了。你们是一方小有名气的贤达,各位的话是有分量的。”

众乡绅听了说:“真是好主意,明天一早我们就去县衙山海关,一定把武举保回来!”

别说,十几个乡绅地保到县衙大堂联名保范科,知县见这么多地保乡绅来保,也就信以为真,当堂就把范科放了,仍保留武举的功名。可是,曾有人告过他的状和面部成残,责令今后不可再参加会试以上的科举。

范科保住了功名,非常感激各乡绅地保对自己的厚爱,从此他对维护一方百姓的安宁更加上心了。话说这个地界有个仙桃山,山高林大,地形险要,有一人把关、万夫莫开之妙,自古就是土匪盘踞的理想之地。先前的土匪得知山下出了个武艺高强的范武举,与之交了几次锋,都没占到便宜,知道在这里难混了,就知趣地拔营起寨,到另处落草安寨去了。这伙土匪走后,又从蒙古来了一伙土匪,占据了仙桃山。正赶上秋天收粮季节,土匪下山抢粮食,仙桃周边的百姓遭了殃,老百姓刚打下的粮食被土匪抢劫一空。这时地保乡绅找到范武举,请求出手庇护,范科焉能袖手旁观。这一日,土匪正在一家谷场抢劫刚碾下的谷子,范科赶到。正好场边上有一根一搂粗的柞树圆木,他举起圆木向土匪砸去,圆木轱辘辘在谷场上滚,一下将六个土匪的腿撞成骨折。土匪见状,只好狼狈逃回。

第二天,有好几个人来报,说自家谷场上的碌碡不见了,有的说碌碡上树了。范科来到现场一看,可不,百姓各家谷场的碌碡都被架到附近的树丫上了。他笑了笑说:“这是土匪不服气,跟我赌功夫呢。大家不要怕,过不了几天就能让他们把抢去的粮食乖乖给咱送回来。”

果然,第三日,土匪大队人马在大当家的带领下把前几日抢走的粮食全部送回。原来是当夜范科把土匪举放在树丫上的碌碡举到了接近树顶的枝丫上了。土匪一看不是对手,只好把抢去的粮食送回,并带上一些礼品来请罪。

土匪大当家说:“范爷,小的向您请罪!我的手下有眼不识泰山,不该在太岁爷的头上动土。我的二当家、三当家的不懂规矩,犯了忌了,兔子还不吃窝边草呢,怎能在举人的地盘上胡为呢!望范爷高抬贵手,饶过我们,今后我们井水不犯河水,每年还要孝敬爷!爷,你看怎样?”

范科正襟危坐,脸色凝重。听了后,只从豁嘴里蹦出六个字:“从这儿滚出去!”如天边的闷雷。

没过几日,这股土匪从仙桃山撤走。此后数十年里,这儿没有匪患,百姓安居乐业。

秋生的故事*

很久以前,在老岭的山脚下有一户人家,夫妻两个过生活,小日子红红火火的,要地有地,要钱有钱,高屋大房子,骡马成群,鸡鸭满圈,真的是足上加足,美上加美。结婚后第二年的秋天,就生了个白白胖胖的大儿子,取名叫秋生。这孩子浓眉大眼,招人喜爱,两口子捧在手里乐在心中。可是谁家的门前不可能没有个事儿啊,真的是俗语说的“月有阴晴圆缺,人有旦夕祸福”。小秋生在七岁时,秋生妈就得了不治之症,撒手西去了。秋生爹与秋生妈是恩爱夫妻,秋生爹难过得都有了跟着去的心肠啊!看着小秋生哭哭啼啼地找妈妈,更是眼泪止不住地往下流。

早年间的那世道,只要是在自己家的大门口盖一个威风的门楼子,门前拴着高头大马,就是看不着屋里的红堂堂的板柜和盛得满满的粮食囤子,也知道这是个财主人家。秋生妈死后,那些个来提亲的媒人,这个刚出去,那个就进来了,秋生家的门槛子都快踢烂了。刚开头,秋生爹还觉得秋生妈刚没了,怎么也不应再娶一个进门。但他是个财主,岁数也不大,日子长了,心里也犯愁。尤其是晚上睡觉时,西边儿划拉划拉没人做伴,东边划拉划拉没人挡风,漫漫长夜,难挨极了。自己也寻思,这样下去终究不是办法,还是要再找一个二房才好,总不能成天在家里自己陪伴着孩子,又当爹又当妈的。

一放出口风,那还不快吗?没过多久,就又娶了一个姓郝的大闺女,长得是十二分人才,又年轻又漂亮,就像年画儿上的美人儿一个样。刚娶过门儿来的时候,两口子待秋生很好,知冷知热,就跟自己亲生的一样。

可是好景不长,一年过后的春天里,后妈又生了一个男孩,起名叫春生。虽说

---

* 本文由郎跃深搜集整理。

人还是那个人,心眼儿却变得不一样了。她看着自个儿亲生的儿子像心肝宝贝一样,看着前窝的儿子就像眼中钉、肉中刺。她鸡蛋里面挑骨头,吹着暴土找裂缝。她想:“要是没有这个贼崽子,家里所有的财产好歹都是我亲儿——春生的了,要是都由春生继承多好啊!如今前窝留下了这么个孽障,日后的家产就得分一半去。怎么样才能只剩下自己的亲生儿子呢?”

后妈虽说想把秋生这个肉中刺拔掉,但她有这个贼心却没有这个贼胆儿。再说了,还有秋生爹呢!他肯定也不会饶过她。凡是一个心思想做什么事,但却做不到,心里就憋闷,心里就难受,要说又说不出口。就这么地憋闷来憋闷去的,窝在心里,吃也不想吃,喝也不想喝,一来二去的,就窝囊出一场小病,抱着春生回了她娘家小住了几天。

她回到娘家,还是提不起精神,啥都懒得干;两个眉头拧成一堆,嘴唇上的火燎泡起了一大串;嘴还噘得老高,能拴住一头毛驴;整天拉拉个脸子,好像谁欠了她两百吊钱似的。

她娘家有一个哥哥,是个狼心狗肺的东西,一辈子不拉人屎。好不容易拉了一回人屎,还拉在柴火垛上了。他看到妹妹的心里有事,就问她说:“妹呀,每次你回来,都是乐呵呵的,这次回来怎么总是拉拉着脸子,有什么犯难的事儿?咱们是一奶同胞的亲兄妹,有啥事儿你就直接说,咱一块儿想法子,有葫芦不愁开不出个瓢来。”春生妈说:“哥,咱俩是亲兄妹,走不了话儿,就对你说实话吧!自从生了你这个外甥,我就总觉得前窝的孩子是多余的,怎么整死他才好。可是我没有这个胆儿,也想不出啥好方法。”

哥哥听后,仰脸想歪道儿。他仰头低头地寻思了一阵子,说道:“哈哈,有了!都说大风来了刮山坡,事儿来了找大哥。这次,你来找大哥算是找对了。我盘算好啦!你要除掉秋生,还得借妹夫的手!”

春生妈说:“这怎么能够呢?秋生也是他亲儿子,他指定不肯干。”

哥哥不以为然地说:“哎!骗死人不偿命嘛!我知道妹夫你们俩儿感情好,是恩爱夫妻,但这事儿就捏在你的手心儿里啦!我传给你一个方法……只须如此这么办就行了。”

春生妈赶紧说:“这么办行吗?”

哥哥说:“保准行!”

春生妈说:“那就试试吧。”

哥哥就到药铺里抓了服汤药,不是吃的,而是往脸上抹的。春生妈拿了药回了家,就照着哥哥的法子等秋生爹外出收租子时,把汤药抹在脸上。本来是粉面桃花的脸,立马就变成了黄脸婆,脸色蜡黄蜡黄的。她又把身上也抹了个遍。等秋生爹回来的时候,她还猫在被窝里呢,哼哼唧唧地躺在炕上装病。听到男人回来的脚步声,更是假装在炕上乱滚,好像疼得受不了了一样。秋生爹赶紧来到炕沿儿前,只见媳妇脸色蜡黄,披头散发,大口地喘气。他吃了一惊,叫道:"孩儿他妈,你这是怎么啦?"春生妈假装强支着身子,抬起头来,有气无力地说:"自从你出门以后,我就得了这病,浑身难受,没有一个地方不疼的。"说完,又大声哼哼了起来。男人慌了,饭也顾不上吃,水也顾不上喝,脚步没停就出去请郎中了。请来了郎中,看了病,抓了药,他又亲自熬好,端到炕沿儿前。春生妈趁他不注意,偷偷地把汤药给倒到了灶坑里,还假装病越来越厉害了。男人更急了,请来了一个又一个郎中,抓了一服又一服汤药,成天愁得在屋里团团转,连门也不敢出了。春生妈装病不吃饭,生饿也饿坏她了,怎么的也得往外支她男人啊。就说道:"孩他爹呀!近处的郎中治不了啦!你到我妈家那边儿打听打听去,看看有没有医道好一点儿的郎中。"秋生爹哪知是计,赶紧地就去了。

因为春生爹在跟前儿,春生妈好久没吃饭了,等男人出门后,就赶紧狼吞虎咽地吃饱了饭。男人回来后,她又装作气喘吁吁的样子说:"孩儿他爹!什么郎中你也别请了,我这个病不用治了,留着钱好再说一个媳妇吧!反正媳妇像衣裳一样,去了旧的换新的。"说完,还泪流满面。秋生爹也眼泪汪汪的:"孩儿他妈呀!咱们是恩爱夫妻,怎么说出这样的话呢?有病还能不治吗?"春生妈说:"我也盼着和你恩爱和睦地搭伴儿过完一辈子,可是就怕不能够了。你刚出门之后,来了一个穿着圆领大袖道袍、白发苍苍的老道士,手里还拿着个拂尘,说:'行善的给我点儿水喝吧!'我说:'我的病十分沉重,浑身一点儿劲儿也没有,炕也下不了啦。你先坐一会儿,等孩子他爹回来后给你烧水喝。'老道士看了看我,说:'你得了不治之症,是绝症啊!'我求他说:'仙人啊!你会看病,再细致地给我看看,难道一点儿活路也没有了吗?求您救我一命。'老道士说:'我倒是有一个偏方能治,只是那味药不容易得到。要一个八岁的、叫秋生的男孩子的心,他的心是灵丹妙药。用孩子的心,放上八片姜,再烧八个开锅,喝后药到病除。'"

听到这里,秋生爹傻眼了。春生妈见男人没吱声,又假装在炕上滚,"哎呀"了一声,深深地憋了一口气,脸憋得黢青黢青的。秋生爹急了,一把抱住了她,叫道:"孩儿他娘!孩儿他娘!我给你治!我给你治,秋生的心能治,我就扒出来给你治,只要能治好你的病就行!"

春生妈装得好像缓过来一口气,眼睛似睁不睁地说:"孩他爹,我还能活吗?""能活!能活!无论如何我也给你治!"春生妈假惺惺地说:"那怎么能行呢?咱秋生还是一个孩子啊!”“为了给你治好病,只能豁出去了,只好舍了他啦。再说,他刚是个孩子,长大后也不知是柁还是个椽子材料,成葫芦瘪葫芦还不一定呢!是不是个‘虫蚁儿’还两说着呢!”两口子就这么商量好了。

一狠百狠,有后妈就有后爹。第二天吃过早饭,爹说道:“秋生啊,今天不用上学堂了。你姥姥、姥爷想你了,咱们去看看他们。”秋生答应了,爷儿俩就出门了。本来该往东走,爹领着秋生却往西面的高山上走。爹在前面儿走,秋生就颠儿颠儿地在后边跟着。他家养着一条小巴狗,也跟来了。到了西山上,爹说:“咱们坐下歇歇。”父子俩面对面坐在西山岭尖儿的大石头上,小巴狗也趴在旁边儿。停了一会儿,爹开口说:“秋生啊!今天不是领你上姥姥家,你也知道,你后妈病啦,昨天来了一个老仙家,说只有八岁叫秋生的孩子的心能治好你后妈的病,除了你还会有谁呢?秋生啊,你亲妈死了,如今你后妈也得了病,要是也治不好,春生你俩就都没妈了。舍不得孩子治不好病,只得舍了你啦。”

懂事儿的秋生眼泪汪汪地说道:“在学堂里教书先生就说过:‘乌鸦有反哺心,羊羔有跪乳意。’我后妈早先时候对我不错,要是吃我的心能治好她的病,在家里跟我说就行了,怎么还用领到西山上来呢?”他把衣裳的前衣襟撩起来,往脸上一蒙躺在了一块大石头上说,“爹!你就挖我的心吧!”

爹一心想把春生妈的病治好,哪里还顾什么亲生父子情啊!原来有的那么一点儿亲情,此时早就跑到“爪哇国”去了。他恶狠狠地举起了刀,眼瞅着秋生的命就没了。趴在旁边儿的小巴狗,把他俩的话听得明明白白的。它想:“我要是不救秋生,谁能救他呢?”不等秋生爹的刀扎过去,小巴狗就猛地往上一蹿,正好扎在了它的脖子上,小巴狗没哼一声就被扎死了。爹愣了愣,心想:“为啥小巴狗会跳起来,撞在刀口上呢?说不定这是神仙的意思,也许这狗心也能治病。”于是他把狗心挖出来,拿着回了家。

爹亲手把心切成八片,放上了八片姜,烧了八个开锅,端着送到春生妈的跟前儿。春生妈把他支使到外边儿去,偷偷地把煮好的心又倒进了灶坑里了。秋生爹回来后,她假装说:“这药真灵,我吃了后就觉得浑身松快多了,肚子也不难受啦。这不,脸也不黄了,就想吃饭了。”实际上她的脸是自己刚刚偷着洗干净的。

再说另一边儿。八岁的秋生躺在大石头上,衣裳蒙着脸。等了一会儿不见动静,又等了一会儿还是没有动静。掀开衣裳一看,爹不见了,只有小巴狗被开膛破肚死在了旁边儿。秋生很难过,他是个聪明孩子,已经猜中了是怎么回事儿,一准是小巴狗替了自己。他用小手扒了一个坑,把狗埋在里面,又吃力地搬来一些石头压在上面。看看天已不早了,往哪儿去呢?家肯定是不能回了,别处也没地方可去啊！俗话说：人急了投亲，鸟急了投林，只有去姥姥家了。起身刚要走，从西面来了一个老头，鹤发童颜，白胡子垂胸，长眉盖脸的。点头说道："秋生啊，秋生！你也不能到你姥姥家去。日子久了，没有不透风的墙，你后妈还能不知道吗？我给你指一条道。你从这儿一直往西走，到一个地方，那地方可远了，在山西的山西，离山西还有十万八千里。到那里要走很远，要走好几天的路呢。这样吧，我给你七粒黄豆，一路上饿了就吃一粒，都吃完了，也就到了。那个村子叫吉利庄，过了河就是西天佛地。你再问问佛祖，你多咱才能得到好处，到多咱才能时来运转，才能有出头的日子。去吧，赶紧走吧！"说完，老头给了他七粒黄豆，又伸手往前一指。秋生顺着他指的方向望去，看到前边有一条明亮亮的小道。一闪身，老头就不见了。

秋生只好按照老头的指点，上了路，往西走。走到日头快压山了，他觉得实在是太饿了，快走不动了。便拿出一粒黄豆，心想：吃这么一个豆粒儿能顶什么用？也只好试试了。秋生吃完黄豆粒后，你说也怪了，只吃了一个豆粒儿，就觉得肚里饱饱的，一点儿也不饿了。走到半夜那会儿，实在太累了，就躺在道边儿睡了一觉，起来再走。这一个豆粒儿，整整地饱了一天一宿。第二天傍晚，他又吃了一粒，累了还是在路边儿睡。七粒儿黄豆吃完了，整整走了七天七夜，总算是平安地到了吉利庄啦！

一个四十岁左右的老员外正在村头的牌楼下面坐着。秋生求他借了宿，吃了饭。饭后，两个人搭起了话。秋生就把要到西天佛地去的事儿跟他说了。老员外听了，哈哈大笑："西天佛地离这里倒是很近，出了庄子就能看到。可是中间隔着一条无底河，谁也过不去，何况你还是个刚刚八岁的孩子呢？"

秋生说："就是千难万难我也要过河去。山再险，总有路；河再宽，总有渡，说什么我也得过去。"

老员外见秋生人小志气大，心里虽然有点儿信不过，但也不由得点了点头。

第二天早上，秋生就要走了。老员外把他送到了门口，说："如果你真的能见到西天佛祖，你就给我问问，问问吉利庄的吉老员外，有万贯家产，一辈子无儿，只有一个十一岁的哑巴闺女，不会说话。求你给问问，她啥时候才会说话？"

秋生乐呵呵地答应了。他出了庄子，只走了三里路就到了村头的河边儿。他也听说了，这条河叫无底河。他站在河边儿，向对岸望去。河面太宽了，河那边儿瑞气祥云的，还影影绰绰露出了一座金碧辉煌的宫殿。只是这条河太宽了，往上游看看望不到头，再往下游瞅瞅看不到边，河上连个桥的影子都没有。

正发愁时，从河里冒出一条大鲤鱼。秋生忙说："鱼大哥！鱼大哥！你能不能把我驮过去呢?”鲤鱼点了点头。大鲤鱼摇晃着尾巴,游起来嗖嗖的。一炷香的工夫就蹿到了西岸。秋生上了岸,鲤鱼说:“我知道你肯定是去见西天佛祖的,你给我打听个事儿。我在这无底河里已经修炼了两千年了,虽然会说话,可就是跳不过龙门去。你跟佛祖问问,怎样才能跳过龙门去呢?”

秋生又答应了。

秋生上了岸,慢慢往前走。迎面来了个老头,拄着龙头拐,仔细看看,还认识,原来就是给自己指路的那个白胡子老头。

老头乐呵呵地说:“孩子啊,你终于来了,我等你好多天了! 见了你我也很高兴,我知道你肯定要问我问题,但是,我只能回答你两个问题。你就问吧!”

秋生是一个聪明的孩子,他已经知道这老头就是佛祖了。同时他还是一个好心的孩子,先问道:“吉利庄的吉老员外托我问问,他的哑巴闺女到多咱才会说话?”

白胡子老头说:“回去你告诉吉老员外,就说:她只要见了她丈夫就会说话了。快点问啊! 你只能再问一个问题了。”

秋生又说:“无底河里的鲤鱼精叫我问问你,它怎么才能跳过龙门去?”

白胡子老头说:“它的脖子底下有一个瘤子。用手把瘤子掐去,来年三月三就能跳过龙门啦。”

给别人都问完了,秋生刚要问自己什么时候才能得到好处,才能有出头的日子。老头却一摆手说:“行啦,行啦,你已经问完了两个问题了。最后你要记住我的话,千金难买好心眼儿!”说完一转身就又不见了。

秋生惊讶得瞪大了眼睛,愣了老半天。他想:别人托我的事儿都问了,也就行了,自个的事儿不问也罢。就高高兴兴地往回走了。

到了河边儿,大鲤鱼正张着嘴等他呢! 秋生说:“我已经替你问了。佛祖说,你把脖子下的瘤子掐去后,明年三月三就能跳过龙门了。”

秋生就替鲤鱼掐下了瘤子。他刚要扔掉,鲤鱼说:“那瘤子可是个宝物啊,叫夜明珠,夜里比点灯还亮堂。”鲤鱼把夜明珠送给了秋生,还把他送过河去。

秋生怀里揣着夜明珠快步赶到吉利庄。老员外的哑巴闺女正在门口站着,见到秋生,扭头就往家里跑,一面跑还一面招呼着她的爹妈:“快来看啊! 那个人又回来了!”

哑巴闺女怎么突然会说话了呢? 老员外十分惊讶,老两口一齐迎出门来。秋生说:“你托付我的事儿,我跟佛祖问了。佛祖说:你女儿只要见到她的丈夫,就会说话了!”夫妇俩太高兴了,正好刚刚她见到秋生才会说话的,于是,就把秋生招成了上门女婿。俗话说:“女大三抱金砖。”正合适。虽说秋生刚刚八岁,就等过几年再成婚也不迟。秋生也无家可归,就住在了他家,日夜苦读,晚上就用鲤鱼精给他的夜明珠照亮看书、写文章。皇天不负有心人,十载寒窗,十年后秋生考上了状元。

中了状元后,秋生就把自己的遭遇向皇上奏了一本。从前,父亲害儿子没害死,按照条律是该发配的。朝廷就把秋生爹发配到了山西,把春生妈发配到了沧州。这就是:霜怕日头,日头怕云,后来自有找上他的人。

秋生回到乡里,想起了小巴狗的恩情,就在西山上给小巴狗修了一座高大漂亮的宝塔,以示对小巴狗的感激。

至于后妈生的同父异母兄弟春生,只是一个本分的庄稼人,允他安安稳稳地过日子。

建文帝失踪之谜*

大明建文四年六月(公元 1402 年),燕王朱棣起兵造反成功,入京篡得了皇位。其侄建文帝朱允炆在心腹大臣和部分御林军的簇拥下,从暗道仓皇逃命,出得京城,从此,下落不明,朝野上下众说纷纭,莫衷一是。究竟这位做了四年皇帝的朱允炆落脚哪里?是个千古之谜。

超常的太子孙继位

大明洪武三十一年五月,南京城明皇宫里一片哀声,开国皇帝太祖朱元璋驾崩。一国之君殇逝,是个大事,可朱元璋的诸多皇子都没能与父皇的遗体告别。原来皇宫里传出太祖遗诏:丧事从简,诸藩王和邻国使臣不要进京举丧。诸皇子都被封为各路藩王,各霸一方。有的远在边关,没能及时得到消息;有的听到噩耗后,匆匆前来奔丧,却被太祖的"遗诏"挡在城外,不准进宫。先皇国葬,不让皇子参加,在历史上也是罕见的奇闻。

可更为让人难以意料的是,继承皇位的竟然不是皇子,而是皇孙朱允炆!这一举动令朝野上下议论纷纷,太祖有那么多的儿子,就没有一个中他意的?为何别出心裁,违反常规地要孙子继位?这也是一个谜。

朱允炆是大明开国皇帝朱元璋的孙子,太子朱懿文的第二个儿子。朱允炆自幼乖巧灵透,聪明好学。刚刚牙牙学语之时,就爱好读书写字,而且乐此不疲。十几岁就学得满腹经纶,四书五经都能倒背如流。才智造就他风度翩翩,气宇非凡,知礼仪懂纲常。而且生得眉目清秀,玉面红唇,仪表堂堂,深得太祖和太后的喜

* 本文由张保学搜集整理。

爱。朱允炆十四岁那年，他的父亲皇太子朱懿文得了重病。朱允炆守床侍候父亲，他生怕外人照顾不周到，饮食服药，端屎端尿都不用仆人，都由他亲手侍奉。人都说久病床前无孝子，可太子懿文病了两年多，朱允炆对父亲始终如一，昼夜陪伴在父亲身边。直到太子离开人世，从没懈怠过。太子死后，他坚持陪陵守孝，又是三年。他身体都累瘦了，背都累弯了。太祖朱元璋平时就非常喜欢这个孙子，视如掌上明珠，又见到孙子这样懂事，他打心里高兴。他疼爱地摸着允炆的后背说："孩子呀！为了你的父亲连自己的身体都不顾了，难得呀！你的叔父们要都像你这样就好了，可他们都在想些什么，爷爷心里清楚得很！你才是我们朱家的好子孙啊！"

太子朱懿文病故后，须立新的储君。这是宫内的一件大事，皇子们都瞪大眼睛看着呢，可是太祖不顾几个儿子和各大臣的反对，力排众议，于洪武二十五年九月超乎寻常地立朱允炆为皇太孙，入主东宫。这在历史上是前所未有的。太子懿文健在时，太祖为了历练太子治理国家的才能，经常命太子代替皇上批阅奏章典籍什么的。太子性格仁厚，对刑律和犯人都从轻处理，减少用刑。到太子孙时，太祖仍然经常命朱允炆批阅一些奏章。朱允炆则参考父亲的做法，对犯人以宽大为怀，可又觉得不妥当，于是他就经常向太祖请示，认认真真地向爷爷学习治国之道。他按照爷爷的教诲，博览历朝历代的礼经、法学典籍，他的才学不断长进。他参照各朝代的法律经典，结合明朝现实，对洪武《律》进行了修改和完善，改动重要章节达七十三条。这一举动让朱元璋大为高兴。

洪武三十一年五月，太祖朱元璋驾崩。皇太孙朱允炆继承皇位后，称为惠皇帝。确定第二年为建文元年，于是也称建文皇帝。建文元年正月，举行建文皇帝登基大典。但庆典很简单，按朱允炆的谕旨：庆典不庆贺，不摆宴铺张，不搞歌舞声乐，而且大赦天下，以彰显新皇帝的皇恩浩荡。

削藩惹火烧身

在朱元璋未死之前，吏制上就有弊病。当时诸王们都是独霸一藩，权力很大。多数置皇权国法于不顾，且拥兵自重，稍有不慎，就会生变，引起内乱。这个毒瘤是由朱元璋种下的，可他却撒手西归了，把这副沉重的担子过早地放在了朱允炆稚弱的肩膀上。更为不利的是，皇爷执意将皇位传给他，这本来让他心里惴惴不安。这不，还没几天朝野上下都在传闻，各叔王和其他各路王爷的极度不满，诸侯不服者甚多。诸大臣都在各位皇子身上下了不少的赌注，却出人意料，太子孙继了位，让他们的奢望破灭，怎能不恼火，于是也不把这位小皇帝放在眼里。朱允炆虽然贵为皇上，可面对这种局面也是无可奈何。自己年幼辈小，涉世未深，对宫里的事不够清楚，如何主持朝政，他无从下手。特别是怎么节制各藩，他更是一筹莫展。

这时，朱允炆的近臣齐泰、黄子澄给他出主意说："诸王们的权力过大，皇上年少，恐怕节制不了他们。不如找些理由，逐渐削减他们手中的权力。"正是这个主意，朱允炆才引火烧身，遭致被夺了皇位而仓皇逃走的悲惨结局。

朱棣是朱元璋的第四个儿子，朱元璋夺得天下后的第三年就封朱棣为燕王，成为重要的一路藩镇。朱棣知人善任，军纪严明，对部下也讲诚信，深得部下的崇敬。因为朱棣在永平一带的长城以北冷口外的都山征讨蒙古人乃儿不花等几次战争中均得胜而归，威名大振。太祖朱元璋曾称赞说："清沙漠者，燕王也！朕无后顾之忧矣！"

朱允炆惧悚四叔王的强势和能力，削减诸藩王的权力时，没敢先动朱棣，而先罗列周王朱橚的罪名。朱橚是朱元璋的第五子，是朱棣的胞弟，他与哥哥朱棣是同年被封为王的。他为吴王，后改为周王，为开封一带的藩王。他对医药学感兴趣，编撰了《保生余录》，有不务政务之嫌，被父皇流放到云南悔过，一年后才恢复原职回到开封。回来后仍不吸取教训，又组织一批有专长的人编纂《袖珍方》等书目，因此有了"开封周邸图书甲他藩"的名声，再次成了朝廷的欲加之罪。朱允炆也是以他不思政务，不胜藩位为名，废了他的王位，再次被流放到云南。接着湘王、代王、齐王、岷王等相继被废。此时燕王也感觉到自己的王位岌岌可危，可他已经做好了应变的准备。这时齐泰、黄子澄等又暗中劝朱允炆想办法除掉燕王，朱允炆思考再三，不敢下手。

建文元年六月，朱允炆在一些近臣的怂恿下，心存余悸地下了要燕王让位的诏书，并派遣宫中之人逮捕燕王府中的幕僚。朱棣一怒之下，上书朱允炆，告称齐泰、黄子澄是朝中的奸臣，并援引《祖训》"朝无正臣，内有奸恶，则亲王训兵待命，天子应密诏诸王统领镇平之"。这一奏章就像战书一样，使朱棣起兵造反成为名正言顺。

他想立刻起兵，可又担心东北方面的宁王与辽王如果听命于朝廷，那燕京有腹背受敌的危险。正在他担心之际，传来消息，朝廷恐怕宁王、辽王联合起来反朝廷，密诏宁王朱权、辽王朱植进京，然后软禁起来。宁王抗旨未动，愿坐削藩之地为臣不为王。朱棣听说后心中大喜，他知道宁王府在原辽国的中京大定府，东连辽西，西接宣府，历来是军事重镇。朱棣诈称被朝廷追杀，单枪匹马潜入宁王府，佯装悲痛,大哭不止。他说:“我是大明子孙,怎么会反朝廷呢?是朱允炆向我们下黑手啊!这样下去哪有我们的活路呀!”随后,他暗中令心腹之人以重金收买朵颜三卫的将士,谋划了借设宴为他送行之机,安排伏兵,以他掷杯为号搞兵变。由于安排周密,兵变成功。朱棣挟宁王朱权一班官员和家眷离开宁王府奔燕京。朱棣唯恐宁王兵马途中反悔,放火烧了宁王府,曾繁华一时的辽中京变成了一片废墟。

燕王和宁王合兵一处,开始了举兵造反。一路南下,直指南京城。双方军队征战三年,于建文四年六月,燕王兵攻打金川门,兵临城下。这时,谷王朱穗和曹国公李景隆见朝廷大势已去,谋划归顺燕王,打开城门,迎接朱棣入城。都城陷落,宫中起火。朱棣下令安抚军民,并搜捕齐泰、黄子澄等人,还将齐泰、黄子澄、方孝孺等五十多人定为奸臣,张榜公布于众,然后夷灭九族。可是搜遍全城,只见皇后死于大火之中,建文帝朱允炆却下落不明。朱棣立刻派出人马,兵分几路追赶搜寻,可追查了好长时间也没有找到朱允炆的下落。

惠帝出走落何处

朱棣虽然从侄子手中夺得了皇位,可是朱允炆活不见人,死不见尸,究竟落在了哪里,成了他的心头大患。他四处派人打探朱允炆的下落。他听到有人说朱允炆有可能到了西洋的海岛上,就于永乐二年六月派三保太监郑和与侪王率二万七千余人,乘大船出使西洋。表面上是炫耀武力,显示泱泱大国的富强,实际上是寻找朱允炆的下落。可是郑和多次下西洋也没找到一点朱允炆的蛛丝马迹。一日有人密奏朱棣,说北平以东山海关西北方向有个朱庄,朱允炆可能就在那儿。朱棣听了惊讶不已,他朱允炆有多大的胆子敢往当年我的领地里闯?他立刻找来心腹,命其到山海关西北方向的山里寻找朱允炆,只探虚实,不用见面。并口谕心腹和秘报人,此事不得外传,连宫内都不许说,谁敢走漏半点风声,罪不容恕。

不几日,派出去的心腹回来向皇上禀报,说:“朱允炆确实在那里,可是不知怎的,他们得知了消息,把朱庄的朱字上的一撇给抹去了,变成了未庄,这种把戏能唬住我?我在那个地方转悠了好几天,打听实了,山海关西北方向百十余里,有座山,名叫老岭,辽金时称作箭笴山,山高林大,山里有一座废弃的宫殿,据说是唐朝前高僧建的道院,后来辽代奚王回离保乘当时辽国朝内混乱无主之机,利用此道院在山里建立了大奚国。可是这位奚国皇帝称帝不到八个月,就被手下人给杀了,所以就留下了这座空殿。后人就将回离保称帝的宫殿叫作铁瓦乌龙殿。”

朱棣有些着急地说:“你说了半天也没说出朱允炆的下落,简单点说,别绕圈子。”

心腹连连磕头说:“皇上息怒!那朱允炆逃到了山里,以铁瓦乌龙殿为禅寺,他已经皈依佛门,落发为僧了。在朱庄落脚的是他那些不愿出家的随从和亲兵。”朱棣听了,舒了一口气,心才稍安下来。既然朱允炆已经出家,复仇造反、再夺江山的可能性就很小了。他为了进一步安抚住侄子朱允炆,又秘密派遣一位曾经侍候过朱允炆的太监,带着诏书到老岭的铁瓦乌龙殿请朱允炆回朝做首辅王爷。

这位太监日夜兼程来到老岭,见到朱允炆青衣秃头,与昔日的皇上判若两人,不觉悲从中来。君臣二人抱头大哭了一场。哭过后,太监拿出朱棣的诏书,并劝说朱允炆还俗回朝享受荣华富贵。怎奈朱允炆已万念俱空,一心向佛,说什么也不回去。太监见到昔日的主子成了这个样子,不觉又潸然泪下。他离开朱允炆身边后就不见了,跟随太监来的一干人马和与惠帝一起出家的旧臣等四处寻找,找了一天,才在东南面的一条沟里找到了这位太监,却在树上挂着,已经上吊死了。此后,人们就把这条沟叫“老公吊死峪。”

南方有那么多的名山大川,有那么多名寺古刹,朱允炆却为何要到北方这不知名的地方出家为僧呢?当年都城失陷后,朱允炆在心腹大臣和部分御林军的保护下,从暗道悄悄逃出城,可不知到哪里容身。他们欲往南逃,这时有一位大臣建议往北走。有人反对说不可,北平一带是朱棣的老窝,往北去是自投罗网。大臣坚持说:“越是觉得不安全的地方越安全,这叫灯下黑。”这样,他们决定乔装打扮成商人就往北走,可不是,一路畅通无阻,别的方向朱棣都派兵追了,就归他节制的北方没派人。他认为,朱允炆绝对不敢走燕地,结果是让朱允炆钻了一个空子。

失败出逃的皇上朱允炆如丧家之犬,无家可归。他感受到人世间的残酷,为了个皇位就不顾先祖的遗诏,同室操戈。这人世间还有什么可留恋的,不如遁入空门,远离红尘。可是北方名山名寺很少,到哪里落脚?这时有人无意间听到,永平东北,山海关西北有座山叫老岭,大山里有辽代奚王回离保称帝建都时留下的宫殿,无人居住,我们不如到那里出家,而且少有人知,相当安全。于是朱允炆和他的追随者就来到了祖山的铁瓦乌龙殿出家当了和尚。

话说朱棣听到朱允炆的确一心向佛,与世无争了,很受感动。随后秘密送去御制盘龙透雕功德碑一块,放在乌龙殿上边的胜水岩旁,至今还能见到残碑。

因为朝廷对朱允炆的下落,一直是秘而不宣。朱棣死后的正统五年,皇帝朱祁镇闻说有僧人从云南到广西,自称是建文皇帝,结果缉拿审问,原来是钧州人杨行祥。自此,朱允炆的行踪更成了一个难解的谜。

05

动植物篇

为啥猫狗不和*

在很久以前,咱们青龙老岭的山脚下出了一个怪物。这怪物,大脑袋,猪尾巴,头上长着八只角,张开嘴巴有笸箩那么大,一口就能吞下羊、小牛和一个人。它守在老岭山脚下的一个路口,把过往的客商、行人都给吃了。它还刀枪不入,遇到使刀枪的,它连人带刀枪一起吞下去。

村民报告了县衙,县官赶紧贴出告示,说:谁要是能除掉这个八角怪,没媳妇的给说个媳妇,有媳妇的赏他五百两银子。

真是重赏之下必有勇夫,四面八方许多武艺超群的能耐人都赶来了,十八般武艺都用过了,就是没有一个能伤到八角怪。连县官也没了办法,大伙更是愁眉苦脸,想不出什么办法治它了。

离这个山口不到二里地有一个小庄子,庄子里有一个叫大憨的小伙子。他老实忠厚,就是有时候认死理,脑袋一根筋。他独身一人过日子,家里养着一只狗和一只猫。这个庄子的许多坡地都在山那边的山洼里,大憨家的二亩薄坡地,也在那个山洼里。二月二就得拾掇地,可三月三都要过了,连粪还没送过去呢。节气不等人啊!春不种秋不收,一年的口粮眼看就要落空了,大憨非常着急。

那工夫,狗并不咬猫,狗猫是一家,大憨对待它俩都一样。他说:“狗啊,猫啊,你俩看看不光咱们一家犯愁,有多少人都遭难,唉!这山口要是没有八角怪该多好啊!”

狗和猫都懂得家主的心意,猫只是鼻子里发出了“呼噜、呼噜”的声响,就像在念佛。狗却低下头,跟主人一样愁虑起来。后来,狗就悄悄地跑了出去。狗跑到山口,躲在一块大石头后边儿,听到八角怪正在自言自语地说:“唉,这些日子成天

* 本文由郎跃深搜集整理。

吃肉，真想口酒喝喝啦！我知道我自己无论如何都不能喝醉，只要喝醉一次，往后就再也不能吃人了。”

狗把这话听得明明白白，牢牢记在心里，立刻跑回家去，张开嘴巴向大憨说了。狗说：“不用犯愁啦，那只八角怪自己念叨，它爱喝酒，只要拿酒把它灌醉了，就没办法伤人了。”

大憨从来没见过狗会说话，还带来这样一个好消息，乐坏了。他问了又问，想了又想，就毫不迟疑地把告示揭了下来。

大憨到了县衙，对县官说：“我只要一桶好酒和十斤肉就可以把八角怪制服。”

县官心想：只要他不怕去送死，这一桶酒、十斤肉只是小事一件，便答应了。

大憨把酒和肉一起挑着，朝山口走去，狗和猫跟在后边儿。越走越近，只见那只八角怪蹲在山口，斗大的头上长着八只角，铜铃样的眼睛金光四射。它抽搭抽搭鼻子，立刻闻到酒香，连声喊道：“好香的酒味！好香的酒味啊！”

大憨立刻炸着胆子答道：“我知道你爱吃肉喝酒，特意为你送来的。”

八角怪听了，欢喜地喊：“快拿过来！快拿过来！”

大憨赶忙过去，把酒和肉摆在它的跟前儿。这酒叫一碗醉，人喝了一碗就醉。这怪物什么也不顾了，先搬起酒桶狂喝一气。又去吃肉，嘴里还不住地嘟囔着：“这酒又香又甜，千万不能多喝！”自己念叨着，忍不住又搬起酒桶喝了起来。还是一面吃肉一面喝酒，还一个劲儿地嘟囔：“这酒比蜜还甜，怎么也不能多喝。”说着，嘴又伸进了酒桶。这一次，直把一桶酒都喝光了，它才觉得天也旋，地也转，头昏眼花在地上打起滚来。眼见着越滚越小，越滚越小。狗扑上去，一口咬下了它的尾巴。猫本来躲在树上，也跳了下来，看那怪物滚个不停，腿脚往里直缩，一面滚一面说：“反正我是不中了，你把我的头拿去，要什么有什么。”说完，就不动弹了。大憨抓住它的角往上一提，一声亮响，定睛一看时，手里拿着的哪里是啥怪物，而是一个比猫头大不了多少的八角兽头，紫拉吧唧的，就像用檀香木刻成的，很玲珑好看。

大憨又是惊奇，又是欢喜。直到此时，他才感觉到害怕，浑身就像散了架一样，全身流汗，口干舌燥。他很想喝水，便说道：“八角兽头啊，要是有一个香瓜吃吃，解解渴多好呢！”刚说完，兽头的嘴“嘎巴”张开了，吐出一团紫雾。紫雾消散之后，一个大大的青皮大香瓜就摆在大憨的眼前了。这香瓜吃在口里，嘣脆甘甜，就跟刚摘下来的一样。回去的路上，他寻思来寻思去，一会儿见了县官，不要银子，也不要媳妇，就要这个八角兽头。县官也很乐意，大憨自然更是高兴，便领着狗和猫，欢天喜地地回家了。从这以后，大憨再也不愁吃不愁穿了。

都说,有吃有穿的日子过得快,转眼就到了年根了。不用说,这个年过得最富足了。正月里的一天,大憨家门口来了一个人,那人愁眉苦脸地说道:“我走到这里,赶不上店了,求你留个宿吧。”

大憨说:“行啊,我家就我一个人。”

那人就往院里走,狗扑上去,挡住不让进屋。大憨把狗赶开,说:“谁出门也不能背着房子啊。”

那人到了屋里,四下瞅瞅,又说:“我真饿得慌啊!”

大憨忙着跟八角兽头要了饭,给他吃了。这样一来,那人跟大憨更近乎了,口口声声喊他大哥。又说了老一阵子话,才睡下。

第二天早上,大憨醒了,看看那人还在鼾声“呼呼”的,心想:他一定是累了,就让他多睡一会儿吧。大憨有急事要出门去,就对狗和猫说:“你俩在家好好看家!”说完,拔腿就走了。

狗听主人的话,就守在大门口。猫却贪恋暖暖和和的热炕头,连身子也没动一下,又“呼噜、呼噜”睡着了。

俗话说:知人知面不知心。想不到这人不怀好意,他并不是真睡。大憨出去之后不久,他就悄悄爬起来,把八角兽头揣在怀里,一溜烟儿出了门,身子一越,便翻过墙头,转眼工夫就无影无踪了。

大憨回来到家里一看,那人不见了,才发现宝物被偷了。他又焦急,又发愁,连声喊道:“狗啊! 猫啊!”狗立刻跑过来,猫刚刚醒,大憨叫它俩把八角兽头找回来。狗知道这宝物是主人的心爱,飞快地向外跑去。猫却慢慢吞吞地走出了门,嘴里嘟嘟囔囔:“天这么大,地这么广,大路通四方,谁知往哪里去找呢?”

狗说:“听口音那人是南方人,咱们往南追。你会爬树,我会浮水,过河蹚水我驮着你,你能爬树,高处看得远,找起来容易。”

它俩往南翻过一山又一山,蹚过一河又一河,不知走了多少日子。猫饿了就跳墙爬屋去偷食吃,狗却只能捡人家扔下的剩饭剩菜充饥。

有一天狗和猫到了一个村子。狗的嗅觉灵敏,闻出了那人的气味。到了一户人家,狗看见一个正在开门的人就是那个偷八角兽头的人。狗悄悄告诉猫:“我在这里望着,你进屋去看看他把宝物放在什么地方了。”猫跳到墙上,等了一会儿,只见那人回了家,掀开屋子中央的一个大柜子,从里面拿出八角兽头,要了饽饽,还要了一条鱼吃了。然后又把宝物放进柜里,锁上锁,出去串门子去了。

等那人走了以后,猫就轻轻地由猫道跳进屋里。望了望那把锁又大又重,这怎么办呢? 正在此时,从柜角蹿出一只大耗子,猫一把抓住了大耗子。猫说道:

“我不吃你,只要你把这个柜子啃上一个大窟窿,我就放了你。”大耗子“咯吱咯吱”啃起了柜子,一阵儿工夫就把柜子啃出个大窟窿。猫放走了耗子,钻进柜里,叼出八角兽头,便跳出墙外去了。

狗见了,高兴得不得了,说道:“你赶紧跳到我的背上,我驮你赶快跑,要不那人就可能追上咱们。”

狗想快点儿赶回家去,就抄近路走。看看到了海边,狗已经累得不行了,又碰到涨潮,一个大浪如山样卷来了。猫看得清楚,从狗身上一蹦,蹦到岸上,狗却被海浪卷去了。猫反而高兴地想:我正愁怎么才能独占这份功劳呢! 狗被浪卷去了,这真是求之不得的事儿。

猫高兴极了,它用不到两天的工夫就到家了。大憨一见猫叼着八角兽头,便连忙接过来,欢喜地说:“猫,你真能,把宝物给我找回来了,可是狗去哪儿啦?”

猫说:“它怕苦怕累,半路上就溜了。”

哪知道狗并没有被淹死,它又爬上岸,在天傍晚时,也到家了。大憨见它瘦得那个样儿,又水淋淋的,生气地说:“猫已经把宝物找回来了,你还回来干什么?”

狗说什么大憨都听不进去,他把狗打到院子里去了,叫它看家看门,吃猪狗食。却让猫趴在炕上,睡在炕头,还给它好吃的。

虽说受到这样的冤屈,狗依然没有离开家主,对主人依然忠诚,不嫌家贫。而猫则经常往外跑,看见别人家有好吃的就不回来,见异思迁。

打这以后,狗见到猫就咬,这也就是狗和猫不对付的原因。

"知母"的传说*

说不清是哪个朝代了，北燕山中有一个小村庄，村里有一户穷苦的人家，男人叫杜山，夫妻俩和两个孩子。家里穷得叮当响，吃了上顿没下顿，日子过得十分艰难。杜山便托人让十岁的儿子小良给一户财主人家放牛，虽然不给工钱，但毕竟能吃饱肚子。

小良每天赶着牛群上山，早起晚归，还要干些打扫院子、喂鸡喂猪的零活，人小干不好经常遭老财主的打骂。十岁的小良没离开过父母，天天想家想爹想娘，但老财主却不准他回家，小良只好背着人偷偷地哭。

有一天，小良爹来到财主家，说小良娘病了，到处求医，吃了不少药，终不见效。小良娘担心自己活不了多久，非常想念儿子，打发小良爹来求老财主让小良回去一趟，母子俩见上一面。可是，狠心的老财主说："不行，放牛的回家，我的牛谁来放？"任小良爹苦苦哀求，老财主说什么也不答应，小良爹只好含着眼泪回去了。小良不能回家看妈妈，只好赶着牛群进山放牧。这座山里有一座陡峭石壁，石壁下有一个平展展的小土台，干干净净的什么草也不长。小良把牛群散开后就坐在土台上，正好看着山坡上吃草的牛群。小良心里惦记着娘，一个人孤零零地坐在平台上就伤心地哭起来。小良正哭着，突然一位四十多岁的大婶来到他跟前，伸出手一边给他擦眼泪一边安慰他说："孩子，有什么伤心的事对婶子说，婶子帮你想办法。"小良见这位慈祥的大婶对他很关心，就把妈妈病重老财主不让他回家看望的事对大婶讲了。大婶说："孩子，别难过，婶子有办法，我能治你娘的病。"大婶说着用手指着小良身边的一片绿草说："这种草的根是一种药，能治你娘的病，你挖几根拿回家去给你娘熬水喝，你娘的病就会好的。"小良听大婶这么一说，就用石片挖了几棵草根。可是，他两眼望着手指粗的草根又犯愁了，便流着眼泪

* 本文由杨友搜集整理。

对婶子说:“大婶,我不能走啊,我走了牛群没人看管。要是跑丢了一头牛,老东家能饶我吗?再说,这里离我家最少也有十多里远,来回要走多长时间?”大婶说:“孩子,别发愁,其实这儿离你们家并不远,有抄近的路。”大婶指着北面山崖旁的山口说,“你从那儿过去不远就是你们家的村子,你只管放心去,我替你看牛群。”

小良给婶子磕了个头,拿着草根高高兴兴地向那个狭窄的山口走去。说来也很奇怪,刚走过那个山口,果然看到了他家的那个小村庄,没用上半个时辰就到家了!小良很惊讶,过去咋没听说过这儿有抄近的路呢?

小良回到家里,娘紧紧抱住儿子哽咽着说:“是老东家让你回来的吗?”小良摇摇头说:“我是在山上偷偷跑回来的。”娘惊得身子一抖,声音颤颤地说:“那怎么行?要是丢了牛老东家还不把你打个半死?再说咱家也赔不起呀。”小良就把在山上遇上一位好心大婶的前后经过对娘讲了,说大婶在山里替他看牛群,还让他带来给娘治病的草药。小良爹听儿子说带来了草药,马上就把那草药根块熬了一碗汤,让小良娘喝了。小良娘喝下药汤后出了一身热汗,便对小良说:“这药真是神药,娘喝下这一剂身上就觉得轻快多了。你回去吧,别让那位大婶等得着急。”小良见娘喝了药有了精神,高兴得一下子跳了起来!只听“当啷”一声脚下踢了什么东西,小良一下醒了——原来刚才是在做梦,一块拳头大的石头块被他踢下了山坡。小良揉揉惺忪的眼睛,发现他坐着的小土台上长出了一片绿油油像蒜苗儿一样的青草!小良很纳闷,这土台本来是光秃秃的,睡了一觉怎么就长出一片这种不知名的青草呢?小良两眼出神地望着这一片青草,过了好一阵心里猛然一亮——这不是那位大婶特意给娘送来的“神药”吗?想到这儿,小良立刻来了精神,便用石头片挖了些草根,准备捎回家给娘治病。

第二天,小良爹又匆匆地来到财主家。小良一见爹又来了立刻惊得哇哇地哭起来——不用说准是娘死了。小良爹拍着儿子肩头说:“孩子,别哭,你娘吃了你拿回家的药,病好多了,这回你也不用惦记了。”小良一愣:“我……什么时候回家给娘送药了?”爹说:“昨天你不是特意回家给你娘送一次药吗?爹这次来还是要你求求那位大婶,再给你娘弄些药。”小良惊得两眼怔怔地望着爹好久没说出话来,莫非自己梦里真的给娘送药了?

小良便把他挖来那种草根让爹带回了家。爹又把药熬了汤让小良娘喝了,没过三天小良娘的病彻底好了!事情很快在附近传开了,人们都说小良梦中遇上的那位大婶是神仙显灵。因为神仙知道小良母亲的病是什么病,才把这种草药赠送给小良。于是,人们便把这种草药称为“知母”。由于“知母”具有清热泻火、滋阴润燥等功能,后来便得到了广泛的应用,是中医处方最常用的草药之一。

不养白狗的由来*

在过去,青龙县南面,也就是现官场乡一带的人家不养白色的狗,这是为什么呢？有这样一个故事。

人们都说狗是通人性的,白色的狗更是通灵性。据传说在很早以前,现官场乡境内,有一户姓陈的人家。由于陈家能勤俭持家,家道还算殷实。这年,陈家粮食打得多,没处搁没处放的。当家的说,打个木板粮仓吧。于是就从外村请来个手艺好的木匠来家里做粮仓。

都说手艺人难求,你请了木匠就得好生伺候,不说是上顿席下顿筵的,得顿顿有酒有肉,三天两头还得摆顿宴。如慢待了人家,就不给你好好做,磨洋工不说,你的活一准粗糙。不是哪儿少铆儿,就是哪儿缺钉儿,使用不长时间就会铆松角斜,所以手艺人怠慢不得。

陈家打板仓,就得买肉买菜呀！主人到几十里路的集市上买了十来斤的好猪肉,用来款待木匠。可是,居家过日子,都养些猫啦狗的。猫狗偷嘴,肉菜放得不安全,就会进猫狗肚。这家女当家的就找来一只荆条篮子,把肉割成小块放进篮子里,吊在灶间的房梁上。心里说:这下放心了,猫狗谁能耐也够不着。

可是到做菜时,女当家的把篮子放下来,发现少了一块肉。她犯起了嘀咕,心说:怎么少了一块呢,莫非是自己数错了？

到了第二天,又发现少了一块肉。这下女当家的急眼了,急三火四地说:“活见鬼啦！这肉哪去了？挂得这么高,猫狗能上得去吗？怕是两条腿的牲口给吃了吧！”

她明明是在骂儿媳,儿媳是六年前娶来陈家当童养媳的,一直受婆婆的气。

---

* 本文由张保学搜集整理。

如今这个童养媳已经十七八岁了,出落得水水灵灵、板板正正的一位美女了,去年完的婚。可是婆婆还是看不上她,总看她不顺眼。不论干啥活都横挑鼻子竖挑眼的,鸡蛋里找骨头,总给挑出点毛病来,然后再指桑骂槐地骂街。肉丢了,这么大的事,她能不往儿媳身上想吗?可她骂了一阵子,没人搭言儿。她更生气了,指着儿媳破口大骂:"你个不出才的东西,大老远好不容易买来点肉,款待木匠还不够呢,你给偷吃了!就那么嘴馋!"

儿媳说:"妈,不是我,我没偷吃。"

婆婆横眉立目地说:"什么!你还敢抵赖,你没偷?你再说一句!"

儿媳跪下说:"妈,我真的没偷,我可以对天发誓!"

婆婆冷笑一声说:"你,你还敢犟嘴,你没偷吃?咱家没有别人,难道木匠师傅能偷咱家的肉?"

儿媳委屈地说:"妈,谁偷我不知道,我说没偷就没偷!"

婆婆气急眼了,上前抓住儿媳的头发,伸出巴掌狠狠地抽儿媳的嘴巴,边打边说:"叫你偷嘴,叫你顶嘴,我打死你这个不出才的东西……"

儿媳被打得眼冒金星,嘴角出血,粉腮红肿。婆婆打累了才肯罢手。

儿媳贪嫌疑,又挨了打骂,心里不服气,她决心弄个水落石出。因此,她没事儿就藏在暗处,眼盯着放肉的篮子。这天中午,人们都在午休,她藏在门后一直盯着。突然家里养的白狗进屋了,她也没惊动狗,只见狗一悬上了碗橱上,又一扑抓住了篮子,狗在篮子上像打秋千一样,晃了几晃,叼起一块肉就跳了下来,跑出门。儿媳追了出去,这时正好木匠师傅上工碰上了,二人拦住狗,狗丢下肉跑了。儿媳说:"木匠师傅,请你为我当个旁证,是狗偷了肉。"

木匠不解说:"狗叼了肉,还做什么证?"

儿媳说:"我婆婆生说是我偷吃了,求你给做个证。"

木匠说:"好说,我给你做证。"

于是儿媳拿上从狗嘴里夺出的肉,与木匠一起去找婆婆,把事儿一五一十地说了一遍。肉被狗弄得泥蛋似的,又有木匠师傅做证,洗清了儿媳的不白之冤。

单说木匠下午干完活,吃了晚饭,已经眼擦黑了,他得回家呀。他带上立锛防身壮胆儿。当他出了庄,过一个山弯时,一只白狗挡住了去路。木匠一看是东家偷肉吃的那只白狗,狗"腾"地向他扑来,他用锛把儿一挡,把狗挡了回去。如果不带立锛,狗肯定咬住了他的脖子。狗又向他扑来,一口咬住了他的腿。木匠一看狗想要他的命,他举起立锛照狗的后背砍了下去,一下砍断了狗的脊梁,狗惨叫几声就当场毙命。

第二天,木匠扛着死狗到东家上工,并学说了先天晚上狗半路截他的事儿。木匠说:“我是给你们少奶奶做证,让狗听见了,记仇了。我要是不带立锛,肯定让狗给咬死了。看来白狗养不得,它通人性。”

这件事在当地传开了,此后这一带就没人养白狗了。

大叶茶的故事*

龙王庙乡郝杖子村有个锥子山，锥子山下有个袁家沟，袁家沟的山坡上有几株大叶茶。传说大叶茶是很早以前，南蛮子来憋宝时留下来的种子。据传锥子山里有个金鸡，经常出来打鸣儿，金鸡打鸣沟里沟外都能听得到。有一年一个南蛮子来北方寻宝，他来到锥子山下。听老辈子人说，南蛮子很神奇，能看地下三尺，能看透石头，一眼就发现哪儿有宝。南蛮子发现锥子山里有金鸡，他就在山下村里找个人家住下，就开始憋宝。南蛮子每天半夜起来，乘着夜深人静时，到锥子山下，焚上香，口中念念有词，念上几百遍咒语。念满了七七四十九天，只见鸡冠子慢慢露了出来。只听一声巨响，金鸡跑了，没憋出来。第二天，南蛮子一看，鸡冠子落在了锥子山东边的一个山头上，化作了一道石砬子，和鸡冠子一样。南蛮子仰天长叹："这个宝贝太神通了，我这点功力降不了它呀！"南蛮子没憋走宝贝，他心有不甘。他将随身带着的大叶茶的籽儿撒下一些，长出树来留作记号，等到功夫练强了再来憋宝。

南蛮子走后不久，袁家沟的坡地上长出七棵小树苗来。这七株小树很个别，当地没有这个树种，树长大了，谁也说不出树名儿来，也不知有什么用途。话说过了许多年，有这么一家子，只有小两口儿，他家门前的园子里就有一株这个树。有一年秋天，小两口儿在园子里种上了一大片白菜。八月十五中秋节这天，男人在园子里给小白菜间苗除草浇水，女人在屋子里炖肉做菜，过中秋节。到了中午，男人的活儿还没干完，女人把肉早就炖好了。两口儿新婚不久，女人是第一次炖肉，她催男人快点尝尝她的手艺，凉了就不是那滋味了。男人说："手里的活就快做完了，干完活回屋就吃。"女人表现手艺心切，就用碗盛了几块肉放到园子的墙上说：

---

* 本文由张保学搜集整理。

“放这儿了，你先尝两块。”男人答应一声继续干他的活。

男人干完活进屋准备吃饭，女人问：“我炖的肉香不？”

男人笑笑说：“我还没吃到嘴哪，怎知香与不香？”

女人惊诧地说：“什么！我放在墙头上了你没尝啊？”

男人说：“光顾干活了，没听见。”女人跑出院子把碗端回来讪笑着说：“你这人真能逗，肉都吃光了，只剩下点汤了，还说没尝。”

男人辩驳说：“我真的没吃呀！是不是让猫给吃了？”女人看看碗里的汤说：“不对呀，咋出这些汤呢？”男人也上来看：“咦！里面还有一片叶子。”细心的女人又在另一个碗里放两块肉，出大门外采下一片同样的树叶放在碗里，过一会儿再看，肉果然化成汤了。

这个事儿一传开，原来这种树的叶子能化肉腻。要是吃油腻，肯定也能化腻消食。从此，袁家沟人每到年节，就用这种树叶熬水当茶喝。渐渐人们就把这种树叫大叶茶了，大叶茶以消食解腻闻名。大叶茶树在锥子山下不知生长了多少辈数了，七株剩下五株了，也没见南蛮子再来憋宝。

人参娃的传说*

五凤朝阳山，不仅庙宇庄严，风景秀丽，也口口相传着一个动人的故事。其中人参娃的故事，更是耐人寻味。听老辈人传说，在数百年前，有一阵子五凤山周边连年遭灾，不仅百姓忍饥挨饿，逃荒讨饭，就连五凤朝阳寺的庙产也收获无几，寺庙里的香火也就不咋旺。僧多粥少，多数僧众纷纷去云游化缘，当苦行僧，说白了还不是讨要糊口度命，遇有哪座寺庙肯收留，也就有了吃饭和修行的所在了。最后寺里只剩下年近古稀的老住持僧一人独守了。

话说五凤山下的王家，人丁不旺，世代单传，到这辈上也生了个儿子。可刚出生不久，父母双双得病去世。人们都说："这孩子命硬，是个克星，生下来就克死了父母。"可是孩子这么小就成了孤儿，家族人也不能瞧着孩子饿死呀！家族人就这家一口、那家一顿地拉扯着这个孤苦伶仃的孩子。后来村子里来了个相面先生，一看，就说这孩子与佛有缘，早晚要皈依佛门。族人听了，就商量把这孩子送到五凤山寺庙里出家。

这天，由王家族长带着，近门族人抱着，就把这孩子送到五凤朝阳寺里。老住持见状说："阿弥陀佛，施主呀！贫僧年老体衰，斋饭都难以为继，佛前都要油尽灯枯了，哪还有能力收徒！把孩子带回去吧。"

族长央求道："这孩子有佛缘，就请住持大师收下他吧，我们会随时筹备斋饭送上山来的。"住持僧过来看看孩子，微微笑道："不错，这孩子骨骼清齐，相貌不凡，缘分不浅。我佛慈悲，我就收下这个徒儿了。"王家千恩万谢，就把孩子留到寺庙里出家当了小和尚。这可难为了老住持了，这哪儿是收徒儿，简直是抚养小孩，喂饭，收拾屎尿。老住持除了拉扯孩子，还要诵经礼佛，忙得不可开交。

---

* 本文由赵秘、朱俊如搜集整理。

话说小孩一天天长大,转眼就到八九岁了。虽说他是个出家的和尚,为人徒,但他毕竟还是个孩子,孩子有贪玩的习性。孩子是老住持拉扯大的,有感情,如同己出,很是宠爱,任由他独自到庙外玩耍,一连几天都是师父做好饭等徒弟回来吃。这天徒儿回来,师徒二人用斋饭时,师父问:"徒儿,你这几天都这么晚回来,外面有啥好玩的?"

徒弟说:"师父,就在山弯的那边,有个小孩儿天天跟我玩。那个小孩可好看了,身穿红肚兜,眉儿弯弯,眼也灵巧。"师傅又问,你们分手后他去哪里了?弟子摇头不知道。老住持犯了疑惑。他想,这地方远离人家,哪有小孩,而且天天来?肯定不是人。老住持经多识广,他已经猜出个七八了。第二天,在徒儿还没出去前,他拿着一团穿着针的红线,递到徒儿手里说:"徒儿,今天你们再玩,分手时你把我这带红线的针扎在他衣服上,由他自去。"弟子照师傅说的做了。次日清晨,老住持找到了孩子玩的地方,发现了这条红线。顺线追过去,终于在一拐弯的一处半阴半阳的坡下找到了一棵老山参,针儿还在人参叶子上插着呢。原来与小和尚玩的小孩是老人参的化身。

老住持高兴极了,找来了工具小心翼翼地将这棵珍贵的老参挖出来,足有九两开外。俗话说,七两为参,八两以上就是宝了。带着徒儿回到庙里。老住持吩咐徒儿将老人参放入锅里煮,自己则休息去了。

徒儿加火煮参,一边烧火一边闻到锅里人参的香味,还不时尝一尝。这样一边煮一边尝,越尝越香,也忘记师父了。时间不长,一棵老山参,全部吃入肚中,只剩下一些参汤了。老住持醒来一看人参没有了,只剩一点汤。他端起锅先喝了下去,然后拿起木棍要打徒弟。徒弟一看要挨打,撒腿就跑,这一跑两腿就飘了起来,飞向半空。

老住持在后面追,不自觉间也飞了起来。这样,一个前面飞,一个后面追,也不知飞到哪儿去了。

喜鹊报案*

北宋时期,冀东一带都属大辽国疆土,这儿属平州府民山县管辖。当年这里出了一个喜鹊报案的离奇故事,一时被传为佳话,流传至今。

民山县南部是丘陵和平原,而北部的长城外是山区。辽寿昌三年六月的一天,一大清早,民山县衙大堂外的堂鼓就“咚咚”地响了起来。新上任不久的县令郑尔舟哪敢怠慢,急忙更衣正冠,迈着方步走进大堂,一撩袍襟在条案后面坐了下来,整理一下案上的大印和令签之类的物品。一班衙役站在两侧,喝过堂威后,郑尔舟撒目向下一看,只见堂下跪着三个人。他一拍惊堂木说:“来者何人,击鼓鸣冤,若非有冤屈之事?如实禀来。”

只听下面答道:“我们是从北部山区葛条沟来的,因为我们的母亲在半个月前突然失踪,到现在踪影全无,特来报官的。求大老爷给我们做主啊!”

郑县令轻摇着折扇说:“都过去半个月了,怎么才来报官哪?”

有个后生叩了一个头战战兢兢地说:“回大老爷,原以为我妈在我姐家呢,我姐以为我妈已回到了我们自己的家了。五六天前才发现两头都不见了我妈的身影,把亲戚家全找遍了,都没有找到,这才来求县大老爷做主呀!”

郑尔舟说:“把走失者的姓名、年龄、何时在哪里走失的向本官述说清楚。”

三个人中年龄长一些的说:“我叫陈友年,是这家的姑爷子。他俩姓周,是我的小舅子,我说一下经过吧。”

原来这个失踪的老太太姓丁,人们都叫她周丁氏。半月前她闺女给她妈捎口信过去,让妈来住几天闺女家,六十多岁的人了,别总憋在家里。闺女嫁给牛心石村,离家也就五六里的路,她接到信就自己走着去了。可是住了五六天,老太太就

---

* 本文由张保学搜集整理。

要回家，惦记着老伴儿。想走也留不住啊，闺女就特意给老爹包了十几个饺子，装在篮子里让妈给爹带回去。这天，弟弟突然来了，他说："我是来接咱妈回家，这两天咱爹老是念叨，像是想老娘子了。"

姐姐一愣，说出了有如晴天惊雷似的话："妈在十天前就回去了呀！咋！没在家？"

弟弟说："要是妈在家，我还能到你这儿来接吗？"

姐弟俩当时就蒙了。两头都不见人，这十来天老太太可到哪儿去了！姐弟俩心急火燎，发动全家到所有亲戚家去找。可是找了四五天了，一点线索都没有，就只好报官了。就这样老太太的两个儿子一个女婿就来到了民山县的衙门。

这是县令郑尔舟来到这个县接的第一桩案子，新官上任三把火，他能不尽责尽力吗？当日就乘一顶小轿，带领几个衙役奔葛条沟而来，在葛条沟和牛心石村之间详细察看，进村入户调查访寻。折腾了好几天，却一点线索也没找到，只好打道回府，悻悻而归。

郑尔舟接手的第一件案子，他年轻气盛，踌躇满志，想来个小试牛刀，可是却来了个窝脖儿，他能不上火吗？他正在府衙里坐着犯愁呢，听到窗外有一对喜鹊"叽喳，叽喳"叫个不停。郑尔舟也没有在意，可是喜鹊一直在叫，还往窗子上撞，这时郑尔舟觉得有些奇怪，他就走出屋子。来到外面后，喜鹊就冲他叫，在他头顶上飞，然后向外面飞去，停在衙门外路边的一棵矮树上。郑尔舟转身要回屋，喜鹊又飞来，在他头顶上飞。郑尔舟见状，试探性地回身往外走去。他这一走，喜鹊也飞了起来，在他前面飞。飞一段距离，就在前面树上等一会儿郑尔舟，待郑尔舟走到近前时，喜鹊再飞一段又落下。这分明是想引导他去一个地方，郑尔舟见真是有蹊跷，他就回了衙门。他刚进院，喜鹊也飞了回来，叫得更凶了。郑尔舟喊来轿夫和几个衙役，就坐上小轿，带着衙役出了衙门。怪了，喜鹊好似很欢快地叫着，也跟着飞了出来，而且一直向北面飞。飞一段路就停在树上，到转弯处也停下。

郑尔舟的轿子跟着喜鹊上山下岭，走村过户地走了多半天了，轿子歇了好几歇了，喜鹊还没有停下来的迹象。又走了半个多时辰才下了一条小路，然后拐上一个小山坡。往下没了路，喜鹊落在一棵老松树上，树上有个很大的喜鹊窝。郑尔舟命令落了轿，他下轿一看，原来树下是一片坟地，而且还有一个新坟。他很是纳闷儿，喜鹊把他引到这坟地里干吗呢？

这时只见喜鹊从树上俯冲下来，直落在那座新坟上，用两只爪子扒坟上的土。郑尔舟一看明白了，可能这座坟墓里有什么冤情。

郑尔舟离开坟地，来到村里，唤来地保，详细了解这座新坟墓的主人。原来这个坟墓里埋的是下面小村子里刘家的老爷子刘老三。经过了解,这位刘老三一辈子老实厚道,人缘很好,死者应该没有什么问题。

郑尔舟突然联想到,这个小村在葛条沟与牛心石村之间,归葛条沟管辖,正是周家报案丁老太太失踪的地方,是否与这宗案子有关联呢?

郑尔舟就与地保来到坟地的主人刘家,商议扒坟开棺。可是刘家说什么也不同意,给多少银子也不行。郑尔舟见软的不行,就与地保一商量,决定强制执行,并择日扒坟开棺。并向众人宣布说:如果坟墓里没问题,除赔偿外,他亲自为死者披麻戴孝。

到了这天,刘家在坟地里摆上香案供品,烧纸焚香地祭奠完刘老三后,就开始动手扒坟。铲开黄土,抬出棺材。开棺一看,只有刘老三的尸体躺在里面,其余什么都没有。再看墓穴也是什么也没有。郑尔舟好不沮丧,把人家的坟给扒了,什么疑点也没有,自己曾信誓旦旦地许下诺,要给人家披麻戴孝!这将如何收场呀?

这时,刘家不干了,上来十几个壮汉,手拎着镐头,非要讨个说法。刘老三的儿子说:"平白无故地就扒坟开棺,这是我们刘家的奇耻大辱!如果坟里真有事儿,我们也就认了。坟扒了,棺也开了,发现什么了?你们凭啥扒坟?我爹的棺材就这么撂着了,不给个说法,就别想从这里走出去!我要上告到平州府!"

郑尔舟无话可说了,他悔恨自己糊涂!干吗要上扁毛畜牲的当,传出去岂不被人耻笑!刚刚上任就出这样的大错,这顶乌纱帽还能戴得住吗?

就在双方僵持不下之时,喜鹊不知从哪儿飞了来,不顾人多,一个俯冲飞进墓穴里,用喙啄墓坑下的土。郑尔舟一看,里面还有蹊跷,就命人往下挖。这一挖,果然挖出了一具尸体。村里人近前一看,果然是丁老太太的尸体。周家人一见个个号啕大哭,然后跪在郑尔舟面前,要求惩办凶手,为老人报仇!

郑尔舟吩咐下去,牢牢控制住刘家和挖墓子的人。经过审讯,刘家浑然不知,挖墓子的几个人也声称不知。郑尔舟愤愤地说:"竟敢说不知情,难道是老太太自己钻进去的!把这几个疑犯带回去收监。"

在民山县衙的大堂上,堂威一喝,刑具一摆,没用动刑,几个挖墓子的人就吓屁了。还有个老头吓得尿了裤子,如实交代了罪行。

原来是他们几个给刘老三挖墓子时,丁老太太挎着一个篮子从牛心石方向走来。也许是走到这里感觉累了,见路边有人挖墓子,就停下来歇会脚儿,看会儿热闹。一个村的都认识,就唠闲嗑儿。挖墓子的人见篮子里有饺子,以为是刘家送来的饭,就给吃了个精光。等老太太要走了,一见篮子空了,因那时吃顿饺子可不容易,就急了,就让几个人包赔。几个人哪赔得来,就不肯认账。老太太就上前厮打，一个叫刘满的用手一扒拉，老太太一个趔趄没站稳，就一头栽进了墓坑里。也是该着出事，老太太一声都没吭，还就死在了墓穴里了。

刘满等几个人一看傻眼了，出了人命了，这还了得，个个吓得六神无主。这时刘满说："出了人命，咱谁也脱不了干系，都得偿命去。我看不如就埋在墓子底下，人不知鬼不觉地算了，只要我们不说谁也不知道。"

几个人一拍即合，当下猛挖一阵子。够深了，就把丁老太太埋在了下面，又在上面踏实。刘老三的棺材下葬时竟没有被发现。

案情真相大白，虽然刘满等人是误伤人命，但隐情不报，藏匿尸体，罪行严重，打入大牢，秋后听候发落。

喜鹊报案，一时成为街头巷尾的奇谈，也帮了郑县令的一个大忙。县令发下令来，全县人谁也不许打喜鹊，小孩不要掏喜鹊窝，要爱护喜鹊。直到现在民山县旧地仍然保持着爱护、保护喜鹊的民风。

老岭神参*

话说清朝顺治年间，老岭脚下峪门口外，住着这样一户人家：母子俩，老妈60多岁，双目失明，儿子20多岁还没有娶媳妇，住着两间茅草房，靠儿子上山打猎谋生。

茅屋四周群山林立，方圆数十里地没有人烟。野狼成群，时不时地在房前屋后光顾。儿子非常孝顺，唯恐老娘被野兽伤害，就天天背着母亲上老岭打猎。老岭山奇水秀、古洞幽幽。后来母子俩就住进了一个山洞里。

一天傍晚，雨过天晴，彩虹飘挂，是谁给人间与天堂铺设了这美丽景象？儿子站在洞口正在欣赏这山间美景，突然一个怪异的现象令他目瞪口呆。他看见从对面的悬崖上面飘下来一位年轻美貌的女子，这女子脚步轻盈行走似飞，转瞬间到了他的跟前，还向他莞尔一笑。女子身段婀娜，面似桃花，明眸皓齿，真是美丽极了。还没等这小子缓过神来，这女子便向沟外飘去。这小子扑棱扑棱头，以为自己在做梦。他回到洞里向母亲说明了眼前这一切。母亲用手擦了擦眼泪，打着哀声说："你是看眼花了，白日做梦啊，这荒山野岭哪来的漂亮闺女啊，儿啊！"母亲话音未落，眼泪就从深陷的眼窝流了下来。儿子知道母亲的命很苦，他家本来住在长城口里，是渤海边的打鱼人。父亲膀阔腰圆，是个捕鱼高手；母亲聪颖贤惠，长得十分漂亮。小两口恩恩爱爱，婚后第二年又得贵子，一家三口其乐融融。可好景不长，一个渔霸相中了他的母亲，想霸占她。百般威逼利诱，可他母亲誓死不从。渔霸恼羞成怒，派人撞翻了他父亲的渔船，他母亲亲眼看着他父亲葬身大海。他母亲悲恸欲绝，只身跳下大海后被乡亲们救回。一个风雪交加的夜晚，渔霸溜入他家，想强暴他的母亲。他母亲早有防备，对渔霸假意迎合，趁渔霸脱衣服之

---

* 本文由赵秘搜集整理。

时,他母亲一剪刀就刺中了渔霸胸膛,拖起儿子就逃出了渤海湾,孤儿寡母流落天涯。但是因母亲美貌出众,走到哪里总被一些好色之徒纠缠,只好逃进深山,住在一个少为人知的老岭脚下。儿子被她拉扯成人,母亲因思虑过度不幸双目失明。

悠悠岁月,不堪回首。

又一个雨后彩虹飘挂的黄昏,猎人身不由己地又将目光投向那个悬崖峭壁。突然,那个漂亮的女人又从那个悬崖上飘下来,不一会儿就来到猎人身边,对他又是微微一笑飘走了。

他相信自己的眼睛,眼前的一切绝不是梦幻。他向母亲说了,母亲告诉他一个法儿。

还是一个雨后彩虹飘挂的黄昏,果真那个女子又来到猎人的身边。猎人说:"小妹儿,待一会儿啊。"那女子果真没有走,还噘起小嘴,细声说道:"到你家两次了,小哥哥才知道叫我待会儿啊。"说着就坐在洞前的一块大石头上,猎人也坐在女子身边。女子眼望天空想着心事,猎人手攥五彩线团,线的一头上穿着一根针,他偷偷地将针别在那女子的后衣襟上。猎人不知道和她说什么好,女子只对猎人说:"箭杆岭的水,箭杆岭的山,箭杆岭的人参能成仙。"说完站起身就走了。

第二天清晨,猎人顺着五彩线的线索往前走。

五彩线往西去绕过眼前这道山,又折回往东,翻过山的后背,又来到山南,跟来跟去,来到一个悬崖峭壁。猎人一看,这地方就是他在洞口看到的那个悬崖。悬崖十多丈高,陡峭异常,根本无法攀登。他望着悬崖发呆,正发愁怎么能够攀上悬崖,忽然他发现女子在悬崖的半山腰飘了下来,落到他的跟前,那女子上前一把抓住猎人的手,跟着猎人来到了母子居住的山洞里。

恍然如梦,当日那女子就和猎人结了婚。结婚第二日,小媳妇要到山下住,婆婆说:"山下就有两间破茅棚子,怎么住啊?"小媳妇说她有办法。一家三口来到山下,小媳妇找到一处背靠老岭,面对正南一片开阔地,一条小溪唱着歌从东向西缓缓流过,这可是个好地方。只见小媳妇从袖筒里取出一个小圆镜子一照,一排五间宽敞明亮的大瓦房子出现在眼前。反过来又一照,眼前杂草蓬生的乱石滩一下子变成了十余亩良田,长满了各种各样的庄稼。走进屋里,吃的用的什么都有,仿佛走进了人间天堂。小媳妇端来一盆清水,让婆婆洗把脸。婆婆洗一把脸,双眼就复明了,一家人别提有多高兴。从此,过上了美满的生活。

世上没有不透风的墙,一天一群不速之客来到他家。这群人原来是渤海边上的对头冤家的儿子,又是一个渔霸,说是寻仇好几年了,终于在这里相见。他们依仗人多势众,扬言要杀掉他们母子,把漂亮小媳妇抢回家中做妾。说着他们就张牙舞爪地扑上来。小媳妇不慌不忙地从袖筒里掏出一个小圆镜子一晃，这伙恶人就倒下了，立刻变成了一堆石头。

小媳妇第二年生了一个大胖小子。一家四口人其乐融融，小日子过得有滋有味。

小媳妇结婚三年整。一天小媳妇突然失踪了，桌面上只留下一张纸条，上面写道："我是老岭神参。"

据传这家姓傅，就住在峪门口外三里多地的老岭山脚下。

每逢过年过节，傅家的后代都来到那棵神参出没的悬崖底下烧香磕头，祈盼神参显灵，再传千古佳话。

猪毛哼的由来*

猪毛哼,遍布青龙大地,一蓬蓬一簇簇,随处可见。因其呈针叶毛状,是可食用的野菜。最早称猪毛菜,可为什么叫"猪毛哼"了呢? 有这样一个古老的传说。

二郎担山赶太阳的传说可谓是家喻户晓,有窟窿山的地方就能有个与二郎杨戬有关的故事,就青龙这个地方就有三个二郎担山赶太阳的故事:一是老岭窟窿山与锥子山,二是锥子山窟窿山与老岭窟窿山,三是干沟八仙洞窟窿山与锥子山窟窿山。这三个地方都有二郎担山赶太阳的传说,而且大同小异。当地百姓都说自己的家乡是正宗,各抒己见,莫衷一是。这且不提,可猪毛哼与猪毛菜打滚的传说,在干沟南胡哈可是别处没有的。

传说,二郎杨戬奉命担山压太阳,九个太阳压到最后一个时,最后这个太阳藏起来了,藏在了干沟的某个山沟里。二郎肩上担着两座山这个找呀,可是整个地方都有光亮,就是找不到太阳藏身的准确位置。没法撂担子,两座大山在肩上颤悠着,累得二郎大汗淋漓,低头喝干了河沟里的水,从此这里就叫干沟了。二郎聚焦目光,万道阳光从哪里闪出的,他看清了,原来太阳藏在了猪毛菜里了。因猪毛菜是细密的针叶状,可针叶怎么厚,也不能完全遮住阳光,光顺着针叶射出来。二郎正要向藏在猪毛菜里的太阳压去,这时只听身后一声:"二郎且慢。"

二郎一惊,身子一颤,只听"咔嚓"一声,担山的铁扁担断为两截,两座山"咕咚,咕咚"两声,山崩地裂般落下来,一座落在干沟八仙洞西南,一座落在锥子山东侧,成为两座窟窿山。

二郎定睛一看,原来是观世音菩萨站在了自己的面前。杨戬赶忙参见:"参见观世音菩萨,不知菩萨所来何事?"

---

* 本文由张保学搜集整理。

观世音菩萨说:“奉佛主之命,要留一个太阳在人间,不要全压上。没有太阳,寰宇则无光,无光则漆黑一片,无光世间万物则不能生存。吾佛慈悲,度万物繁衍生息。”

二郎说:“好险! 若不是最后一个太阳藏起来,我找了好长时间没发现,耽搁了时间,要不然早就压上了。”

此时,太阳已升上天空,菩萨问:“太阳藏身何处?”

二郎指了指不远处的猪毛菜回答说:“太阳就藏在那簇猪毛菜里,迷惑了我好长时间。”

菩萨说:“好,猪毛菜保护太阳有功,我就代表佛主封猪毛菜为‘晒不死’吧。”

菩萨这句册封的话猪毛菜没听见,却被旁边的马莲菜(马齿苋)听见了,马莲菜赶快谢恩。从此马莲菜就成晒不死了,天怎么旱马莲菜也旱不死。

后来猪毛菜听说自己的功劳让马莲菜给抢去了,这个气呀,气得它直“哼哼”。此后猪毛菜就叫了“猪毛哼”,一到秋后,猪毛哼的秧子干成大圆球儿,风一吹就顺地滚,据说也是马莲菜给气的。

人参娃的故事*

祖山山高林密,雨量充沛,气候凉爽,湿润。高山落叶形成的腐殖质为中草药提供了得天独厚的生长条件。八十平方公里的祖山,随处可见中草药的身影,用根、茎、皮的,用花、果、叶的应有尽有,如党参、沙参、苦参、元参、黄芪、黄芩、黄柏、苍术、大叶术、知母、柴胡、元胡、赤芍、桔梗、茯苓、防风等。运气好,还可能遇到野生的老山参呢。据有人考证,李时珍《本草纲目》中,所记载的2900多种中草药中,祖山就占了1300多种,难怪有人把祖山称为天然中草药基地。

据老人讲,大早先年,祖山脚下有好多人家以挖药为生。相传有王姓兄弟,年龄尚幼,但因家里穷,常年到山上挖药卖钱贴补家用。有一天,黄昏时节,兄弟俩各挖满一篓药,正要回家,忽听身后崖上传来几声稚嫩的童语。哥俩急忙回头一看,原来是一对四五岁的童男童女,他们长得都很俊,同样穿着红肚兜,非常可爱。哥俩吓了一跳,百思不得其解,心想,这荒山野岭的哪来的小孩儿,不好,肯定是妖怪!于是拽着弟弟三步并作两步地往家赶。两个时辰后,他们气喘吁吁地回到了家。父亲看到俩儿子满头大汗、失魂落魄的样子,就问咋的了。兄弟俩把在崖上遇到小孩儿的经过一五一十地说了一遍。“宝贝、宝贝!”父亲十分肯定而激动地说,“傻孩子,你们碰到宝贝了,那是人参娃呀!”于是告诉儿子,明天带上足够的红线和两根新针,再看到穿红肚兜的孩子,就把穿上红线的针别在他们的红肚兜上。第二天,哥俩兴冲冲地上了山,在那座山崖上果然又遇到了那两个小孩儿。哥俩按照父亲说的,把穿了红线的新针别在了那两个小孩儿的肚兜上,急匆匆把线扯回了家。这一夜他们怎么也睡不着,天刚蒙蒙亮就上了山,循着红线惊喜地在崖上发现两株肥硕的九品叶老山参,茎上还系着红线呢。哥俩费了老半天劲儿,才

---

* 本文由张占林搜集整理。

把两棵老山参挖下来。那两棵肥硕的人参，竟长着胳膊和腿，与人形无二。常言说，七两为参八两为宝。哥哥放在手里掂了掂，还真有七八两呢。

王氏兄弟在祖山挖到老山参，消息不胫而走，很快传到了关外大集——干沟。

干沟是啥地方？那是冀东八大名镇之一，东接绥中，南通山海关，西下台营，北临建昌，是六路通商的宝地，曾经繁盛一时。当时的干沟大街，米铺、面铺、香坊、染坊、磨坊、蜡坊、铁质工具作坊，星罗棋布，应有尽有，自然也少不了中药材买卖生意。常住干沟的江浙一带大药商，听说祖山有人挖到了人参王，纷纷到王氏家出高价购买，经过一番讨价还价，最后以十五贯铜钱成交。

王氏兄弟用这笔钱置了房产和土地，买了骡马、牛羊等牲畜，很快成了富甲一方的大户人家。

虎为媒*

大隋年间，长城义院口外北面百里之遥有个天然石长城，石长城下有个村子叫胡哈村，是东胡族系的民族。胡哈村有个后生名叫杨生，是他父母的老来子。他的父母结婚后，一直不孕不育。经过两口儿乞子拜佛，行善积德，到了知天命之年才修来这个独苗儿子。到八九岁时，父母望子成龙，虽然山沟里生活艰难，但他们含辛茹苦把儿子送进学堂读书。他没负父母的玉壶冰心，在学堂里很是用心功课，以头悬梁、锥刺骨的劲头勤学苦读数年，四书五经皆入脑中，不说满腹经纶，也能出口成章。不仅如此，时至垂髫龆龀的杨生长得朗朗如月，风度翩翩，俊俏绝伦，而且温文尔雅彬彬有礼，与村里那些山野村夫不能相提并论，于是很受村里人的夸赞。村里年轻的嫂嫂、姑姑们常逗他玩笑，他立刻腼腆脸红，有如女子，很是讨人喜欢让人怜。

相术上说，男人女相主富贵。可杨生就不一样了，正在他的学业精进时，他的父亲在上山砍柴之时坠崖身亡。杨家如大厦倾，天柱折，江河涸，全家失去了支柱。杨生只能放弃似锦的前程，弃学侍母。可是霜打秋草，狗咬病鸭子，祸不单行，母亲在过度的悲哀中，身染重疾，卧病在炕上。杨生是个很孝顺的后生，从小就知冷知热地疼爱母亲。他对母亲的病非常着急，四处奔波请郎中，为母亲诊脉看病。有一天，一位郎中说缺少一味药，这味药相当重要，郎中画了一张草图，就让杨生到山上去采药。

杨生左臂挎一只篮子，右手拿上一把小镐来到一座高山上。他翻了几座山梁才在一个高山尖上找到了两株草药。他正高兴地想下山回家，突觉南面有光亮，抬头一看，只见远处的南山那边瑞气腾腾，霞光万道，南山上映现出两道虹光闪闪

---

* 本文由张保学搜集整理。

的门，接着出现两位银髯飘胸的老人，手执拂尘，脚踏祥云，徐徐飘来，落在东面的石峰下，两个老头携手一闪身进了石洞内。杨生觉得奇怪，也跟着钻进了石洞。过了宽窄门，登上天梯，到了四铺炕，有石桌石凳，石桌上面原来是棋枰，见刚才来的两个老头正在对弈下棋，他就立在旁边看热闹。他偶尔抬头看看洞外，发现山上一会儿青一会儿黄的，他也没在意。

两个老头棋下得难解难分，下了近两个时辰，也没分出个高下。杨生看着也来劲儿，忘了采药的事了。这时一个老头说："平棋吧，时间不短了，我俩难得有一会儿闲暇，来这儿下盘棋。回去吧，蟠桃会该开始了。"二人说完，走出石洞，衣袂飘飘地升上天空。这时杨生才感觉到自己是遇上神仙了，随后他也走出石洞。

杨生由洞里出来后，吓得半天说不出话来。进入石洞时是山花盛开的春天，就进洞这么一小会儿，出来怎么就是满目枯黄的秋天了？山上的树林也大不一样了，这是怎么了！他慌忙去找他挖药的小镐和篮子，哪里还有啊！他惦记着母亲的病，急急慌慌地向家跑去。到村里一看，房子和街道都变了样，别说母亲病咋样，就是自己住的房子都没影儿了，连个房箕棱都找不到了，人们穿的衣服和自己穿的衣服也大不一样了。这下他才明白，读书写仿时有个仿影是："王子去求仙，丹城入九天。洞中方七日，世上几千年。"应在自己身上了，他进了神仙洞了。想到母亲的病，想到自己没了母亲没了家，他大哭了起来。

杨生这一哭，引来村里许多人前来观看。村里人见是个后生，长得白净净、俊生生的，只是穿的衣服异样。有人说："这是啥朝代的衣服呀！"

有好心人问："小伙子，你打哪儿来呀？为什么伤心痛哭呀？"

杨生哭诉着说："晚生就是这个村里的人，前晌上山为母亲采药治病。采完药，在一个石洞里看了一会儿两个老头下棋。就不到两个时辰的工夫，看完下棋，从洞里出来外面就全不是原来的样子了。我经历的相隔不过就是半天时间呀！"

村子里的人说："你说你是这个村子的，可谁都没见过你呀？"

杨生抹掉眼泪说："我名叫杨生，我父亲名字叫杨玉山，你们都听说过吧？"

一位老者摇摇头说："没听说过。不过祖辈们倒是留下一个传说，说多少辈子以前，村里有个年轻书生到山上为母亲采药，一去未回，生不见人死不见尸。药没采来，儿子失踪了，病中的母亲雪上加霜，没几天就死了。"

杨生听后伏地大哭。哭过后他问："现在是什么朝代了？"

老者说："现在是契丹人建的大辽国。"

"哦！改朝换代了，我采药时是大隋朝，你给我估摸一下，相差多少年了？"

老者惊讶地说："哦！那可远了，中间隔着一个大唐，隋朝到现在至少是四百年以上了。嗬！那么说你是入了仙洞了！‘洞中方七日，世上几千年呀’！那你可是咱们村四百年前的古人了！这样吧，你既然是咱村的先人，就在村里住下吧，这个事我还能做主。”

杨生说：“那就谢谢老伯了！”

老者笑笑说：“这可不敢，你是我们村四百多年前的先人，比祖宗辈的祖宗辈还大呢，往后全村人都叫你老祖宗好了。”

杨生为母亲采药，在仙人洞看了会儿仙人下棋，出来后时间已过去四百多年的惊天大事件，很快就传开了。十里八乡的蜂拥而来，都想瞧一瞧，四百多年前的人长得是什么样儿，就连当地府官、县官也来瞧新奇。

他整天被一些陌生人围观，指指点点，问这问那，杨生怎能受得了，自尊心受到了伤害。再加上他虽然还是青春少年，可毕竟是四百年前的古人了，他的言行举止，生活方式与当代格格不入，他在村里待不下去了。

有一天，他乘夜悄悄离开了村子，到一个人迹罕至的山沟里，寻到一个石洞，这个石洞是一块特大的石头落到山渠子里，有的地方腾空形成上下两个石砬棚子。他就在石洞里住了下来。好在他看仙人下棋，与仙人谋过面，他自然就沾了仙气，几天不吃不喝也不觉得饿，也不觉得渴。杨生勤快，在石洞周围开荒种地，平时还采些药材、砍担柴地去换些钱，置办点锅碗瓢盆等生活用具，没有外边干扰，他一个人的生活过得悠然自得。

这天，杨生正在他的石洞旁刨地，只听一阵风声，树林里“哗啦、哗啦”响，不一会儿，从林中钻出一物，妈吔！原来是只斑斓猛虎，把杨生吓得扔下锄头就跑。人哪跑得过老虎，老虎三悬两剪就到了杨生面前。杨生想赶紧往洞里跑，可是晚了，老虎已横在了他的面前。杨生左躲老虎左挡，杨生右躲老虎右挡。杨生心想：虎的肚子瘪瘪的，是只饿虎，这下完了，肯定落入虎口了！可他发现老虎张着血盆大口，只是挡他，却不下口咬他。杨生稍稍镇静下来，反正也逃不了，索性坐下等死。可是老虎也坐下了，张着大口对着他。他无意中瞧到了虎口里，发现虎口里有一根骨头棒子。他似乎明白了，老虎通人性，这可能是求我将卡在嘴里的骨头取出来。想到这儿杨生壮着胆子走上前，抚摸了一下虎头说：“老虎啊，你是不是让我帮你把卡在嘴里的骨头拿出来呀？”

只见通人性的老虎点点头，然后温驯地依在杨生的肩膀上。杨生本是个上善之人，见到虎口嵌骨，如不取出，老虎无法进食，不日就会饿死，杨生焉能不救。他挽起袖子对老虎说：“老虎，我帮你把骨头拿出来，你可不要咬我哟。”

老虎眨眨眼，点点头。杨生用左手抚着虎头，右手伸进虎口，抓住骨头棒子，先撼动了两下,卡得挺结实。杨生一用劲,骨头拿出来了,看来卡得时间不短了,骨头的两头都有脓血了。

杨生说:“骨头拿出来了,你走吧,可别吃我呀!”

老虎没有走,总是跟在杨生身边,不时用头在杨生的身上来回蹭几下,似有感恩戴德的样子,温驯得像只猫。

过了一会儿,杨生说:“老虎,你好长时间没吃食了,赶快找食吃去吧,别饿坏了。”

老虎悬了几悬钻进树林走了。过了一个时辰的工夫,树林里又“哗啦,哗啦”一阵响。杨生一看,是老虎回来了,口里叼着一只大狍子,“扑通”一声扔在了杨生面前,然后趴在地上看着杨生。杨生上前摩挲着虎头说:“你快吃吧,肚子都饿得瘪帘儿似的了。”

可是老虎就是一动不动。杨生猜想,也许是老虎用这只狍子来报答自己的救命之恩呢。于是他找来尖刀把狍子的皮剥了,割了一半狍子肉放进锅里点火煮上,另一半放到虎的面前。这回老虎才慢慢吃起来。可是吃完了老虎还是不走。杨生就把放零东西的下洞腾出来让老虎住,他住上边的洞,从此一人一虎住在大石头下。老虎除上山猎物外,不离杨生左右。杨生经常有野牲口肉吃,在一起生活时间长了,与老虎有了感情,杨生管老虎叫虎兄弟。

有一天,老虎出去了,走了三四天了还不见回来。老虎不在身边,杨生还觉得冷清寡淡的,他每天盼虎兄弟回来。

到第六天头上,老虎回来了,将一个物件“扑通”扔在了杨生面前。杨生一看,吓得“妈呀”一声。原来老虎叼来的是个人,穿得花红柳绿的,是个女的。他说:“虎兄弟呀！你这不是坑我吗？叼个死尸来,让我贪官司呀。”杨生哆嗦着,壮着胆子摸了一下女人的心口窝。心窝儿处还有跳动,还有一口气儿。他就赶快生火烧了一碗开水,用勺儿往女人的嘴里灌了几口。

过了一炷香的工夫,女人苏醒过来了,哼了两声,睁开眼睛。一看老虎在一旁趴着,吓得她“妈呀”一声,又昏死过去了。杨生示意让虎先躲起来,虎就懂事似的进了石洞。又过了一炷香的工夫,女人身子动了一下,又醒过来了。她慢慢坐起来说:“这是哪儿啊?”

杨生见女人活过来了,这才松了一口气,贪不了人命官司了。他回答姑娘说:“姑娘,这是我住的地方。别怕,我不是坏人。”

女人转过脸。杨生注目一看,是个妙龄姑娘,长得细皮嫩肉的,非常好看。姑娘眼神惊惧地说:“我,我怎么到了这里?!”

杨生说："是我的虎兄弟把你叼这儿来的。不要怕，只要到这儿，我的虎兄弟就不会伤害你了。虎兄弟你也出来吧！"

杨生话一落，老虎从洞里走了出来，姑娘吓得一下子钻进杨生的怀里。杨生拍着姑娘的后背说："别怕，它不会咬你的。"

姑娘直愣愣地盯着老虎，身子在发抖。杨生问："小妹妹，你是哪里人，为何被我虎兄弟给叼到这儿来了？"

姑娘泪如雨下，她咬着下唇幽幽地说："我不知道，昨日我表哥到山上打猎，我也跟着来玩，不料遇着猛虎向我扑来，然后我就什么也不知道了。"

杨生问："那你还记得你表哥打猎的山叫什么名儿吗？离你们家有多远？我送你回家吧。"

姑娘没有言声儿。她看了看杨生，是个年少俏男，长得白净俊朗，五官周正，虽然衣服破旧，可仍显出风度翩翩，气质高雅，如遇好人相助，定是可造之才。在姑娘的冥冥感觉中，好像杨生就是她以身相许的人，令她一见钟情。

杨生继续问："你表哥打猎的山没记住，能知道你家在什么地方也行啊。"

姑娘幽幽地说："我一个女孩子家，从不关心地名，我不知道我家乡叫什么地名儿。大哥哥，你这儿叫什么名儿你知道吗？"

杨生说："我们这儿是迁民县地界，在长城外，好像是营州府治下。姑娘可听说过迁民县吗？"

姑娘突然嫣然一笑，真是貌美如花。她轻启朱唇："我哪儿知道什么迁民，什么营州啊！大哥哥你就慢慢给我打听家吧，反正一时半会儿也难找到，我就在你这儿小住几日算了。"

杨生为难地说："不行，就我这破地方，哪是住人的地方。姑娘娇嫩着呢，哪能住得了这儿。再说了，这儿就我光棍一条，不方便。"

姑娘说："你能住，我为啥不能住。"

杨生思忖了一会儿说："这样吧，你和我一起下山，在山下的村子里给你找个人家借住几天。等找到家，我马上送你回去，如何？"

姑娘好似不满意地说："不，我就在你的洞外对付住吧，不烦村里人了。"姑娘虽然看中了一表人才的杨生，但不知他的人品如何，想考验他几日，再做打算。

杨生着急地说："不行啊！你要是在这儿住，说不清啊，有辱姑娘的清白呀。"

姑娘说："大哥哥，小妹倒觉得没什么，你住石洞里，我在外面睡，各不相扰，不就完了吗？清者自清，浊者自浊，无愧于心就行。"

杨生听了，很惊诧地说："哦！姑娘读过书？"

姑娘一扬头说:“当然,私塾,家教。”

杨生更惊诧了:“你是大家主的千金?怪不得穿得很光鲜呢!”

姑娘嘻嘻哈哈地说:“这个嘛,我不告诉你。”

杨生说:“那就更不能住这儿了,大家主更看重名节,看得比命都重要。我还是送你下山吧。”

姑娘说:“我没说,你知道我是大家闺秀,还是小家碧玉?反正我在这儿住定了。”

杨生哭笑不得地说:“你一个天仙一样的小姑娘,在这深山野岭,就不怕我欺负你呀?”

姑娘狡黠地一笑:“我怕老虎欺负,不怕你。”

杨生摇了一下头说:“真拿你没办法!”

姑娘又是一笑:“在我跟前,你就认输吧。喂,大哥哥,听你的话,像是你也读过书吧?”

杨生答道:“十年寒窗只读了六七成,父死母病,时间不长母亲也走了,学业就荒废了。”

姑娘说:“噢,也算个书生呢。我知道了,从那以后你就成了没娘的孩儿了,就搬到这个洞里来了,是这样吧?”

杨生说:“不是这样的,要说起我的事,奇得天下难寻,一天一夜也讲不完。”

“那你就讲给我听吧。”

杨生拒绝说:“你的住处定不下来,我哪有心思讲啊!等以后再说吧。”

到了晚上,杨生决意让姑娘住进他住的上洞,他住进下洞与老虎为伴。就这样安顿了下来。

自从老虎把姑娘衔来,老虎也特别勤快了,每天上山捕猎。不是弄回一只野鹿,就是叼回一只狍子,要么就是小野猪,天天有肉吃,吃都吃不完。老虎好像知道怎么调理人的口味,见大牲口的肉多了,就叼些山鸡、野兔什么的小肉儿换胃口。杨生也会安排调理,把他平时采的各样蘑菇、木耳、山野菜和老虎猎来的兽肉适当搭配,无论是煎炒,还是烹煮,味道都相当美,令姑娘赞不绝口。姑娘高兴,杨生也特别开心。

每日闲着无事,杨生就带着姑娘在山里游山玩水逛风景。说说笑笑,两人感情越来越亲近。

这天,天气特别晴朗,杨生又带着姑娘游玩,来到一个较高的山头上。秋高气爽,山头的阳坡是柔软的秋草,姑娘躺在秋草上,纵情地打了一会儿滚,然后仰躺着看云卷云舒，非常惬意。有一群大雁在碧蓝的天空上向南飞，雁阵一会儿一字、一会儿人字地变换着。雁阵的影子从姑娘身上掠过，姑娘突然流下泪来。杨生见到姑娘流泪，他走过去说："怎么样，想家了吧？"

姑娘用袖口擦了一下眼泪说："想家了有什么办法，找不到家了！我就得在深山里过一辈子了。"

"净瞎说，你这千金之体，哪能委屈在山沟里，比出家还冷清呢。明天咱俩就下山找家去。"杨生说。

姑娘说："我就不，我还没玩够呢。这儿有山有水，有山珍野味，有老虎，还有你，比神仙不差，多好啊！"

杨生笑笑说："眼下你觉得挺新鲜，住不上一个月你就会寂寞难耐，有你哭鼻子的时候。"

姑娘从草地上坐起来说："这个嘛，我会掌握时间的。哎，杨生，本姑娘和你在一起七八天了，你连我的名字都没问过，是不是不喜欢我呀？我长得不够漂亮？"

杨生脸一红："谁说你不漂亮了，你是我见过的女孩中，最最漂亮的姑娘，赛过画上的天仙！我喜欢你，可我，我不配呀。"

姑娘站起来，拉住杨生的胳膊："你坐下，喜欢我，还离我那么远干吗？"她搂住杨生的脖子说，"谁说你不配了？你很棒，本姑娘也喜欢你！"

杨生激动得抱了一下姑娘，迅即松开了。姑娘说："怎么了？"

杨生说："不能，会害你一辈子的。你这么好的一个姑娘，不能跟我受一辈子的苦。"

姑娘搂住杨生的腰在草地上滚了几个个儿，呵呵笑着说："你是个呆子呀！你能总这样吗，时间不会太长，你杨生就会好起来的。我告诉你我的名字吧，我叫耶律秀锦，以后你就叫我秀锦吧。"

杨生愣住了，说："你，你是契丹人？"

耶律秀锦点点头说："是的，我是契丹人。"

"契丹在北边，那你家就好找了，一直往北面找就行啊。"

"你说得倒轻巧，契丹是个国家，大着呢，到哪儿去找呀，有能耐你让老虎把我叼回去。"耶律秀锦有些赌气地说。

杨生说："一提找家，你咋就不高兴啊？你不会和我一样，孤身一人吧？"

耶律秀锦嘟着嘴说："你管不着。"

杨生上前拉起耶律秀锦的手说："我们去一个更有趣的地方玩吧，我还能把我的秘密告诉给你。"

“哦,你还有秘密?”

杨生拉着耶律秀锦的手,来到他看神仙下棋的石洞前,钻进洞里,过宽窄门,登上天梯,到了四铺炕,石桌石凳还在。耶律秀锦说:“你把我带到这破石洞来干吗? 一点都不好玩。”

杨生说:“我把我的秘密告诉你呀,你先猜一猜我多大年岁了?”

耶律秀锦说:“能多大,乳臭还没干呢,多说比我大一两岁。我十六,你也就十七八岁。”

杨生笑笑说:“我说出来能吓你一跳,我四百多岁了。”

耶律秀锦哈哈笑着说:“牛都吹天上去了吧? 别骗人了。”

杨生严肃地说:“我没骗人,是真的。我是隋朝的人,也就是上个月,我母亲生病,我来这儿采药,看见两个白胡子老人从天上飘下来进了这个洞,我好奇地跟了进来。原来两个老人到这里下棋来了,我就在旁边看他们下棋。两个老头走后,我也出了洞,可是外面什么都变了。到村里一看,哪还有我妈。我家的房子全没了,村里的人一个都不认识了。跟村里的老人一说,现在是大辽国了,时光已经过去四百多年了! 不到一天时间,我就成了古人了。人们说我进了神仙洞,有‘洞中方七日,世上几千年’一说。”

耶律秀锦瞪大眼睛说:“真的呀!”

杨生点点头:“这事一传出,十里八村的人,还有府、县、州官都来看我这个古人,像看怪物似的。我自尊心受到了伤害,我才跑到山里躲了起来。我是个古人,你还喜欢我吗?”

耶律秀锦说:“怪不得你吃饭就和蜻蜓点水似的,吃也可,不吃也行呢。原来你是‘半仙’之体了,那我就更喜欢了!”

“可我是个古人。”

耶律秀锦笑了一下说:“什么古人呀,你把四百多年的时间丢在仙界了,可你的肉体身心还是你去采药时候的呢,你不能说自己是古人。”

杨生说:“我总觉得人们把我当成另类,我也不愿意见人。”

“那是心态的事,你别把自己当成隋朝人,把自己想成是当代的年轻人,慢慢就会好的。我再问你个事儿,你为什么能与老虎相处,老虎又为什么把我叼到你这儿来?”

杨生说:“老虎吃食时,一根骨头棒子卡在嘴里了,是我给取出来的。老虎感恩,它不走,就跟我在一起,给我猎物。后来它五六天没回来,回来后却叼回来你,可把我吓坏了! 心想要贪人命官司了呢,没想到你活过来了。”

耶律秀锦说:“这就对了,虎兄弟是为报答你的救命之恩给你叼来个媳妇,虎兄弟是我们的大媒呀！既然这样,我们今晚就圆房。”

当天,他们就在杨生住的石洞前摆上了香案,插草为香拜了天地,又向老虎拜了三拜,谢过了大媒,就进了简陋的洞房。欢爱之后,秀锦说:“这是我们的缘分,明天我们就走吧。”

杨生有些惊讶地问:“往哪儿走呀?”

耶律秀锦说:“我父亲是大辽王爷,镇守辽中京大定府。我是他的第四个女儿,也是最小。我们回去你肯定会受到重用。”

杨生惊诧不已,说:“我一个平头百姓,怎敢攀附你这个高枝儿,我不去。”

耶律秀锦说:“你敢,都跟我圆了房了,你还敢反悔!”

“呃！原来你知道家呀?”

耶律秀锦笑了一下说:“自从你说出迁民县,我就知道了。我装糊涂,是因为我看上了你,傻瓜!”

第二天,他们带上老虎就离开了石洞。临走时,杨生一高兴,就把他生活用的菜刀抛起来,谁想到菜刀飞到了山顶变成了石头。随后菜板也飞了上去,成了永久的纪念。

他们到了大定府见到了王爷,讲述了经过。王爷失而复得了女儿,自然高兴万分。也接纳了女婿,重摆喜宴,隆重庆贺。

过了些时日,辽国与沙陀后晋交战,辽主派大定府王爷派兵征战。王爷为了考验新纳的郡马,就命杨生出征当先锋官。老虎与杨生寸步不离,杨生也就带上老虎随行。结果到了战场上,老虎先行出击,把沙陀兵吓得如潮水般溃退,辽兵大获全胜。后又有几场战事,杨生都是胜者,迫使后晋皇帝石敬瑭割让了燕云十六州送给了大辽,杨生立下了汗马功劳,后位列公卿。

06

灵异篇

孝子狐缘*

光绪年间,都山脚下有个三十几户的村子,叫靠山湾,居民多姓杜。其中一个名叫杜春的人家过得比较寒酸。

其实,他们原来家业曾经不错。父亲杜燕儒做过私塾先生,但因过世较早,在儿子十岁时撒手人寰,使得杜春过早地扛起治家重担。因经营不善,到快二十时,仅有一沟荒山,二亩坡地,再加上三间草房的残墙破院。老母年迈,杜春孱弱,勉强度日。幸好杜春幼读诗书,天生孝质,饭母先尝而后吃,活母未干而抢做,不忤母意,不咎母错。清贫艰苦,却也其乐融融。

一个夏日,杜春深山砍些伏柴,散放山上,晾干以备冬用。忽然,怒风骤起,浓云密布,闪电由天上直插地里,惊雷仿如在头顶响起,大雨瓢泼,快得不容找树以避。杜春只能站好,闭着眼皮,一任老天肆虐。突地,他感到什么东西撞向腹部,并用肢爪把自己抱得紧紧的,沉甸甸的有些分量。他一摸,毛茸茸、湿淋淋、肉乎乎的兽体,战战兢兢地打着哆嗦。他顿生恻隐之心,不禁也紧紧抱住。此刻,带着撕裂声音的大雷围着他响个不停。杜春感到不用说灵魂,就连骨肉都被雷扯散了,震飞了,他昏倒在雨地里。不知何时,他醒过来,看雨过天晴,彩虹斜挂,急摸肚间,空无一物。四周巡视,见不远处的林边,一尾白色灵狐,面向自己作举爪揖拜状,连做三次才流连而去。不知怎的,他也凭生恋恋不舍之心。回家后,他虽觉此事离奇,但知说了也没人相信,就把它烂于肚里,继续过其清贫日子。

再表青龙河下游,一户老员外娶儿媳妇,悬灯结彩,锣鼓齐鸣,贵宾如蚁,礼品若山。新媳妇杨芹是方圆百里的美人,且命象富贵。合卺后,却任谁也想不到新郎愣是看不顺眼,把个如花似玉的娘子当成丑陋不堪的母夜叉,非要休掉不可。

---

* 本文由常建国搜集整理。

任其百般劝说，任其禳灾作法，新郎就是油盐不进。老员外又爱子过甚，无奈之下，只好向杨芹说明情况，商量送其回归娘家。谁知杨芹也是烈性女子，说："嫁出的女，泼出的水，岂有返家之理。既然与你家无缘，那就给我一匹老马，让我信马由缰，自寻去处，自生自灭吧。"

婆家本来就感到有愧于人，既然杨芹提出这样的解决办法，岂有不应之理。于是，给了一匹脾气温顺的母马，配上鞍笼，铺好垫褥，又给带上较丰的银两，流着泪，请姑娘上马。杨芹跪在马前，哭祝曰："马呀，我的今生来日，就都交付你啦。你入谁家院里，那就是我久留之地，望别负我。"说完，把缰绳掖于鞍桥上，跨上马背，向马屁股轻拍一掌，洒泪而去。

说也奇怪，那马并未走向青龙河繁华富庶的下游，反是溯河而上了。沿途也曾穿庄过村，也曾走门迈户，马儿似乎连看一眼都不屑，旁若无人地扬长而去。夜间，马自动停在野林中，自寻食草。杨芹也就吃点东西后，靠树和衣而睡。不知几天，来到靠山湾。马像见到宝一样，离开大路，撒着欢儿跑进村里，像游子思归似的蹿入杜春那破败院中，打着响鼻，振鬣长嘶。

娘俩出屋，看着眼前景象，茫然不知所措。杨芹见此光景，知是天命所定，下得马来，笑道："老妈妈，我是路过之人，想讨口水喝。"

娘俩连忙把姑娘让到屋内，献上井水，互相唠起家常。当杨芹得知此家就母子两人，且见杜春虽然瘦弱单细，但眉清目秀，天生儒雅，不禁芳心暗许，也就把己身来历和遭遇说了。杜家喜出望外，天上飞来的姻缘，地上突生的福分，哪能错过。当下就请些亲朋，凑个席面，快事快办，完结了这段婚事。洞房中，杜春看着洗净风尘、星眸月面的水灵灵的女子坐在眼前，只知张口傻笑，不晓该干什么。杨芹轻声说："别呆啦，以后咱就长久相伴，一心过好日子啦。"杜春这才缓过神来，忙于该忙之事。

后来的日子，简单得很，无非用杨芹之钱，修缮房院，养些鸡鸭猪羊。媳妇操持家务，勤劳节俭；丈夫力所能及，上山下地。一年后，又有了白胖男孩，一家安安稳稳，其乐融融。别人唯有羡慕，都恨不得也来个这样的媳妇。

可是杨芹却发现了问题。婆婆哮喘常犯，再加丈夫有个怪病缠身，久治而不见效：是面黄肌瘦，食欲不振，似是九痨八伤。自己带之银钱渐已告罄，未来将怎么办呢？思虑过度，熬心费神，竟然得了一病。发作时，无因而哭，无原而笑，哭笑起来，不能自已。犯病时久，身缩如团，四肢僵硬，牙关紧闭，浑身颤抖，有呼无吸。每当此刻，杜春母子只能为媳妇遍身掐捏，捶打按摩。来帮忙的人说："这是闹黄鼠狼啦。再犯，就在腋窝找疙瘩，掐住后用银针别好，然后到附近的鸡窝、草筐、粮仓等处寻找。看到正扑腾的黄鼠狼子,捉下,别弄死,等把人的气换回后再杀了它,其病自愈。”但数次下来,也没找到病源。

半年后,某晚上,杨芹经一番折腾后,却自己开口说话了。她萎缩的身子自我放开,长舒了一下懒腰,打几个透心的哈欠,坐了起来。闭着眼,和声细语地说:“你们好吧,这半年可把你们吓坏了吧?”

娘俩听后,相互发愣,因那不是杨芹的语声和语调,自带一种雍容、一种肃穆、一种闻而生敬的效力。因此,他们也平静地问道:“你是何人?”

“我是你们的老邻居,家在都山百草洼。姓胡,名凤英。”杜春马上联想到那个雷雨日,不由自主地产生了亲切感,忙问:“你是狐仙? 咱见过吧?”

胡凤英笑了,说:“岂止见过,缘分还不浅呢。”杨芹忽地睁开双目,满面春风地解释道:“我的确是狐仙,但仅有千年道行。修仙者,需历经天劫,百年一小劫,千年一大劫。因任何想寿与天齐和修炼道法都是上天所不许的,那均为逆天而为之事,天岂容之? 故必殛之。小劫假于人手和物祸,像被猎人杀之,被狗吃之,或毒菌袭之,灾病灭之。我等千年之修为度小劫却无妨。但处大劫,如天雷击劈、山崩地裂则无力躲避,受此大劫,往往神形俱灭,身散灵亡。但此劫若能过之,则修为发生质变,更上一层楼。因此,我们为仙之灵,对天劫是又怕又盼,哪怕粉身碎骨,也愿争一境界。如我母,已历三大劫,现可一赴蟠桃盛会。那天,我正等着大劫一拼之时,恰遇杜公子,知你孝德充体,天不敢伤。故托荫庇,得以安度。你对我有再造之恩,我岂能有负心之举。今日明之,将借你媳之身,助君平安之路。”

母子听后,感到如同听瞎话儿一般,不可思议。但如此美妙话题,岂能放过,于是杜春又问:“那你怎么借我妻之身呢?”

胡凤英笑道:“这事说来话长,得容我慢慢细讲。自有助君之心后,我就四处访察,寻找合适人选。大凡人等,多为七经六脉,我们无孔可入。只少数人,多生一奇经,那就是我们能入的奇门。(好中医号脉就可察知)通过法术,我之灵气可占领此经,然后把借体之人灵魂封住,我们就像借尸还魂一样借体而生了。此举俗称换气。杨芹恰生此经,且貌美如花,心地善良。重要的是她命中婚有变故,且和你有缘,好似专为我预备的可借之体。于是,我暗中相助而入你门来。但可借之体,虽有奇经,却不通畅。如人间虽已堪定道路图线,未修通也难以行车。必须对借体开经阔脉,这项工作,我等不擅长,只好求黄仙、蛇仙帮忙,因他们天生会打眼钻洞。你妻开始之状,乃黄仙为我铺平道路而已。借体经张脉开,虽不脱胎换骨,但也管更道改,也是其苦难言。但经此历者,却也周身通泰,经脉舒畅,无害有利。看你夫人,不觉康健许多吗?”

杜春点头称是。

凤英又说:“修仙之道,积善为本。而我胡家,从不以斩妖拿凶为业,我们广游名山,博采名株,灵花异草,多取囊中;世代学医,精通本草金鉴之精,广修神农伏羲之术,流传至我。平时或研艺探理,或云游医人。累积善果,多攒功德,用以感天,求得万劫不避之道。”

听罢此言,母子更喜,忙求医己。

凤英笑了,说:“那还用求?我今露名,就要在你们身上显些手段。不然,大言不实,坏我仙声,岂我之所为。杜君,你之病在肠皮上生个水囊,多半养分,被它掠夺,哪能不瘦。你仰卧我前,待我行针。”杜春照言而为。见杨芹挽起袖管,拳其右手四指,独竖食指,在患者腹上连点数下,说:“明日即随便排出,请你留意。至于老太太,晚几天治吧。时已太晚,我先回山了。”说完,杨芹连打哈欠,四肢做打拳收功状,缓缓而卸。杨芹看母子陪伴于旁,吃惊得不知所以。刚才之事,她竟一无所知。听丈夫学说后,还疑惑不肯相信。问她有何感觉,她说像大睡一样,迷迷糊糊,只觉筋酸骨疼,疲惫不堪。虽说此事近于荒诞,过于玄虚,杨芹觉得哪有传奇的神话般的好事能落在自己身上,所以将信将疑。只好盼望到明天,用杜春之灵效来检验了。

次日,一家人又盼又怕,盼能灵果成实,使他们沟通了另一神秘世界;怕是一切皆虚,使梦醒为空,令稳重的杨芹落个虚假的恶名。于是,婆媳不断絮絮叨叨地询问杜春感觉若何。到了中午饭前时分,杜春突觉内急,说要去解手。杨芹忙道:“就解在院心。”杜春也想到了,特意选一平敞干净地方,脱裤蹲下。随着一声轻屁,直觉从肛门掉下一个东西,则便意全无了。他知有异,忙喊婆媳快来相看。他们看到在所便之处,一片碗大的圆形水迹,湿淋淋的十分明显,湿迹中间,盖着一块白色的薄膜。挑起此膜,对着太阳看竟然半透明状。明白了,杜春腹内生有像开膛的病猪肚里长的俗称“水铃铛”的病囊,被仙针医好了。

兴奋得晚饭都没人想做,没人想吃。合家团坐,议论当下,憧憬未来。更盼仙姊快来,重听仙音。其实,中国人最崇尚现实,尊重经验,从不盲从。未经检验的东西,哪怕你说得天花乱坠、宝雨纷飞也没人买你的账。经此一为,杜家已无限崇敬,无限信服,又无限憧憬了。

晚上,弯月西斜,狗寝人静。杨芹再经那番举动后,凤英妙音又从口中吐出。杜氏母子,谢声不断,五体投地,拜敬不已。凤英笑道:“这算什么,微技小艺吧。也别这般礼数,咱娘几个像唠家常最好。今医治老人吧,你之哮喘,因肺火肾虚而起,火大招风,虚肾多水。我先行针泄火,推拿导气,见出三个虚恭,打三次饱嗝,即有成效。然后，再施药补肾，三次治疗，即可痊愈。”说完，凤英借杨芹之手，在杜母前胸后背指点不已，又用掌前拍后吸，状若引导。果然，杜母连放三屁、连打三嗝。又命杜春打半碗清水，置于柜上，以便送药，待术后服之。并告诉日后若有事需见时，则点三支讯香，以便传信，再呼彼名，其必赶来。

如此三天三次奇疗，杜母真的呼吸匀畅，体健年轻了。山村特点，谁家有事，不用半天就全庄知晓。何况杜家又是“平生不解藏人善”的主，别人一打听，也就一五一十地和盘托出。那时的山民，崇鬼神，信教化。得知杨芹有此神通，都想得到不花钱的好处。东邻大叔，眨眼不停，三十得之，六十更重。杨芹诊治，手到病除；西院二嫂，血崩数月，百医无效，人近灯枯，杨芹在其血海穴仅点一指，当即止住。至于一般的头疼脑热、流感风寒，不用伸手，只喝杜家凉水即刻康复。一传十，十传百，靠山湾杜家狐仙显灵的事，传遍方圆百里，而且不收分文。仙家布德结善，来者不拒。来求医人，虽说仙子不取诊费，不收药资，但感恩答谢之心还是要表的。他们把自家的土特产、过年的腊肉条、小袋黄绿豆、积攒的鹅鸭蛋奉献仙家，偷偷地放在院中。无人登记、无人造表，有无多少，没人计较。开始几天，凤英几乎随叫随到，但仙家也有他务，就定于三、六、九日为开山济世、施善布道之天。此时，院内人满为患、村里接踵摩肩。杜春母子，仅烧茶倒水就忙个不堪。而与凤英说些家常话，也只能在夜静时分了。（此后，凤英、杨芹二名通用）

一天，闲聊琐事，杜母叹气道：“他一表姨，家住五十里外水湾子，二十来年，就犯腰腿疼，前些年传说已卜不了炕啦。你如可以，去那儿给看看多好。”凤英答应了。为沿途少些麻烦，杜春拉着马，连夜把杨芹送往姨家。表姨见外甥夫妇前来，令姨父把炕桌放好，拖着病腿，半坐半靠地切起饹来。

凤英看表姨腿根肿胀如桶，就围着表姨转了一圈，用手摸摸，再打听一阵。说：“你这病是股骨头坏死，好治。我今夜就令你消肿复原。”说完，就手摸指点，摆弄一番。表姨惊叫：“不疼了！不疼了！”一家大喜，又留住一晚。次日晨，姨父叫起杜春夫妇，告之：“真怪，你姨腿肿全消，骨象都看清啦。二十年从没见过。”他们到了姨房，表姨已能扶炕沿慢行。

归家路上，杜春赞不绝口地夸奖。凤英却叹口气：“别高兴啦。治病治不了命，你姨三月寿尽。”当时，正月初七。又说，“仙人先学看命，再学其他。占卜看相，比凡人先天优势。推演未来，趋吉避凶是为仙的基本能力。我们之神术，岂人间大师可比！以前，来看病的人中，就有一些有病无命的，我只能减其痛而不能增其寿呀。”听完，杜春心情沉闷，为改变话题，故意逗问：“你说会算，那就算一下，今晚我们回家吃什么饭？”凤英知其调侃，不以为怪，答曰：“大黄米黏干饭，且有不速之客。”

到家一看,老母果然煮好四口之家的黏饭,正待吃时,姥家真来五口人。弄得晚饭不上不下。婆母急了,想另做晚饭。杨芹笑道:“妈,您尽管放桌安排客人吃,饭我来上。”奇怪的是,四口之食,九人皆饱。待客人走后,杨芹赶紧叫老妈快再做此饭,说:“真不易,我令黄仙出外借饭,他跑到迁安县城才从烧锅马家找到此饭,和人家保家仙暂借的,好借好还。”

杜春不明,问:“我听说黄仙常把将败之家的财物盗给将兴之家,没听还须还的。”凤英笑道:“那是暴起暴落之间家事,虽说命理使然,但终归不义之事。我等岂能做此损人利己之法,有损阴德,于修行有亏啊。”杜春听后,点头称是。方知人德积损,天地记之。先种何因,后结何果。一善一恶,一饮一啄,皆算清账。

声名无脚,行速千里。杜家狐仙灵验的传说,广散四方。除因久病而求的人,还有慕名而欲考较的。那天,就来个杏林世家,广享赞誉的著名郎中李大先生。李郎中礼节完后,点名要见狐仙凤英。凤英给足面子,寒暄过后,就盘起道来。两个由针锋相对,到惺惺相惜,后到鼓掌言欢。凤英说:“通脉理、明药性、精辨证、熟金石,不愧家学渊源。”李说:“得仙传、出人意、组妙方、施奇术,果是仙家手段。”正好老太太摆好酒菜,巧的是从老人裤中发出一连串的似屁的声音,羞得杜母掉头欲走。

凤英拦住老人,对李先生说:“婆母此病已有二十多年了,以前百治无效。总有阴气从产道排出,自不能控。为此,连亲家都不敢去,人前不敢久立。我正想近期试医之。今先生恰逢其会,不啻东风化雨,得沐其祥啊,请施援手。”

事僵至此,李郎中只能硬头皮诊之。号完脉,字斟句酌地说:“小医学浅,只知上火下寒,气阻中交而起,如何医治,李某束手矣。况从未闻得此病。”

凤英点头。似有赞许之意。说:“此病恐万千从医之人皆未知之。因它仅于《华佗医经》有记。其病名唤‘阴吹’,起因正如先生所说。医之极易,我今即试之,望先生留到明午。”

值此难遇之机,李郎中正“故所愿也,不敢求尔”,答应连连。凤英仍是伸指为针,沿身急点,快得李先生都看不清穴位。但施术者已香汗淋漓了,忙过后,说:“明日午时,此疾除矣。”

次日正午,杜母也感便急,到茅楼蹲下,从阴部排出一团血肉黏球。用木枝夹出来,球硬得拍而不碎。李自知修为相差甚远,就衷心生佩了,请教道:“传说《华佗医经》早已烧毁,你们咋看到的?”凤英笑道:“未烧之前,我曾祖即已抄之。”

经此一回,声名更振。

杨芹之体，已成通道，有时别的仙子，也乘机玩玩。某日，杨芹又现仙人附体征兆，母子恭聆仙音。谁知从借体口中发出的并非凤英的沉稳、华贵的口音，而是稚气未脱的童声。他说："哎呀，我也能行啦。真好玩，快和我说话呀。"问其是谁，他答，"我是英姐小妹，叫胡凤菊。那个宝宝，咱俩玩。"一把把杜春四岁儿子抱起，说："你喜欢和我玩吗？"宝宝没有害怕，反倒亲近十分。凤菊亲着孩子的小腮问："你看我跟你妈谁好看？"宝宝笑嘻嘻看着杨芹的脸说："你好看。"杜春母子奇怪了，问："那不就是你妈吗？""不是妈，是小姐姐。"孩子争辩着。

凤菊解释道："你们大人天眼已闭，仅见寻常人、物。孩子天眼未闭，能看得到灵界原像的。好孩子，该叫我姨，等今晚姨带你去我家，给你好吃的。"放下孩子，又说，"仙界快到百年中评日子，都忙于备审。都想积功求优，累计功德，好能登上万仙名箓，才可万劫不损，称得上大罗金仙。让我姐她们忙去，正好有我玩的机会。"见没人搭话，急了，"别看我小，我可是学完卜算啦，不信，这几天试试。可我医术不精，这些天就别给人看病啦。"

凌晨，宝宝惊叫起来，摇着母亲说："妈妈，小姨领我上姥姥家啦。"杨芹自离老家，从未回过，孩子何知姥姥家，知其有异，问："姥姥家啥样？""房可大啦，人可多啦。姥姥还给我个大红梨吃。"当凤菊再来时，经她说明，才知那是仙果，可使孩子不生病害。

凤菊真的常来逛逛，没事找事地卖弄她的卜技。还真准，丢东西的人找她，找到找不到，何方何时找回，在何处看到都准确无差，又起一个小高潮。一天，外村一个人的母猪丢失，就各村寻问，凤菊闻之，叫杜春找到家来，对那人说："别找啦，二十四天后，必有人看见，报信与你，且母猪已下崽，生出五公一母六只崽子。如准，为我扬名。我也开山立万了。"果然，那人接到猎人传信，母猪在某深山里带六只崽子寻食呢。

凤菊童心未泯，处事不知深浅，锋芒显露，竟也碰过钉子。那日，正值凤菊大杀八方、玩心正盛时，跑入一个十多岁的大孩子。此人头癣脸肿，两眼眯成一缝，进屋就对杨芹喊："表嫂，快治治我的脸。"那是邻村的人，小名柱子。为继承别家房产，过继给叔伯爷家。继爷娶个后奶，已无儿女，此时均过七十。后奶久病，凤英曾为其诊治过，知其大限将至，也只能浆养维持。见柱子前来，杜母忙打听他后奶状况。柱子说："前几天就不进水米，我们已准备后事，哪知前天起，突然坐了起来，声音也大了，要吃要喝，差一点就大骂我们。日夜折腾，不得睡觉，看我脸都肿成这样啦。"杜春正想告诉治病的仙不在，凤菊却抢先搭话了："柱子，你这不是病，是中毒。而且是蟾毒。"又问到过水坑没，抓蛤蟆没，都是否定的答复。

"那病根在你家。"凤菊默算一下肯定地说:"其实你奶阳气早无,仅剩一魂一魄,现是蟾精附体,控住残魂余魄,使病者本人活遭罪,对旁人死折磨,以报不知何时结的前仇。你回去,用碱水洗面,其肿自消。再对你奶喊三声'哪来的赖肚子(蟾的土名),说破了快走吧',病人即死。"果然,柱子按方而为,话音未落,病人就咽气了。凤菊还自夸道:"都说我道行太浅,涉世未深,总限制我出门云游。看我不比英姐差吧。"

晚上,小丫头回山了,杜家四口酣睡正香。半夜多点儿,三个大人同时惊醒,似有大难临头。杨芹忙叫杜春点燃信香,企图召唤凤英前来救难。还没等点香,凤英就已开口了:"成股烧!连着烧!都集我身边!"一家战战兢兢地围在杨芹左右,不敢开言。一会儿,香已燃半,精神也放松些。凤英舒了口气说:"都是凤菊那丫头惹的祸。柱子他奶的前夫在朝阳山开药铺,他奶为赚钱,春季没少抓野蟾取其酥,别人都从一蟾身上二取其一,这样不必伤其性命,而他奶,竟全取下,每年杀蟾无数。杀生害命,必受其报,人运旺时,诸邪不侵,到运衰体弱,必遭反噬。那老蟾岂肯放过此刻,正要狠狠折磨她呢。哪想被凤菊那丫头点破,火没处撒,竟到都山找向我家门来。开始,我母连连道歉,甚至要重处凤菊。在我等拿膝盖当腿走的哀求下,令凤菊闭关百年。可老蟾不依不饶,翻脸斗法又不是我等对手,它就迁怒你们,要向你们施毒。幸亏我提前赶到,布好防罩。你们开窗看看,黑雾弥漫,则是它的毒幔。"杜春真的看向外边,时入下旬,星月全无,黑烟流淌,滚滚不息。凤英退身,一家不知后果如何,仍是忐忑。

忽听天空金响铃吟,凤英复至,笑道:"没事啦,大好结局。"众问原委,凤英答:"听到响云天降吗?那是我母之师尊骊山老母亲临,化解此争,已收老蟾为徒啦。"再从窗外看,已是月朗星稀,天清地明了。

万般生物,皆有灵性。残杀暴屠,终必报应。杜春联想前时,一个脖生圈疮、溢流黑水的人找凤英诊看。凤英叹说:"你前月曾见二蛇交尾,招人百般虐打,后又被你砍断其头。此蛇索命,令你生砍头疮。我无药可治,但给你一祈赎之法:到杀蛇之处,备足香案,捣头认错,并拜死蛇为义父,兴许可免其灾。"后情如何,他们就不知道了,但其教训,确被广为宣传。

"如遇大恶之辈,也任其肆意而为吗?"杜春问:"像老蟾,那残害人的恶妖,还是杀了好。"

"你只站片面角度,才有此想法。"凤英说,"从上天看,何为恶?又何为善?狼吃羊,羊吃草。对羊,狼是恶;对草,狼可能是善。所以为仙者,尽量少杀生、多规劝。逞勇好斗,非仙所愿。但我也参悟不透天意。既然万物皆由天生,又何使各物互相为食,而引屠戮?只能理解为孰死孰活,天意如此啦。仙结善缘,为己修行而已。”

一晃到了三月,杜春惦着表姨,是怕听噩耗,又怕没有噩耗,在仙威和人情间矛盾。月初,本村一将死之人的儿子前来求问老父何日归天,因他需外做木匠活,如晚些日子,就出门一趟。凤英令他说一字,他说个“喜”字。凤英劝别走啦,十一日有孝。事实果然没错。十六日,表姨父忽然来家,带些礼物以谢侄妇。高兴地说:“你姨现能给我做饭啦。多亏贤媳。”凤英道:“姨父,你说个字来,看未来如何。”巧的是,姨父也说个“喜”字。凤英哎的一声说:“姨父,不是我嘴冷,我姨二十四到期啊。”姨父垂头丧气地走后,杜春请教,为什么同是喜字,结果一样而日期不同?凤英说:“喜字,土已埋口,焉得不亡。上半月,看字的上部,藏有十一;下半月看字的下部,含有二十四样。”后知表姨真那天突亡。

凤英说:“其实,断人生死吉凶,通晓过去未来,也并非好事。万物之乐趣,在于对未来的无知,无知则无畏,无知即含希望。近秋之虫,欢鸣不减;将死之人,活性不息。都因觉不到徒劳无益而留有企盼。这才是永恒的动力,是生命的乐趣使然。若让其知晓明日如何,令其像死囚一样,指日待死,心灰意冷,岂不索然。况如此,也泄露天机,反招天谴。所以说,浑浑噩噩为福,明明白白是灾。以后,卜算之技,亦不施矣。”

和凤英相交日久,杜春难免有些非分之想。有时,在有可乘之机时,还借故对被借体的杨芹做轻薄之举。心想:你若发怒,我就说忘了你不是我媳妇。凤英对他的小九九已是心知肚明,在一次又被揩油后,她佯怒道:“竟敢亵渎仙子,我走啦。”杜春忙拉住妻子的手,说:“你我久处暗室,耳鬓厮磨经惯,且我早分不清谁是妻、谁是仙了。我们即然体肉早已相抱,又如何界线分明呢。”凤英叹口气,无奈道:“也是,既借人妻之体,难脱人妻之嫌啊,但人仙结合,我不知可否,等禀告祖辈,再做商议。”

几天后,一个低沉的、老态的、不怒而威的声音从杨芹口里飘出:“吾,凤英之母三娘。看小女与公子有缘,今来送女完婚。你们一切如常,不必任何礼数。仙凡难结实婚,可道义名分永葆。今后,千年万年,不离不弃。”当晚,洞房花烛,人虽杨芹,语却凤英。杜春感受,其妻反应,宛若初婚。用一人之体,品不同之味,享齐人之福,其美难言。

家有仙妻,杜春忽觉神清气爽,体轻心扬。再看故里山川,似降脚下;尘世人间,漠淡心中;思已高远,灵已虚空。美妙感受,莫名其状矣。

他向妻子描述。凤英说:“此仙人之境也。居高而看远,居实而看虚,即仙凡之别。你有此悟,说明内道自生,我们距离又近啦。”

杜春喜极,又问:“我听说仙人可化人形,你道已深,就不能现人体交往吗?”凤英答曰:“化人形而自由凡间,唯万年修炼的老祖、圣母可行。我尚小仙,也可化人,但强而为之,被日月星光射之,反损道行。所以,我们多是以化形为气、化质为虚的方法,以灵气游历凡间。千年可修人语、万年才树人形。我等也羡慕你们呢,生来就占有万载修行。今我们之交,亦使我功力大进啊。”

除夕夜,凤英拜过年后,大谈仙界过节:“我们那儿也是珠灯照夜、晶管迎春,芦厦檀桌、海宝山珍,为娘她们老辈,伸指划拳、举手碰杯,嘻笑喧闹,乐满良宵啊。我拜过年,紧得回去,姐妹们还等我猜谜斗草、比酒拼豪呢!”

杜春心痒难挠,忙道:“你们也不接姑爷风光一回?”凤英说:“别急,请你去过元宵。”

正月十五晚上,合家睡去。杜春听有人相邀:“姑爷、姑娘快走,车在门口等着呢。”他就和妻子出得大门,见一篷车已在。上得车后,耳听劲风呼啸,似飞空中。未几,飞车已停。有人说:“故爷下车吧。”他与妻子,跐凳而下。就有几个女孩,嘻嘻哈哈地把他俩领到一个去处。那是一块极为宽敞的平地,中间建好有柱而无墙的巨篷广厦,厦里设四大圆桌。影影绰绰地按年岁老少、男女各桌地已围满了人。厦外,远山隐隐,皎月柔柔。杜春努力凝目,可仍是朦朦胧胧,看不真切。他们被带到主桌旁,一个皓首白面的老太太挥手令其坐下,笑吟吟地说些什么话。(迷迷糊糊地记不清)即有人喊:“开席啦!”八个猿猴,托着放好菜的食盘,由八方飞入,来回几次,酒菜已好,大家就餐。

杜春只知酒是淡红色的、略有黏稠的、入口即甘、咽后留香的佳酿。听老夫人告诉,才知那是千年野葡萄酒,猿猴酿造。酒阑饭饱,又听人叫:“该放花炮啦。”于是,众人拥至厦前场地,见花炮早已摆好,人群中挣出几个小姑娘,争去点燃。一个姑娘说:“坏了,忘带火折子。”另一个大点的说:“急什么,看我的。”只见她拿出颗鸡卵大的明珠,一下就燃响了。

正当杜春惊诧时,梦却醒了。同时,杨芹也翻身坐起。二人争相说梦,竟然一样。都为此梦历而欢欣,又为看影可清晰、看面却模糊的结果而遗憾。凤英为此解释:“仙凡总有相隔,功力未到,只能用此法既可培固你之慧根,又能照顾界之有别。”

杜春却赖急急地求凤英别在梦里而是把真人带到仙界。凤英笑道:“得陇望蜀,有此仙缘,竟还贪心不止。肉体飞升,近于白日说梦。莫急,与我有此之缘,总不能让你百年后魂归地府。那时,我们就可真的日夜相守,共效于飞啦。”杜春说:

“我都等不及啦，真的但求快死，早入仙境。”

“瞎说！”凤英拍了他一下道，“既生于人，就比我们多了几千年的灵性、根基。修炼起来，也比我们事半功倍。只要你积德聚善、固本增灵，外加我的引导，进入仙界，何其易也。相比我等可享万载之福，又何急于几年呢。”

杜春点头称是。但还是对仙妻只听其音，难亲其形而悻悻。凤英劝说：“以后，因通道已熟，我可用半附体之法，使独占变共用。也就是我来时，不再控制、封存杨姐灵性，我们同时使用其身。我说她知晓，她做我帮忙。我们彼此不分，你该满意吧。”

后来，杜春大享共体混灵之乐。妻即是仙，仙即是妻，更是别有风趣。

又经一年，凤英对杜春说：“我于你家已入正轨，往后，就不做那些招摇骇俗之事了。变明保为暗保，可使你家世代昌隆。”杜春说：“是不是出大官、发大财？”

“好俗气！”凤英驳道，“既有仙缘，就别求凡福。升官发财，那仅是眼前之荣，其如霜露，片刻即消。即便是平地拾金、空柜产宝的无根之财，仙家亦不可取。我保你们，是使日子过得轻松愉快、以其劳作而衣食无忧，生时平安康健、死期无疾而终。苛求事而可待、有恃而不恐，这才是人之大福呢。何况如你，知道灵魂归宿，甚至妄求速死，那是何等的祥和安乐，何等的无挂无碍，何等的轻松自由。有难而不愁，知死而不惧。做人如此，夫复何求！你还把人间俗福看得多重吗？”

后来，杜家灵事虽然绝迹，但是人丁绵延，福祚久远。狐仙逸事，流传至今。

正是：万载精灵助好人，仙凡有路用德寻，休于话本求实事，既是胡言莫论真。

赵家沟与狐仙洞*

在青龙河西岸的大山里有一条沟,也不知道什么年月,这里搬来几户赵姓人家,随着他们的到来,这条沟也就有了名字——赵家沟。

赵家沟植被丰郁,山水秀美,尤其是满山的山杏树更是大山对山里人最好的馈赠。山杏树浑身是宝,春天,杏树开花了,红的、粉的夹带着浓郁的花香随风飘进每个人的心里,美丽极了,勤劳又聪明的山里人采来花瓣做成花茶、酿成酒。等到山杏长到手指肚大小时,摘下来咬上一口,酸酸的、涩涩的,也是山里孩子的美味,成熟的山杏去掉外皮,就会露出一颗像心形的杏仁,杏仁可以食用,更是很好的药材。连看起来最没有用的杏树叶也是宝贝,把采下来的新鲜树叶用开水煮过,再放入凉水中泡上几天,就成了饲料,可以喂猪了。由于树叶富含营养,又有药性,用这种山杏树叶喂养的猪,又肥又壮,还节省了粮食。赵家沟的人日子虽不富裕倒也好过。

赵家沟外二十几里,隔着青龙河住着一位黄姓财主,也许是父母希望他好好读书,取名书良。可他却是实实地辜负了父母的希望,黄书良不但没有好好读书,反而养成了一身的坏毛病,仗着家里有钱,养了一群泼皮。他侵田占地,鱼肉乡里,无恶不作,穷人见他过来,远远地就溜了,都怕厄运降临到自己头上。听说赵家沟山场不错,黄财主一直惦在心上。

那一年春天,正是山杏花开的时候,黄书良对身边的泼皮说:“听说赵家沟山场不错,满山都是杏树,走,跟老爷赏花去!”他带着二十来个人,赶了一架马车,摇摇摆摆就奔赵家沟来了。

---

* 本文由张彦东搜集整理。

杏树开花时的赵家沟真的很美，房前屋后、山南岭北到处被杏花包围着，就像花海一样，闻着花香走在山路上，即使不喝杏花酒也已经如痴如醉了。

黄书良坐在马车上，盯着眼前的美景，稀罕得不得了，情不自禁地对身边人说："真好呀，以前怎么不知道有这好地方呀！以前怎么就不知道呢？"

一行人来到沟门儿赵老石家门口，向柴门挡着的小院里望了一下，三间的石头房子，房前有几垄蔬菜。赵老石家里并没有人，山里人闲不住，早早地就去收拾地准备春耕了。

山路石头多，马车颠簸，黄书良早就累了，叫车把式停车，下车坐在路旁的大石头上，边挤弄着眼睛边说："老爷累了，想在这儿歇一会儿，去，把这家的人给我叫过来！"他的话音还没落完，早有两三个泼皮奔了出去。

过了一阵子，找人的那几个把赵老石带来了，后边还跟了一位抱着孩子哭哭啼啼的女人，嘴里不停地说着："我们怎么了，我们怎么了？"怀里的孩子也正哭着。女人和孩子从没出过沟，赵老石也只是卖杏仁偶尔出去，一家人早被那几个泼皮连喊带骂地吓傻了，呆呆地站在黄书良面前。其他的山里人看到赵老石一家被人带下山，也都赶了过来，几位胆大的小伙子刚要说话，被那些泼皮摁了下去。这时，一位管家模样的人走了过来，大声说道：

"乡亲们，静一静，不要误会嘛！这位是咱们沟外大庄的黄书良黄大老爷，今天过来看看大家，和大家叙叙感情嘛！下面有请黄大老爷讲话！"

有几位见过点世面的年轻人小声说："这就是外号'黄鼠狼'的黄书良呀，他来咱这里准没安好心！"

黄书良整了整衣服，依旧坐着："乡亲们，咱们沟里和庄上本是亲戚，只是这几辈子走疏远了，今天我过来就是要叙叙感情，顺便看看我家的山场。"赵家沟的人这才恍然大悟，原来黄书良是看上了咱们的山场呀，都一起大声地叫嚷起来："这里祖祖辈辈都是赵家沟的山场，怎么成你家的了？"

"放屁，什么赵家沟的山场，这是我太爷的太爷叫你们老赵家太爷的太爷在这里为我家看守山场，今天我黄书良要收回我家的东西！把那几个带头嚷嚷的都绑了！"

大家虽都有反抗，终敌不住那些身强力壮的泼皮们，男人们都被绑了，女人和孩子也被圈进了赵老石家的院子。这时黄书良站了起来大声说道："从今天起，这里的每一片山场都是我姓黄的，山里的所有出产都是我的，尤其是山杏，等到六七月份我再带人来打山杏，想必你们也听说过我的厉害，把山杏都给我看好了！"

黄书良回头又对他的爪牙们说："今天老爷累了，先回吧！"

管家说:“老爷,听说赵家沟的杏花酒不错,带回几坛尝尝?”

“好,还是你想得周到,不愧是我的好管家,你们去办吧!”

这群人挨家串户搜了半天,大坛小桶地装了一马车的酒,还赶走了乡亲们仅有的几只羊和几头猪。

赵家沟的男人们憋了一肚子的气,女人、孩子哭了好几天。起初他们不知道来的是“黄鼠狼”,其实他们对“黄鼠狼”也早有耳闻,事情到了这步,也只能先认倒霉,再等计议了。

转眼六月底了,山杏由绿变黄了,到处火辣辣一片,好看极了。往年这时,乡亲们早就开始打杏了,今年都不敢了。

这一天,黄书良带人来采山杏了,足足来了十几架马车。马车由沟门一直排进沟里,他要把今年的山杏全都拉回家。管家把赵家沟的人集中起来,让他们带路打杏,赵家沟的山杏真多呀,这些人足足打了十多天也没打完。黄书良高兴极了,让赵老石带路,他要亲自上山去看看打山杏的场面,他们爬上了一座高山,气喘吁吁的黄书良想坐下来歇一会儿。一转身,眼尖的他看到对面一处山洼红红的,还有很多山杏没有采,就对赵老石说:“我看那山洼的杏子又大又红,怎么还没打呀?”

赵老石说:“老爷,那山洼有个洞,里面住着狐仙,那儿的山杏我们祖祖辈辈都不敢打,那是留给狐仙的。”

“胡说,什么狐仙,分明是你们赵家沟人想私藏!”黄书良瞪着眼睛说。

赵老石也不敢再说什么,蔫蔫地退了两步。

“走,多带一些人,我们现在就去打那一洼的山杏。”黄书良对管家说。任凭赵老石怎么说,黄书良带着人还是来到了狐仙洞下面的山洼,这里的山杏又大又圆,在太阳的照射下透着红光,真是诱人。黄书良高兴了,他亲自带着大家打杏,看到主人这样,那些爪牙们更起劲了。工夫不大,这一大洼的山杏就所剩无几了,黄书良得意极了,泼皮们也大声叫喊,恭喜老爷得了好山场。就在他们兴高采烈的时候,山上传来了少女“咯咯”的笑声,紧接着优美动听的歌声伴着山谷的回音飘进每个人的耳朵:

“赵家沟,赵家沟,一到春天花满沟,农家热情把客留,纷纷捧出杏花酒;

赵家沟,赵家沟,一到夏天叶满沟,树叶片片也是宝,山南岭北绿油油;

赵家沟,赵家沟,一到秋天果满沟,山果捧在人的手,笑得脸上出沟沟;

赵家沟,赵家沟,一到冬天雪满沟,大雪封山冻三九,埋葬一切害人狗……”

听到少女的歌声,黄书良早就按捺不住了:“真是深山有俊鸟呀,我倒要看看是谁家的姑娘。”说着话，他早已拖着五十几岁的身体向山上爬去，他的爪牙们也随着追了上去。

黄书良循着歌声爬了一阵，只见一位白衣少女，白净的皮肤，水灵灵的大眼睛，臂上挎着篮子穿梭在杏树间，一边采杏一边歌唱。黄书良就问：“你是谁家的姑娘？你不知道这是我黄老爷的杏吗？”姑娘看他一眼也不作声，只是依旧“咯咯”地笑着，转眼间消失在杏树林里。黄书良早被少女迷得骨头都酥了，也不顾累得喘气，急急地就向少女消失的地方爬来。

黄书良的爪牙们终于赶上来了，可这里哪有少女和老爷的影子，正在大家急得团团转的时候，有人发现杏树根下有块巨石，巨石后面隐约出现一个黑黑的洞口。这洞口如缸口大小横斜着进入山体，一群人向里望了望，大声喊着“老爷”，谁也不敢进去，也听不到任何回音。

这时，赵家沟的人也赶过来了，赵老石说：“我说这里的山杏不能打，你们偏不听，这是激怒狐仙了！”管家瞪着眼睛说：“快去找火把，带我们进洞！找不到老爷，赵家沟人别想有好日子过！”

赵老石说：“只有火把也不行，听老人讲，狐仙洞里分岔很多，四通八达像迷宫一样，与二十里外的巫岚洞遥遥相接，深得很！要想进洞还要准备长绳。”

急疯了的管家大声嚷道：“还不快去找！”泼皮们叫骂着与赵家沟人一起去准备火把和绳索。

折腾了小半天，黄昏时分，回去找东西的人终于聚到了洞口前。把绳子的一端系在了洞口的杏树上，这时管家又有了鬼主意：“我们找人回来要吃饭，赵家沟的女人都留在家准备好吃的，所有男人都要和我们一起进洞。”说完他拽过赵老石，让赵老石在最前头边走边放绳，一行四十多人依次排开牵着绳子、拿着火把进了洞。

这洞说也奇怪，洞口虽小，洞的前厅倒也宽敞，足足能容纳一百多人，石壁角落散放着一些山花、野果，也有天然形成的石炉，里面有些香火。泼皮们叫着“老爷”，赵老石走在前头。石洞渐渐变得忽宽忽窄、忽高忽低，有时要侧身而过，有时要猫腰通行，有时走着走着又回到了刚才通过的地方。曲曲折折不知走了多久，火把光亮小了，绳子用完了，大家不敢继续走了。泼皮们不叫嚷了，心都悬了起来，有人在嘀咕：老爷冒犯仙家了，与咱有啥关系。也有人在想：不能为了找他，把我的命也搭上。正在大家要返回的时候，就听到有“滴答、滴答”的声音传了过来，大家向着声音的方向找了过去，忽然，山洞又变宽敞了，天然一间石室，石床、石凳、石几一应俱全，洞顶上悬着一块硕大的像宝葫芦一样的钟乳石，向下滴着水珠,那"滴答"声就是这里传出的。这时有人发现洞壁脚下趴着一个人:"这不是老爷吗?"有人叫了起来。真的是黄书良!只见他双手反捆着,嘴里塞满了虫屎鸟粪,眼睛向上翻着。管家赶紧叫人把他拉到钟乳石下,弄干净了嘴,给他喝了些水。

"老爷,老爷!"呼唤着。

黄书良翻了翻眼睛,嘴里念叨:"快……快把山场还给赵家沟,我是黄鼠狼,我没安好心……"说完又昏了过去

"老爷,醒醒,醒醒"一群泼皮叫嚷着。

这时,洞里又响起了少女的歌声:

"黄书良,黄鼠狼,天生一副坏心肠。多行不义必自毙,终有一天小命亡……"

赵家沟人知道是狐仙显灵了,都跪下来磕头。管家和泼皮们吓破了胆,他们赶紧背着昏死的黄书良连滚带爬出了狐仙洞,一直跑回了老家。那一年的冬天,天气特别冷,吓疯了的黄书良冻死在了雪地里。

赵家沟人又过上了平静、幸福的生活。

“王仙”传说[*]

在水胡同沟里有一处云锁高峰、圣水长流之宝地，故称王仙水府。

相传很久以前天上众仙欲往人间觅得仙境，以作修仙场所之用，于是众仙驾祥云，俯察南北名山古刹，观其地势，辨其阴阳，共选得九处圣境，此处是王仙得道的仙府，曲径通幽，水波洞天，直立石壁，仙云蔽日。也就是被选定的九大圣地之一。众仙定于每年三月三日和九月九日，在此聚会，切磋道行。平时只是王仙自行修炼。几经寒暑，历尽沧桑，王仙道行愈加深厚，神通广大，王仙经常庇护地方百姓，有求必应，造福众生，使其年年风调雨顺，多少人到此许愿求助，十分灵验，事事遂愿。

北京同仁堂药店始建于清康熙八年（公元1669年）。相传建成后药店坐堂老先生是王仙附入其体。瞧病开方，药到病除，妙手回春，名扬四海，一代又一代。

清同治十三年（公元1874年）冬，水胡同莫氏和景氏弟兄结伴同去京城同仁堂药店用人参鹿茸等各种药材换回钱币及长寿丹。进堂后看到一位坐堂老者，鹤发童颜，仙风道骨，不同凡响。老者见面就说老家来人了。寒暄片刻，即让座倒茶，这一举动，令景、莫兄弟二人莫名其妙，十分惊讶。老者和他们边喝茶，边聊天，非常热情，并告诉二人自己的身世来历及到这里的目的。二人听后十分敬重老者。办完事后，数日返回家乡，将在京城同仁堂药店所见所闻分别在街坊里相传，从此以后人们对王仙更加虔诚。每逢三月三、九月九日，十里八村的人们都聚会到“王仙府”进贡祈福。

相传在光绪三十四年（公元1908年）祈求者更加盛行。水胡同村会，年年在

---

* 本文由莫志刚搜集整理。

春季耕种前杀猪宰羊带上祭品到“王仙府”祈求风调雨顺，五谷丰登，十分兴隆。如夏季遇到干旱年景，全村老少，不分男女，头戴柳枝帽，光着脚板，拿上祭品，敲锣打鼓，跪在“王仙府”面前，拿出他们早已写好的求雨祭文，一人领读，全体跟着诵读，这种求雨形式也一直延续。

烧饼成精*

从前,有个人买了个烧饼,刚咬了一口就有事了,顺手把吃剩下的烧饼放在墙窟窿里就忙着走了。这个人碰巧牙龈出血了,这块刚咬了一口的烧饼上就留下了他的一点儿血迹。

几年之后,这块粘上了人血的烧饼,经过日精月华竟然成精了。每到日落黄昏后,村里人就会隐约看到一个有脑袋没身子的怪物到处游荡,阴森森地喊着:“谁咬我一口?谁咬我一口?”吓得村里人家家关门闭户,天一黑哪儿也不敢去。

有一天,当初买烧饼的那个人因为有事耽误了回家时间,天黑了还没有回家。他也知道村里有妖精的事,心里害怕,三步并作两步往家里跑。可是越怕越有事,他只听耳边呼呼风声,身后一个声音高喊着:“谁咬我一口?谁咬我一口?”回头一看,身后一个圆滚滚的大脑袋在向他追来,吓得他“妈呀”一声撒腿就跑。他在前边跑怪物在后边追,越害怕腿越软,眼看怪物就要追上来了,他一慌一跤摔倒在地上。身后的怪物赶上来张开血盆大口就要把他吞下去。赶巧的是,他这一跤跌倒,牙碰在了一块石头上,一下子磕出血来了,本是得了这个人的血才成精的妖怪,见血马上就现了原形。这个人趴在地上闭眼等死,可是过了好久也不见动静,壮着胆子往身后一望,原来就是几年前自己咬了一口的那块烧饼。

---

* 本文由顾宏伟搜集整理。

皮影人除恶*

清光绪年间,都山根下有一家财主,老当家的叫刘福,人们都尊称“刘老福”。这天早晨,一个家人从外边匆匆跑来上气不接下气地说,刘老福的大公子刘富贵昨夜被人砍下头颅,死在本村皮影艺人赵立扬家的屋门口外!刘老福一听当时就昏过去了!一家人又号又叫地把刘老福唤醒后,刘老福哭得死去活来恨得咬牙切齿,决心要为儿子报仇!皮影匠赵立扬随影班在外乡唱皮影,家中只有他妻子柳玉兰。刘老福便写了一张状纸告到县衙,说柳玉兰勾结野男人杀害了他的儿子。

张知县接到呈状后,第二天上午便带仵作和三班衙役赶到现场,首先命仵作对死者刘富贵的尸体进行检验。刘富贵身首异处躺在赵立扬家的屋门外,仵作检验后,认为死者头颅是被一刀砍下,除了凶器锋利杀人者定然力大无穷而且手头利落。张知县便当场审问被告柳玉兰,如何勾结野男人共手杀死刘富贵,要她从实招来。柳玉兰叩头道:“我丈夫赵立扬常年在外边住影班唱皮影,民妇一人在家守门过日子,从未做过有违妇道的事,况且我家与刘家房不连脊地不连边,更与刘富贵没有来往,往日无冤近日无仇,民妇如何能勾引野男人杀害刘富贵呢?再说,即便那刘富贵真的被我勾引野男人所杀,又岂能把尸体放在自家门口呢?望青天大老爷详察,千万莫要冤枉民妇。”

张知县觉得柳玉兰说得很有道理。女人与人私通为达到长期目的共谋杀害亲夫不乏先例,勾结野男人杀害他人确实与理不通,杀了人又把尸体置自家门口于不顾更不合情理。莫非有人杀死了刘富贵又想嫁祸于人?张知县沉思一阵后又问柳玉兰道:“既然那刘富贵不是你杀害的,可是,其尸首躺在你家门口又如何解释呢?”

---

* 本文由杨友搜集整理。

柳玉兰低下头欲言又止。张知县道:“你说不清楚,罪责难逃,休怪本县不给你做主了。”听知县这么一说,柳玉兰也觉得事情到了这地步不讲出实情官司无法了结,最后终于道出了事情的原委。

柳玉兰天生美貌,虽然年过三十却依然俊秀可人。丈夫赵立扬随影班唱皮影常年在外,柳玉兰在家里勤于织纺,平时足不出户。刘老福的儿子刘富贵是个寻花问柳的浪荡公子,对柳玉兰的姿色垂涎已久,经常对柳玉兰进行挑逗。柳玉兰是个守规矩的女人,她非常厌恶刘富贵却又惹不起,只好想方设法躲避刘富贵的纠缠。那刘富贵不能得手又不甘心,昨天深夜悄悄地拨开柳玉兰的家门,闯入屋内欲行强暴。柳玉兰反抗不从,却抵不过刘富贵的蛮力,刘富贵将柳玉兰按倒在炕上,便伸手去扒衣服。没想到就在刘富贵将要得逞之际,突然从外面闯进一位红发虬髯手持板斧的大汉,抓住刘富贵的衣领大喝道:“恶徒休得无理,老程来也!”大汉说着像抓小鸡似的把刘富贵拖出屋外,抡起大板斧咔嚓将刘富贵的头颅砍了下来!柳玉兰一个农家妇女哪见过这种骇人的场面,当时就吓得昏死过去了。直到第二天早上她醒过来时刘富贵的尸体还躺在她家的屋门口……

听了柳玉兰的诉说,张知县立刻全明白了。那刘富贵仗着财势为非作歹,心生邪恶,想强行奸污柳玉兰,被那位不知名姓的虬髯大侠撞见结果了他的性命。于是,张知县便对刘老福说:“现在你还有什么可说?古语云,教子不严乃父之过,你儿子行为不端欺辱良家妇女,本属十恶不赦!你若是不为作恶的儿子悔过再为富不仁,那位侠义之士能饶过你吗?难免也是你儿子的下场!”刘老福一听猛地打了个寒战,他心里当然清楚是儿子作孽多端才遭此报应,若再无理取闹恐怕真的要搭上自己的老命。想到这里,刘老福只得撤了讼状,回家安排儿了的后事了。

案结后,柳玉兰的丈夫赵立扬大感惊讶!他突然想起了昨天晚上在二道沟演唱皮影时发生的一件怪事——

赵立扬是操纵影人(即耍影人)的高手,昨天晚上他和影班的伙计们在二道沟唱皮影,演出的影目是连台本影戏《瓦岗寨》。其故事出自《隋唐演义》,隋炀帝昏庸无道,民不聊生,程咬金、秦琼、罗成、尉迟敬德等英雄聚集瓦岗寨起义。程咬金被推举为首领,这位草莽英雄性情刚直,天不怕地不怕,劫皇纲、杀赃官、除恶霸,威名远振。根据程咬金的性格在皮影戏中被刻成红发虬髯的形象,头戴一把抓软罗帽,手使一柄开山斧,十分威武。皮影戏演到程咬金探地穴一场时,操线的赵立扬伸手去取预先挂在他头顶上的影人程咬金,可是,那“程咬金”却找不到了。赵立扬以为是他不小心碰掉在影台上或掉在影台下面。赵立扬和几位影匠在台上仔细寻找,看皮影的人打着灯笼在影台下帮助寻找,可是,台上台下找遍了也没有找到“程咬金”的踪影！赵立扬感到很奇怪，明明挂在头顶显眼的地方，怎么就不见了？程咬金这个人物比较独特，整个影箱里就这么一个专用影人头茬，任何一个头茬都不能代替。找不到皮影人程咬金戏可就没法演下去了。赵立扬急得头上直冒汗，影班老板只好向观众道歉，请求原谅。于是，便临时换了一个单出折子戏。由于前面的《瓦岗寨》演了半截，单出折子戏演完就已经是后半夜了。影撒台了操线的赵立扬收拾影人装箱时，发现那皮影人程咬金就挂在他的头顶上！赵立扬深感莫名其妙，翻箱倒柜地找也没找到，影撒台了这个驴皮子程咬金竟自己跑了回来，真是闹神仙了……赵立扬没好气拿起驴皮子影人程咬金恨不得把它撕个粉碎！就在这时候，他猛然瞧见那“程咬金”手中开山斧的斧刃上一滴滴地往下滴着鲜红的液体，像血！赵立扬就拿给伙计们看。几个影匠演唱了多半宿都很累了，谁也没当回事。没想到那驴皮影人“程咬金”竟跑到他家杀了恶徒刘富贵，不仅使他的妻子免遭强暴，更为当地除了一害！

杏花冢*

清嘉庆年间,关外都山脚下有一个穷秀才,姓周名子钧,在邻村一边教私塾一边刻苦读书,准备大比之年进京科考。私塾在村头一所老旧闲宅,周子钧时常秉灯夜读,或赋诗作文。这年冬季十月的一天夜晚,周子钧掌上一盏油灯,又读至深夜,灯碗内的油逐渐减少,灯光一阵比一阵微弱、昏暗。周子钧便用手去拨灯捻儿,灯光立刻亮了许多。然后提笔想把昨夜未完成的文章续完。拿起笔来一看,那毛笔头却冻成了冰!周子钧便将笔头放进口中欲借“呵气”化解笔头之冰,谁想“呵”了几口气笔头之冰未化,嘴唇却沾了墨痕。周子钧心中暗笑,随口吟道:“嘴呵冻笔唇沾墨。”可是,好半天却吟不出下句来。周子钧心有不甘,便在屋子里踱来踱去,冥思苦想了许久,终不能想出佳句。

“手拨灯芯指带油。”

周子钧一愣——屋外竟有人吟出下句,而且又是女子声音!“嘴呵冻笔唇沾墨,手拨灯芯指带油。”周子钧默默地吟诵着,觉得这下句对得实在好,心里一激动,不禁脱口喊道:“妙对!”话音未落,一位女子飘然来到他的面前:“冒昧续貂,先生见笑了。”周子钧见这位女子不过十八九岁年纪,虽然面色清癯,却眉目俊秀,而且举止文雅,看样子绝非寻常乡野村姑。周子钧想到这里便恭恭敬敬地对女子说:“小姐真乃咏絮之才,周子钧自愧弗如。敢问小姐芳名,府上何处,为何独自深夜至此?”女子沉吟一阵后,轻叹一声说:“先生过谦了。小女子姓韩小字杏花,因有求于先生故而寅夜拜见。”周子钧说:“无论何事,只要能办得到周子钧在所不辞!”

韩杏花深深一拜道:“多谢先生侠义心肠,待我讲出实情请先生勿惊。”

---

* 本文由杨友搜集整理。

原来这韩杏花乃是阴魂女鬼。原籍直隶永平府，康熙初年其父来兴州经商，后将她和母亲从关内接来。父母无子嗣独生杏花一女，爱若掌上明珠，又请一位老先生教她读书。韩杏花生性聪颖，不仅熟读五经四书，又深通音律诗赋。不想，在她十八岁时染了病，百般医治无效，终于命赴黄泉，父母只好在兴州郊外买下一块荒地将她埋葬，第二年，父母返回原籍。因她不是本地人，死后当方土地、城隍均不肯收留，使她成了异乡孤魂野鬼。一个孤零零的外乡女鬼在这里时常被欺辱，几次返归均因没有地方城隍文牒，山海关守门神将不肯放她过关，无奈只好孤魂飘荡异乡。自从周子钧来此教书，她见周子钧为人忠厚，就想求周子钧帮忙携其阴魂过关，魂归故里。但自己一个阴间之鬼，又怕周子钧不肯答应，所以一直未敢轻率行事。今夜周子钧对灯吟诗，便乘机对出下句，以求一见。

听了女鬼韩杏花的讲述，周子钧深感同情，便对韩杏花说："小姐不必多虑，人亦有恶，鬼亦有善，何况小姐才情过人，在下羡慕之至，情愿为小姐效劳。但我一介书生不知怎样才能帮小姐过关。"

女鬼道："后山坡脚孤松下有一小小荒冢即是我的坟墓，请先生将我的尸骨取出用红布包裹，暂时秘藏学堂。这样，你我每天夜里便可以在一起谈诗论文。待明年春闱京中大开考场，先生前去应试时把我的尸骨藏进书囊中即可带我过关。"

周子钧满口答应，第二天深夜独自悄悄地来到后山坡下，挖开坟冢将韩杏花的尸骨带回学堂秘藏起来。从此，与阴魂韩杏花夜夜畅谈，彼此都欢愉非常，又使周子钧学业大有长进。

转眼间过了大年，周子钧择了吉日收拾行囊进京赴考。晓行夜宿，数日后来到"两京锁钥无双地，万里长城第一关"的山海关。周子钧想到书囊中韩杏花的尸骨，担心被"神将"阻拦，便夹在行人之中小心翼翼地奔了城门，刚走至城门下，突然来了两个高大威武的汉子将他拽到旁边的城墙下。那黑脸汉子怒斥道："你这书生胆敢身背尸骨阴魂过关，岂能容得！"周子钧吓得战战兢兢，不用说这两位就是守关门的神将！这却如何是好。这时候，那位红脸汉子把周子钧打量一番，然后拉过黑脸汉子悄悄地说："不可，不可，这位书生并非寻常之人，乃今科一甲三名'探花'老爷，拦他过关，若是误了考期你我如何担当得起？他虽然身背尸骨阴魂，咱就睁一只眼闭一只眼吧。"两个大汉说着便转身离去。

周子钧见两个大汉远去，便快步过了关门。为了防止意外，周子钧匆匆地离开了关城，赶在一个小镇住下了。

夜里，韩杏花满脸盈笑地出现在周子钧的面前："先生受惊了，韩杏花今天总算达到了多年的愿望。先生果然至诚君子，人品可贵，杏花感激不已，本欲侍奉先生衾席，可惜你我人鬼两界不能如愿。似此大恩大德无以为报，就请受我一拜吧。”说罢便跪在地上给周子钧叩头。

周子钧急忙将韩杏花搀起：“周子钧福浅，但有小姐这番情意也就心满意足了。此地离永平府城已不甚远，分别在即，还有什么事需要子钧去做小姐只管讲出来。”

韩杏花泪眼婆娑地扑到周子钧的怀里，抽抽噎噎地说：“此一别再也难以见面了。杏花尚有一桩心事还要烦劳先生。我的故乡就在永平府城西，那里有一座龙泉山，先生路过山下时，请将我的尸骨埋在山边，杏花心愿足矣……”周子钧说：“小姐放心，子钧照办就是了。”

几日后，周子钧来到永平府城西，果见一座景色秀丽的小山。便在附近村庄借来锹镐，选一处向阳平坦之地，将韩杏花的尸骨埋了，然后直奔京师而去。

在这次科考中周子钧果然中了一甲第三名，皇上钦点“探花”，并恩准荣归祭祖。又赐马匹、银两，派两名随从护卫还乡，待返京后再委以官职。

周子钧奉旨还乡，这天又来到永平城西的龙泉山下，决定到韩杏花的坟冢前祭奠一番。当他走到山坡前一看，顿时大吃一惊——那小小的坟冢左右竟长出两株枝干挺拔的杏树，满树繁花散发着醉人的馨香……周子钧唏嘘不已又感慨万端，这满树杏花莫非是韩杏花的魂灵显现、喜迎他高榜得中。

为了缅怀这位深情女子，后来周子钧又在坟前为韩杏花立了一块墓碑，亲笔题写了“花展才情，阴灵不昧”几个大字。此后坟头左右那两棵杏树年年花开繁茂，香飘四野，当地人便把这座孤坟称为“杏花冢”了。

抓"替死鬼"*

干沟是个远近闻名的小镇,街上店铺鳞次栉比,五行八作齐全。在一条小巷里有一个小豆腐坊,主人叫吴发,晚上做豆腐白天推着小车沿街叫卖,虽无大利生意还算红火。有一天晚上,吴发一个人正在灯下做豆腐,突然来了一个陌生人,三十来岁的样子。吴发以为是来买豆腐的,便很客气地让客人坐下。来人说他叫周成,是从外地来的,因家乡遭受水灾,出来卖功夫挣钱度荒年。周成一边跟吴发唠嗑儿,一边给吴发帮忙。两个人唠得挺投机,直到吴发把两盘子豆腐做好,周成才回住宿的小客店。这以后,周成每天晚上都到吴发的豆腐坊来给吴发打下手,渐渐地两个人就成了好朋友。

这天晚上,周成又来了,帮吴发把豆腐做好后已是深夜,周成对吴发说:"大哥,咱哥儿俩兄弟一场,明天就要分别了——现在我把实情告诉你,我不是人,是鬼,二十年前在这青河营镇东河过河时淹死的。淹死鬼必须在淹死的地方抓一个'替死鬼'才能转生,明天我就要抓'替死鬼'了,今天晚上特意来向大哥道别,以后咱弟兄再也见不着面了。"

吴发说:"抓'替死鬼'? 怎么抓?"

周成说:"明天下午有一个小伙子要从东河桥上经过,我要把他推到河里淹死。"

第二天下午,吴发想起鬼周成要抓"替死鬼"的事,想到东河看个究竟。于是,吴发便悄悄地来到了东河边上,藏在一株大柳树后面。过了一会儿,从河西面来了一个小伙子径直走上桥头。吴发的心立刻扑腾扑腾地跳了起来,心想,这小伙子马上就要做鬼了。吴发两只眼睛紧紧地盯着小伙子走到桥中间,桥中间河水最

* 本文由杨友搜集整理。

深，鬼周成这回该下手了！可是，那小伙子却平平安安地走过了桥。吴发心里很纳闷，鬼周成为什么没动手？

晚上，鬼周成又来到吴发的豆腐坊，吴发问鬼周成说："你不是说要抓那小伙子做'替死鬼'吗？为什么没往河里推他？"

鬼周成说："大哥有所不知，我本来是要抓那小伙子做'替死鬼'的，可是，我见他手中提着三服草药，他老娘重病在床，他是到镇上来给老娘买药的。这样一个孝子要是被我抓了'替死鬼'，岂不是同时要了他老娘的命？"

一个多月后的一天晚上，鬼周成又对吴发说："大哥，明天傍晚我又要抓'替死鬼'了。"

吴发说："这次要抓的是什么人？"

鬼周成说："明天黄昏时，有一个年轻的媳妇要到东河边去投河。"

第二天傍晚，吴发又悄悄地来到东河边，又藏在大柳树后面。不大工夫，就瞧见一个年轻的媳妇来到河边，坐在河边上呜呜咽咽地哭了起来，一边哭一边唠唠叨叨地诉说委屈。哭了一阵后，小媳妇站起身双手捂住脸扑通一声跳入滚滚的河水中！吴发吓得心里直打战，这小媳妇算是没命了。可是，那小媳妇被冲出老远后却在下游浅水处站了起来，又一步一步地走回到岸上。

晚上，鬼周成又来了，吴发说："兄弟，那小媳妇已经跳进河里了，为什么又从河里走出来？"

鬼周成说："那小媳妇是因为受婆婆的气，才想投河自尽的。我把她引到河里后，发现她身怀有孕，心里就有些不忍了，如果抓她做'替死鬼'就是两条命啊……所以我又把小媳妇托到浅水地方，送回岸上。"

吴发说："你两次抓'替死鬼'不成，这不是误了你转生吗？什么时候才能找到合适的人做'替死鬼'呢？"

鬼周成说："合适的已经有了，过些天再说吧。"

这天，吴发去乡下买大豆，赶着小毛驴回来时天已黄昏。走到东河桥上，吴发突然想起鬼周成抓"替死鬼"的事，心里就有些发毛。当他走到桥中间时，两条腿不由自主地颤抖起来，身子也左摇右晃，一个不小心扑通跌到桥下河水中！吴发立刻慌了神儿，手脚拼命挣扎却无济于事，身子直往水里沉。就在这时候，吴发突然发现鬼周成来到他身边。吴发便大声喊叫："周成兄弟，快救哥哥呀……"鬼周成呵呵笑道："吴大哥，别喊叫了，实话对你说吧，今儿个我是来抓你做'替死鬼'的。"吴发战战兢兢地说："咱们俩兄弟一场，你怎么能抓哥哥做'替死鬼'呢？"鬼周成说："你这个人心眼儿不好，我两次抓'替死鬼'事都先告诉你了，可是，你两次见死不救,你还有一点儿做人的良心吗？抓你做‘替死鬼’真是再合适不过了。”鬼周成说罢伸出双手按住吴发的头,狠狠地往水里浸,不大工夫,吴发两腿一伸,一命呜呼了。

道行深广"黑老爷"*

干沟阳山洞最有名的是谁？当然是明清时期在阳山洞修炼得道高僧常老洪了，他在阳山洞修行了几十年，行善积德，功德圆满，最后自己坐化，得道成仙，坐化后月余，有人在异地还看到他的真身出现，传为佳话至今。常老洪给阳山洞这方小小的宗教圣地陡增了神秘色彩，以至香火不断。

那么，列为比常老洪盛名之后的，又该是谁呢？那就应该是"黑老爷"了，"黑老爷"在阳山洞，乃至干沟周边地区都有着传奇故事，而且流传甚远。据传说，常老洪由外地来阳山洞出家的行程中，历尽了舟车劳顿，徒步的艰难。有一日，他在行走途中，发现一只筷子头粗的小黑蛇被冻僵在路边，常老洪大发慈悲，将小黑蛇救起，放在袖筒中，继续赶路，可是前面有一条滔滔大河挡住了去路，河流湍急，无有舟船，无法渡过。正在常老洪着急之时，他救过的小黑蛇突然从他的袖筒中蹿出，射入河中，蛇身立刻变得比大锅口还粗，往河面上一横，形成了一堵坝，挡住了上游的水，待常老洪顺利过河后，小黑蛇收回了法术，又变成筷子头粗回到常老洪的袖筒中。在一路的行程中，常老洪遇到了许多困难，都是小黑蛇相助，才渡过难关，于是常老洪称小黑蛇为"黑老爷"，这下明白了吧，"黑老爷"原来是小黑蛇。人都说，小黑蛇与常老洪有同修的缘分，所以才在半路等他。到了阳山洞后，常老洪以山洞为道场，苦苦修炼，以求成仙得道，成正果。小黑蛇则以山下的"龙潭"为修行场所，以求由蛇化龙，后在"圣水殿"成龙飞天。

还有一次是在常老洪六十多岁时，四月初八是阳山洞庙会，干沟城里的一家银匠首饰铺许了一台皮影戏，要连唱三天，影台搭在供奉观世音菩萨的洞口外，敞开门，影窗正对着菩萨。凡有这样的热闹事，常老洪都忘不了把他的好友"黑老

---

* 本文由张保学搜集整理。

爷”请过来，这次当然更要请“黑老爷”看皮影了，常老洪在洞口门右侧放了一张八仙桌，桌上放个盘子，“黑老爷”把自己的身子盘起来，头在中间微微扬起看皮影。

话说在干沟城开绸缎庄的东家兼掌柜是南方人，姓贾，此人财大气粗，傲才视物，把谁都不放在眼里。那时也没什么热闹，唱一台皮影就能轰动四邻百八十里，看影的人山人海，阳山洞热闹非凡。绸缎庄的贾掌柜在两个伙计的陪同下也来看皮影了，他一到场就嚷嚷要见识一下“黑老爷”，有人就指给他，他以为“黑老爷”是个人呢，哪能看得见，他高声喊：“黑老爷在哪儿？”

那人手指着盘子里说：“‘黑老爷’不就在这儿吗？”

贾掌柜一看，撇了一下嘴说：“嗐！什么黑老爷！原来是一条小长虫嘛，还没我那双象牙筷子粗呢。”

跟他同来的店伙计小林小声劝他说：“掌柜，到了这地方不能随便说，小黑蛇是有道行的，要么怎称黑老爷呢。”

贾掌柜不屑一顾地说：“那么个小长虫能有啥道行，都是那些牛鼻子老道们瞎吹的，不要听。”

另一个伙计小周说：“还是小心为好，免得惹麻烦。”

“多嘴！有什么麻烦好惹的，它有本事做给我看吗？”贾掌柜不服气地叫喊着。

别看贾掌柜趾高气扬，其实肚子里也没多少墨水，对北方的皮影看不进去，没看完他就拉着店伙计回去了，可是到了沟口他就走不了了。只见前面横着一道小山似的，原来是一条大蛇拦住了路，蛇身东山搭西山，不知有多长，蛇皮乌黑闪亮，差点没把贾掌柜吓死，腿软得走不好路了，只好由两个店伙计架着往回跑，贾掌柜上下牙直打战地说：“真，真得报，报应了！”

姓周的伙计也眼睛直直地，身上哆嗦着说：“妈吔！可，可吓死我了！一座小山似的，东山搭到西山，不见头不见尾的，太吓人了！”

“还有一股呛人的凉气。”姓林的伙计也说。

贾掌柜魂不守舍地说：“这可咋办呀？”

伙计小林说：“那能怎么办？谁让你瞎说呢，报应了，我们就等着变长虫粪吧。”

“不要，我，我不能死，我有那么大的商号呢，我不能死！快给东家我想办法呀！谁给我想出办法来我给他加劳金（工资）。”贾老板着急地说。

两个伙计嘀咕一阵说：“办法倒有一个，说出来给我们加多少劳金？”

“加，加三成怎么样？”

“好嘞，咱们找常老洪道长给说情去。”说完，两个人挽着贾老板回到阳山洞。

找到了常老洪。常老洪一见就双手合十说:“善哉!香主惹着‘黑老爷’了吧?”

姓林的伙计说:“我们掌柜不懂咱北方的规矩,语言不周,冒犯了‘黑老爷’,求道长给说个情。”

常老洪说声:“好吧。”就净手焚香,闭着眼睛,口中念念有词,一会儿睁开眼睛说,“善哉!‘黑老爷’念你们是初次,就饶恕你们了。你们走吧。”

贾掌柜千恩万谢,当他们离开时,皮影也散台了。他们随着人群走了出来。从此,贾掌柜比原来谦恭了许多。

夜半巧遇无鞋鬼*

话说长城北麓都山脚下,有一户老王家,三口人,老两口50多岁,一辈子就生一个儿子。儿子20多岁了还没有娶媳妇,在离家50多里地的金矿"摇掌子"。

很长时间没有回家了。儿行千里母担忧,老妈妈天天傍晚站在山包上张望儿子。几个顽童在山路旁蹦蹦跳跳地唱着:"十一儿天变凉,家家户户上坟忙。燎张纸烧炷香,阴家也要穿衣裳……"老妈妈心里更加烦躁不安:这傻儿子啊,鬼都到了换衣裳的时候了,你咋不知道回家啊。叨叨咕咕的半个月了,还是不见儿子的踪影。

十月十五这天傍晚,老王头刚从山上干活回到家,气还没有喘匀和,老婆子就非要他去看儿子不可。老头子说等几天刨完茬子再去,老婆子和他撒起泼来:"儿子那双鞋快穿三个月了,早穿坏了,你咋知道冻爪子啊,你早就把棉鞋猴搂上了,这儿子不是你揍的啊?"

"就你知道心疼儿子啊,天都这么晚了,没有明个儿啦,你鬼催的啊?"

"我就是鬼催的,死老头子我告诉你,今天黑夜你要不去,我就死给你看!"说着说着就跑到灶坑抱起了卤水坛子。

老头子上去一把就抢过坛子,狠劲摔在地上,转身进屋,操起那双棉鞋就跑,气哼哼地喊:"你别死,我死,临出门打架,没个顺当!"

人生气,脚步急,一口气跑个远。跑累了,气也消了。他知道老婆子是心疼儿子,他更喜爱儿子,想儿子。

不知不觉到了县城。这时,天彻底黑了,他看见一家小饭馆还亮着灯,他早就饿了,喝酒还壮胆。摸摸兜儿,恰好老婆子让他赶集的钱还剩点儿,他要了一壶

---

* 本文由赵秘搜集整理。

酒,一扬脖儿就搁光了。出了饭馆,酒喝急了,有点儿晕,可他知道路,去过矿山。一会儿就出了县城。

向北拐去。进了一道山沟,沟很深,前不着村后不着店。四周一片死寂。天空万里无云,瓦蓝的天空缀满了一忽一闪的星星,一轮圆圆的明月挂在中天。四面黑乎乎灰蒙蒙的群山围着他。沟塘地里空荡荡的,只剩下一些茬桩乱叶。偶尔传来一声夜鸟的鸣叫,听起来瘆得慌。

走着走着,令人犯怵的湾子沟到了。他见过:这地方是个乱坟岗,成片的坟,零零散散的坟布满山谷。他听说过:县城里和县城十里开外有家的没家的死人、被人害死的人、喝卤水死的人、上吊死的人都埋在这里。有的人路过这里,有被鬼吓死的,有被鬼掐死的,有被鬼吊在树上勒死的,有被鬼摁在河沟里浸死的。大白天人们结伴路过这里都毛骨悚然。他不由得停住了脚步。看那成片的坟茔里一棵棵高大的松树,仿佛是一个个手持利刃的魔鬼;看那一座座孤坟,仿佛是一个个魔鬼蹲着,随时向他发起攻击。他害怕极了,脑袋仿佛涨得铜盆那么大;头发仿佛竖起来;心仿佛要从胸膛里蹦出来;大腿肚子直转筋。他又悔又恨:当初不该和老伴急眼,一时性起,抬腿就蹽,咋不找个伴儿啊,弄不好在家一来就带鬼了,往回走吧,自己已经迈进来了,人能跑得过鬼吗,一切都来不及了,等死吧。他一屁股坐在地上,眯上眼睛,爱咋地咋地。万一,这个时候来个过路的人呢……等了老半天,周围没有任何动静。他的胆子慢慢地大起来。他又开始责骂自己:你这老头子真是白活了,咋这么完蛋操啊,真是老糊涂了,没听人说过吗,远怕水,近怕鬼,听说这地方野,就不敢往前走了,你如果没有听说过,你也就不害怕了。他妈的,都是自己吓唬自己,也许就没有鬼,谁看见鬼是啥样子的。想到这里,他壮着胆子,站起身来,低着头,只看道,一阵子猛蹿就闯过了一里多地远的湾子沟。

拐过山湾,眼前豁然开朗,月亮还是那么亮,地也宽了,山也远了。啊,再走20来里路就看见儿子了,儿子就要穿上新棉鞋了,我要亲自把鞋穿在儿子脚上。老伴做的千层底掩白边鞋棒极了,那鞋底包得那个整齐,锥得那个密实,那个鞋面还是趟绒的,平平展展的,光庄里庄方的人夸不行,让矿上人也瞅瞅,露露大脸啊。老王头边走边想边乐。

突然,身后传来了一阵阵嚓啦啦嚓啦啦的响声。他停住脚步,回头一望,心里更乐了,只见离他十多丈远的地方,有一团黑家伙向前移动。俗话说,好黑夜不如赖白天,虽说夜光明媚,可还是看不清是啥东西。他庆幸终于遇到了伙伴,王老头乐滋滋地坐在道边上,裹上一根烟,边抽边等。

嚓啦啦嚓啦啦响声越来越作势。黑东西离他越来越近。王老头心想:拉的是啥东西啊这么沉,不行,我得帮他一把。他站起来,扔掉烟头,大声问道:“喂,你拉的是啥东西啊?我帮你一把吧!”

“我没拉啥东西啊,我的鞋忒沉啊!”

“别客气,我去帮你。”说着,他向那个人走去。王老头到跟前一看,这个人一米八以上个儿,五大三粗,头发好长,劈头盖脸的,背着身,倒退着走,两只脚各拖着一只约二尺宽、七八尺长小船似的东西。

老王头觉得很奇怪,不解地问:“你咋倒退走啊?用脚拉东西干啥啊?”

那人停住脚步说:“你别瞅我,我怕你吓着,我脚上穿的是鞋啊。”

老王头嗔着说:“快别逗了,明明是两只船,出来吧,我也帮你拉一只。”

“我没逗你,真是我穿的鞋,天冷了,你拿走一只鞋,我这只脚冻坏了,咋整啊。”

“我真心实意帮你,你咋还逗我啊,快点出来,我给儿子送鞋去,如果你真没有鞋穿,我把这双新鞋送给你,先穿上,你到家了再还给我。”

那个人打着咳声说:“咳,你把鞋借给我,我也穿不上啊。”

老王头有点生气了,说:“我说你这个人咋这么磨磨叽叽啊,让你穿,你就穿上。”说着,他把鞋从兜儿里掏出来递给他。

那个人没有接,还是慢慢悠悠地说:“我真穿不了,除非你把鞋烧喽。”

老王头这回可真生气了,把鞋甩在地上大声说;“乐意烧你烧!”

那个人也带着埋怨的口气说:“你这个人咋这么糊涂啊,我说烧不了,得你烧,你烧完了,我才能够穿上,你还没有醒过梦来啊,我看你这个人心好,特别实在,看来,不告诉你,你是不明白,我实话告诉你,我不是人,是鬼啊。”说着撩开头发。

老王头定睛一看,果真是青面獠牙,口吐一条长长的红舌头。只听妈呀一声,老王头就吓死过去了。

一会儿,鬼把老王头收拾醒了。老王头发现鬼还守在他身边,他下意识地摸摸自己的全身啥也没少,也没有伤。他冥冥之中在想:活见鬼了,还能活吗?这鬼咋没有吃我呢?不对,这鬼一定是好鬼,他也听人讲过,遇到鬼,不一定就得死,这个鬼要想吃我,我还能活过来吗?想到这里,他倒觉得这鬼也没有什么可怕的。俗话说:人心换人心,四两换半斤。人和鬼也需要感情交流。今天我要来个人心换鬼心。这鬼啊,活着的时候一定也是个穷鬼,一个可怜鬼,要不,怎么连一双鞋都穿不起啊。这鬼说的话是这么回事,阳间的东西,如果不烧掉,怎么能够化为阴间之物呢。

这时,鬼说话了:“大哥,你快把鞋给我烧了吧。我的确是个又穷又可怜的孤魂野鬼,没有人给我上过香烧过纸啊,你看我连一双鞋都买不起,抓个替生都费劲。阎王给我最后一次机会,再抓不到替生,我就在阴间活遭罪了。"

月光如水,从中天泻下,山川河谷像铺上了一层薄纱。老王头一骨碌从地上爬起来,向山上跑去。一会儿,抱回一大抱树枝乱叶,放在路边,他把那双新鞋架在乱柴火上。咔嚓一声划着火柴。火苗熊熊燃烧。他一边拨拉火,一边嘴里叨叨咕咕。

火苗扑向鬼脸,鬼大声地哈哈笑着,样子更加狰狞可怖。鞋得一点一点地化成灰,鬼在一旁不停地催促:"火再大点儿,火再大点儿,烧透啊,烧透啊……"

老王头好一阵子忙活,又是四处划拉柴火,又是扇风,鞋终于烧透了。

突然,呼啦一下,鬼脚底下那两只船不见了。鬼蹦跳着欢呼:"我有鞋啦,我有鞋啦。"群山回声。

老王头借着月光定睛一看,那双崭新的鞋穿在了鬼的两只脚上。鞋底还泛着白光。

鬼嗖的一声飞起来,眨眼间就不见了。

老王头揉了揉眼睛,看看四周,群山一片茫然,只有那堆残火还冒着青烟。眼前的一切仿佛做梦一般。他缓过神来,心想:这鬼啊就是鬼,我把鞋给它,它就跑了。也好,没有让鬼吃了,就是不幸中的万幸了,一双鞋算啥啊,再让老伴给宝贝儿子做一双。人这一辈子啊,多活几天,啥事都会遇着,这回我真看见鬼是啥样子了。怪不得人们逢年过节都给亡人上香烧纸,原来鬼也真的需要钱啊,我以后可得多给先辈们烧点纸啥的啊。这回慢慢溜达吧,翻过眼前这座山就看到儿子了。儿子是命根子啊,是心头肉。他后悔自己喝酒时,咋没想起来带上一瓶酒,明天早晨和儿子好好喝一顿啊……

他不知不觉地来到山梁,抬眼眺望东北部那座大山,啊,儿子就在那座山上,仿佛看见儿子张开翅膀向他飞来。

不好!一股旋风呼呼地卷起漫天尘土迎面向他扑来。他心里喊:这回完了,命苦啊。

突然,风停了,旋风变成了一个人。他一看,妈呀,那个鬼又回来了。鬼就立在他眼前,挡住了他的去路。

人一旦抱定了去死的决心,是天不怕地不怕的,力量是无穷的。他大声训斥道:"你这鬼还想咋地,鞋也给你了,你也太没有良心了,我和你拼啦!"喊着向鬼扑去。

那鬼没有还手。任凭老王头一阵子拳打脚踢。那鬼扑通一声跪在地上,央求说:“老哥,别打了,你是我的救命恩人,我哪能害巴你呢。刚才,我一激动就跑了。你没想想,我到阴间快3年了,从来就穿那双船鞋,我走路多困难啊。是你给了我一双鞋,使我能飞能跳了。我一摸兜儿里,还有不少钱呢。我也有钱花了,有钱的滋味可真好啊。我是回来报恩的啊。我不跑了,陪你走。”

老王头又像做了一场梦。

他们边走边聊。鬼说:“大哥,你肯定在划拉柴火的时候,捡到很多烧纸吧,你一烧,嘴里一嘟哝,我就收到钱了。”

老王头说:“你这一说,我倒想起来了,可不是咋地,我在沟渠子确实划拉到很多烧纸,那是别人上坟时,让风刮跑的,你捡个漏儿啊。”

鬼问:“你烧鞋的时候,嘴里祷告的是啥啊?”

“我说的是,你这鬼啊,你可别害巴老实人啊,这些东西我都烧给你。只要你不害巴我,我就年年给你烧香燎纸啊。”

“你这样做就对了,你不说给我,你烧得再多,我也收不到啊。”说着还用大蒲扇似的手拍拍老王头的肩膀。

鬼接着说:“其实人鬼各有道,鬼心也不是铁打的,你对我好,我就对你好。你有情,我就有义。你害巴我,我就害巴你。可你没有害巴我的心,你的一举一动一言一行,我都看在眼里,记在心上。你是一个善良的人,一个有情有义的人。”

老王头问:“你们鬼都穿那样的鞋吗?”

“不是。我实话告诉你,我活着的时候造孽了,我是一个鞋匠,我做的鞋特别轻巧,特别美观,可买主一穿,一天鞋就坏了。别人打鞋壳子用布,可我用纸,还是烧纸。在阳间我害巴人,还天天害巴阴间的钱。我惹怒了阎王,我被抓了差,我一丝不挂地被吊死在树上。到了阴间我被处以鞋刑。天天叫我穿着那双又沉又笨的大鞋,受老鼻子罪了……”

走着聊着到了山下一处十字路口。他们不约而同地停下了脚步。老王头不由得想起了鬼说过的两个字:“抓差。”禁不住问道:“老弟,你去哪里抓差啊?”

鬼抬起右腿一踢说:“就到眼前这座大山上。”

老王头心头一惊:这山上只有一座金矿,没有听说过有别的人家啊。急忙问道:“你到山上去抓谁?”

鬼不假思索地说:“抓摇掌子的。”

“啥叫摇掌子的啊?”

“摇掌子就是摇辘轳把的,他们这个金掌子是个3丈多深的直桶子,他们往上运金沙子的时候,把金沙子装进筐里,井口上架个辘轳,用辘轳往上摇,我抓的这个替生就是把那个摇辘轳的一头撞进井里,摔死他,前几天我累个小死,来到那个小金矿,我都看好了,阎王命令我就在今晚 12 点必须抓到替生,不说了,时辰快到了,我要走了,临走前,大哥,我告诉你,刚才说的话是天机,你千万不要和别人说,如果你说了,咱们两个都得遭殃啊。"话音未落鬼就不见了。

天啊!儿子就是摇辘轳的,这不是要我们一家人的命吗?万分火急,时间就是生命。老王头真的发疯了,忘掉了世间的一切,只想救儿子的命,儿子的命比自己的命还重要啊。一阵子猛蹿,来到矿里。

他看见儿子了,儿子手提矿灯,正在向矿井走去。父子俩见面就打起架来。

父亲骂儿子:"你这个王八犊子,也太没有良心了,一连几个月你也不回家看看,你妈得病就要死了,立马给我回家!"

儿子狠嗒他爹说:"大半夜的,你鬼追的啊,一会儿我摇完掌子和你回家也不晚啊。不管你咋骂我,我也得摇完掌子。"

老王头上前就抱住儿子的一条大腿,任凭儿子咋呼咋喊咋拉咋甩,父亲就是死不撒手。

这时惊动了矿老板,看到这种情景,就让他们父子俩回家了。

从此,一双鞋救了儿子一条命的故事便流传开来。

狐仙洞与母女石*

祖山东麓的长城脚下,有个北沟村。村南山的半山腰处,有个一丈多深的洞,人称狐仙洞,洞口旁竖立着两个石人。相传这两个石人是母女的化身,为此人称“母女石”。说起“狐仙洞与母女石”,这里边还有一段凄凉悲壮的故事。

很久很久以前,有个姓田的女子,名秀英,家住古北口的虎什哈。秀英姑娘小时与本村胡玉良定了娃娃亲。俩人青梅竹马,相亲相爱,想不到就在结婚的当天,突然官府派人将胡玉良抓走,强行去修长城。胡玉良一去就是三年,杳无音信。田秀英日思夜盼,不见丈夫的到来。没办法,她下定决心,告别家乡父老,独自一人去寻找夫君。

秀英沿着长城,从古北口开始一直东行。爬山越岭,穿荆攀藤。历尽了千辛万苦,也没有找到丈夫的身影。一天,她正攀爬到祖山东,北沟的山顶城楼上。看见一采桑叶的农妇,急忙向她打听胡玉良的消息。农妇说:“是有这么个人,还曾经在我家住过。一年前在往山上运石料的中途,不幸被砸死了。”秀英听此噩耗,如同五雷轰顶,顿时昏了过去。农妇见罢,急忙将姑娘抱在怀里。她又揉心脯,又掐人中。直到把姑娘唤醒后,又将她带回家中。

秀英在走投无路的时候,被农妇救回家,真是千恩万谢,十分感激。当她知道这位农妇无儿无女,孤身一人,而且心地善良,待人又好,就决定留了下来。并将农妇认作干妈,终生侍奉她老人家。从此母女俩相依为命,日子虽说贫寒,但她很快乐。她们就跟亲生母女一样,亲亲热热、安安静静地度着贫寒凄凉的时光。

秀英的到来,不知怎么被沟外郎家寨的寨主郎二爷知道了。这个郎二爷名叫郎新,家缠万贯,财大气粗,本性如狼,心狠手辣,天生好色,无恶不作。他已有三

---

* 本文由陈晓华搜集整理。

妻四妾,但听说秀英姑娘长得如花似玉,貌美如仙,便是垂涎三尺,做梦都想把她娶到家。一天,他命令管家苟费带上财礼,去农妇家提亲。

农妇见到管家苟费来提亲,心中甚是高兴。因为毕竟将女儿嫁给财主家,总比跟着自己受苦强。正想开口答应,可转念一想,这是女儿的终身大事,得征求女儿的同意。还没等干妈开口,秀英就先回绝了。秀英说:“干妈,我虽然没见过郎新是啥样,但他坑害百姓,欺男霸女的臭名,我早有耳闻。嫁给他,我虽能过上荣华富贵的好日子,但我不稀罕。我要跟着干妈过一辈子穷日子,绝不嫁给郎新。”秀英的话,让干妈很受感动,并向管家回绝了亲事。管家苟费见婚事被回绝,气得不知说啥好,连损带骂农妇两句后,甩袖而去。

管家走了,干妈却担起心来。她知道郎新不是好惹的,娶不到秀英他不会罢休。怎么办?娘儿俩踌躇辗转没有啥好办法。就在这时,忽然从山上飘来一个火球,在院中转了三圈,又慢慢地飘向南山半腰不见了。看见火球,干妈猛然想起南山的狐仙洞。

“对,狐仙洞!我住过狐仙洞,那里树高藤密,很难被人发现。你先到洞里躲一躲再说。”“干妈,这万万使不得,我走了,你怎么办?”“女儿放心吧,只要抓不到你,他们来了,不会把我老婆子怎么样。”“干妈,这不行!我不能只顾自己逃命,扔下你老人家不管。”说到这儿,秀英抱住干妈痛哭起来。干妈也不由泪如雨下。二人哭了有大半个时辰。干妈慢慢地将秀英扶起来说:“我的好女儿,听干妈的话,快带上干粮和衣物,趁着夜深人静马上走,以免夜长梦多。”秀英拗不过干妈,只好随干妈去狐仙洞。到了狐仙洞,干妈将秀英安顿好后,又急冲冲地返回家中。

干妈刚到家,进屋还没等坐稳,就听门外一阵脚步声。紧接着就是啪啪啪地敲门:“开门!开门!开门!”听到叫门,干妈心想,准是郎新、苟费他们又来了。干妈暗中庆幸,女儿走得太及时了,如果晚一会儿,那后果就……干妈不敢再想下去,她定定神,理理头发,整整衣襟,不慌不忙地走出屋子,打开院门。管家苟费第一个闯进院子,紧跟着闯进来一群手拿刀枪棍棒的打手,郎新随在后面。进院二话没说,上去就给干妈两个耳光。恶狠狠地吼道:“你他妈的好不识抬举,上门求亲你不允,敬酒不吃吃罚酒。今天就叫你看看我郎新郎二爷的厉害。”苟费听到喊声,慌慌张张从屋里跑出来:“二爷,二爷,人没了!”“啥!人没了?养活你们这帮废物,还不赶快给我找。”“全都找遍了,没有。”郎新一听这话,火冒三丈,哐哐踢了苟费两脚。随手抓住干妈的脖领:“说!把你女儿藏哪儿了?”“我不知道!”“他妈的,不说我宰了你。”说着举刀就要往下砍。苟费见状急忙上前拦住:“二爷,不能这样便宜了她,你一刀把她砍了,谁带咱找她女儿呀?不如先把她留下作诱饵。”

郎新听苟费说得有点道理,连连点头说:“那就暂时留下她这条命,将她捆起来,拉着给咱带路。找不到那小娘们,定杀无赦。”

就这样,他们拉着干妈,满山遍野地找啊找。找不到,就对干妈拳打脚踢。直打得干妈遍体鳞伤,鲜血直滴。秀英在洞口看到干妈被打成那样,心如刀扎。她实在忍不下去了,猛然跑出洞外,来到郎新面前说:“马上放了干妈,我今天跟你去成亲。”秀英的出现,让郎新喜出望外。又听秀英说答应跟他成亲,更是乐得合不上嘴。他拉着秀英的小手,淫笑着说:“我的小娇妻,这就对了。早要这样,何必吃这么多苦头。只要你答应跟我成亲,干妈她吃的、穿的、花的、用的,都不在话下。保证让她后半生,尽享天伦之乐。”郎新说完,把苟费叫到跟前,对着他耳朵嘀咕几句后,拿出一袋银子说:“把这银子给干妈拿去,买些吃的穿的,再派六个仆人前去伺候干妈。”

为了干妈,秀英只好任凭郎新的摆布。没有办法,她眼含泪水,骑上郎新的枣红大马,与干妈分别。干妈眼望着难舍难分的干女儿越走越远,等到她看不见女儿的背影,听不见马蹄的声音时,刚想要回自己的家。谁料这时,那六个狼心狗肺的仆人,却一把将干妈推倒在山坡上,抢走了所有银子。他们一个个狂笑着,追赶他们的主子去了。可怜的干妈,孤零零一人,喊着女儿,哭倒在地。

再说秀英来到郎家寨,一进郎府还不到两袋烟的工夫,突然发现那六个仆人也进了院子,他们嘻嘻哈哈,指手画脚,一个个乐得前仰后合,好像捡到了金元宝一样。聪明的秀英,一下就明白自己上当了。但她强忍愤怒,没动一点声色。一直等到夜半更深,郎新喝得烂醉如泥的时候,她偷偷地逃出郎家寨,找到被扔在半山坡上的干妈。干妈见到秀英又惊又喜说:“我的宝贝女儿,这不是在做梦吧?”“不是做梦是真的,我们又到一起了。”干妈一把将秀英搂在怀里,再也舍不得松开。

郎新一觉醒来,发现秀英不见了,觉得事情不妙。急忙喊叫苟费:“快把人给我集齐,立刻给我找回那个贱货!”苟费抓耳挠腮地上前劝说:“郎爷,天底下美女无数,何必为一个穷乞丐动这么大干戈?”“放你娘的臭屁,难道你不知道郎爷我,就喜欢这又辣又骚的小娘们吗?赶快给我去找,找不回来,我要你们的狗命。”听了这话,苟费吓出一身冷汗。急忙集合三十个打手,举着三十个火把,蜂拥出寨,去追赶秀英。

秀英和干妈正在悲喜之中,还没来得及逃跑,就见不远处火把通明,呐喊声声。干妈说:“坏了!准是郎新苟费们追来了。这回我看咱们娘俩是逃不了啦!这是天意,是咱命中注定。”秀英这时双膝跪在地上,抬头对天高喊:“天啊!天啊!

你睁开眼吧，拦住这些恶人，救救我们母女吧！”说也奇怪，她喊声刚落，只见半山腰飞出一团火球，顿时空中响起轰轰隆隆的雷声，顷刻间下起倾盆大雨，将他们的火把全都淋灭。紧接着一道闪电从空中直劈下来，瞬时狂风骤起，飞沙走石。就听郎新“啊”的一声尖叫，从马背上滚下来。苟费急忙跑过救驾，没想到一块巨石正好砸在他俩身上，这郎新、苟费顿时气断身亡。见此情景，三十个打手直吓得屁滚尿流，鬼哭狼嚎逃回寨中去了。

雷雨过后，露出满天星光，只见那团火球又在空中舞动。忽然一阵轻风飘来，将秀英和干妈缓缓吹起，慢慢随风飘落在山中的洞里。原来刚才这一幕，是洞里的狐仙显灵，救了她们母女性命。从此，这母女俩就在这洞中以狐仙为伴。为报答狐仙的恩德，秀英和干妈去世后，变成了两个石人，永远守候在这“狐仙洞”。

美丽的狐嫂*

故事发生在清朝末年，都山北麓有一位名医张先生。他一路行医来到山南村，一眼就看中了村口大槐树下的那座破旧的老爷庙。张先生把庙宇收拾收拾开了一个药铺，收了一位姓杨的年轻人在药铺里当了学徒。

一天，店里来了一位蒙着丝绸披肩的姑娘，坦言自己是个狐仙。曾有一次被猎人追杀，恰巧遇见张先生的爷爷正在路边捡粪，便向老人作揖求救。老人看到远处有一帮猎人追过来，恍然大悟，赶紧倒掉粪箕子里的粪，用粪箕子将她扣住。猎人们追到老人跟前，急匆匆地问是否看见一只狐狸，老人随手指向前方说："向那边跑了。"猎人向前面追去，这只可怜的狐狸就此逃过一劫。

知恩必报的狐狸，终有一日脱离凡体，修炼成仙后，来到了张先生身边，她幻化成一位美丽的姑娘，当晚就主动给张先生做了小。此后，她像施了隐身术一样，闻其声不见其容。这个美丽的狐仙白天从不来药铺，只是在晚上才来铺里照顾先生，还说是怕见生人，即使来了也不可点灯，一切都在朦胧的夜色里为张先生斟茶倒水，捏肩捶背。张先生只要听见远处传来咯噔咯噔的走路声，就知道是她来了。

除了照顾张先生的日常起居，这个美丽的狐仙却又精通医术，每日里常给张先生传授一些疑难杂症的治疗方法。张先生让他的徒弟称这位狐仙为仙嫂，徒弟却从来没看见过这位仙嫂的模样。

张先生的徒弟是个好学、勤快、懂事的后生，只是专心做事，努力地学医，从不对外人提起此事，故而也深得这位从没谋面的仙嫂赏识。每到夜里，仙嫂在黑影里传授张先生医术时，也就不再背着徒弟，任凭徒弟在一边静静地听着、记着，徒弟的医术由此日渐精湛。

---

* 本文由唐雪彬、杨国志搜集整理。

也许是徒弟走漏了风声,张先生纳狐仙为小,每夜这个狐仙都要来铺子的事,传遍了乡里,一些好奇的人私下窃窃,总想一睹狐仙的芳容。

村里有位姓吕的愣小伙子,与张先生的交情甚好,有一晚上谎称想听一听仙嫂说话,来到了药铺。一阵咯噔咯噔的靴子响后,狐仙进屋了,愣小伙子猛然间擦亮了一根火柴,狐仙一声惊呼,立时遁去。后生借着亮光,只看见了两条毛茸茸的雪白的大腿和两只小红靴子。窥见仙嫂身形的后生转天就成了睁眼瞎。

张先生向仙嫂一再求情,愠怒的仙嫂略施丹药,这个愣小伙子才恢复了视力,此后再没人敢效仿。药铺的生意越做越兴隆,百八里地的人们,都慕名前来求医问药。

狐仙在药铺里生活了十多年,救治很多病人。一日忽然无端地说要离去,张先生百般惜留,也无济于事。临走时,仙嫂告诉张先生赶紧搬走,此庙要遭天火。张先生急忙搬回老家。没过几日,果然一场大火把庙宇全部烧毁。

耗子皮帽子的故事*

燕山东段最高峰都山脚下,有一户人家,就光棒子一个人。父母死得早,居住又偏僻,家底穷,人老实巴交,没文化,30 多岁还没有娶媳妇。

一天早晨下地回到家,发现锅子里昨晚烙的玉米饼子不见了。他好生纳闷,门锁着,窗户在里面阀着,也没有人进来啊,饼子怎么不见的呢?一连好几天,不管早午晚,只要他有剩菜剩饭总是被偷。

他要探个究竟。一天傍晚,他又烙了几块饼放在锅里,他把事先做好的一个厚厚的木板锅盖,用一条绳子高高吊起,绳子的另一头穿过门缝。他阀好窗,锁好门,蹲在门外,顺着门缝往里瞧,手里紧紧拉着绳子。工夫不大,屋里有动静了,一只比猫还大的耗子跳上锅台,蹦到锅里。啊,原来是它!说时迟那时快,老小伙子把绳头一松,大锅盖从天而降,咣当一声响,那只耗子被严严实实地扣在锅里。他开门进屋,搬来一块大石头压在锅盖上。他怕揭开锅盖被耗子咬伤,他要烧把火,把耗子烙死在锅里。他抱来一捆柴火,刚要点火,突然锅里传来了女子的说话声。他惊得目瞪口呆,火柴掉在地上。"哎,大哥,我是你小妹,快放我出来啊,你要不嫌弃我,我给你当媳妇。"那声音柔柔的甜甜的。老小伙子哪能轻信,他又搬来了一块更大的石头压在锅盖上。他要把这个妖怪烙死。"大哥,你别拿我当妖怪,我是修炼千年的耗子精,我真的能变成人,不信,你把锅盖拉开一条缝,我伸出一只手你看看。"老小伙子把锅盖拉开一条缝,锅里果真伸出一只又白又嫩的手。老小伙子赶紧打开锅盖,一个年轻漂亮的女子就投入了他的怀抱。

甜甜蜜蜜,恩恩爱爱,梦幻般的生活过了 3 年。一天晚上,妻子对他说:"你我的夫妻缘分已尽,我要走了,我死后,你一定要把我的皮剥下来,做个帽子,这帽子

---

* 本文由赵秘搜集整理。

千万不能丢。”说完话，妻子便没了踪影，只见一只死耗子静静地躺在炕上。老小伙子肝肠寸断，痛不欲生。烧香磕头，供了七七四十九天后，他把耗子皮剥下来，做了一顶帽子。

一个北风呼啸、大雪纷飞的早上，他戴上帽子，挑着柴火到城里店铺想换点东西。真怪，一百多斤的柴火挑在肩上特别地轻，浑身上下暖暖和和，走在陡峭的山路上轻轻松松，好像在飞。

一会儿就到了城关的大路上。只见一队人马迎面而来，八抬大轿挡住了他的去路。轿子落地，轿子里一位身着华贵的老头被人搀扶下来，风吹得他站立不稳，不一会儿雪花就落个满身。老小伙子撂下挑子，躲在路边瞧稀罕。老人凑近他，把老小伙子从小到大的经历问了个仔仔细细。最后，要出百两银子来买他的帽子。老小伙子从来也没有看见过这么多的银子，高高兴兴地摘下帽子双手递给了人家，他接过了银子。

一队人马匆匆离去。顿时，风雪把老小伙子团团围住，险些被冻死。

原来，那队人马发现他疾步如飞，身上不落一片雪花，就猜中他身带宝物，才发生了刚才那一幕。

那帽子的作用不仅仅是这些，它是盛啥啥不断的无价之宝。

狐狸炼丹*

在马圈子镇炮手堡子村正南方约一公里处，有一个山洞，传说此山洞里住着一位狐仙，还是一只雌性狐狸，人称狐三娘。经过千百年修炼，终成正果。

传说狐狸想成仙，必须先炼丹。有一天晚上，村民赵大海到东庄一亲戚家去喝酒，喝到半夜才回家，走到半路远远看见西山根下有一个大火球在上下滚动。赵大海平时就胆大包天，虎拉吧唧，啥事都敢干。人送外号赵大胆。他站在大道上看了老半天，很是好奇。俗话说：酒壮英雄胆。于是他借着酒劲，朝火球的方向走去。为防不测，赵大海顺手从地上捡起一块石头，走着走着只见前面有个山洞口，火球也越来越大，他停住了脚步，把手中的石头朝火球砸了过去。只听"嗷"的一声，火球不见了，借着月光赵大海看见一只狐狸跑进洞里。

赵大海尽管平时胆子很大，但今天也感觉有些发毛，浑身打了个冷战，于是掉头就急急忙忙地跑回了家。第二天早晨他刚想起床，就发现一只胳膊和大腿都不会动弹了，嘴也歪到耳朵根上去啦，别说吃饭，就连喝口水都顺嘴丫子往下流。这是怎么回事呢？不用说肯定是得病了，全家人赶紧找车把赵大海送到一家药铺，郎中检查完了，居然没查出任何病因，这让郎中感到很困惑。但是，不管怎么说病还是要治的，不能耽误。于是郎中就给开点药服了再说。

经过几天的疗治，赵大海的病不但没有好转，反而越来越重了，郎中劝家属赶紧把病人抬回家吧！这病在这儿是治不了了，全家人听到这个消息都失声痛哭。难道一个刚过40岁的男子汉，就这样离开人世吗？他可是这个家的顶梁柱啊！上有老，下有小，以后这日子可咋过呀！

就在全家人感到一筹莫展之时，一天早晨，全家人正准备吃饭，突然从大门外

---

* 本文由齐绍清搜集整理。

来了一个老太婆，满头白发，一脸皱纹，看上去足有70多岁，穿的破衣噜苏，手里还拄着一根拐杖，站在大门口说："大妹子，给我点吃的吧，我已经两天没吃饭了。"说完连连作揖叩头。

赵大海的妻子张氏是个心地善良的女人，看见这么可怜的老人乞讨要饭，顿生怜悯之心，赶紧出来把老太婆让到屋里，让她坐在炕上，并盛来一大碗秫米粥，端到老太婆跟前。老太婆吃完饭，问赵大海的妻子说："你家男人躺在炕上是不是得病了？"

赵大海的妻子张氏眼含泪花说："嗐！别说了，我丈夫有病快要不行了，先生都不给治了，就在家等死了。"说完又是痛哭流涕。老太婆看了看昏睡在床满脸煞白的赵大海说："哎呀，这病是够重的，不过我知道你这女人心地善良，对待公婆老人又好。更没有嫌弃我这个要饭的老太婆，给我一碗粥吃，也算是救命之恩啦。"说完伸手从衣兜里掏出一个小纸包，里面包着一粒黑药丸，递给赵大海的妻子张氏说："这是我家的一个祖传秘方，让你丈夫把这药丸吃了，也许有救。"说完起身就往外走。张氏接过药丸连声道谢，忙说："请问大娘您贵姓？家住哪里？"

老太婆沉思片刻，说："我姓狐，叫我狐三娘就行，家住山里洞，离这儿二里地，四月十八是我的生日，如果你丈夫的病好了，你就在这天给我烧炷香就行了。"说完出大门就不见人影了。

人不该死总有救，妻子张氏带着似信非信的心态，反正人也快要不行了，死马就当活马医吧！张氏把这丸药给丈夫喂了下去。结果没过三天，奇迹出现了，赵大海居然能坐起来了，胳膊腿也能动了，嘴也能吃饭了，这让全家人高兴得不得了。亲戚朋友，乡里乡亲的知道这事以后，感到很蹊跷，都跑来一看究竟。

赵大海的病果真好了，和以前一样。可是，让大家不能理解的是，一个被郎中判了死刑的病人，让一个要饭的老太婆给治好了，这是怎么回事？就在人们百思不得其解的时候。赵大海把那天晚上他半夜回家，看见西山根有一个大火球上下蹿动，然后又看见一只狐狸跑进山洞里的场景，跟大家学了一遍，人们立刻猜测到那就是狐狸炼丹呢。又根据那个要饭的老太婆，说她家住山里洞，离这儿二里地，人们确信那个老太婆就是狐仙变的。但是，假如赵大海的妻子张氏心地不善良，对老人不好，或者不给那个老太婆一碗粥吃，赵大海也就没救了。

从那以后，村里所有的姑娘媳妇，都以赵大海妻子张氏为样板，对待公婆一个比一个好。谁家有人得病了，就到山洞口那里烧香上供，求狐仙给治病救人，逢凶化吉。有关狐三娘的故事一传十，十传百，很快就被传开了，而且传得神乎其神。

每年四月十八是狐三娘的生日,在这天天没亮就有上千人来到这里给狐三娘祝寿,车水马龙,人山人海,整条道路被堵得水泄不通。有拿猪头的,有拿好酒的,还有拿各种点心蛋糕之类的,到洞口前烧香磕头,求狐三娘保佑全家人平安幸福。

二利猎狐*

官场乡头道铺村东山和南山上是万里长城，长城上有个敌楼正在高山尖上，仿佛站在上面能摘到星星，因此，当地人管它叫星星楼，星星楼的下边有个老獾窟，老獾窟里住过狐狸，都说老獾窟的狐狸成精了，有人看见老狐狸的毛都成红色了。

长城口外的人家，大多数是康熙年间“跑马占圈”时过来的，原来的长城外没有人居住，原因是明朝开国皇帝朱元璋打败了元朝，他下令蒙古人北迁，以长城为界，长城以北二百里为中立地区，不得有人居住。到康熙年间荒芜了近三百年，直到康熙九年，为减轻朝廷的经济压力，康熙才下诏，以奖励军功、分丁拨户等为名，让部分旗人到这片荒芜无主的土地上圈地垦荒，有军功的封为千总或皇粮庄头，世袭辈辈吃地租。星星楼下的住户的祖上就是“跑马占圈”时过来的占山户。

星星楼的山下有个青年名叫二利头，这个二利头特别地聪明灵透，是个鬼精灵。虽然从京城移民到这里也有两三代了，可毕竟这儿山深地广，人烟稀少，几代下来仍是树木成林的，还是野兽的乐园。二利头见野兽有利可图，就想办法弄来洋炮（火药枪）、火铳当起了猎户，没事儿他就练枪法，时间不长他的枪法练得相当纯熟，几乎能达到百发百中，他隔三岔五地就到山上去打猎，每次都不空手，大到猛虎、野猪，小到山鸡、野兔他都能猎，家里不断有肉吃，界毗邻右的也能沾些光，皮张贴得院子里的满墙都是，等收皮货的贩子一来，就能换来数目可观的银子，村里人都很羡慕他，都说二利头是能人。

这天，二利头打猎来到星星楼附近，不到半天，就打到一只狍子和两只肥兔，他心满意足了，扛起狍子，一手拎一只兔往回走，快到狼洼梁里，突然眼前出现了

---

* 本文由张保学搜集整理。

一只狐狸,全身的毛都是红色的了,看样子是一只老狐了,这就是老獾窟住着的狐狸。老狐离自己也就四十步远近,他本不想再打了,继续往回走,可老红狐好像和他示威,不远不近地跟着在他眼前晃,他向前走一步,老狐也向前挪一步,他停下来,老狐也停下向他挑战似的张望,总是离他四五十步远。二利头生气了,"天堂有路你不走,地狱无门你却闯进来"。他扔下狍子和两只兔子,端起洋炮,瞄准狐狸,"哐"就是一枪,打中了,只见老狐打了一个滚儿,起来抖搂抖搂毛跑了。

二利头重新扛起狍子,拎起两只兔子,继续往家走,当走到滚马尖仓的山洼时,那只老狐又出现了,而且跟狼洼梁时的情景一样,离他四十步左右远,甚至更近一些,还是示威似的望着他,二利头更来气了,扔下身上的猎物,举起洋炮瞄得准准的,"哐"又是一枪,只见老狐又打了一个滚,抖搂抖搂毛站起来,口吐人言说:"二利头好枪法呀!我们也是生命,我们也有家有口,当心遭报应!"说完不慌不忙地走了。

狐狸说人话,这下把二利头吓坏了,吓出了一身白毛子汗,狍子和两只野兔也没顾得拿,一溜烟地往家跑,到家一头扎到炕上,就没再起来,他一病就是三年,方法儿想遍了,也没治好病,到三年多一点,还就死了。

二利头因打猎死了,此后他家再也没人打猎了。

黄大仙的故事*

前清年间,青龙河下游山边有个沟岔叫二道沟,住着七八户人家。

其中有一户人家,只有一个可怜的老婆婆。因在几年前,青龙河发大水把正在打鱼的丈夫、儿子和儿媳都卷走了,没留下一点踪迹。老婆婆伤心欲绝,但日子也得继续过下去啊,好在有亲戚邻居们帮衬着。老婆婆也从不闲着,还是个热心肠,谁家有事儿需要帮忙带个孩子啊,缝个被子、补个衣裳啊,老婆婆总是随叫随到,大家也都很尊敬她。

春末夏初的一天,她带着几个孩子上山挖野菜,这时不知从哪里跑出来一只黄鼠狼,像一只猫大小,毛色金黄,尾巴又粗又长。山里的孩子对黄鼠狼一点也不害怕,他们抓起石头就砸,还用手里的铲子锄头追着打,黄鼠狼左突右奔,孩子们围追堵截,没一会儿,黄鼠狼的一只脚就被砸伤了,鲜血直流。眼见它几乎没地方跑了,突然蹿到老婆婆面前哀叫着,还用两只前爪直作揖,眼睛里滚动着泪珠,老婆婆一下动了恻隐之心,连忙叫住孩子们,然后采了几种草药用石头碾碎了敷在它的伤口处,并从自己衣服上扯了一块布条帮黄鼠狼把伤口包上,黄鼠狼感激地望着老婆婆,转身跑远了。

当天晚上,老婆婆做了一个梦,一个身穿金色皮袄的年轻人向她跪拜,并说:"我本是修行千年的黄鼬,业已名列仙籍,但命中注定有这一劫难,若不是老婆婆相救,就功亏一篑了。"

为了感谢老婆婆的救命之恩,他问老婆婆有什么愿望。老婆婆说:"这点儿小事,举手之劳,有啥可回报的啊。"年轻人说:"你孤苦一人,生活不易,明天午时,太阳正当头顶的时候,你到昨日遇到我的地方,沿着我的血迹,一定会发现什么东

---

* 本文由毕建如搜集整理。

西。”说完就不见了。

第二天早上，老婆婆醒了之后，梦里的事清清楚楚，她寻思半晌，偷偷独自一个人上了山，到了昨天那个地方，当中午太阳最热的时候，昨天黄鼠狼跑过的地方，都一闪一闪地发着光，她走近一看，全是一颗颗金豆子，原来黄鼠狼的血都化作了金子。老婆婆感到太神奇了，心想莫非那黄鼠狼真成仙了。

到了晚上，梦里那个年轻人又来了，问老太太可有什么需要帮忙的事儿，老婆婆就对他说起了丈夫的事。年轻人说：“我虽已是神仙之身，但水府并不能进，容我打听打听。”说完就不见了。

次日，老婆婆把捡来的金豆子分给大家。大家都很惊讶，老婆婆便对大伙讲了事情的原委，大家听了都觉得真是遇到神仙了，就拜托老太太下次打听打听自家的事儿，什么今年收成怎么样啊，会不会发大水啊，会不会有官府找上门来啊，孩子会不会得病啊，老婆婆都一一答应了下来。

过了两日，梦里那个年轻人又来了，对老婆婆说；“我打听了很多地方，因为此事过去的年头多了，查了很多籍案，最后查出你丈夫、儿子和儿媳都在青龙河府君手下听差做杂役。因为他们打鱼杀生，所以经常受罚挨打。我托人到阴府查询，它们还得三年才能转世托生，你明天用三百张黄纸，写上他们的名字，在原来打鱼的地址焚化，灰撒在水里，就赶快回来，不要回头。”

第二天，老婆婆照办了，往回走的时候，听到身后雷声滚滚，浪涛拍岸，震耳欲聋，她惊慌失措，连摸带爬地跑回家，也没敢回头看一眼，而村里其他人竟然什么也没听见。晚上，年轻人进门就高兴地说：“阴府收了钱，提前把他们三个人转入再生簿子里了，明天就可以托生了，我特地来带他们和你见一面。”随后，老婆婆的丈夫、儿子和儿媳从门外走了进来。四人相拥而泣，给年轻人跪下磕头，年轻人连忙扶起他们并说：“我已给三人都找了好人家，二十年后，你们自会有缘再相会。”

老婆婆想起村里人的托付，便问年轻人知不知道这些事儿。年轻人沉吟半晌说道：“人各有命，其定在天，天机不可泄露，但您救我一命，使我得道成仙，恩如再生父母，你可叫村民用黄纸上书“黄大仙之灵位”贴于屋内西墙之上，只要诚心诚意，我定会尽力保佑的。天府已命我远去燕山履职，恐怕不能再来，今日在此拜别。”说罢，就带着三人不见了。

老婆婆把此事和大家一说，大家都回家照办了，但也有几个人将信将疑。

转眼夏天就到了，这可是个灾难之夏，青龙遭遇了几十年不遇的大雨，接连不断地下了三天三夜，就仿佛天漏了似的。青龙河洪水泛滥，二道沟的人们心急如焚。半夜，惊雷伴着狂风一阵紧似一阵地横扫着，一些人家的屋顶都被掀飞了，河水咆哮着奔涌而下,借着闪电的光芒可以看到从上游冲下来的树木、房子、牛羊,还伴有人们的叫喊声,浪头越来越高,眼看着沟里的房屋都东倒西塌,摇摇欲坠了,大家急作一团。有些人想往山上跑,但山上的泥土被雨水冲刷下来。根本爬不上去。绝望之际,大家找到老婆婆,让她试试求求黄大仙来救救他们,老婆婆赶紧双手合十闭眼祈祷:“黄大仙快来救救我们啊,我们遭大难了。”稍许,只听咔嚓一声,一道电光闪过,一块巨大的白布从天而降。把整个村庄都遮在了下面,布外面电闪连连,雷声隆隆,但布里面却一点风雨没有,渐渐地,风声雨声小了下来,到天亮时,太阳出来了,河水也平静了下来。那块白布也缩成一小片,上面还有淡淡的血迹。老婆婆一眼就认出来这就是她给黄鼠狼包扎伤口的那块布,大家也都看得一清二楚。

这下,大家纷纷下跪磕头齐声感谢黄大仙。以后每家每户不仅在西墙上都贴了“黄大仙之灵位”的符,还供上了黄大仙的牌位。每到初一、十五都会上香叩拜祷告,祈求平安。

房梁上作祟*

有一家子,喜迁新居,住了日子不多,半夜三更,听到房梁上有说话的声音。“我下去了!我下去了!”闹得这户不敢居住,找阴阳先生给看看,宅子啥毛病。

阴阳先生房前屋后转了几圈,没看出毛病。又找巫婆神汉净宅,结果,啥事没管。一到半夜,梁上仍然说:“我下去了!我下去了!”

好端端的一处新房,住不了人。房主人无奈,就去找施工时的木匠。因为木匠是鲁班仙师的徒弟,锛、凿、斧、锯都能避邪,掌桌的木匠来了。说:“你们家人今天晚上都搬出去住,我一个人在这屋里住宿,我倒要看什么妖邪作祟。”

这天晚上,房主人一家搬到外面去住了。木匠一个人住在这间屋子里。

木匠把锛子和尺子放在身旁,和衣而睡。半夜三更,房梁上又说话了。“我下去了!我下去了!”

屋子里也没点灯,木匠攥紧锛子,说:“你下来吧!”

“叭噔”一声,一个黑乎乎的东西掉在地上。木匠照着黑东西,上去砍一锛子。“哎呀”一声,就没有动静了。木匠划根火柴,点着灯一看,原来是一个枣儿糕。被砍得流血了。

过去,家家盖房上梁都得在中檩上粘枣儿糕。这户盖房上梁时,木匠把手碰破了,血沾到中檩的枣儿糕上,时间久了,枣儿糕成气候了。

---

* 本文由张国中搜集整理。

马三爷遇鬼*

青龙河东岸，有一条长沟，叫作榆树沟，从前此沟有个马三爷，以赶驮子为生。马三爷不信神不信鬼，胆子特别大，附近的人们称他为“马大胆”。有一次他赶驮子回来，走到一个叫黄土梁的地方，只见前面有一处庭院，灯火辉煌，走近，听到里面非常热闹。走进去一看，有很多人在赌钱，他便凑过去赌起钱来，不一会儿，马三爷就赢了很多钱，塞了满满的两钱褡子。正玩着，远处传来了鸡叫声，听到鸡叫声，这些人口中喊着：“不玩了！不玩了！”就各自散去。

马三爷背着钱褡子乐滋滋地往家走，心想：这次做买卖赚了不少，没想到又赢了这些钱，够老两口花一阵子了。到了家把钱褡了往老伴儿跟前一放便说：“我这次可真走运，做买卖赚了不少，赌钱我还赢了不少，待会儿天亮了，你好好地数一数。”

天一亮，老伴儿打开钱褡子就往炕上倒，只听哗啦啦一响，连银圆带纸灰儿撒了半炕。老伴儿一惊：“哪来的这么多纸灰儿呀？”

马三爷一愣，疑惑地说：“昨晚遇鬼了？”于是便将如何在黄土梁子赌钱一事告知了老伴儿。老伴儿半信半疑地和他一起来到了黄土梁子，原来那里是一片荒芜的坟地。老两口儿到处找了一会儿在最里面那座坟的石供桌子上看到了几块银圆，那是鬼赢的马三爷的钱，可惜鬼带不走人间的东西，就扔在了那里。

老两口买了很多的黄钱纸，在每个坟头都烧了几张，算作把马三爷赢来的鬼钱还给了他们。

---

* 本文由杨国志、唐雪彬搜集整理。

误入鬼市*

从前,冷口关外有一家买卖,老板雇了一个伙计,这个伙计姓蔡,叫蔡镇邦,名字不赖,可是,别人都管他叫菜帮子。菜帮子白天在柜台上卖货,晚上下班了还得给东家喂马、遛马。

有一天,吃过晚饭,菜帮子信马由缰向南过了关去遛马,突然那白马像脱缰一样撒起欢儿来。他用力勒紧辔头,也阻止不住。白马一溜烟似的猛跑,他在马背上没有办法,好在没有摔下来。约莫跑出了十几里路。白马跑到一个陌生的地方停下了。这里像是一个小村镇,街市两旁房宅错落,大路两边摆满了买卖摊位。

菜帮子觉得奇怪,关里关外几十里的地方他都去过,没有见过这个村镇呀。他四下观看,摊位上一个熟人也没有,一个个都阴沉着脸,神秘兮兮的。这时,菜帮子口渴得厉害,想找点水喝。他牵着马,走到一户门口,这家门口站着一个披肩发的女人。菜帮子彬彬有礼地跟女人说:“大姐,和您讨一碗水喝。”那个女人也不吱声,埋着头,又回过头去,把门关上了。菜帮子一连走了两三家,家家如此,只要他到门口,人家就闭门,谁也不搭理他。菜帮子感到蹊跷,心想:喝不到水,我去摊位上买点水果吃,解解渴。

菜帮子到水果摊位前,想买水果,摊位主人也不搭讪,把脸背过去。问价钱没有人理,递钱也没有人接。街市不长,他从这头走到那头,都是如此。街两边的货物,琳琅满目,吃的、穿的、用的百货俱全,只是他要买,摊位主人就背过脸去。

忽然间,鸡飞狗咬,他牵着的白马两耳竖直,前蹄刨地,咴咴乱叫。菜帮子把白马拉到一棵树跟前,想把白马拴上,他把马缰绳往树上一缠,奇怪,那树干就变粗了,缰绳扣不了头儿,马缰绳有六七尺长,再打量那棵树,树干也就碗口粗,平时

---

* 本文由张国中搜集整理。

拴马,这样的树干,马缰绳能缠两三环,今天怎么就系不上呢？怪事儿。他不服气,又把缰绳往树上拴,只要一缠缰绳,树干马上就变粗,再仔细打量那棵树,辨认不出是什么树。他出生在农家,在农村长大的,杨柳榆槐,椿桑松柏,什么树木不认识？桃梨杏枣,核桃栗子,什么果树没见过？这棵树,枝不像枝,叶不像叶,菜帮子正在莫名其妙,几只狗围着他疯狂乱吠。

此时,夜幕降临,街市两边都点上灯笼。再看那灯笼,都是九盏一串,这分明是死人时扎的纸扎——九连灯。莫非这里是阴曹地府？他心里害怕,立即毛骨悚然。我得赶快离开这里。

菜帮子牵着马想往回走,但他此时辨不出东南西北,眼前模模糊糊有三条路,临来时,从哪条路来的,也记不清了。这怎么办？他琢磨着,老人古语说“三条大路走当中”。他骑上马,奔当中走来。他打马加鞭,一路猛跑,他突然听到“咯咯咯……”鸡叫了。他定睛一看,自己在建昌营南关的路上,汗水湿透了衣裳。回到铺子里,天已大亮了。

掌柜的问他说:“你去哪里遛马了？去了一夜,我撒开人马,四处寻找,也没有影子,可把我急坏了!”

菜帮子说:“咳！别提了,我误去了阴间的鬼市,这回不死也得脱层皮了。”

看亮子遇怪*

我小的时候,听我们庄老人讲了一件事。我们庄东有一条小河,春秋两季,都有人在河上搭亮子[一种捉鱼的方法,在河水瀨上(水流湍急处)两边用石头筑墙或桩橛挡住水流,中间安装用杆穿起的薄子(扑鱼工具,凭借水急的冲击力,使鱼自动被捉],为了防止亮子上的鱼被别人偷走,河边搭个窝棚晚上搁人看着。

夏老头那天夜里在窝棚里看鱼,那时没有手电筒,抽烟擦火镰,照明点黑油灯。半夜前后,夏老头饿了,拿出从家里带来的饽饽,一边吃,一边拨拉黑油灯捻儿。他忽然听到窝棚外边有脚步声,他扒着窝棚缝隙往外看,发现一个圆咕隆咚的黑影,好像没有脑袋,径直奔窝棚来了。走到窝棚外边,"咕哧"一下把手从秫秸缝隙伸进来。瓮声瓮气地说:"给我一个饽饽吃!"

那手毛毛茸茸的,像个小簸箕。夏老头虽然平时胆子大,但这次脑袋发乍,毛骨悚然,忙把一个饽饽塞到那毛毛茸茸的手上,说:"拿去吃吧!"那家伙缩回手走了。夏老头害怕了,当夜没在窝棚里宿,跑回家里住了。

第二天,夏老头想:夏天缺粮食,没有饭吃,经常断顿。靠亮子接点鱼混顿。亮子黑夜不看不中,看来今晚妖怪还得来呀。他在家里找个扎枪子,磨锋利了,带到窝棚里。深夜,仍旧点着黑油灯,吃糠疙瘩饽饽。这时候,魔怪果然又来了,又把手从秫秸缝隙插进来,仍然说:"给我一个饽饽吃!"

夏老头说:"你接着!"说完,用扎枪子猛地往那妖怪手上一刺。只听"啊呀"一声,魔怪抽回手,连扎枪子都带着跑了。

天亮一看,窝棚的秫秸缝里外都是血。夏老头循寻着血迹,一直找到河那边

* 本文由张国中搜集整理。

一个山沟里，扎枪子在一个盖顶头上扎着。夏老头拾来一堆干柴，把盖顶头放在柴堆里，擦着火镰，点着了柴火，把盖顶头儿烧得“吱哇，吱哇”直叫唤。一会儿，化作灰烬了。原来是扔死孩子的盖顶沾上了血，受日精月华之气，成了精。

狐仙拜月*

清朝末年,长城口里一带洪灾、蝗灾泛滥,再加上军阀混战,疯狂地去百姓家里抓捕男丁。张老汉时年六十岁,为了使唯一的儿子不被抓走,不得不背井离乡,带领妻儿四处逃命。谁料途中又遇山贼劫匪,张老汉与妻儿和队伍走散,身上的钱财也被洗劫一空。

张老汉身无分文,举目无亲,只有一边乞讨一边寻找妻儿。途中曾几次饿晕,幸亏有好心人相救。张老汉心中坚信只有坚强地活下来,才能有望与妻儿团聚。行走数日张老汉来到了长城峪门口外的一个偏远的小村庄,见前面不远的山坳处有一座庙宇,张老汉心想天色已晚,不如今晚就借宿在这里,虽然庙宇破旧,年久失修,也比露宿荒山野岭要好得多啊。老汉吃了几口讨来的干粮,喝了几口水,靠在墙角,眼望天空圆月,心中思念妻儿,辗转难眠,不禁凄然泪下。于是,老汉便起身来到庙外走走。此时正是深秋时节,天已转凉,静静的山坳里偶尔有几声小虫的叫声。就在这时老汉眼前突然一亮,不禁大吃一惊,就在不远处的一块高高耸立的岩石上,一个红红的似火球一样的东西在月光的照射下缓缓地忽上忽下。老汉冷静了一下,稳了稳心神,定睛一看,这才看得清楚,原来是一只火红色的狐狸,拖着一条又长又粗的大尾巴,蹲在岩石上,两只前爪离地,学着人的样子双手合十,正虔诚地对着月亮磕头呢。老汉顿时想起小时候祖辈们说的狐狸拜月的故事,说狐狸慢慢地修炼,年复一年吸天地之灵气,取日月之精华,就能突破肉身之极限得道成仙,能化成真身。老汉还听祖辈说过,狐狸得道的天机是,在它拜月求仙时,只要遇到肯让它圆满的人,它的愿望就会马上实现。既然在此相遇,虽非人类但也算是有缘,何不成全它呢?于是,老汉也便双手合十,嘴里小声念叨着,上

---

* 本文由刘艳华搜集整理。

天保佑狐仙能早日成仙得道,也希望自己能早日与家人团聚。等老汉再次抬头时,发现耸立岩石上的狐狸已经没了踪影。

老汉回到庙里,不知什么时候睡着了。在梦里只见一红衣女子坐在老汉头前,微笑着说谢谢这位恩人成全,小仙在此修炼数十年,今遇有缘人,终于达成愿望,得道成仙,以后你有什么愿望尽管说来,会让你一一实现。老汉忽然从梦中惊醒,见眼前有一个包裹,打开一看里面是一些衣物和一包金块。老汉喜出望外,忘记了疲劳,连夜起身北上。

后来,老汉无论走到哪里,都总有贵人相助,出奇地顺利,不久便找到了妻儿。他用剩下的金子买了田地,盖了新房,又给儿子娶了个漂亮的媳妇,一家人和和美美生活在一起。

从此,在他家屋内的正位置上,供着狐大仙的牌位,每逢初一、十五一家人到牌前祭拜,祈求大仙保佑一家人永远幸福安康。

朱木匠夜遇鬼怪*

过去,我们村有个朱木匠,有一次他在外面做木匠活儿贪黑回家,他用锛子挑着锯,挎着木匠箱子,木匠箱子里装着刨子、凿子、墨线斗子。俗话说,“远怕水,近怕鬼”。离家远的地方,遇见河,不敢轻易蹚,因为不知道河水深浅;离家近的地方,路过坟茔,恐怕遇见鬼。

朱木匠走到离家一里的南山湾,他以前听别人说过,这段路上经常闹鬼,心里就不踏实。

朱木匠正往前走,突然有一个黑乎乎东西从路旁的坟墓中闪出来,“嗖”地趴到他后脊梁上,要他背着。朱木匠心里害怕,毛骨悚然,不敢回头看,也不敢吱声,吓出了一身冷汗,只好背着这个东西往前走。他觉得越背越沉,几乎禁不动了。这可怎么办?他想:我学木匠当学徒的时候,师父说过,锛子、尺杆子、墨线斗子都能避邪。后背上趴的分明是鬼怪,我得把它整下去。他一边走着,一边悄悄地把墨线斗子掏出来,用手把墨线绳拉出来,往背后一揽,后背上的东西“咕咚”一声跌下来,落在地上。这时,朱木匠撂下木匠箱子和锯,抄起锛子照着那黑乎乎的东西用力砍了三锛子,砍得那东西“哎呀哎呀……”直叫唤。朱木匠连忙拾起工具,头也没回,跑回家去。吓得通身是汗,衣服都湿透了。

第二天一早,朱木匠约了几个胆大的小伙子,到他昨晚发生事故的地方一看,原来地上卧着一块棺材盖子,被砍了三锛子,渗着鲜血。

朱木匠和大伙拾来一堆干柴放到棺材盖子上,燃起大火,棺材盖子被烧得“吱哇吱哇……”乱叫唤。从此,南山湾这段路再也没有发生过鬼怪作祟的事了。

---

* 本文由张国中搜集整理。

07

智慧幽默篇

聪明的姑娘*

很久以前,都山脚下有一户刘姓人家,夫妻俩有一个孩子,不缺吃,不少穿,欢欢乐乐过日子。可天有不测风云,人有旦夕祸福,孩子没长大成人,当妈的就撒手去了。不久,爹又娶了一个老婆。常言道:"跟着亲爹还好过,就怕亲爹娶后妈。"孩子叫刘昌,十三四岁的年纪。后妈待他不好,时不时就难为他。他家养了一群羊,刘昌整天放羊。有一天,后妈给他一只羊,让他去赶集,并告诉他:"你把这只羊拉到集市上去卖了,给我换回两升糠,还用这只羊驮回来。"

刘昌不敢分辩,往外走着,心里想道:"后妈这明明是难为我,要是我卖了羊去买糠,怎么用羊驮回来呢?如果我不卖羊,又到哪里去换糠呢?"左思右想,都不是办法。心中有事脚步沉,无精打采慢腾腾,懒得往前挪步,走了老一会儿才走了一半路。刘昌家去大集的途中有一条河。这时正是春暖花开、柳绿花红的时候,可刘昌没有一点心思瞅这些。刘昌坐在河边的一块大石头上咂摸这事儿,只觉得自己到了集上也是白搭,还不如不去呢。他手里拉着羊,眼泪却"吧嗒、吧嗒"往下掉,想回去,可怎么跟后妈交代呢?

河边上有一个姑娘在洗衣裳,年龄跟刘昌也差不多,看刘昌这么难过,就问他:"兄弟你哭啥呢?"刘昌看了她一眼,说:"我哭什么,说给你也没用,你也不明其中的情。"

姑娘道:"嗨,没有吹不响的喇叭,没有说不透的话。你说出来,兴许我还能给你出出主意呢!"

刘昌说:"我有一个后妈,难为我……"话没说完,成串的泪又掉了下来。

姑娘听了,叹口气,低下头。不知怎的,把插在头发上的簪子掉到了河里,便

---

* 本文由郎跃深搜集整理。

连忙伸手去摸,摸来摸去,也摸不着。刘昌没有看清她掉了什么,不禁问道:“大姐姐,你摸啥呢?”

姑娘说:“我绾头发的簪子掉到水里了。”

刘昌说:“是金的还是银的?”

姑娘说:“是木头的。”

刘昌说:“一个木头簪子,你不好另刻一个吗?”

姑娘说:“金的银的,都不如我这个陈的,这个是我妈临去世时留给我的。”

刘昌不由得擦了一把泪,心想:世上没有亲妈的孩子,不光我一个呃!不等姑娘再问,他就把后妈怎么难为自己原原本本地告诉了她。他说完了,姑娘也想出了一个办法,抿嘴一笑,说道:“有好办法了,我给你一把梳子,你到集上把羊绒梳下来卖了,换两升糠,还使羊驮回去,不就行了吗?”(据说:用梳子梳羊绒就是这姑娘发明的)

刘昌想,大姐出的法子不错,便接过姑娘的梳子,牵着羊到集上,把羊绒梳下来,正好换了两升糠,使羊驮着,笑眉欢眼地回了家。

后妈脸一沉,问道:“你没有这个道道,快说,谁给你出的主意?”

实话好说,假话难扯,问来问去,刘昌只好把怎么在河边遇到姑娘,姑娘怎么教他这个法子都如实说了。

后妈说:“这个姑娘聪明,下个集你领我去看看。”

到了下个集,后妈跟着刘昌去了。姑娘又在那里洗衣裳。后妈叫刘昌站住,她自己走了过去。姑娘一扭头,心里就明白了。这一次,她没有把簪子掉进水里,可还是伸手摸。后妈奇怪地问:“你摸什么?”

姑娘说:“我摸簪子,是个木头的。”

后妈说:“一个木头簪子有啥好的,另刻一个就是了。”

姑娘叹了口气说:“金的银的不如我这陈的,这个木头的是我亲妈留下来的。”

后妈也是一个聪明的女人,这话打动了她的心。她想:这姑娘是拿这话比方我呢,说我这后妈不如亲妈。

因为这事儿,后妈对待刘昌好了,还托人把姑娘说给刘昌做媳妇,一家人和和睦睦地过起了日子。

秀才不出门，便知天下闻*

从前，渤海湾的海滨有一个渔村，村里有一个商人叫孙池，他经常驾船出海去东洋日本及琉球群岛贸易。有一天，孙池的商船满载着货物，扯起篷帆，向大海东方驶去。突然，海面上狂风大作，波浪滔天。孙池急忙吩咐水手把船驶向一个小岛，停泊在小岛岸上避风。小岛上十分僻静，满地荆棘蓬蒿，荒凉可怕，眼看天色将晚，忽然听到一阵“汪”的狗叫声。孙池跟水手们说：“这个荒凉的小岛上，连个人伢儿都没有，哪里来的狗呢？走，咱们上岸找找看。”

几个水手跟着孙老板朝着狗叫的方向寻找。“汪”，声音越来越近，却看不见狗的影子。他们又往前走了几步。突然“扑棱”一声，一只大鸟从蓬蒿中飞走了。边飞边“汪”地叫，和狗的叫声一模一样。

“看，这里有个大鸟蛋！”一个水手指着蒿草中的鸟窝说。

“真的！哎哟，这个鸟蛋是四棱了的！”另一个水手惊奇地说。

孙池和水手们像发现新大陆一样。第一次看见四棱子鸟蛋。这个鸟蛋三寸见方，四棱见线儿，在一个粗糙的蒿草絮成的鸟窝里。孙池见到这个奇怪的鸟蛋，如获至宝，立即心花怒放，小心翼翼地把鸟蛋拾起来，带回商船上。

此时，夜幕降临，商船在小岛岸上露宿了一夜，第二天一早，海上风平浪静，商船扬帆起航，直奔琉球群岛。商人孙池按原来的出行计划，在异国进行贸易。

其间，孙池多方请教，他拾来的鸟蛋是什么鸟下的？可是，谁也没有见过四棱子的鸟蛋。孙池贸易完毕，返航回家，将四棱子鸟蛋带回渔村。

渔村有一个秀才叫李愚，他的父亲是从北面的老岭脚下拉家带口来到海边干起打鱼生意的，可到了李愚这辈，他说啥也不去打鱼，却苦读诗书，磨穿铁砚，博学

---

* 本文由张国中搜集整理。

多闻,大千世界上的事,啥都知道。孙池拿着这个鸟蛋来向李愚请教。孙池拿着鸟蛋刚进屋,李愚就说:“您拿的这个鸟蛋是从海上小岛拾来的吧?”

孙池说:“是啊,李秀才怎么知道的?”

“这个鸟蛋您拾回来了,那个鸟窝您拿回来了没有?”李愚问孙池说。

“直到现在,谁也没有认出这是什么鸟下的蛋,那个鸟窝,粗粗糙糙的蒿草絮成的,拿回它有什么用啊!”孙池说。

秀才李愚听后,一拍大腿,啧啧地惋惜地说:“哎呀,孙老板啊,您听我说说此鸟的来历:

‘此鸟住海岛,叫唤像狗咬。
下蛋四棱子,窝是灵芝草。’

此鸟叫鸾鹳,是一种凤凰,它的窝是此鸟从东海某岛上衔来的灵芝草结成的,那个鸟窝非常珍贵,那才是无价之宝啊!”

孙池听后,追悔莫及,对李愚竖起拇指说:“读书人识多见广,真是‘秀才不出门,便知天下闻’啊!”

从此,便有了“秀才不出门,便知天下闻”这句箴言。

巧媳妇笨媳妇*

从前,有两个人,一个叫张三一个叫李四,他们俩是要好的磕头弟兄,他们都娶了媳妇,只是张三娶了个笨嘴媳妇,李四娶了个巧嘴媳妇。

有一天,张三到李四家中去做客,碰巧李四有事出去了,只有他媳妇在家。张三就想试试李四媳妇到底有多嘴巧,于是问道:“嫂子,你是我大哥什么人呀?”李四媳妇抿嘴一笑答道:“我是你大哥的桃花杏美人。”张三一听觉得这嫂子真会说话。左等右等李四怎么也不回来,李四媳妇做了面条款待张三,往屋里端面条的时候,有两根面条耷拉到盆外边来了,李四媳妇两手腾不出来,就抬起一只脚把面条踢回了盆里。张三见了忙问:“大嫂,你这是干啥呢?”李四媳妇答道:“这叫金莲挑面。”

张三回到家,把李四媳妇一顿夸,他媳妇一听可不乐意了,就对张三说:“那有什么呀,明儿你把李四也请咱家来,我也会说。”李四来的那天,张三为了配合媳妇故意躲了出去。李四问张三媳妇:“大妹子,你是我大兄弟的什么人呀?”张三媳妇一着急就把“桃花杏美人”这句话给忘了,只记得和什么桃子有关,她情急生智就说道:“我是你大兄弟的烂桃子。”张三媳妇也做了面条款待李四,往屋里端的时候也有几根面条从汤盆里耷拉出来了,她也抬起一只脚去踢面条,可是没想到用力过猛,一下子把鞋踢到了汤盆里,李四问道:“大妹子,这叫什么呀?”张三媳妇一急,把“金莲挑面”这句给忘了,只得慌乱地答道:“这叫鲇鱼喝汤。”

---

* 本文由顾宏伟搜集整理。

猜谜成姻缘*

从前,有一个秀才鳏居,爱上了村里的一个寡妇。这个寡妇识文断字,她男人也是个读书人,不幸两年前病死了。抛下她一个人孤苦伶仃的,年纪轻轻的,又有几分姿色。

秀才想试探一下寡妇是否对他有意思,这天,秀才来到寡妇家,要跟寡妇借一件东西。这寡妇早就仰慕秀才人品才学,她见秀才来借东西,问他说:“不知贤弟欲借何物?只要愚嫂家中有的尽管拿去一用。”

秀才说:“嫂嫂,我要借的东西请您洗耳恭听:一物生来是空心,站着说话吐黑津,用它都是尊孔人,造它秦国蒙将军。”

寡妇听罢,微微一笑,说:“此物在窗前桌案上,贤弟尽管拿去用吧!”

秀才从此之后,更是心猿意马,几天不见寡妇,就觉得如隔三秋。心里琢磨:如何向寡妇倾吐自己爱她之心呢?他忽然想起,何不借还笔的机会试探一下寡妇的意思。

这一天,秀才把用完的笔拿来,跟寡妇说:“嫂嫂。所借的东西今日奉还。您有一件东西我很喜欢,真不好意思……”

寡妇说:“你喜欢什么,尽管直说,只要是愚嫂有的,任你使用。”

秀才说:“春字人走日高飞,树木林中火化灰,镇殿将军真不在,运(運)粮校尉丢了盔。”

寡妇听完,莞尔一笑,对秀才说:“这样肤浅的谜语,岂不是圣人门前卖字,班门弄斧吗?”说完,对秀才暗送秋波,嫣然一笑。然后说,“我也有一个肤浅的谜语,请贤弟猜一猜:张飞射箭丢了弓,吕布一戟穿透胸,关(關)公丢掉双丝线,两人一

* 本文由张国中搜集整理。

木各西东。"

秀才听完,心里明白。不久托了媒人撮合,娶寡妇过门。洞房花烛夜里,寡妇问秀才说:"你我几经周折,终偕百年之好,我想,咱俩不能草率进入洞房,共同吟诗一首,方可同床共枕。"

秀才说:"就依嫂嫂。谁先开头吟第一句呢?"

寡妇说:"你我这段姻缘,是由你所起,当然由你开头吟第一句。"

秀才说:"中,你我鸾凤和鸣,我吟上句,你吟下句。"

"携手牵腕入罗纬。""含羞带怯把灯吹。""金钵刺入鲜花蕊。""忍俊不禁暗皱眉。"

谜底:一、笔;二、三寸金莲;三、长串门来。

野猪岭降蛇*

野猪岭是野猪山南北许多村庄的来往通道。岺南是蛇洞沟，沟门是鹊雀村，村里住着二百多户人家。蛇洞沟两面山上有许多天然山洞，洞里住着许多小蛇。小蛇见人就跑，过往行人谁也不害怕。走这条路的人，男女老少都有，多少年都平安无事。

光绪年间，不知从什么地方来了一条黄松蛇，盘踞在岺根的一个山洞里。这条黄松蛇，有两丈多长，脑袋有三号瓦盆那么大。它趴在洞口，伸出二尺多长的红舌头，向小道张望，见了来人，就冲上前去，张开血盆似的大嘴，将人吞入腹内，然后爬回洞里，慢慢消化，年深日久，不知吃了多少过路人。人们谈蛇变色，谁也不敢走这条路了。放牧、打柴也没人敢到这里来了。野猪岺成了绝人岺，蛇洞沟成了绝人沟。

鹊雀村的老年人，经常凑到一起，谈论黄松蛇吃人的事。有个叫常福山的老头提议说："黄松蛇成精了，咱们大伙儿出钱出工，在野猪岺上修个蛇仙庙，给它烧香上供，它就不能再吃人了。"其他老人也表示赞同。常福山主动牵头张罗砖瓦木料和款项。张罗得差不多时，他约上李长友、赵永峰两位老人，一同到野猪岺选择庙址。他们出了北庄头，面向黄松蛇的方向，跪地连磕了三个头，嘴里念道："黄松蛇老仙家呀，我们给你修个庙，初一十五给你烧香上供，请你保佑过往行人的平安。我们是诚心诚意呀。"说完，三个老人直奔野猪岺。常福山修庙心切，总是走在前面。快到野猪岺根的时候，一条长长的火红舌头突然伸到常福山的眼前，还没等他回过神来，脑袋就被吸进了黄松蛇的嘴里。他的两条腿，本能地蹬扎几下，也无济于事，身子就进了黄松蛇的肚子。李长友、赵永峰一看

---

* 本文由佟振廷搜集整理。

不好,掉头就往回跑,到家往炕上一躺,就不省人事了。儿女们过来一看,只见屎尿都从裤腿里流了出来。

李长友慢慢地苏醒过来了,赵永峰却没有苏醒过来,入了土。

常福山三位老人想用修庙烧香上供使黄松蛇改恶从善,不仅没有成功,反而搭上两条性命的事,激起了青年人的斗志。刘勇、张强、王发三个小伙子,聚集到一起,研究新的办法。刘勇说:“人是万物之灵,咱们鹊雀村千八百口人还斗不过一条蛇?文的不行来武的。咱们村有二十多条鸟枪,集中起来一齐打,还打不死它?”张强说:“黄松蛇那么大的身子,打几个眼儿也死不了,这个办法不行。”刘勇又说:“用鸟枪打不行,咱们拿几把大刀,砍!”张强说:“你一举刀,它就跑了,想砍也砍不着。过后它还出来吃人,这个办法也不行。”王发说:“我听我爷爷说过,蛇最怕烟袋釉子,把烟袋釉子抹进蛇嘴,它就变黑,一会就死了。”张强说:“我也听老年人说过,蛇最怕烟袋釉子,咱们就用烟袋釉子除掉它。”刘勇说:“黄松蛇身子那么大,需要很多烟袋釉子,到哪儿去找哇?”王发说:“咱们鹊雀村有二百多人抽旱烟,哪个烟袋杆子里都有烟袋釉子,我在咱们村收集,你们俩到上下庄收集,收集到四五斤就动手。”三人分头行动,各村人听到这个消息,都大力支持,抽旱烟的人,主动往他们手送烟袋釉子。经过五个多月的时间,收集上来五斤多烟袋釉子。怎样把烟袋釉子送到蛇嘴呢?他们经过多次研究,确定了一个冒险的方法,由刘勇主攻,张强、王发协助。

刘勇做了一身棉衣、一双高腰棉鞋、一副棉手套、一顶包住全头只露两个眼睛的棉帽子。在院里搭了一个大锅,添满了水,把烟袋釉子洒在锅里,烧开了锅,然后,把衣、鞋、帽放进去,煮了一个多小时。煮物都被烟袋釉子浸透了,变成了黑黄色,表面还挂了厚厚的一层嘎巴。晾凉以后,刘勇穿上,全身除了两只眼睛以外,没有露出皮肤的地方。他把家人叫到跟前说:“我是明知山有虎,专向虎山行。我这一去,说不定也变成蛇粪。真要变成蛇粪,你们也不要悲伤,要挺起腰板,继续好好过日子。”他父亲递给他满满一碗酒,他一饮而尽。刘勇大步向蛇洞沟走去,张强、王发手持大刀,紧跟其后。刘勇刚到蛇洞口,黄松蛇又伸出长舌,把刘勇吸进嘴里。但这次却和以往不同,蛇嘴开始麻木,骨肉发僵,上下牙床不能活动,瞬间变黑。刘勇头脑清醒,在蛇嘴里使劲滚动,挺着身子往蛇肚子里钻,越钻蛇身越麻木,黑色逐渐向后延伸,蛇尾虽然还在摆动,前半截身子却动弹不了啦。张强、王发赶忙用刀挑开蛇肚,刘勇爬了出来,脱下衣帽,浑身是汗,坐在地上喘息。张强、王发又向蛇身乱砍一阵,然后扶着刘勇返回家中。

消息传开,村里人敲锣打鼓到刘勇家祝贺。李长友走到人群中间,高声说道:

“咱们鹊雀村出了一个英雄,这个英雄的名字叫刘勇,他冒着生命危险,除掉了不知吃了多少人的黄松蛇,为民除了一大害,功德无量。我提议:在野猪岺修一座英雄碑,正面刻上刘勇的大名,背面刻上刘勇、张强、王发三人降蛇的事迹,供人敬仰。”众人赞同。

地主戏秀才*

沟杖子村老地主的漂亮媳妇和本村的一个落榜秀才好上了,秀才有事儿没事儿地总往老地主家跑。时间长了,被老地主察觉了。

一天,老地主说出外办点儿事,半天后才回来。家里只剩下媳妇一人看家。可谓天赐良机。其实老地主没有出门,是故意引色狼上钩,他趴在后窗台上,把窗户纸用舌头舔个小窟窿,屏声静气地往屋里偷看。

时间不长,秀才就来到屋里。屋地上放着一个金盆,被秀才发现了。秀才心想,如果把这漂亮媳妇和这昂贵的金盆都带着远走高飞多好啊。两个人在炕上折腾一阵子后,秀才便说出了自己的想法,两人一拍即合。

没容他们穿好衣服,老地主就进了屋。两人跪在炕上求饶,老地主却平静地说:“你们都起来吧,我有话说。”他们战战兢兢地听候发落。老地主依然没有动怒,和颜悦色地对秀才说,“你想把我媳妇和金盆都拐跑不难,我给你出四个谜儿,只要你猜着了就行。你猜哩哩啦啦是啥?两头弯弯是啥?半黑半白是啥?层层叠叠是啥?猜对了,我媳妇和金盆你都带走,给你两天时间。”

秀才到家后冥思苦想也没有猜着,他又找到地主媳妇,让她想方设法把谜底踅摸出来。老地主把谜底告诉了媳妇。媳妇告诉了秀才。

期限到了,秀才得意扬扬地对老地主说:“这点小六九,也想难倒本秀才,我早就猜出来了,哩哩啦啦是羊粪,两头弯弯是猫粪,半黑半白是鸡粪,层层叠叠是牛粪。”

老地主哈哈一笑道:“你这个秀才落榜不亏,怎么满嘴喷粪啊。我告诉你谜底吧,哩哩啦啦满天星,两头弯弯一张弓。半黑半白云中月,层层叠叠一本经。”

秀才羞愧难当,从此和老地主媳妇断绝了来往。

老地主感慨地说:“得着我没有说实话,说了实话,媳妇和金盆都得白搭。”

---

* 本文由赵秘搜集整理。

傻姑爷*

从前,有个傻小子,老丈人村里人都听说这个姑爷子傻,单等娶亲那天看傻姑爷笑话。

迎亲的日子到了,傻姑爷赶着毛驴去老丈人家接媳妇。路上遇到了两个在学堂里念书的学生,傻姑爷就紧跟在两个学生后赶路。走着走着走到了一片茂密的树林里,树林里到处是叽叽喳喳的鸟叫,傻姑爷听着感觉很有趣。忽然飞来了一只鹞鹰,顿时鸟们都吓得住了声。这时候走在前面的那个学生说道:"一鸟入林。"后面的学生紧跟着对道:"百鸟压音。"傻姑爷觉得这两句话很好听,就用心地记住了。

又往前走,遇到了一条河,河水很湍急,可河面上只架有一根圆木的独木桥。傻姑爷跟在两个学生后趔趔趄趄过了桥,前面那个学生叹道:"双桥好过。"后面那个学生对道:"独木难行。"傻姑爷觉得这句话也很好听,又用心记住了。

走着走着就到了老丈人家的村子,老丈人家门口围了好多人,吵吵嚷嚷等着看傻姑爷,这时有人看到傻姑爷到跟前了就喊了一声:"傻姑爷来了。"顿时众人闭上嘴不再吵嚷。傻姑爷明知道刚才大伙是在议论他,看他到跟前了不好再说什么才闭嘴的,就声音不高不低地说了一句话:"一鸟入林,百鸟压音。"在门口等着看傻姑爷傻不傻的老丈人一听心想,我姑爷也不傻呀!就把傻姑爷迎进了屋。

吃饭的时候,老丈人想考验一下傻姑爷,偷偷让丈母娘给傻姑爷的位置摆了一支筷子。老丈人一个劲儿给傻姑爷让菜:"姑爷,吃菜吃菜。"其实心里明镜似的,一支筷子怎么吃菜?单看傻姑爷怎样应对。走了半天路了,傻姑爷饿极了,看老丈人让菜他就想拿筷子夹菜,可是一伸手才看到自己面前只有一支筷子。可是

* 本文由顾宏伟搜集整理。

自己是新姑爷也不好意思张嘴要筷子，傻姑爷叹口气说道："双桥好过，独木难行。"老丈人一听，我姑爷也不傻呀，赶紧让人给傻姑爷再加了一支筷子。

傻姑爷拿着筷子夹了一口菜准备端起碗吃饭，这才发现自己面前没有饭碗。这可咋办？一路上就学了这两句话，往下自己也不会说什么了，傻姑爷很着急。一抬头看到老丈人家院子里长了棵枣树，傻姑爷有话说了："院子里的枣树有饭碗粗细。"老丈人一看傻姑爷是变着法地说自己没碗呢，这样的姑爷怎么可能是傻姑爷呢？吃完饭，老丈人就让闺女骑着毛驴和傻姑爷回家了。

孪生兄弟的笑话*

从前,山啦嘎村有一对孪生兄弟,老大叫张相,老二叫张珍。哥俩模样一模一样,孪生兄弟衣服也穿一样的。即使家人也认不出老大老二。一晃都到20多岁了,都娶妻生子了。因为是小户人家,那时候,不分家,一家人都在一起生活。

有一天,老二张珍的妻子怀里抱着孩子,在屋里做针线活儿,老大张相进屋了,老二的妻子以为是自己的丈夫,说:“你抱一会儿孩子,我去撒泡尿。”

“我是你哥哥张相。”老大说完,迈步走出屋门。

老二妻子错认大伯子当丈夫,正有点不好意思。不大工夫,老大张相又进屋了。老二妻子这回以为是自己的丈夫来了。就跟他说:“我刚才拿哥哥当你,还说要你抱孩子,我去撒尿呢!”

老大微笑着说:“我还是你哥哥张相啊!”

打那以后,老二妻子把自己丈夫的衣服刺绣上做了记号,恐怕再认错了。

有一天,张庄大街上来了一个担着担子卖烧饼的,放着嗓子在大街上叫卖。张相在大门口和街坊闲聊,他看见卖烧饼的担子里只剩下20多个烧饼,就故意找碴儿,跟他抬起杠来。他说:“这几个烧饼够谁吃啊!”

卖烧饼的小贩也是个杠头,接下话茬儿说:“这几个烧饼你都给吃了,我再输给你一担烧饼。”

张相一听,正中下怀,说:“我要是都吃了,你赔我一担烧饼的钱,我要是吃不了,我赔你一担烧饼的钱。谁要是拉钩打耙,是王八,爬着走!”

这时,旁边有几个人凑热闹,撺掇做证,卖烧饼的和张相打起赌来。

张相蹲在烧饼担子跟前吃起烧饼来。一个、两个、三个……他一连吃了十几

---

* 本文由张国中搜集整理。

个,吃一个烧饼干干巴巴,还要搭上点唾沫,张相已经吃得口干舌燥,实在吃不下去了。张相跟卖烧饼的说:"我吃得口渴了,进屋喝点水,回来再吃,行吗?"

卖烧饼的心想:你去喝点水,烧饼在肚子里一膨胀,就更吃不下去了。立即说:"太阳不落山,算今天,别说你去喝水,就是大小便也任意随你。"

此时,张相肚子里撑得够呛,直打饱嗝,慢慢腾腾地进了大门,回到屋里去了。

不一会儿,他又出来了,也不搭话,蹲在卖烧饼的担子前,继续吃烧饼。旁边还围着许多人看热闹。大家只见担子里的烧饼,吃一个,少一个,吃两个,少一双,不大工夫,他把担子里的烧饼吃光了。旁边看热闹的人,相互传递眼色。卖烧饼的小贩也纳闷,这个人,怎么这么能吃。自己打赌输了,只好赔了人家一担烧饼钱。晦气地走了。看热闹的人一阵哄笑。

原来,回屋喝水的是张相,随后出来的是老二张珍,长得、穿得一模一样,街坊邻里都知道,但谁也分不出老大、老二,连他们的妻子都认不出来哪个是自己的丈夫,难怪那个卖烧饼的蒙在鼓里。

地痞测字*

据说晚清年间,桃林口外突然来了一个测字先生,在村口摆摊测字。没出几天,测字先生便名声大振,周边一带的人们纷纷传颂他测字神奇的鲜活故事,测字先生的小摊前更是生意兴隆来人不断。

这个村子里住着三个地痞,每天以欺压良善为生计,以无事生非寻衅滋事为乐趣。听说新来的测字先生近几天生意很兴隆,三个人便起了歹意,想去敲敲测字先生的竹杠。一天中午,三个人晃晃荡荡来到小摊旁边。正围着先生测字卜卦的人们一见到他们,马上闪身躲到旁边。三个人呈三角形站在先生面前,晃着腿,歪着头,也不说话,只是用不怀好意的眼光看着测字先生。测字先生走惯了江湖,自然一眼就看出了来人的货色。他一站身拱拱手,客气地问道:“三位先生,有什么事情需要不才帮忙吗?你们尽管开口,我一定效劳。”三人中的老大仍旧歪着头说:“听说你老小子测字挺准啊。今天没别的,你给我也测测字。测准了,钱一分不少;要是测不准,哼哼……”测字先生看来这种场面经见得多了,所以并不慌张。他还是客气地问道:“您老要测哪方面的事,说完了写个字让不才帮您看看就是,钱就不用提了。”老大说:“测啥?你就给我测测一个时辰内我能发生什么事,测准了挂钱奉送,测不准跟你算账!”测字先生恭恭敬敬地把纸笔递过来,说:“那请您老写个字吧。”老大一摆手说:“拿一边去!你看你大爷像是会写字的人吗?”不会写字又测什么字呢,这不是难为人吗?远远旁观的人都替测字先生担着一份心。却见测字先生仍旧不慌不急,慢条斯理地说:“那您老说一个字也行。”“说一个字?那说什么呢?”这一下反倒似乎把老大给难住了,他用手挠着头,看着身边的哥俩,又放眼四周。“说啥呢?”突然,他看到远处有头老母猪正在晃晃荡荡地走,便一下

* 本文由张久秘搜集整理。

子大叫起来："猪！我就测那头猪！"测字先生微微一笑。他抬头看看天，又问众人："现在有午时三刻了吧？"众人点头称是。于是测字先生对老大说："恭喜您了！您稍等片刻，一会儿一定有贵人请您吃饭！"老大似信非信："有人请我？假如没人请怎么说？"测字先生淡淡一笑说："您放心，假如一个时辰内没人请您，我请您去街上最好的馆子，想吃什么您随便点。"老大仍是似信非信，嘴里叨叨着："你请我？你光请我就算完了吗？"这时老二已经迫不及待了，他上前跨上一步，口气很冲地说："行了，你也给我测测，看你有多大本事！"先生还是恭敬地说："您老又要测什么，请说来听听。"老二说："跟我大哥测的一样，测测这个时辰里我有什么事。"看先生又要递纸笔过来，老二说："不用摆弄那东西。"看看那头猪还在那儿晃悠，便说："我也测那头猪。"测字先生只微微闭眼，便开口笑着说："恭喜您了，您也有好事情。用不了一会儿，会有人送您一件好衣服，您就等着吧！"听到这儿，周围的人都有些疑惑，怎么会这样？这些话可信吗？假如这些事情成不了真，那测字先生可就惨了。三个地痞也来了劲儿，他们也感觉这先生说得不着边际，看来他们要有好事了。老三想着再火上浇油一把，于是他也跨上前来。他正要开口，突然远处跑来一个小伙计，老远就喊道："大哥，我找你好苦啊！"众人回头去看，小伙计已经跑到跟前，用手拽住老大说："大哥，我找你一圈了！我们老板中午请您吃饭，说是有事要请您帮忙。"老大傲慢地一笑："你们老板？就是你们店的张小三？我知道他找我啥事，我不去！"众人又是一愣，只见小伙计扑通一声跪到地上，对着老大作揖说："大哥，大爷，您可一定要去啊！我们老板怕您不给他面子，就给我下了死任务，说啥也要把您请去。还说如果我请不动您，就不让我在他的店再干下去了。好大爷，您可怜可怜我吧！"看他说得如此可怜，老大的虚荣心得到了极大满足，一下子把刚才想跟测字先生较真的心给忘了。他斜视了一下众人，好像很大度地说："唉，看你说得这样可怜，那我就去一趟。你起来吧。"说完看了看老二、老三，又看看测字先生，这才拧着鸭子步走了。

经过这一打岔，老三更加急切了："你快给我算算，一个时辰可快要过去了。"先生还没开口，老三继续说："也还是那头猪，也还是这个时辰的事，你赶紧算！"测字先生又是微闭双眼，然后睁开眼微微笑道："不好意思啊，您老。一个时辰内您身上会发生一件不好的事，还是别说罢！"老三更加不耐烦了："你是算不出来了吧？是好是坏赶紧说，我们就看你算得应验不应验。要是不灵，哼，你等着！"先生慢吞吞地说："那我可就直言了，用不了多长时间，您得挨顿打。"先生刚说到这儿，突然又有一个人走了过来，对着老二说："二哥，你咋在这里啊，我找你半天了。"众人一看，原来是成衣店的老板。老二正听得兴致盎然，于是有点带搭不理地说：

“咋,有事?”成衣店老板赶紧讨好地拽住他的胳膊,对他说:“二哥,是这么回事。前几天我去天津进了几套羊皮坎肩,没想到卖得特别快,有钱人都很喜欢穿。我一想,既然大家都喜欢,我二哥也肯定喜欢,所以我现在留着两套先没卖。看看二哥喜欢哪个,剩下的那个我再卖也不晚。二哥,您现在就跟我去试衣服。”边说边拽着他往外走。老二经他这么一奉承,也一下子忘了今天的本意。他连老三都没看,只顾着跟人走了。

说话间三个人走了两个,周围看热闹的人更是叽叽喳喳议论起来,说是这先生简直神了,天下咋会有如此神奇的事情。众人又看看老三,心想这是个只会打别人的地痞恶棍,咋还可能有别人打他。看到众人异样的眼神,老三更加张狂了。他用手指着测字先生的鼻子,一边狂笑着对他说:“嘀嘀,好你个测字的,我们哥仨一块测字,一块测猪,你说他俩都是好事,就我是坏事,还说我会挨人打。你也不看看——”他边说边向后退,同时用右手指点着看热闹的众人,“就这条街上,就这群屄人,不是跟你说,那打我的人还没生出来呢!哼哼,打我,想打我……”“哎哟,你瞎啊!往老娘脚上踩!”谁也没想到,张狂至极的老三在这场后退演说中,竟然踩到了一个贵妇人的脚。这个贵妇人是县里巡捕房捕头的太太,这次回娘家小住,捕头特意派了两个捕快护卫。贵妇人的娘家就住在这条街上,午饭后贵妇人想出来转转看看风景,没想到竟然被老三给踩了一脚。没等贵妇人发话,远远跟着的两个捕快早已冲上前来,对着老三就是一顿胖揍,直打得老三辨不清东西南北,只会抱着头喊着:“别打了……快去找我大哥二哥啊!”两个捕快还想把老三送到县衙去,贵妇人拍去了鞋上的土,感觉脚已经不那么疼了。毕竟是家乡人,便对老三说:“看在乡里乡亲的面子上,这次就放过你了。记着,以后长点眼睛。”说完便领着捕快回家了,连风景也不看了。

说话间老大老二听到消息都赶了回来,看到老三那副狼狈相,不但一点不心疼,反倒笑了起来:“老三啊,这是大姑娘上轿——头一回吧。天底下真还有人敢打我们老三?呵呵。”三人说笑了一通,忽然感觉还有点弄不明白。经过这一通闹腾,众人的注意力全都在看热闹上,好长时间没人让先生给测字了。老大领着老二老三又凑到测字摊前,不依不饶地对先生说:“今天你得给我们哥仨解释清楚,否则还是跟你没完。你给我们说说,我们哥三个,同一个时辰测字,同测一头猪,为什么会是三种结果,老三还无缘无故挨了一顿打?”测字先生稳稳地坐在小摊前,不紧不慢地对他们说:“卜测玄学之理,我就不和你们讲了。其实天地之间,万物皆为一理——我还是换个角度讲吧,这样来和你们打个比方说。你们让我测的是猪,时辰是午时三刻。这就好像有个家庭主妇,在房里听到猪在叫唤,一看时间已过午，便会想到赶紧去喂——这次应验到了老大您身上。过了一会儿，猪又叫唤了，主妇会想，已经喂过了，还叫什么？是不是窝里麦草不多了？于是这位主妇抱了一捆麦草，给猪扔到了窝里——这次应验的是老二您。可是过了一会儿，这头猪又开始叫了，结果主妇就烦了。食也喂了，窝也有了，不好好养膘，还叫什么叫？这回主妇拿来的是鞭子，这头猪结果挨了一顿打。我这样解释，老三位可听明白了吗？"

这一番话说完，三个地痞一下子心服口服了。老大从兜里掏出十几个铜板，轻轻放到测字桌上，对测字先生说："老先生，我们服你了！"说完便和老二架着老三离开了。

相遇俩千总*

义院口、冷口、喜峰口等长城以北200里，从明代朱元璋打败元朝后，修复长城，以挡北部蒙古等北方少数民族来侵，颁令长城以北200里以内为中立地区，不得有人居住，以致这里大片土地荒芜近300年，到清朝康熙年间才让八旗有军功者到这里“跑马占圈”，名为奖励军功，实则是为减轻京城财政压力。

被确定为北迁的“功臣”，明知自己是被朝廷巧立名目而甩掉的包袱，可他们都愿往，因为马跑一天的周长范围内都归自家所有，好则封个千总，赖则也能弄个皇粮庄头，世袭制，辈辈吃地租，跟土皇上一样，何乐而不为。

这些千总、皇粮庄头虽离京城不远，属天子脚下，可皇上念及是有移民发配之嫌，对这里也疏于管理，灯下黑。千总、皇粮庄头也确实是富甲一方。

话说有一日，一位姓董和一位姓佟的两个千总遇到了一起，也曾是清军入关前的旧相识，自从来口外后还未曾谋面，见面除寒暄几句外，就开始吹牛，姓董的说：“佟兄别来无恙乎？”

佟千总愁眉苦脸地说：“忙得很哪，要不没时间去看董兄呢？实在报歉！”

董千总说：“什么事让佟兄这么忙呀？”

佟千总一乐说：“还用干别的，光修整院子就忙得我不可开交，我那院子太大了。”

董千总撇撇嘴说：“至于吗？一个院子能有多大呀？”

佟千总说：“那大了去了，这么说吧，我们家母马下了个小马驹子，当家的老太太要看看马驹子，马夫将马驹子从马棚拉到家母的堂上一看，你猜怎么着？”

董千总说：“怎么，不会是马驹子死了吧？”

---

* 本文由张保学搜集整理。

佟千总扬扬手说:“去,去,你咋尽说丧气话呢,你家马驹子才死了呢。告诉你吧,老太太一看,马驹子八口了,变成老马了,你说我的院子大不大?”

董千总一笑说:“敢情,难怪院子这么大,原来大清国都是你家的了!”

二人一阵大笑。

佟千总笑过后说:“那董兄你最近忙啥呢?”

董千总打了一个哈欠说:“我也忙得脚打后脑勺子呀!”

佟千总打哈哈说:“啥事儿也忙成这样?”

董千总锁了一下眉头说:“上个月不是给闺女操办婚事吗,就这件事筹办了两年多,要不怎么没抽出空来拜访佟大人您呢。”

佟千总不屑地说:“嗐!那也叫个事?不就是被发配垦边的废官嫁女吗?还脚打后脑勺!又不是皇帝嫁女。”

董千总说:“皇帝嫁女算啥,我女儿出嫁那天,开了四个离我家最近的长城关口,有冷口、桃林口、界岭口,还有义院口,那还走不开呢,差一点没把界岭口的城门楼子给挤塌。北京城是万人空巷,口外是人山人海,用去五千头野猪、两万只野鸡排宴都没够啊!那排场大了去了。”

佟千总哈哈一笑说:“吹吧,你都吹破天了!还吹呢。”

董千总瞪着眼睛说:“你说我吹?你看我像吹牛的人吗?哎!事儿好不容易办完了,又出闹心事了。”

“又出啥事了?”

董千总似有愁容地说:“办完事了,少了十张紫檀木的八仙桌,放开人马找,找了几天也没找到,后来清理垃圾时,发现被埋在蒜皮子里了。”

佟千总拉住董千总,说:“天都要受不了啦,别吹了,我们找个小酒馆喝两盅去。”

“好嘞,我出酒,你出菜。”

摆谱的庸医*

一年冬天,刘家庄的刘老太太病了,儿子刘老大一大早就去离村 5 里路的韩家寨找韩医生。大清早,韩医生懒洋洋地还没起床呢。韩医生的老婆开了门,把刘老大让进屋。刘老大跟韩医生说:"韩先生(过去把医生叫先生),你起来吧,我妈病了,我叫你去给我妈瞧瞧病。"

这个韩医生摆谱儿惯了,伸个懒腰,隔着窗户镜子向院子里看了看,见刘老大,一没套车,二没备牲口,连一个"请"字都不会说,只说了一个"叫"字,心里不高兴。他向来瞧不起穷人,翻了翻眼睛,慢条斯理地说:"啊!你说叫我来了,那么叫狗'涩涩的',叫鸡'咕咕的',叫猪'嘎嘎的',叫猫'咕哩咕哩的',我倒要听听,你叫我怎么个叫法?"

韩医生这么一番奚落,把刘老大说得面红耳赤,搭不下话茬,实在抹不开,只好蔫巴拉叽地回家了。

刘老大没请来医生,到家把韩医生的话一学,他弟弟刘老二肺都气炸了。骂道:"韩先生,摆什么资格,王八养的,你等着!"

第二天,刘老二牵出一头小毛驴,备好鞍子,来接韩医生。他来到韩医生家,见了韩医生,毕恭毕敬地说:"尊敬的韩先生,鄙人接您来了,请您贵驾光临寒舍,给俺家母诊治疾病。您的医术高超,一定会手到病除啊!"

韩医生一见,这个人很会说话,又牵毛驴来接,随即答应了。他收拾一下药箱子,骑上小毛驴,跟着刘老二来了。走到半路上,路过一条冻冰的小河,冰川光滑难行,小毛驴四个蹄子没钉掌,刘老二在驴后边一提驴尾巴,毛驴子一下摔倒在冰上,起不来了。韩医生从驴背上跌下来,摔个狗吃屎。刘老二一边打驴一边说:

---

* 本文由张国中搜集整理。

“请您起来……”

韩医生从冰上爬起来问:“对驴你为什么说‘请’它起来呀?”

刘老二说:“牲口这东西,你‘叫’它不行,只能说‘请’。”

冰很滑,毛驴怎么也站不起来。刘老二也不着急,韩医生着急了。夺过刘老二手里的鞭子,要打毛驴,刘老二拦住说:“别打牲口,你把牲口打坏了,谁给俺老娘看病啊?”

韩医生一琢磨:啊,这小子话里有话,是替昨天那个刘老大报复自己来了……

瞎子吃饽饽*

从前,青龙县实行唱驴皮影,俗话说,七分锣鼓三分唱。哪拨驴皮影都得有一个拉四弦的。拉弦的大多是瞎子。无论唱会影、院影,影匠都吃派饭。

有一次,影匠在一家子吃饭,主人热情款待,菜是八个碟子四海碗,饭是蒸饽饽。影匠一般都不喝酒,怕坏嗓子。饭菜一起端上来。一大盘子饽饽,有黑色的,还有黄色的。瞎子看不见,影匠故意逗他,拣一个黑面的饽饽递给瞎子,影匠以为,黑面的不是薯干面,就是荞麦面。黄面的一定是大黄米面。影匠都挑黄面的饽饽吃。瞎子吃完了一个,影匠问瞎子,说:“你刚才吃的是黑面的,还有黄面饽饽,你要啥色的?”瞎子说:“还来黑面的。”

吃完饭,影匠和瞎子回到影下处(影匠住的地方),一个影匠问瞎子说:“黑面饽饽好吃吗?”瞎子说:“太好吃了,从来也没吃过这么又香又甜的饽饽。”

这时,屋里有一个小孩子,插嘴说:“先生吃的是栗子面的饽饽,你们吃的是黄米面饽饽。当然不如栗子面的好吃喽!”

第二天,轮到另一家管饭。这家知道昨天影匠都挑黄米面的饽饽吃,这地方出产板栗,谁家都用栗子面蒸饽饽招待客人。没有栗子面饽饽不成敬意。这家主人想:反正影匠爱吃黄米面饽饽,干脆做几个薯干面饽饽掺里。吃饭的时候,主人把黄米面和薯干面饽饽放在盘子里端上桌子,有眼睛的都挑黑面的饽饽吃,给瞎子挑黄米面的饽饽吃。影匠以为黑面饽饽是栗子面,结果是薯干面的,有胃病的人,反而胃酸醋心了。

---

* 本文由张国中搜集整理。

庸医成名医*

从前,青龙李庄有个医生,医术一般。夫妻俩开了一个药铺,生意萧条。有一天,村里的李三夫妻俩在地里耪地,妻子毛氏又热又渴,丢下锄头,跑到小溪边,大口大口地喝"撅尾巴茶"(就是膝盖跪在地上,两手拄着地,屁股撅起来,用嘴饮泉水或溪水),一不小心,把一条水蛭(土名蚂蟥)喝肚子里去了。喝完了水,接着耪地,不大时间,水蛭在毛氏的肚子里乱钻乱咬,把毛氏疼得"爹呀!""妈呀!"地直叫唤,丈夫李三慌了手脚,急忙把妻子背回村里来找医生。不巧,医生去外边往诊,不在家里,李三哀求医生的妻子苟氏给想想办法,开点药,止止疼。苟氏被拗不过,心想:先把李三两口子打发走,省得在这儿缠着怄着。

苟氏说:"李三,你等一会儿,我到屋里照着药书给你配两丸药,先带回去,吃着看,如果不管用,晚上你再来找我丈夫,那时候,他往诊也一定回来了。"

苟氏说完,进药房里屋去了。不大工夫,手里捏着两丸药出来了。她把两丸药递给李三,嘱咐说:"两丸一起吃下去,千万多喝开水啊!"

李三记住了,把两丸药带回家来。妻子毛氏在床上正疼得翻滚,见到丸药,如见救星,迫不及待地将两丸药囫囵而咽,喝了一大碗开水。不大工夫,奇迹出现了,毛氏吃完药,又喝了许多开水,肚子里的水蛭禁不住热水烫,便往服下的药丸里钻,毛氏的肚子不疼了。又过了一个时辰,毛氏去厕所解了大便,那条水蛭随着药丸从肛门排泄出去了。毛氏的病彻底好了。

原来,医生的妻子苟氏不识字,更不会配药,情急之下,她从内屋的水缸根下抠了两团湿黄泥,捏成药丸,涂上些蜂蜜,胡弄李三,治不好病,也吃不坏人,谁成想,歪打正着。居然把病治好了。庸医从此得了一个"药到病除"的美名。

---

* 本文由张国中搜集整理。

又有一次,村里刘四的妻子难产,肚子疼了一天一夜,婴儿也不临盆落草。李四凌晨就来医生家叩门求医,医生在屋里问产妇状态如何,刘四在窗户外边告诉一遍,然后催促医生说:"大夫啊!快走啊!救命要紧哪!"

医生说:"你先回去,等我用凉水擦把脸,随后就去。"

刘四在窗户外面,误听为让妻子用凉水擦一把脸。刘四到家,立即打来一盆井拔凉水,用手巾蘸湿,给妻子擦脸,凉水一刺激,妻子打了一个冷战,婴儿产下来了。

两次偶合,庸医却成了手到病除,远近闻名的名医了。

秀才住店*

从前,有三个秀才去北京赶考,走在半路上,天黑了,住进一家农家小店。老板娘是一个30多岁的妇人。见有人住店,笑脸相迎,殷勤招待。老板娘问三个秀才说:"三位相公,家住哪里?要去何方?贵姓啊?"

三位秀才说:"家在白山黑水头,进京赶考去幽州。要问我仨姓什么?古月、木子、倒山丘。"

老板娘听后,颔首微笑。仨秀才纳闷,难道这个妇人精通文墨,猜出了我们的住址和姓氏?仨秀才憋不住了,问老板娘说:"大嫂,你既然猜出我们住址姓氏,何妨说出来。"

老板娘说:"三位相公听着:白山黑水是东北,要去幽州是京都,三位尊姓我猜到,一李一岳一个胡。"

秀才们说:"大嫂既然知道我们的姓氏,也敢问东家哪里人氏和大嫂尊姓?"老板娘也说出了一首诗句:"家住山西血染涂,八千女鬼我丈夫,要问老娘姓什么?我姓横日挂金钩。"

三位秀才用过晚饭,躺在炕上反复琢磨妇人的四句诗,猜出了妇人和丈夫家在山西、血染涂是红色,乃绛州、八千女鬼是个"魏"字,她男人姓魏。妇人的姓氏"横日挂金钩"怎么琢磨也猜不到。

第二天一早,三位秀才要上路了,临走时说:"大嫂,您姓的横日挂金钩,到底是个什么字?我们真的猜不着。"

老板娘说:"亏你们还是秀才呢,一个个都是白痴,老娘我姓'巴'。"

三位秀才说:"大嫂啊,因为琢磨你这'巴(女阴)'字,我们仨一宿没睡好觉。"

---

* 本文由张国中搜集整理。

后 记

“瞎话儿”一词在冀东北方言里的意思是讲故事,《青龙瞎话儿》收录的就是流传在青龙民间口口相传的故事。

青龙因青龙河贯穿全境而得名。这块古老而神奇的土地,3 万多年以前就有了人类活动的足迹。在这漫长的历史长河中经历过无数次游猎文化与农耕文化、东北文化与燕赵文化、满族文化与汉文化的碰撞、交会与融合,从而使这里形成了独具特色的地域文化。《青龙瞎话儿》应运而生。这些瞎话儿如同真金白银一样深埋在青龙的沟沟岔岔。“宝藏”虽多次被开发利用,但仍有许多脍炙人口、寓意深刻、弘扬真善美、鞭挞假恶丑等掌故、传说、故事,饱含着先人口头文学的非物质文化遗产的精髓。抢救、挖掘、保护、传承这一非物质文化遗产,功在当代,利在千秋。

为此,县文联按照“深入生活,扎根人民”主题实践活动的要求,精心组织全县广大文学艺术爱好者走村串乡,搜集挖掘,采访整理,口述笔耕,历时三年,今方付梓。该书共设 7 章。分别为“神话篇”“风物篇”“生活篇”“人物篇”“动植物篇”“灵异篇”“智慧幽默篇”,通篇共 120 个故事,近 39 万字。每篇故事都是接地气的优秀作品。分别从不同侧面,诠释了青龙独有的地域文化、地理文化、历史文化、宗教文化、民俗文化。在本书采写过程中,广大作者不辞辛苦,克服困难,掌握大量一手材料。同时,也得到了县领导和相关部门的大力支持,对此,表示诚挚的谢意。

由于编者水平有限,本书在个别方面尚欠圆润通达,不足之处,敬请指正。

编者